ギリシア教訓叙事詩集

アラトス／ニカンドロス／オッピアノス

西洋古典叢書

凡例

一、本書はヘレニズム時代と帝政ローマ時代のギリシア語による教訓叙事詩四篇の翻訳である。

二、翻訳の底本は、以下の通りである。

アラトス　J. Martin (ed.), *Aratos Phénomènes, Tome I, Tome II*, Paris, 2002-2003.

ニカンドロス　A. S. F. Gow & A. F. Scholfield (ed.), *Nicander: The Poems and Poetical Fragments*, Cambridge, 1953.

オッピアノス　F. Fajen (ed.), *Oppianus Halieutica*, Stuttgart, 1999.

底本と異なる読みを採った場合は、訳註に記した。

三、四篇とも原文には小見出しの類は一切附せられていない。訳者の恣意から適宜に見出しをゴシック体で補った。

四、ギリシア語のかな表記は次の原則に大体従っている。

①ϕ, θ, χ は π, τ, κ と同音に扱う。

②$\lambda\lambda, \rho\rho$ の促音は表記しない。

③固有名詞の音引きは省略したが、語感と慣例を優先して音引きを施した場合もある。

五、原文はすべてヘクサメトロンの韻律で書かれている。そのために可能な限り、原文の行と訳文の行は対応するようにした。欄外の漢数字は行数を示す。

六、動植物のギリシア語名は、標準的な和名に対応させられない場合、すべて片仮名でそれぞれの原音を表示した。

七、訳文中に読者の理解に資するような補足を（　）に記した。

八、訳文中にとくに読者に注意を促したい訳語を「　」で括った。

目次

ギリシア教訓叙事詩集

伊藤照夫訳

アラトス

星辰譜

序　歌[1]

ゼウスのことから説き起こそう。人の身なるわれら、この神に言い及ばざる
ためしかつてなし。すなわち、すべての往来にゼウスは満ち溢れ、
人間の集まるところならばいずこにも、また海洋にも港にも
満ち溢れているのだから。いずこにあれ、われらすべてゼウスのおかげを被る。
もとよりわれらその子孫にてもあればのこと。人間に思いやりのある神は
時宜にかなった予兆を下し、人々にたつきのことを思い起こさせて、
なりわいへ目覚めさせる。そして、言いきかせるは土塊が牛と
鍬にもっともよい時はいつか、樹木を植えたり、
あらゆる種をまいたりするに都合のよい時節はいつかといったことなど。
この神こそ星座を見分けられるようにして、天空に数々のしるしを
固定させた。そして、万物がつつがなく育つようにと、その年めぐりゆく

季節のまぎれもなく的確な目印を人間どもに与えてくれるような
星たちを[2]、あれこれと用意してくださったのだ。
それゆえに、初めと終わりで[3]この神はいつも敬意を表せられる。
謹んでご挨拶を、御父よ、大いなる驚異、人間どもには大いなる福、
あなたご自身と御祖の神族に[4]。また、ご挨拶申し上げる、
いとも親切なるムーサイのいずれの方々にも。女神たちよ、星辰を
それにふさわしく語られるよう祈るわれにこそ、歌のことごとくを示したまえ。

(1) 形式はヘシオドス以来の伝統に、内容は当代のストア主義的な題目にそれぞれ負っている。全宇宙に広く浸透するゼウスは、あらゆる生命の根源となっている。そして、父なる神として、生きるために苦闘する人間たちを助けるさまざまな手引きを示してくれる。一種のゼウス讃歌。
(2) これらの枢要な星たちは、その昇沈によって一年の移り変わりを知らせるが、それぞれ星座内の位置によって確認される。この確認のためにこそ、星座が指定された。
(3) 「ただし(讃歌の)の初めと終りでは　いつも彼女たちを讃え歌うようにと」(ヘシオドス『神統記』三四)。
(4) ゼウスの父クロノスの世代、あるいは五時代神話のひとつ黄金の時代を意味する。また、星辰に関する知識を発見した先人たち、とくに天文学者を指す、との解釈もある。

地軸と極

その数はあまたあれども、めいめいに散開する星たちは、
ひとしなみに天空と共に回転する、(1) 日ごとに絶えることなく永遠に。
しかるにかの地軸はいささかも動かず、まさにそのままけっして
変わることなく、そしてすべてに釣り合いのとれた大地を
真中で支えながら、天空そのものを回転させている。(2)
そしてふたつの極がそれを両端で区切るのだが、
その一方は目に見えないけれども、もうひとつの反対側の極は北にあって、
オケアノス（大洋、つまり地平線）のはるか上方にある。それを取り囲んで、

大熊座、小熊座

二頭の熊は連れ立って進んで行く。そこでともに荷車(3)と呼ばれているのだ。
かれらはいつも互いに頭を相手の腰の方へ
向けていて、つねに肩を先にして動いてゆくが、
その肩は互いに反対向きになったままなのだ。もしも話が本当なら、
偉大なゼウスの意志によりかれらはクレタから
天空へ昇った。それというのも、イーデーの山からほど遠からぬ

芳香ただようリュクトスで、[4] かれらは当時幼いゼウスを
洞窟に寝かせておいて、その年のあいだ養い育てからだ。
その間ディクテのクレテスがずっとクロノスを欺きつづけていた。
かくしてかれらの一方を別名キュノスーラ[5]と呼び、
もうひとつをヘリケーと呼んでいる。ヘリケーからアカイアの人たちは、
海上で船を操っていかねばならぬ道筋を見て取るが、[6]
もう一方(キュノスーラ)に頼ってフェニキア人は海原を越えていく。
ひとつはしかし明るく、見分けのつきやすいヘリケーのこと、
夜ともなればその壮観がすぐさま目につく。
四〇

(1) 原意は「牽かれる」。したがって、「天空(の運動)により牽引され(て回転す)る」とも解釈可能。しかし、アラトスではおおむね星の東から西への規則的な運行に用いられる。
(2) おそらく大地が球状であることと、その位置が天球の中央にあることを言おうとするのであろう。
(3) 複数形であり、大小それぞれが荷車と呼ばれることになるが、通常は大熊座の別称。カリマコスは小熊座にのみこの呼称をあてる(カリマコス「断片」一九一、五四以下)。
(4) 底本に従わず、Kidd の読みを採る。レイアがクロノスに隠れてゼウスを生むために送られたのが「クレタの豊饒な地リュクトス」である(ヘシオドス『神統記』四七七)。
(5) 「犬の尾」の意。本来、小熊座はこのように呼ばれていたらしい。
(6) カリュプソがオデュッセウスに「つねに左手に見つつ海を渡れ」と教えた星(ホメロス『オデュッセイア』第五歌二七六以下)。なお、ヘリケーとは「回旋」の意。

もうひとつの方は、矮小ながらも船乗りたちにはずっと頼もしいのは、
それが全体でずっと小さく旋回しているからなのだ。
それのおかげでシドンの人たち（フェニキア人）も真一文字に進路を航行する。

龍座

かれらの間をさながら川のように
曲がりくねるのが大いなる霊妙の龍、縦横に屈曲して
果てしない。そのとぐろの両脇を熊たちは
動いていく、薄暗いオケアノス（地平線）には触れないように用心しながら[1]。
しかるにその尾の先端がかれらの一方へ延びており、
そのとぐろでもう一方は挟み込まれている。つまり、尾の
先端はヘリケーの熊の頭のあたりで途絶え、
キュノスーラは頭をとぐろに囲まれているのだ。とぐろは
この頭の横を曲がりくねってその足まで行き、
それからまた反転して上昇する。龍の頭は
たったひとつの星がそれだけで輝いているわけではない。
こめかみにふたつ、眼にふたつ、さらに下の方にひとつが

畏怖すべき怪物の顎の先端に位置している。
頭部は斜めに曲げられ、全体でヘリケーの
尾の先端へ向かって傾いているように見えるが、実に正確に
口と右のこめかみはこの尾の先端と直線をなす。
龍の頭が通過する地点では最後に
沈むのと最初に昇るのとが時を同じくする。(2)

エンゴナシン（ヘルクレス座）

この頭の近くに、労苦を背負い込んだ男に似た像が
旋回している。誰もしかとその正体を明かすことも、このような労苦が
のしかかっている人物の名を挙げることもできず、ただただこれを
膝を折る人（エンゴナシン）と呼ぶ。(3) つまり、これは煩労に耐えて
屈み込む人に似ているのだ。かれの両方の肩から

（1）両方とも周極星で、けっして沈まない。

（2）この頭部はアテナイでは周極星で、地平線を擦るように沈み、すぐにまた昇ってくるので一年中北の空に見られる。

（3）ギリシアではつねにこのように呼ばれ、ヘルクレス座という呼称はヒュギヌス（前六四頃–後一七年）が初出である。

両手が上げられて、それぞれ異なる方向へ思い切りいっぱいに
延びている。かれの右足[1]の先端は、
曲がりくねる龍の頭部の中心より上方にある。

冠　座

そこにはあの冠も、ディオニュソスが逝けるアリアドネの
形見にと定め置いた輝かしい冠は、
労苦に打ちひしがれた人物の下方を回転している。

蛇使い座、蛇座

かれの背中の近くに冠はあるが、頭の頂のかたわらには
蛇使いの頭部をとくと見たまえ。そうすれば、これを手がかりにして
蛇使いの全体を、はっきりと目でとらえられるのが分かるだろう。
その頭の下方にある両の肩が同じように明るく輝いているのが
見える。これらは満月の折でさえも
はっきりと見られるであろう。しかるにその両手はこうはいかない。
もっと繊細な光があちらこちらへ放たれているからだが、

それでもやはりこれらとて目にはつく。暗弱ではないのだから。
両の手は蛇を攫（つか）むのにあくせくしているが、それがまた蛇使いの
腰のあたりをのたくっているのだ。ところがかれはいつだってびくともしないで、
両足で巨大な生き物、つまり蠍を踏みつけ、
その眼と胸の上をすっくとまっすぐ立っている。
だが、蛇はかれのふたつの手の中をくねってはいるけれども、
右手のあたりでは短く、(2) 左手のところは長々と上へ延びてゆく。
さても蛇の顎の先端に隣り合っているのが冠なのだが、

鋏（はさみ）（天秤座）

そのくねる下方にある大きな鋏を君はつかみ取りたまえ。
しかし、これは明るい光に欠ける憾みがあって、まったく精彩がない。

牛飼い座

ヘリケー（大熊座）の後ろに荷車を操る人のようにやってくるのは

---

(1) 底本に従わず、多数の写本どおりに読む。
(2) 右手は蛇の尾の部分を攫んでいる。

熊の番人（アルクトピュラクス）、牛飼いと呼ぶ人もいるが、
それは荷車の熊に手で触れているように見えるからで、
いずれにせよ、その全体ははなはだ明るい。かれの革帯の下方に、
ほかならぬアルクトゥロスがひときわ目立つ星として回(めぐ)っている。
牛飼いの両足の下にとくと見たまえ、

乙女座

かの乙女を。手には輝く麦の穂(1)を持っている。
あるいは星辰（星界）の原初の父と言い伝えられた
アストライオス(2)の娘であれ、あるいは他のどなたかの娘であれ、
彼女の回り行く道が穏やかであらんことを。されど、また人間どもには
違った言い伝えが流れているのだ、かの乙女はかつて確かに地上に在りしと(3)。
歩み寄っては人々と向かい合い、男であれ女であれ、
古き世の人の族(うから)をかつてさげすみ、はねつけることはなかった。
不死の身でありながら、人間どもに混じって座を占めたのだ。
そして、ディケー（正義）と呼ばれた。長老たちを広場とか、
あるいは幅広の道路とかに呼び集め、

民衆のためとなる裁きをかれらに厳かに説きすすめるのだった。
当時、人間たちは呪うべき諍いをまだ知らず、
くちさがない口論や戦乱の騒ぎを知らずに、
その暮らしぶりはまさにそのようなものだった。危険な海は思慮の外で、
船が遠方から暮らしを立てるものをもたらすことなどまだなく、
ありとあらゆる必要なものをあてがってくれたのは、
牛と犂、そして人々を統べ、かつ正しいものを授けるほかならぬディケーだった。
これはまだ大地が黄金族の人間たちを養っていた頃のこと。
しかるに白銀の世となると、ディケーはこれと往き来することが少なくなり、
もはやすすんで交わらず、古い時代の人々の風儀を懐かしがっていた。
それでも白銀族とはなおつき合ってもいたのだ。
よく夕暮れ時に、ざわめく山から下ってきたものだ、(4)

---

(1) 乙女座の一等星スピカ。

(2) ティタン神族のひとりで、曙の女神エオスとともに風神や暁の明星、その他の星を生む。

(3) 乙女座の縁起談で、最長のエピソード。ヘシオドス『仕事と日』二一三以下の改作であるが、かなりアラトスの独自性も出されている。

(4) ディケーが部分的にも人間たちから離れていること、つまり山中に引きこもっていることが物語のあらたな展開になる。

ただひとりで。そしてだれとも親しい言葉で語りあわず、
ただ広い丘陵(1)を人々であふれさせたとき、
威嚇の言葉でかれらの邪悪を厳しく責めたて、
いかに呼びかけられても、もはや姿を見せることはないだろうと言った。
「黄金族のおまえたちの父親らは、どれほど劣等な子孫を
後に遺したことだろうか。だが、おまえたちはさらに邪悪な子を生むであろう。
かくしていずれ争いが、さらには非道な流血までが
人間どものあいだに現われ、惨めな苦痛が降りかかってくるであろう」
かく言いつつ彼女は山を目指して去った。なおしげしげと
こちらを伺い見ている人々すべてを後に残して。
しかし、この人々もやがて死んでしまうと、先代よりさらに
おぞましい人間ども、青銅族が生まれ出た。
このものたちは初めて追剝（おいはぎ）の持つ厄介な刃物を
鍛造したのだ。また、犂を引く牛の肉を初めて食ったのもかれらだった。
人間のこの種族をひどく嫌ったディケーは
天空へ翔び去り、かくしてあの位置に住まうこととなった。
そこはまさしくいまなお、夜ともなれば人間どもに

乙女が姿を見せてくれ(2)、八方から目につく牛飼いに間近のところ。

星座をなさず、無名のままの星たち(3)

彼女の両肩の上方（北の方）に循環する星は、
[右の翼にあって、〈葡萄摘み教え〉とも呼ばれる(4)]
大きさと輝きとにおいて、
大熊の尾の下に見られる星(5)と類似する。
この大熊もまばゆいばかりだが、やはりまばゆいばかりなのが
その近辺の星たちだ。もし一度これらを目にすれば、この上に目印は不要のはず。
それほど美しくも大きくて、熊の両足の前を進んでいくが、
そのひとつは肩から延びる足の前に、もうひとつは腰から降りる足の前に、
さらにもうひとつは後膝の下にある。しかし、これらはことごとく

（1）アテナイのプニュクスやアレイオパゴスのように、ポリスで市民たちが集会を催す場を連想させる。

（2）一抹の希望を持たせるような締めくくり方は、ヘシオドスの人間どもを見捨てる去り方と対蹠的である。

（3）当時まだ星座を形成せず、したがって名前のない一群の星の叙述が始まる。

（4）この一行は、後世の挿入と見なされ、近代の諸刊本は削除するか、括弧を付す。

（5）現在、この無名の星は猟犬座のアルファ星で、コル・カロリと呼ばれる。

ひとつひとつが孤立して、ばらばらに回っていく、名も付けられずに。

双子座、蟹座、獅子座、馭者座

大熊の頭の下方には双子、胴体の下には蟹があり、
後足の下方に獅子が美しく輝いている。
そここそ太陽の道がもっとも熱く、夏の盛りとなり、
麦畑はいずこも穂が残らず刈り取られるのも、
太陽が獅子と共に道筋をたどり始める時[1]のこと。
すると季節風（エテーシアイ）が唸りを発しながら広漠たる海原へ
どっと襲いかかる。もはや海に乗り出そうにも舟を漕ぐ
時節柄ではない。そうなればせめて幅広の船に乗せてもらいたい、
舵取りは風向きどおりに舵を操ってほしいものだ。
もしも馭者と馭者の星たちをしかと見ようという所存ならば、
さらに山羊（カペラ）そのものか、あるいは仔山羊ども（ハエディー）の噂[2]が
お耳に達していたなら、つまりかれらはしばしば沸き立つ海原で、
人間たちが吹き散らされるのをじっと見つめているというのだが、
双子の左の方に馭者がその全身を大きく拡げているのを

君は見つけるであろう。ヘリケーの向かい側にかれの頭頂が
回転しており、かれの左の肩に打ち出された(3)のが
神聖な山羊で、ゼウスに乳房をふくませたとのこと。(4)
ゼウスの神託を伝える者たちはこれをオレノス(5)の山羊と呼ぶ。
それは大きくかつきらきらと輝くが、あの仔山羊どもは
馭者の手首のあたりでかすかに光っている。

牡牛座

その馭者の足もとに角を振りたてた牡牛がうずくまっているのを

---

(1) 黄道上を進む太陽が十二星座の蟹座を通過して、次の獅子座に入りはじめること。

(2) カペラはアルファ星の一等星で、隣接するゼータ星、エータ星がエリポイ（ラテン語名ハエディー）である。後者は天候の予兆として有名。六七九―八二を参照。

(3) 二〇五、四四一、四八九などが類例。動詞 elaunō のホメロス的な表現「金属を打ち出す」の用例は、『イーリアス』第十二歌二九五以下「サルペドンは青銅を打ち延ばして仕上げた見事な（丸楯を身の前に構えたが）、それは鍛冶が打ち……」があり、同第十三歌八〇四にも類例がある。この表現をアラトスは恒星に当てはめている。つまり、天球に打ち出された星という、金属細工のイメージに転用されている。

(4) クレタ島のイーデー山で、赤児のゼウスに乳を与えた山羊アマルテイアのこと。

(5) ホメロス（『イーリアス』第二歌六一七と六三九）では地名として挙げられるが、それ以外のことは未詳。

探したまえ。それと分かる特徴がはなはだはっきりしているのだ。
その頭部はくっきりと際立っていて、牛の頭と見分けるのに
他の特徴など無用なほど、頭の両側で循環する
星たちだけで、みごとにそれを象（かたど）っているからだ。(1)
それらの名前もとてもよく知られており、まさしく言わずと知れた
ヒュアデス(2)。これらが牡牛の顔面の全体に
輪郭を与えている。左の角の先端と
隣接する馭者の右足とを
同じひとつの星が占めているので、それらは釘で打ちとめられた(3)まま進み行く。
しかし、牡牛はつねに馭者に先立って、
地平線に沈む、昇り来るのは同時であっても。

ケフェウス座

イアソスの子ケペウス(4)の禍に満ちた一族のことを、
まさに一言も触れぬままにしてはおかれまい。かれらの名も
天に達したのだ、かれらはゼウスの血筋を引いていたから。
ケペウス自身はキュノスーラの熊の背後にあり、

両腕を差し出す人に似ている。
熊の尾の先端からかれの両足へそれぞれ延びる直線は、
その足からもう一方の足へ延びる直線と長さが等しい。
さらにその上、かれの革帯からほんの少し目を転じさえすればよい、
大きな龍の最初のくねりを見つけようとするときは。

カシオペヤ座

かれの前を旋回するのは非運のカシエペイア、
さほど大きくはないが、満月の夜でもよく見える。
わずかながらも、かわるがわるにぽつりぽつりと彼女を引き立たせる
星たちが、その全体像をくっきりと描き出しているからだ。
内側から閂で締められた扉の両面を押し開けるには、

---

(1) 牡牛座の特徴的なV字形を作り、その中の一等星がアルデバラン。
(2) ヒュアデス散開星団。十月末から十一月の初めの暦象として有名。ヘシオドス『仕事と日』六一五を参照。
(3) 一六二と同様の金属細工のメタファーが用いられている。
(4) ケペウスはアルゴス王イアソス（イオの父）の末裔という伝承と、ペルシアあるいはエジプト王ベロス（イオの子孫）の子という伝承があった。アラトスはおそらくイオを通してゼウスと結びつけようとするのであろう。

鍵で横木を引き戻すもの[1]だが、
ひとつひとつで彼女の姿を作りあげている星たちが
またその鍵にそっくり。[2]彼女はまさしくかぼそい両肩からまっすぐに
腕を伸ばしている。娘のことを嘆き悲しんでいる、と君なら言うだろう。

アンドロメダ座

それというのも、そこにアンドロメダのあのおぞましい姿が
母の下方を際立って鮮やかに回(めぐ)っているからだ。てっとりばやく見ようと、
君が夜空をきょろきょろ探したりなどしないものと信じる。
彼女の頭は、ほらこのとおり、はっきりしているし、どちらの肩も、
両足の先端も、さらに彼女の帯紐もことごとくこのとおり。
しかるに、かしこでも彼女は両腕を拡げて差し出しており、
天空にあっても鎖でつながれている。つまり、彼女の両手は
そこで永遠に高々と持ち上げられたままなのだ。

ペガスス座

ところで彼女の頭のところに馬[3]の怪物の下腹部が

まさしく打ち出されている。すなわち、その一方（馬）の臍と
他方（アンドロメダ）の頭頂が共有する星がひとつ輝いているのだ。
これと他の三つの星は、馬の横腹と
肩のところで等間隔をなしているのが見られ、(4)
いずれも美しく明るい星だ。その頭はそれらとは比べようがなく、
また首も長い割には似たようなもの。だが、輝く顎の部分の
もっとも端の星は、この馬をくっきりと象っている
前述の四つの星と十分に張り合っていけるだろう。
ところで、これは四本足ではないのだ。臍のあたりから
真ん中を切断されたままで、この神聖な馬は回転する。
かれは、伝えるところによれば、(5) ヘリコンの頂から

（1）「ペネロペイアは鍵を差し入れ、狙いを定めて扉の閂を引き戻すと」（ホメロス『オデュッセイア』第二十一歌四七以下）。
（2）この星座でもっとも目立つW字形が古代の鍵に擬せられている。
（3）この星座のギリシア語名は、つねに「ヒッポス（馬）」であった。ラテン語名も同様に「エクウス（馬）」である。
（4）いわゆるペガススの四辺形。
（5）ペガソスをヘリコンとヒッポクレーネーに結びつけたのは、おそらくアラトス自身の考案で、ペガスス座の名称はこれに由来するらしい。

豊かな実りをもたらす「馬の泉（ヒッポクレーネー）」の麗しい水を流したのだ。
ヘリコンの山頂には水を注ぐ泉がまだなかったが、
馬がそこを打つと、まさにその場所から水が澎湃と
前足の一蹴りで湧いた。牧人たちが最初に
この飲み水を「馬の泉」と呼んで広く世に知らせた。
しかしながら、岩から流れ出てはいるけれども、テスピアイの人々の
もとに居ないかぎり、君はそれを見られないだろうが、馬は
ゼウスの領域に回転しているから[1]、じっくりとごらんできよう。

牡羊座

そこにはまた牡羊の通う道があり、これが最速であるのは、
最大の円周路を疾走していながら、
キュノスーラの熊に遅れをとることなどないから[2]だ。
牡羊そのものはぼんやりとして定かではなく、星もわずかしかないので
月明かりの中で見ているみたいだが、アンドロメダの帯紐を目印に
見つけられよう。なにしろ彼女の少し下方に位置するのだから。
そして、広大な天空の真中（天の赤道）を往来している。そこでは鋏（天秤座）の

先端とオリオンの革帯とが循環するのだ。
さらにもうひとつ、その近くに見事な形の目印がある。

三角座

アンドロメダの下方にだ。このデルタは三辺にきちんと量り分けられ、その二等辺からそれと分かるし、第三辺はさらに短いながら、これは本当に見つけやすいのだ。というのも、とりわけて美しい星に恵まれているから。

これらの星たちから少しばかり南に牡羊の星座がある。

魚座

そしてもっと前方に[3]、さらにもっと南の方角へ進んだところに

(1)「いまかれ(ペガソス)はゼウスの高殿に住み」(ヘシオドス『神統記』二八五)を参照。
(2)牡牛座は天の赤道と黄道の交点(春分点)に位置するが(五一五以下を参照)、小熊座は周極星である。
(3)つまり西へ(天球の動く方向)。ペガスス座の東から南へかけて延びているのが魚座。

魚二匹[1]。その一方（北の魚）はつねにもう一方よりすぐれて目立ち、
北風の吹き降り始める音をいっそうしげく耳にする。
かれら双方から出ているのは、それぞれの尾につけられた
いわば鎖で、両者から途切れず延びてひとつになる。
その位置をただひとつの美しくかつ明るい星[2]が占めるのだが、
これを「天の結び目」とも呼びならわされている。
アンドロメダの左肩を北側の魚のための
目印としたまえ。なにしろそのすぐ近くにあるのだから。

ペルセウス座

でもアンドロメダの両足は、彼女の未来の花婿ペルセウスの
手がかりとなろう。かれの肩の上方をつねに進んでいくからだ。
かれは北天を動いて行き、並外れて大きい。
その右手は義母の椅子の背凭れへ
延びており、眼前の何者かを追撃するかのように、
父ゼウスの領域で砂塵を巻いて大股に踏み込んでいく。

プレイアデス散開星団(3)

かれの左膝の近くに、ことごとくひとつに群がって
プレイアデスは進んでいく。そのすべてを収める空間は
広くなく、そのものたち自身も個々に吟味するには見分けがたい。
だが、人間界では「七つ星」と呼ばれてよく知られているけれども、
実のところ、その六個しか目には見えないのだ。
星が知らぬまにゼウスの世界から姿をかき消すことなどなかった、
われらへの言い伝えが始まって以来ないことだが、しかしまさしくこのように
伝えられているのであって、その七つとはまぎれもなくこう呼ばれる。
アルキュオネ、メロペ、ケライノ、エレクトレ、
そしてステロペとテユゲテと尊きマイア。
これらはいずれをとっても小さく、光が弱いのに、世に名高い

(1) 原語は魚の複数形。魚座は北と西に二匹の魚がそれぞれの尾で結わえられ、全体で「く」の字形になっている。

(2) 魚座のアルファ星で四等星。重要な星の明るさを誇張するのは、アラトスのひとつの傾向であり、たとえば一四三にも認められる。

(3) 牡牛座に組み込まれるのが通例だが、アラトスではまだ別個に扱われている。

その朝な夕なの循環こそゼウスのなすところ。
夏と冬の始まりと耕耘の時の到来とを
明示すること、それをかれらにお許しになったのだ。

琴座

さて、これなる亀の甲もまた小さいが、これをいまだ揺籃から離れられれぬ
ヘルメスは刳り貫き、さらにそれをリュラー（竪琴）[1]と呼ぶように定めた。
かれはこれを天空へ運び、あの正体知られぬ像の前に
置いたのだ。それでこれが膝[2]を折る人物（ヘルクレス座）の左膝に
ぐっと近づくことになるが、鳥の頭頂は
これとは反対側に循環している。かくしてリュラーは、
鳥の頭とかの膝との中間に位置する。

白鳥座

然り、まだら模様の鳥もゼウスの西進につき随う[3]のだ。
全身の大部分はかすんでいるが、その上部[4]となると、
さほど明るくはなくとも、けっして薄暗いわけではない星たちで逆立っている。

二七〇

それでも、まことにその飛翔のさまから青天のもとでの鳥のように、
順風に乗って（西の）地平めざしていくのだ。翼の右端を
ケペウスの右手に向けて延ばし、
左の翼の近くには馬の跳ね上がる足がある。

水瓶座、山羊座

跳躍する馬の背後に二匹の魚が泳ぎまわり、
頭に傍らに灌水する人（水瓶座）の右手が
延びている。かれは山羊の後(5)を昇っていき、
山羊はまたその前方のさらにいっそう低く

(1) エンゴナシン（ヘルクレス座）の面前に、という意味。
(2) 次の二七五以下に叙述される白鳥座のこと。ギリシア語名は一貫して「オルニス（鳥）」である。
(3) 天空であるゼウスが東から西へ回っていくのに付随して、星辰も西へ向かって進む。
(4) 星の密集する部分、すなわち一等星デネブから上方（北方）の尾にかけての部分。
(5) 水瓶座は黄道上で山羊座の東にあるので、その後ろを追って昇沈する。

位置しており、そこでは太陽の力が曲がり角にさしかかる。[1]
ゆめゆめこの月に君が海に洗われることがないように、
大海原へ乗り出そうとして。日中でも航海は君とって
さほどはかどらないだろう。なにしろあっというまに暮れてしまうから。
また、夜分では恐れおののく君に夜明けはなかなか
やってこないだろう、いくら呼び叫ぼうとも。恐ろしい
南風[2]がどっと吹いてくるのは、山羊と連れ立って
太陽が進み行くその時のこと。[3]こうなれば、ゼウスから降る凍てつく寒気は、
凍える船乗りにはいっそう忌まわしい。それはそうだが、
海というものはもう一年中舳先の下で
沸き立っているものだから、水に飛び込む水凪鳥の類のように、
われらはでんと坐りながら幾度も船からくまなく海を
観察し、かつ岸辺へ目を転ずる。されど、岸辺はまだ遠くて
波濤に洗われているし、板子一枚下はハデス（地獄）というわけ。
この前の月でさえ海上は多事多難だったのであり、

射手座

もし太陽が弓とそれを引きしぼる人（射手）とを焼くような時[4]なら、
夕方に岸へ戻ったほうがよい。もう夜を当てにしないことだ。
あの時節とあの月の目印なら、君は
夜の明けきらぬうちに昇ってくる蠍にしたまえ。
それは射手が巨大な弓を毒針の近くで
引きしぼっているからだが、かれのほんのわずか前に
ちょうど昇り行く蠍が立っており、これにいくらか遅れてかれは昇る。
まさにその時期にはキュノスーラの頭部も、夜が終わる頃
天空の一番高いところを回り行く（南中する）。そして夜明け直前に
オリオンはその全身が、ケペウスは手から腰までが沈んでいく。

---

(1) 冬至点のこと。北半球から見れば、黄道を南へ下がってきた太陽が冬至の翌日からふたたび北に向かって上がってくる。ただし、歳差のために現在は西隣の射手座に冬至点が移っている。

(2) 冬季の地中海域に特有のもの。

(3) 一五一を参照。

(4) 十一月末から十二月の下旬まで。山羊座と同様に、射手座は季節の予兆のためにのみ言及される。

矢　座

射手の前にもう一本の矢がある。ただそれのみで、
弓もない。その傍らで鳥（白鳥座）が存分に翼を拡げているが、

鷲　座

これはずっと北の方になる。矢の近くにもう一羽の鳥が風を切っている。
大きさでは見劣りするけれども、夜が去り行くときに昇れば、
嵐を呼ぶもの。これを人は鷲と呼ぶ。

海豚座

いたって小さな海豚が山羊の上方に進み行くが、
その中心部はかすんでいても、四個の珠玉(1)がぐるりと輪郭を
描きながら、二個ずつ平行して並んでいるのだ。

南天の星座への移行

さて、以上は北と太陽のさまよう道筋（黄道）との間に
撒き散らされたもの、これより低く南と太陽の通路との間に

このほかの多くのものたちが昇ってくる。

オリオン座

牡牛の半身像の斜かい（南東）に位置するのがオリオンその人、
かれが澄みわたった夜の空高くにかかっているのを、
うかうかと見落とすような御仁は、空を見上げれば
これよりもっと目立つものをほかにだって見られる、とはお思いなさるな。

大犬座

かれの番犬もまた然り。(2) 立ち上がっていくかれの背中の下方に、
両の足で立った犬が見られる。
これは明暗入り混じり、全身にわたって明るいのではなく、腹部そのものが
暗いまま回り行く。ところがその顎の先端は、

(1) 四等星と五等星が小さな菱形を作っており、小さいながらよく目につく。

(2) オリオン座がだれにもすぐに見分けられる目立った星座であるように、全天随一の輝星シリウスによって大犬座もすぐにそれと分かる星座である。

恐ろしい星が打ち込まれており、これがまたことに
強烈に燃え立ち、人間たちにはセイリオス（焼き焦がすもの）と
呼ばれている。これが太陽と共に昇るときはもはや
果樹[1]はいくら懸命に葉を繁茂させても、これを欺きとおすことはできないのだ。
というのも、その強烈な光線はやすやすと隊列を突破して篩（ふるい）にかけ、
あるものは強壮にし、そのほかのものの潑溂さをすべて消してしまうのだから。
この星の沈み[2]についてもわれらは耳にするが、これ以外の星たちは、
四肢を象（かたど）るためにこの星を囲んでいるが、はるかに光が弱い。

兎座

オリオンの両方の足の下方には兎が
絶え間なく来る日も来る日も追い立てられていて、セイリオスは
追跡者のごとく永久にひたとその後を進み行く。
かくしてかれは、それに続いて昇り、それが沈むのをじっと見守るのだ。

アルゴー座

大犬の尾に接するようにアルゴー船はその艫（とも）から

曳かれてくる。もちろん、これは本来の航行の姿ではない。
後ろ向きに進んでいる。ちょうど、停泊地に入っていくために、
すでに船乗りたちが船尾の向きをそちらへ合わせ終えた[3]
現実（地上）の船のように。それですばやく全員で船を逆漕させると、
船は艫の方から陸地へしっかと結わえられる。
まさしくこのように、イアソンのアルゴー船は艫から曳かれてくるのだ。
舳先から帆柱そのものまでは、靄のかかったようで
星もないまま進むが、ほかはすべて輝いている。
その舵[4]もぶらりと下がったまま、前を行く犬の
後足のすぐ下のあたりに据えつけられている。

鯨　座

かなり離れたところに展開しているとはいえ、

（1）とくに葡萄の木を指しているようである。ヘシオドス『仕事と日』六一一を参照。
（2）四月の終わりか、十二月の初め。
（3）停泊地の浜へ船を乗りあがらせるための操作であろう。
（4）なぜかアラトスはシリウスに次ぐ輝星カノーボスに言及しない。

アンドロメダは迫り来る巨大な海の怪物（鯨）に脅えている。
彼女がトラキアからの北風に吹きさらされながら
道をたどれば、南風がいやなやつを連れてくるのだ。
その海の怪物は牡羊と二匹の魚の下方に、
そして星のきらめく河（エリダヌス座）のすぐ上にいる。

エリダヌス座

つまり、これもまたそれだけで神々の足下（天空）を回り、
あまたの嘆きを見た河、エリダノスの名残となっている。
それはオリオンの左の足へ延びているが、
魚二匹の先端をしっかとつかまえる尾の鎖[1]は、
両方とも尾部から降りてきてひとところに集まり、
海の怪物の頸筋の後方でひとつになりながら
ともに連れ立って進み行き、ひとつの星となって終結する。
だからその星は、海の怪物の一番上の背鰭のあたりにあるのだ。

ところで、ほかにも狭い範囲でかよわく輝く星たちもあり、
かれらは（アルゴー船の）艫と海の怪物との間を回（めぐ）って行くが、
灰色の兎のわき腹の下方に散在している、
名前もないままに。なぜならば、かれらはくっきりと描かれた像（すがた）の　三七〇
いかなる部分をも思い起こさせないのだ。これとは違って、
数も多くて一年の経過する間に整然と同じ道を
通り過ぎて行くものたちのことを、今はもう居ない人たちのひとりが(2)
あれこれ思案し、ぴったりの姿形を与えて、ことごとく名前で呼ぶことを
やってのけたのだ。めいめいが個々にばらばらのままだったら、
名前を言うことも見覚えることもできなかったであろう。
なにしろ天空のいたるところに無数にあるし、たいていは大きさも色合いも
よく似通っていて、さらにおまけにことごとく循環するからだ。
そこで、かれは星たちを組に分けることにした。

（1）底本に従わず、写本どおりに読む。

（2）四四二の「先人たち」を参照。ゼウスによって定められた星座を確認し、名を与えたのは、架空の人物であって、特定する必要もないであろう。

そうして決まった順序どおりに並べていけば、
くっきりと形を示せるだろうというわけ。たちまちにして名前のついた星座が
出来上がったのだ。かくて今やいかなる星が昇っても驚くにあたらない。
しかるに、明快な像の中にはめこめられて輝く星たちがある一方で、
追われる兎の下方に進み行く星たちは、
すべてまったくかすんでいて、名前もつけられていないのだ。

南の魚座

山羊の下方で南風の吹きすさぶその下に、
魚が海の怪物の方へ向いて浮いているが、
前述の二匹とは別個で、南の魚と呼ばれる。

水[1]

水瓶の下に散在するまた別の星たちは、
天上の怪物（鯨座）と魚[2]との間の中程に漂っていて
活気なくかつ無名のままなのだが、その近くには
かの華々しい灌水をする人（水瓶座）の右手から、

さながらあちらこちらへと振りかけられた水の細かい
しぶき(3)のように、冴えないひよわな星どもが回っている。
それらに混じって、ずっとましに見える星ふたつが進むが、
さほど離れているわけでもなく、またひどく接近しているのでもない。
このひとつ(4)は灌水する人（水瓶座）の両足の下方にあって美しく、
また明るいのに、もうひとつ(5)は暗い色をした怪物の尾の下方にある。
これらすべてをひとまとめにして水と呼ばれる。さらに若干の星が
射手の下方、その前足の下に
世に知られぬまま輪になって回り行く(6)。

（1）水瓶座の南東にあり、南の魚座と鯨座に挟まれている。アラトスは「水」という名前の星座と見なすが、後世のヒッパルコスもプトレマイオスも水瓶座の一部として言及する。
（2）現在は彫刻室座と呼ばれる。
（3）水瓶から南西に向かって、次に南東へ流れる星群のこと。
（4）南の魚座のアルファ星で一等星のフォーマルハウトのはずだが、無所属の星にされている。
（5）おそらく鯨座でもっとも輝いているベータ星、別名デネブ・カイトスであろう。そうであれば、これが海の怪物の尾にあたる。
（6）後世、プトレマイオスに「南の花冠」と呼ばれ、現在は南の冠座として知られる。

祭壇座

さて、かの巨大な怪物、蠍の燃えさかる毒針の
下方、南の極に近く祭壇は浮かんでいる。
もっとも、君はほんのわずかの間これを地平線上に認めるだけだろう。
浮揚している時間がアルクトゥロスとは正反対なのだから。
その進む道も、アルクトゥロスは地上よりはるかに
高くあるのに、こちらは早々と西の大洋へと沈む。
しかるに、このような祭壇の周りにも、古き世のニュクス（「夜」）[1]は
人間の苦労を嘆き、海上の暴風を知らせる
大切な目印を設けた。難破した船にはとてもいとわしい思いをして、
いたるところからそれぞれの印を明示しているのだ、
幾多の波瀾に打ちのめされた人間どもに同情のあまりに[2]。
それだからどこもかしこも雲に覆われた海の上で、
かの星座は中天に光っていますように、などと願ってはならない。
それがたとえ雲もなく輝きわたっていようとも、上方にはむしろ
うねり高まる雲がのしかかっている、そのような雲は
秋口の北風に巻き上げられると、重くたれこめてくるのだ。

四〇

この印を南風にもいくたびか出すのがほかならぬ
この「夜」で、遭難した船乗りたちに好意を示すのだ。
そしてかれらが時機を逃さずその合図に気がついて、
すぐさま用意万端きちんと済ませば、
その災難ははるかに軽微となる。ところがなかには
すさまじい暴風雨がまったく予知されないままに上空から
船に襲いかかってきて、帆がことごとくもつれてしまえば、
場合によってはすっぽりと海中に没して航海し続けることになるし、
また場合によっては、救いを祈っている傍らをたまたまゼウスが
行き過ぎたら、あるいは北の方に稲妻が走っていたら、
たくさんひどい目を見たものの、なんとか再び船上で互いに
顔を合わすことができようというもの。この目印で南風を

（1）ヘシオドス『神統記』一二三のエレボスとともにカオスから生まれた原初的な神格のニュクス（夜）に結びつけられる。暗鬱なイメージを与えられているヘシオドスのニュクスは、ここでは人間に救いの予兆を示す女神へ改変されている。

（2）祭壇座は冬季の後半に南の夜空に見られることから、海上の冬の嵐と密接につながるが、実際に南の方向から冬の嵐が吹きつける。

恐れ憚れよ、北の方角が急に輝くのを見るまでは。
しかし、もしケンタウロスの肩が西の海（地平線）からも
東の海からも等距離にあり、かすかな靄がその星座全体を
包んでいたら、そしてその後に「夜」が一目でそれと分かる前兆を、
すっきりと澄みわたる祭壇の上に現わしているならば、君は
南風ではなく、東風にとくと注目せねばならないのだ。

ケンタウロス座

この星座が他のふたつ（の星座）の下方にあるのに気づくだろう。
その人の姿になっている部分は蠍の下方に
位置して、馬の部分を下にするのは鋏（天秤座）なのだ。
ところで、この者はその右手を円形の祭壇に向かって
つねに延ばしているように見える。かれの手がむんずと

狼　座

攫（つか）んだのは、そこに打ち出された（星座の）
野獣（テーリオン）、先人たちはこれをかく呼んだのだ。

海蛇座

しかるに、まだもうひとつ星座が地平から昇ってくる。
ヒュドレーと呼ばれるが、本当に生きているかのように、
蜿蜒と曲がりくねっている。その頭部は蟹の中心部の
下方にまで達し、獅子の胴の下あたりで屈曲するけれども、
尾はケンタウロスその人の上にぶら下がっている。

コップ座

ヒュドレーの真中の曲がりくねりのところにクラーテール（混酒器）があり、

烏座

最後尾には、まるでとぐろをついているような鴉の像（すがた）がある。

プロキュオン(1)

そして然り、まことにプロキュオンも双子の下方に美しく輝くのだ。

（1）現在は小犬座の一等星の名であるが、古代ギリシアではつねに星名であり、かつ星座名である。双子座の真南にある。

余　談

これらの星座が年々歳々規則正しく
戻ってくるのをご覧になられよう。かれらはしかもそのことごとくが
回り行く夜の装身具として、天空にぴったりと嵌めこめられているのだから。

五　惑　星

だが、かれらのほかに五つの星が混じっており、しかも似ても似つかず[1]、
（黄道の）十二星座をもっぱら次々と通過して進むのだ。
この五つの星の位置は、他の星たちに注目しても、
もはや確認の手がかりも得られまい。なにせいずれも居所不定の者たちで、
おのおのの軌道を一周する年は長く、
遠方からひとつの場所に集合することを知らせる目印の間隔[2]も長い。
もうとてもこの星たちとつき合っていく肝っ玉はない。できそうなのは、
恒星たちの循環と天空でのかれらの目印を語ることだろう。

天球上の円

実に回転する輪に似た円が

四つあるのだ。そしてそれらは大いに求められるし、もっとも有用となろう、
反復しつつ経過する年の測定を心がける者には。
これら四つそれぞれに、ぐるりとあまたの目印（の星たち）が
いたるところにしっかと結わえつけられ、見事に配置されている。
円そのものは厚みがなく、四つとも互いに結びつけられていて、
大きさではふたつが他のふたつと競い合っている。(3)
清らかに澄みわたった夜に、女神ニュクス（「夜」）が人間たちに
きらめく星をことごとく見せておやりになって、
どの星もひとつとして満月のために薄らいで去ることなく、
すべてが暗闇から鋭く光を発して輝きわたり、
天空が幅の広い環によって周りをぐるりと切り裂かれているのを眺めて、
驚異の念が君の心に湧きあがってきたならば、

(1) 恒星の規則正しい運動は予測可能であるのに、惑星はそれが不可能であるために、時刻や季節を知る手がかりにならない。

(2) 惑星がことごとく「合」となること、つまり地球から見て同一方向に並ぶことが起きる周期。いわゆる大年。

(3) 赤道と黄道はいわゆる大円で互いに等しく、ふたつの回帰線はそれより小さいがやはり互いに等しい。四七八以下を参照。

あるいは誰かほかの人が君の傍らに立って、
あの輝く星に飾られた環（これは乳と呼ばれる）[1]を君に示してくれたならば、
色合いでこれと似ている円は天球になく、
大きさでは四つあるうちのふたつ[2]がこれと等しいが、
あとふたつはこれよりはるかに小さく回転する（のを知るであろう）。

北回帰線

このふたつのうちのひとつは北風の吹き降る出口の近くにある。
その上を双子[3]の両方の頭が進み、
その上に位置するのは、確固とした馭者の膝であり、
かれに続くペルセウスの左足と左肩であり、
アンドロメダの肘の上方、その右腕の中程を
それがとらえている。彼女の掌はそれの上方にあり、
それよりはずっと北に近く、肘は南へ傾いている。
馬の蹄と、鳥の頭頂を含む
頸部、そして蛇使いの輝く両肩は
それの円周上に打ち出されて回り行く。

四八〇

乙女はいくらか南にそれより逸れて進むので、それには
接触しないが、獅子と蟹は接触する。この両者は
相前後して並んでおり、この円が獅子を
胸と腹から生殖器[4]までの下方で截って
進み、蟹を甲羅の下あたりで貫通して行く。
そこでは見事に真一文字に二分されたのを
ご覧になられよう。その両の眼も円周の上下に分かれているのだ。
この円をできるだけ正確に八等分したとするならば、
その八分の五は地平線の上にあって日中に回転し、
八分の三は地平に下に隠れるが、夏至[5]はそこにある。
この円は北天の蟹を通過するべく固定されているのだ。

---

(1) 銀河のこと。これは天球に張りついて回転するが、幅の広い帯のような星の集まりで、全天にわたる大円。天球上の円のすべてに共通する方法である。のための目に見える実例にされている。

(2) 赤道と黄道。

(3) 回帰線上か、あるいはその近くにある星たちを指摘しながら、線そのもの（円周）の位置を確認する。これは四つの円のすべてに共通する方法である。

(4) これほど詳細かつ具体的にもかかわらず、対応する星は特定できない。アラトスの空想されたイメージか。

(5) 太陽が黄道上で進行方向を変える夏至点と冬至点は、それぞれ北回帰線と南回帰線の上にあって黄道との交点である。ホメロス『オデュッセイア』第十五歌四〇四を参照。

南回帰線

反対の南側にもうひとつの円が山羊の中心部を、
さらに灌水する人の両足と海の怪物の尾を截る。
円周上には兎がいるけれども、犬はさほどひどく円にふさがれず、
せいぜい両足のあるあたりを取られるぐらい。そこにはまたアルゴー船と
ケンタウロスの広い背もあり、さらには蠍の針、
機敏なる射手の弓もある。
この円は、清らかな北風の吹くところから南へ向かって行く時の
太陽がたどる最終の道で[1]、そこに冬至があるのだ。
そしてその八分の三は地平線上に回転し、
残りの五は地平の下を回(めぐ)り行く。

赤道

これらふたつの円に挟まれたもうひとつの円、白い乳の円（銀河）と同じ大きさで、
二等分されたように半円が地平の下をぐるりとまわっている[2]。
この円上では二回昼夜が等しくなるところがあって、
ひとつは夏の終わり（秋分点）、あとひとつは春の始まり（春分点）。

目印としては牡羊と牡牛の膝とがあり、
牡羊は長々と円周上に打ち出されているが、
牡牛については屈曲した脚だけがどこからでも見られる。
円上にはさらに輝かしいオリオンの革帯と
燃えあがるヒュドレーのとぐろがあり、また光かぼそい
クラーテール、鴉、さほど多くない鋏の星たちもあるし、
蛇使いの膝はそれに乗って進む。
鷲もまんざらかかわりがないわけでなく、その付近で
ゼウスの大いなる使者は風を切っている。これと並んで
馬の頭と頸が回ってゆく。

黄道

以上は互いに平行で、すべて地軸を中心に据え、これと直角をなして

---

(1) 南回帰線は太陽が北回帰線から赤道を経てめざす三番目の、つまり最後の円である。赤道を述べる前に置かれたために、わかりにくくなっている。

(2) ふたつの回帰線は地平線によって五対三に分割されるが、これに対して赤道は地平線によって二等分される円だというのである。

その周りを回転するが、第四の円（黄道）はふたつの回帰線の間に
はすかいになるよう固定され、その両回帰線がこの円をそれぞれ
反対側[1]で攫(つか)んでいる。それらに挟まれた円（赤道）はこれ（黄道）を中央[2]で截る。
アテナの女神から技を伝授された人なら、
これとまったく同様に、そしてこのような様相と規模で、
全体を天球のごとくに回転させるために、旋回する輪を膠で接着するだろう[3]。
つまり、傾斜した円と連結して、朝から夜へ来る日も来る日も
疾駆し続ける天空の環と同じようにだ。
これらの円は昇り、そしてふたたび沈むが、
このうち三つは、平行してめいめいが地平線の両側で
次々と昇り、そして沈む地点をひとつ[4]持っている。
ところが第四の円[5]は、山羊の昇りの頃（冬至）から蟹の昇りの頃（夏至）まで
回転して行くのと同じだけ、オケアノスの水（地平線）に沿って移動する。
そして、この円が昇りによって占める弧の長さは、
もう一方の側で沈みによるそれの長さと等しいのだ。
これを観察している人の眼差し[6]が
六回この円の周上へ延びて、これに内接する六角形を作れば、

等分された各辺は弧との間に星座をふたつずつ取り込む。
この円のことを別名獣帯とも呼ばれている。
そこには蟹があり、次に獅子、そしてこの下方に
乙女、これに続いて鋏と蠍それ自身、
射手と山羊、その山羊の後に
灌水する人、それに続いては星となった二匹の魚。
これの後に牡羊、その後に牡牛と双子。

(1) すなわち、夏至点と冬至点。
(2) 中央とは夏至点と冬至点の中間のことで、春分点と秋分点。
(3) プラトン『ティマイオス』七五Dを参照。アラトスは天球儀(アーミラリー)のようなものを念頭に置いているのであろう。
(4) 赤道と両回帰線は、地軸と直角をなすので、東と西で地平線と出会う、あるいは地平線を截る。それは同一緯度に立つ観察者にはつねに同一地点である。ところで四つの円が昇り、また沈むとイメージされているのは、この四つの円をそれぞれ明示する星たちが昇り、また沈むからである。
(5) 黄道のこと。天球上の太陽の通路、すなわち黄道が東と西の地平線を截る、つまり地平線と出会うのは、日の出と日没の地点である。それぞれの地点は冬至の日と夏至の日を両端にした円弧状の部分を占め、その間を移動して一年間で一往復する。春分の日と秋分の日はその中間点になる。したがって、日の出の地点が地平線上で占める部分、つまり両端の隔たりは、夏至の日から冬至の日までの東の地平線の弧であり、西の地平線で日没地点の占める弧と同じ長さである。
(6) 天球上の中心に立って、黄道を観察する人の眼差しがその円周上に到達する距離は、その円の半径になる。眼差しが目から発して見るべき対象へ直進する光線としてイメージされている。プラトン『ティマイオス』四五B以下を参照。

この十二星座すべての中を太陽は進む。
まるまる一年を連れて通っていくのだ。そうして円周を
回って行けば、豊かな実りをもたらす時節もすべてどんどん成長する。
その円が大洋（オケアノス）に飲み込まれている間の弧の長さは、
地上をまわっている部分のそれに等しい。それゆえにいずれの夜も
円周の十二分の六はつねに変わることなく沈んでおり、
これと同じ長さ（の部分）が昇っている。つまり、すべての夜はつねに
夜の開始とともに、地上へ昇りくる半円に
相当する分だけ拡がっていくのだ[1]。

黄道十二星座と同時に昇り、または沈む星座

夜明けを待ちわびる人には、十二星座のおのおのがいつ昇ってくるかを
じっくりと見きわめることは[2]、おろそかにできないことであろう。
なぜなら、つねにそれらのひとつと一緒に昇ってくるのがほかならぬ
太陽だから。それらを探し出すのにもっともよいのは、
それらを直に見ることであろうが、雲に覆われて
暗くなったり、山に隠されたりして昇ってくるようならば、

それらの昇りのための確固たる目印(3)を自分で見つけておきたまえ。
さっそく、ほかならぬ大洋がその両岸の上に多くの目印の星座を
君のために提供してくれよう。かれはそれらを自分の花冠にしている、
かの十二星座をひとつずつ下から引き出すたびに。

蟹座と同時に

蟹が昇るときは、オケアノス（地平線）の東と西のいずれも、
その周辺に回（めぐ）る星たちに、はなはだしく光のかぼそいものはない、
沈みいくものであれ、もう一方から昇りいくものであれ。
冠が沈んでいく。魚（南の魚座）が背鰭まで沈んでいく。
この沈みゆく冠の半分は空中でご覧になろうが、
あと半分はすでに世界の縁に飲み込まれている。
逆さまになった人物（ヘルクレス座）は下腹までの下半身がいまだ没せず、

（1）どの夜もその長さは、連続する六個の黄道星座が昇りきるに要する時間に等しい。
（2）これによって夜間の時刻を知る手がかりが与えられる。
（3）同時に昇ってくるほかの星座のこと。そのための手引きが五六九－七三二に提示される。

上半身の部分は夜（地平線上の下）を進み行く。
さらに蟹は哀れな蛇使いを膝から両肩の方向へ
引き下ろし、蛇を首筋のあたりに引き下ろす。
熊の番人（牛飼い座）は、もはや地平線の上でも下でもたいして大きく見えず、
上の昼間の部分の方が残り少なく、あとのすべてはすでに夜に入っている。
四つの区分（黄道星座）を合わせただけの時間をかけて、[1] 沈んでいく牛飼いを
オケアノスは迎え入れるわけで、牛飼いが日の光に飽きる頃には、
つまり、日没と共に沈むようになる季節には、
かれは夜が半分を過ぎた後まで、牛たちを解放してやるのにかかりきりだ。[2]
この時期の夜は、また牛飼いの遅い沈みに因んだ名で呼ばれている。
こうしてこれらの星座は沈むが、反対側（東の地平線）には少しも見劣りしない、
革帯は美しく輝き、両の肩も見事に輝いている
オリオンがその剣の威力を恃んで、
河（エリダヌス座）をことごとく道連れにして地平線から拡がってくる。

獅子座と同時に

獅子が昇る頃、蟹と共に沈もうとしていた星座は

すべて没している。そして鷲も。だが、膝を折る人は
すでにほとんどが沈んでいるけれども、膝と左の足は
まだ波立つオケアノスの下方へまわりこんではいないのだ。
昇ってくるのはヒュドレー（海蛇座）の頭、青みがかった眼の兎、
そしてプロキュオンと燃えあがる犬の前足。

乙女座と同時に

昇りくる乙女が地の奥底へ送り込むのは、
もとよりけっして少なくはない。ヘルメスのリュラー（琴座）と
海豚がその時沈んでいく。それから見事な拵えの矢も。
これらの星座と共に鳥（白鳥座）の左翼の先端からまさにその
尾部（一等星のデネブ）までと、曲がりくねる河とが翳ってゆく。(3)
馬の頭が沈み、その頸部も沈むが、
ヒュドレーは、その大部分がクラーテール（コップ座）のあたりまで

---

(1) 牛飼い座は沈みきるまで長時間を要し、その間に牡羊座から蟹座までの四つの黄道星座が昇ること。

(2) 沈みが日没から夜半すぎまでかかること。

(3) 地平線の下へその姿を消していくこと。

昇ってくる。これに先立って、犬が残りの後足を取り出し、
星のあまたあるアルゴー船の艫を後ろに曳いている。
アルゴー船は帆のあたりで二分されたまま地上を進む、
乙女がその全身を地平線上に現わすや否や。

天秤座と同時に

鋏（天秤座）の昇りも、たとえその光が弱かろうと、
つい知らぬまに見落とされるようなことはあるまい。なにしろ巨大な目印、
牛飼いが全身を現わして昇ってくるのだ、アルクトゥロスを嵌め込まれて。
アルゴー船はすでにその全体が地平線の上方に立っている。 六一〇
しかし、ヒュドレーは天空にまことに長大に撒き散らされたものだから、
尾部をいまだに欠いているのだろう。鋏は永久に膝を屈める人[1]の 六一二
右の足だけを膝のあたりまで引き出しているが、 六一四
この人物はつねに変わることなくリュラーの傍らに屈んでいる、 六一五
あまたある天空の像の中で何者なのか知られぬままに。
同じ一晩に沈み、そして別の地平線から昇るのを、
その両方をしばしば呆然と見とれるのだが[2]、二本の鋏と同時に

見られるのはこの人物の足[3]だけだ。
かれ自身はとにかくつねに地平線に向かって逆さまになり、
蠍と弓を引く人（射手）が昇るのを待っている。
これらがかれを持ち上げてくれるからで、前者はからだの中心部のすべてを、
弓[4]はかれの左手と頭部をそれぞれ連れ出してくれる。
こうしてかれは全身を三分して、ひとつずつ昇るというわけ。
さらに、鋏が昇りながら連れ出すのは、
冠の半分とケンタウロスのまさしく尾の先端。
するとこの時、すでに去っていた自分の頭に続いて馬が沈み、
そして前述の鳥の尾の先端が後を追っていく。
アンドロメダの頭が沈むと、海の怪物（鯨座）の途方もない脅威が
雲の群がる南から彼女に迫ってくる。逆に北からは
ケペウス自らが大きな手で警告する[5]。

（1）次の六一三は後世の挿入と見なして削除される。
（2）古註によれば、真冬にこの現象が起こるという。
（3）右足のこと。六一四を参照。
（4）弓が射手座の全体を代表している。六六四以下も同様。
（5）かれの警告はアンドロメダにではなく、海の怪物に向けられている。

すると海の怪物は、背鰭の方角にそのあたりまで
沈むが、ケペウスは頭と手と肩を沈める。

蠍座と同時に

いくつにも蛇行する河（エリダヌス座）は、蠍が
昇ってくるや否や、麗しい流れのオケアノスへ落下するであろう。
またさらに蠍の登場は、偉大なるオリオンを浮き足立たせるのだ。
女神アルテミスがご寛大でありますように。古人の語り継いだ物語によれば、
かれは女神の上着をむんずと攫んで、彼女を引き寄せた。キオス島において、
この頑強なオリオンがあらゆる野獣を強力な棍棒で殺していた時のことで、
かのオイノピオン(1)の好意をこの野獣狩りで得ようとしたのだ。
しかし、女神はすぐさま新しい野獣を懲らしめにかれへけしかけた、
島の丘陵をその真中で真っ二つに破裂させて。
これが蠍、傷を負わせてかれを殺した。かれも強いけれども、もっと強いものが
現われたのだ。かれはほかならぬアルテミスを侮辱したのだから。
それだからこそ、蠍が地平線の上へ昇ってくると、
オリオンは大地の境（地平線）の周りへ逃げ込むとのこと。

六四〇

アンドロメダや海の怪物の残余の部分とても、
蠍の昇りをいまだに知らぬはずがなく、
かれらもたちまち逃げ去る。この時ケペウスは革帯で
大地を掠め、頭までの上半身をオケアノスに
浸しているが、足と膝と腰についてはこれが
許されない、熊たちがそれを妨げるのだ。(2)
また、ほかならぬカシエペイア、この哀れな女人も我が子の姿を
追って気がせくばかり。彼女の足と膝は、
もはや椅子から容儀正しく見られず、
これはなんと彼女は曲芸師さながらに(3)頭から沈んでゆき、
膝のあたりで切り離されるのだ。なぜなら、この女人は大きな制裁を
受けないで、ドリスやパノペ(4)と張り合おうなど望むべくもないのだから。

---

(1) ディオニュソスとアリアドネの子で、クレタからキオスへ来て、都市を建設し、葡萄酒造りを島の住民に教えたという。

(2) 周極星の日周圏を見張る番人に、大熊と小熊を当てるというユーモア。

(3) ホメロス『イーリアス』第十六歌七四二以下を参照。

(4) ネレウスの五〇人の娘のうちのふたり。カシエペイアは、この五〇人のどの娘よりも美しいと誇ったために海神より復讐されることになった。

こうして彼女は地平線をめざして行く。これにかわって天空は地平の下から
他のものたちを上がらせる。すなわち、冠の残りの環と
ヒュドレーの尾の先。さらに、ケンタウロスの胴体と
頭、それにそのケンタウロスの右手が攫む
野獣（狼座）を上がらせる。この半人半馬の
前足は、そのまま弓の昇ってくるのを待っている。
曲がりくねる蛇と蛇使いの胴体も弓が上がると共に
昇ってくるが、かれの頭部は蠍が自ら昇りながら
引き上げる。そして蠍はさらに蛇使いの両手そのものと、
星のあまたある蛇の一番前の湾曲までの部分をも持ち上げる。

射手座と山羊座と同時に

膝を折る人については、なにしろつねに倒立して昇ってくるので、
その時束の地平線から出てくるのが、
両方の足と革帯と胸部全体と右の手ならびに肩で、
頭ともう一方の手は、弓と
弓を引きしぼる人とが昇ってくる時に、上がってくるのだ。

かれらと同時に、ヘルメスのリュラーと、（頭から）胸部までの
ケペウスが東の地平線から昇ってくる。
これと共に、大犬のきらめく光がことごとく沈み、
そしてオリオンの全身と、
永久に追われる兎のすべてが下っていく。
しかし、馭者[1]では仔山羊どもとオレノスの山羊は
すぐには去らない。かれらは馭者の大きな腕のあたりに
きらめいているが、馭者のからだのほかの部分と見分けられるのは、
太陽と共にやってくる時節になると嵐を起こすためなのだ。
だが、馭者の頭やもう一方の腕と腰は、
昇りくる山羊によって沈み、下半身のすべての部分はまさしく
射手と共に下っていく。さて、ペルセウスはもはや

（1）馭者座は、六六九以下のヘルクレス座のように、ふたつの黄道星座の昇と重なる。馭者の頭から腰までの部分（山羊座の昇と共に）は、腰より下の部分（射手座の昇と共に）より遅れて沈むはずなのに、アラトスは前者の叙述（六八〇―六八四）を後者のそれ（六八四―六八五）の前に置いて時間上の順序を逆にしている。そのために、記述そのものに明快さを欠くことになっている。

残っていないし、星のあまたあるアルゴー船の艫（とも）も残っていない。
否、ペルセウスは右の膝と足のほかは
沈み、艫はその湾曲部まで。
山羊が昇ってくる時には船の全体は沈んでいるが、
その時はプロキュオンも沈み、他のものたちは昇る。すなわち、
鳥、鷲、翼ある矢の星たち、
そして南にある祭壇の聖なる座。

水瓶座と同時に

灌水する人の腰のあたりが昇る頃になると、
馬の足と頭が上がってくる。馬とは逆に
ケンタウロスを尾から引き寄せるのは、星のきらめく夜。(1)
しかるに、ニュクス（「夜」）はかれの頭と広い肩を
胸当てともども取り込むことはできない。けれども、燃えるヒュドレーの
頸部のくねり（最初の湾曲）と頭全体を引き下ろす。

魚座と牡羊座と同時に

ただヒュドレーの大部分は後方にまだ残るが、これもニュクスは
ほかならぬケンタウロスと一緒に、魚がやってくれば、
ことごとく取り入れる。この魚と共に、かの薄暗い
牡羊の下方にある（もうひとつの）魚がやってくるが、
その全身ではなくて、わずかの部分が次なる十二星座（牡羊座）を待つ。
これと同じように、アンドロメダの悲痛な手、膝そして肩もまた
すべて二分され、一方の側では前方へ、もう一方では後方へ
拡がる。(2) オケアノスから二匹の魚が姿を
現わし始めるとき。彼女の右手の部分（右半身）を
二匹の魚が自ら引き上げ、左手の部分（左半身）を
昇ってくる牡羊が下から引き出す。牡羊が上がってくれば、
さらに祭壇を西に見られるが、もう一方の地平線（東）には

（1）この場合、夜が空から最後の星を引き連れて西の地平線に消えていくこと、すなわち日の出直前の沈み、いわゆる cosmical (morninng) setting となる。

（2）つまり魚座の昇り始める頃、その右半身は地平線の上にあり、下に左半身が拡がっている。

ペルセウスの頭と肩だけが昇るのを見るだろう。

牡牛座と同時に

かれの革帯そのものには疑問が投げられるかもしれない。
つまり、それが見られるのは牡羊の昇りの終わる頃か、または牡牛と共になのか。
牡牛の昇りと一緒にかれの全身が空高く上がってくる。牡牛が昇ってくる時、
後にとり残されないのが馭者で、これは確かに牡牛にぴったりと
ついて進むからだ。とはいえ、この黄道星座とともに
全身が昇るのではなく、双子がかれをことごとく引き上げてくれる。
ところで、仔山羊どもと馭者の左足の裏が（オレノスの）山羊ともども
ほかならぬ牡牛と一緒に進むのは、天空にいる海の怪物の
頸筋と尾が地平線の上方に昇ってくる時だ。
すでに熊の番人（牛飼い座）は、左手を除いて全身を引き下ろす
四つの黄道星座[1]のうちの一番目と共に沈み始めているが、
その左手は大熊の下方に循環の道をたどっている。

双子座と同時に

まさに膝まで沈んでいる蛇使いの両足を、
反対側から昇ってくる双子のための
目印にしよう。その頃には、もう海の怪物はひとかけらも
地平線の（上と下の）いずれの側にも引き摺られず、その全容をご覧になられよう。
今や船乗りは、澄みわたった大海原で河（エリダヌス座）の
一番目の蛇行が海から上がってくるのを目にするだろう。
折しもかれはオリオンその人を待っているのだ、もしかしたらオリオンが
夜と航海の長さを知るための目印[2]を自分に教えてくれるのでは、と。
神々はどこでもこのようなメッセージをたくさん人間たちに告げるのだから。
　君見ずや。月（セレーネー）が細く尖った角となって[3]
西に現われるとき、月（メーン）が立つことを教えているのを。

（1）五八一を参照。

（2）五五九以下の趣旨を、いわば再確認するために、その見分けやすい姿に加えて、蟹座の昇りに連結して昇るところから、おそらくオリオン座を適例として引用するのであろう。五八七以下を参照。

（3）これまでの単調さを打ち破るかのように、月の満ち欠けと太陽年へ叙述が急転する。そして、天文上の記述から次の気象上の予知のセクション（七五八以下）への橋渡しをしている。

そこから最初の光が発せられて、（地上に）影を投ずるほどにもなれば、
さらに四日目に至ることを示してくれる。
半月（はんげつ）（上弦）で八日経ったことを、満月で月の半ばを告げて、
絶えずさまざまに面容を変えながら、
月の何番目の日が巡ってきたかを知らせてくれるのだ。
夜々の果てを明言(1)するにはあの十二の星座が
まちがいなく頼りになるものの、長い一年を通しての折節については、
休閑地を耕す時期とか、植えつける時期とかは、
すでにすべていずこであれ、ゼウスから啓示されている。
航海中にあっても、波の沸き立つ嵐を知り得た人もあり、
それは恐ろしいアルクトゥロスに注意を払ってのことか、
または夜明けのかわたれ時に、あるいは初更のたそがれ時に
オケアノスから引き上げられる星たちに用心してのこと。
まことに然り、これらの星すべてを次々と一年を通して
太陽はその大いなる通路を進みながら追い越して、
その時その時にそれぞれの星にぶつかる、自分が昇る時に、また再び沈む時に。
かくしておのおのの星は、相異なる日(2)を目にするというわけだ。

このようなことは君もご存知のはず。なぜなら、照り輝く太陽の
十九年周期(3)は、すでに広く世に知られているからだが、
とにかく夜が(オリオンの)革帯から(始めて)、年の終わりにまたオリオンへ(4)、
そしてオリオンの凶暴な犬へと回転させるすべての星座のこと、
ポセイドンの領域で見られるのか、あるいはゼウスご自身の領域でか(5)、
人間たちにくっきりと示される目印を与えてくれる星たちのことを。
それゆえにこれらの習得に汗を流したまえ。もし船に信頼を寄せているのなら、
冬の風や海上の暴風のために用意されている目印を、
ことごとく見つけ出すことに心を配ってもらいたい。
骨折りはわずかなもの、だがつねに用心を怠らぬ人には

---

(1) 五五九以下を参照。
(2) つまり、それぞれの星は一年のうちの異なる時に、それぞれの日の出直前の昇り、すなわち morning rising をすること。
(3) いわゆるメトン周期。十九年周期は、古代バビロニアで発見された置閏法である。ギリシアではこれにより前五世紀に十九年に七回の閏月を置く方法が採用された。十九年は太陽年の始まりと朔望月の始まりがかなり正確に一致する周期で、メトン周期と呼ばれた。
(4) 蟹座と共にオリオンの革帯から始まり(五八七以下)、双子座で終わると(七三〇)、ふたたびオリオンから、つまり太陽年の開始点と終結点。
(5) おそらく、ただたんに海と天空を意味するだけであろう。ヘシオドス『仕事と日』六六七以下を参照。

その抜け目なさのもたらす利益は、後で莫大のものになる。
まず第一に自分自身が安全であり、他人にも立派に
忠告して役に立ったりする、嵐が身近におこったときは。
しばしば穏やかな夜であっても船を安全にしておくことは、
夜明けの海を恐れてのことにほかならない。
不運が襲いかかるのがときには三日目だったり、ときには五日目、
またときには思いもよらずにやってくる。ゼウスからすべてのことを
知るのは、われら人間どもにはいまだかなわぬこと、まだまだ多くのことが
秘められたままで、それらのうちからゼウスはその気になれば、後々もわれらに
示してくれよう。かれは人類におおっぴらに恵みを与える、
どこからでも見られて、いたるところで自らのしるしを現わしながら。
月が君に告げてくれるようなこともあり、それが
上弦であれ下弦であれ、半月のときでも、また満月になったときでも。
ほかに太陽が知らせてくれることもあろう。それが昇ってくるときでも、
また夜が始まるときでも。そして、さらに他の目印もあろう、夜と昼に関する
ほかの出所から君のための目印ともなるようないろいろのもの。

月による前兆

最初に二本の角（つの）になっている月をとくと見たまえ。
毎夕それぞれが異なる輝きで月を描いていく。
その都度それぞれの形相が満ちてゆくにつれて月の角を
大きくしていくからだ。三日目の形、四日目の形というように。
このあたりの形から、始まったばかりの月についての情報が得られる。
三日目の頃に月が繊細[1]にして清らかであれば、
天気は上々のはず。繊細ながら真っ赤であれば、

（1）「レプテー（繊細な）」は、ヘレニズム文学のキーワード。「レプテー（leptē）」なる語が七八三の文頭のほかに七八四の文頭にも反復され、しかも七八三から七八七にわたってアクロスティク（折り句）をなしている。つまり、この語の五文字が各行の初めの文字に並べられている。この語が際立たされていることは明白であろう。アクロスティク遊戯そのものは、アラトス以後、ニカンドロスが自署に用いているように、ヘレニズム・ローマ文学には珍しくない。ただ、ここではカリマコスとその一派の文学理論の鍵語のひとつに脚光を浴びせるという、いわば第二の目的を持つという主張に注目しなければならない。とはいうものの、そもそもアラトスとカリマコスはどのような関わりがあるのか、本当に第二の目的などというほどの意義を認められるのか。こうした疑問はまだ十分に解かれていない。いずれにしても、アラトスの文学を理解する上で、避けては通れない問題であろう。これについては、解説も参照。

風が吹くだろう。ぼってり(1)として両方の角も尖り具合が鈍く、
三日目から四日目の弱々しい光を帯びれば、
南風のせいであろうか、近づく雨のために朧にかすむのだ。
もしも三日目の月が両端の角を結ぶ直線を軸にして
前方へ傾かず、かつ後ろへも反り返らずに、
両方の角が（地平線に対して）垂直をなすように見えるならば(2)、
そういう夜の後には西風がもたらされるだろう。
しかし、四日目にもこれと同じように直立すれば、
間違いなく嵐が吹きつのることを教えてくれている。
もしも両方の角のうち上がかなり前方へ屈めば、
北風を予期しておきたまえ。また、後方へ傾けば南風を。
三日目の月の周りをぐるりと完全な円盤(3)が囲んでいて、
その面の全体が赤くなっておれば、ひどい嵐の前兆であろう。
嵐がすさまじければ、それだけその赤色は燃え上がるのだ。
満月と二種類の半月とをとくと見たまえ。
二種類とは満ちていく時のもの（上弦）と、また角の生じていく時のもの（下弦）。
毎月その色から天候の前兆を読み取りたまえ。

全面が清らかであれば、上天気だと判断してよろしい。
全面が赤ければ、風の到来を予期することだ。
まだらに黒味がかっていれば、雨と思うことだ。
月のすべての日にわたり、目印がことごとく（同じように）あるわけではないが、
三日目と四日目に現われるものは、（最初の）半月（はんげつ）まで
有効だし、半月のものはその月の半ばまで
正しく予告してくれる。月の半ばからは、
また欠けていく半月まで。その後これに接続するのが
消え去っていく月の四日目で、(4) その後続が翌月の三日目。
もし暈（かさ）が月の周りをすっかり取り囲んでいるならば、

(1)「ぼってりとした、厚みのある」もまたこの時代の新しい文学のセオリーを暗示するべく、おそらくは故意に追加されたであろう（たとえば、カリマコス「断片」一、二三および三九八）。また、七八三の「清らか」もカリマコスの用語（『讃歌』第二、一一一）とも考えられる。さらに、八二四「滑らか」も。

(2) もちろん、このような月の傾き具合は気象上に何の意味も持たない。

(3) 月の欠けている部分が暗く見える現象であろう。いわゆる地球照により三日月からせいぜい五日六日までの月にしか見られない。北宋の蘇軾が「新月魄を生じて」と詠った魄は、この現象のことであろうか。

(4)「まず、一日、四日、七日は聖なる日」（ヘシオドス『仕事と日』七七〇）、「下旬と初旬の四日には……特に神聖な日」（同七九七以下）。

三重か二重になってめぐらされるか、たった一重の場合もあるが、
一重であれば颪か凪を予期したまえ、
それが壊れれば颪、薄らいでゆけば凪。
二重になって月に周りをかけめぐれば嵐、
三重の暈はさらに激しい嵐をもたらすだろうが、
これが黒ずんでくれば、いっそう激しく、壊れればなおいっそう激しくなる。
以上が月（セレーネー）から学びとることのできる月（メーン）のための目印だ。

八二〇

太陽による前兆

その進路の両端（東西の地平線）における太陽に注意せられよ。
太陽の方がずっと頼りになる目印があるのだ、
沈むときも、地平線から昇るときもいずれ劣らず。
最初に大地を照らすとき、日輪がまだらに覆われていませんように、
君が上天気の日をどうしても必要とする折は。
そして何かほかに目立つものなどはなく、全面が滑らかに見えますように。
牛を軛から解き放つ時分、このように清らかなままであれば、
そして雲のない夕まぐれに柔らかい光に包まれて沈めば、

翌日の朝まだきも上々の天気のままであろう。
ところがそうならないのは、窪んだようになって回(めぐ)っていく時であり、
また光線が分岐して、あるものは南に、あるものは北に(1)
当たっているのに、中央部が輝いている時もまた然り。
こういうときはおそらく太陽が雨か風を通り抜けているのだ。
太陽そのものをとくと見たまえ、もし太陽の光線がそれを君に(2)
許してくれるなら――なにしろそれがこれを観察する最上のやり方だから、
赤みが表面にさしているかどうかを(よく見たまえ)、雲がその上に
たなびいているとき、あちらこちらが赤らむことがよくあるように。
あるいは黒ずむところがあるかどうかを。こちらなら雨近しの
目印としておきたまえ。赤みならばすべて風の目印。
もし同時に両方の色で染まっているようならば、
太陽は雨をもたらし、風吹く中を進んでいくであろう。
日の出か、その後の日の入りのときに、

(1) おそらく、太陽の上方に雲が拡がって光を遮っているのであろう。
(2) 以下は雨や風に関する民間伝承的な前兆が羅列される。

日光が集まってひとところに固まってしまったり[1]、
あるいは雲にのしかかられた太陽が日暮れから明け方へ
または明け方から夜へ進んでゆけば、
これらの日々を太陽は雨に降られながら駆け抜けていくことになろう。
わずかな雲が一足先に上がって、
その後に続いて太陽自身が光を削がれて昇れば、
ゆめゆめ雨を忘れなさるなよ。その周りを厚い輪[2]が
まるで融けているかのように、まず日の出の頃に
拡がってゆき、それからまた薄くなってゆけば、
上天気のうちに日は歩み続ける。また然り、もし冬の頃おい
黄土色を帯びて沈むならば。けれども、昼間ずっと
雨であったならば、その後は雲に注意したまえ、
日の沈む方角へ向いて[3]。
黒ずんだように見える雲が太陽を翳らせ、
日の光が太陽と雲の間を動きまわりながら
雲間からあちらへこちらへと分かれていくならば、
そうなれば君は夜明けまで間違いなく雨宿りが必要となろう。

雲もなく太陽が西方の流れへ浸り、
その近くにたなびく雲が日没時に、
また日没後にも赤ければ、君はまったくのところ
明日も、あるいは夜の間にも雨を心配する必要はないのだ。
その必要があるのは、太陽の光が突然に生気を失ったようになり、
だらりと空から伸びきってしまっている時であって、
それは月がまっすぐ地球と太陽の間に入って
日の光を翳らせると(4)、すっかり弱々しくなるのと同じありさま。
そしてまた、太陽がなかなか姿を見せず、夜の明ける前に
赤みがかった雲がそこかしこに現われる時(5)も、
この日きっと耕作地は水浸しになるだろう。
また同じく、日の出前に拡散する光が
陰影を帯びて夜明け前に現われたら、

---

(1) 厚い雲間から太陽がのぞいているのであろう。
(2) おそらくは雲か霞の輪であろう。
(3) 底本に従わず、Maass および Kidd の読みを採る。
(4) すなわち、日食の折に。
(5) いわゆる「朝焼け」のことであろう。

雨または風の襲来を忘却に委ねなさるなよ。
これらの光がさらにいっそう暗い中を突き進んで
来れば、それだけますます雨の前兆となるだろう。
ほんのちょっとした翳りが日の光の周りに拡がり、
これが柔らかな雲によってよくもたらされるようなものであれば、
日の光は近づいてくる風の暗がりの中に包まれてしまうであろう。
太陽のすぐ近くの黒ずんだ暈（かさ）もまた上天気の予兆にはならず、
その暈が近ければ近いほど、その黒みがなかなか消えないほど、
それだけますます悪天候の前兆になり、暈が二重になればさらにひどくなろう。
とくと見たまえ。太陽が昇っているか、その後また沈んでいく時に、
幻日[1]と呼ばれる雲がもしかしたら
（太陽の）南側か北側か、あるいは両側に赤くなっているかどうかを。
そして、この観察をけっしていい加減に扱ってはいけない。
というのも、これらの雲が両側から同時に、
地平線の近くで太陽を挟み込んでしまうと、
猶予を与えずにゼウスから嵐が襲来するからだ。
しかし、北側からただひとつが赤くなっているようなら、

それは北から風を運んでくるだろうし、南側のであれば南の風を。
あるいは雨粒が猛烈に駆け抜けてゆくかもしれない。
以上の目印にはとくに夕方（西、日没時）に注意したまえ、
夕方（西）にはつねに変わることのない（信頼できる）目印が現われるものだから。
秣桶[2]にも注目することだ。これは小さな雲のように見え、
北にあって蟹と共に回帰年[3]を先導する。
その秣桶の両側に繊細な輝きのふたつの星が
進むが、その間隔はひどく大きくもなく、はなはだ小さくもない、
だいたい腕一本の長さと思われるほどで、
一方は北側にあり、もう一方は南側へ傾いている。
この両者は驢馬と呼ばれ、秣桶を挟んでいるというわけだ。

---

(1) 巻層雲などが空にかかっているとき、太陽の両側視距離約二二度の点に現われる薄明色の太陽に似た光像。parhelia。雲の氷晶が太陽の光を反射・屈折させて起きる。

(2) 蟹座の甲羅のところに青白く見える散開星団（メシエ四十四番）、いわゆるプレセペ（プラエセーペ）。

(3) または太陽年。太陽が黄道を春分点から春分点まで動く長さ。アラトスは黄道十二星座をリスト・アップするとき、牡牛座（春分点）ではなく、きまって蟹座を先頭においている（五四五と五六九を参照）。あたかもここから一回帰年が始まるかのようである。そして、ここではプラエセーペが蟹座と同一視されているのであろう。

天空（ゼウス）がくまなく晴朗に澄みわたるときに、
秣桶が不意にすっかり見えなくなり、その両側を行く
星たちが互いに接近して見えるならば、
そのとき耕作地は、けっして半端ではない悪天候によって水に漬かる。
秣桶が暗くなり、そのかわりに両側の星たちは
いつもどおりであれば、かれらは雨の前兆を示していることになろう。
秣桶の北側の星が弱々しく光り、
かすかな靄に覆われ、また南の驢馬が輝いていれば、
南風を予期せよ。そして、靄に包まれたのと輝いているのとが
逆に入れ替われば、間違いなく北風を目の当たりにしなければならぬ。

気象上のさまざまな前兆(1)

君のために風の目印としたいものに、澎湃たる海も、
長々と轟きわたる海岸もあり、
晴れわたってどよめいている折の岬、
さらにごうごうと唸りを発する山の峰々もある。
そして蒼鷺がふぞろいな飛び方で海から陸地をめざして

しきりに鳴き声を響かせながらやってくる時、
海上で動き出している風の先触れとなるだろう。
またときには海燕も上天気の中を飛ぶ時に、
近づいてくる風に向かって群れをなして行く。
しばしば野鴨とか、海上を旋回する水凪鳥たちが
陸地で翼を打ちたたいたりするか、
あるいは雲が山の頂でたなびいている。
これまでにも薊（あざみ）の白髪ともいうべき冠毛は
風の予兆だったが、静かな海の上をおびただしく、
前に後ろにと漂っている時だ。
そして夏には雷鳴と稲妻の方向が
風の迫りくるのを窺うべき方角なのだ。
暗い夜の間を星が次々と突進して行き、(2)

---

(1) 九一〇―一〇四三に展開されるさまざまな前兆は、内容と配列の両面で、ウェルギリウス『農耕詩』一・三五六―四一四と一致する。

(2) もちろん、流星は気象上の条件と無関係である。ただ、アリストテレスの流星に関する考え方とどこか一脈通じるところがある。『気象論』第一巻第四章を参照。

それぞれの後方に尾が輝いている時、
これらの星と同じ道を風がやってくると予期したまえ。
また、これらの星とは反対の方向へ突進する別の星たちがあったり、
さまざまな方角から飛んでくる星たちが他にあったりすれば、
その時は多種多様の風に用心したまえ。それらの風は
まったく弁別しがたく、人間には見当がつかぬほどに吹き乱れる。
さてところで、東からと南から稲妻が走り、
さらにときには西から、またときには北からと閃けば、
その時こそ海上の船乗りには縮み上がる者がいて、
海に捕らえられるのではないかと、はたまたゼウスからの雨にと。
かくも多くの閃光があらゆる方向から発するのも、雨のせいなのだから。
しばしば、雨になる前には、羊毛の塊に
そっくりの雲が現われたり、
二重の虹が大空を帯となって巻いたり、
あるいはひょっとしたらどこかで星に黒々とした暈がかかったりする。
よくあることだが、湖沼の鳥や海鳥たちが
水中へ飛び込んでは、飽きることなくしぶきを散らせたり、

湖沼の周りを燕たちが長いことひらりひらりと飛び交い、
波紋がたっている水面を腹で軽く打っている。
あるいはあのはなはだ(1)憐れむべき族（うから）にして水蛇への賜り物、
つまりお玉杓子の親父どもがまさに水の中からげろげろ鳴いたり、
孤独な雨蛙(2)が夜明けにくくっと鳴くか、
もしかしたら騒がしい鴉までが突き出た砂州で、
波(3)が陸地に寄せると、そこへちょこんと首を突き入れるか、
川でも頭から両方の肩の先のあたりまで
水に浸かったり、全身を水中に潜らせるか、
あるいはしきりに水際をとてつもなく嗄れ声で鳴きながら動きまわる。
さらには牛たちが雨の降りだす前から
天を見上げながら、大気をふんふんと嗅いでいたり、
蟻どもが巣穴から卵をことごとく
すばやく運び出す。そしてやすで(4)が群れをなして壁を

---

(1) 底本に従わず、Erren、Kidd の読みを採る。
(2) テオクリトス『牧歌』第七歌一三九以下を参照。
(3) 底本に従わず、Erren、Kidd の読みを採る。
(4) やすでのほかに、百足やわらじ虫などにも比定される。

這ってのぼるのが見られる。また、黒い大地の内臓（はらわた）と呼ばれる
あの蚯蚓[1]どもが這いまわっているのも見られる。
家禽類では雄鶏の末孫たちがせっせと
からだにたかる虱をついばみ、声高にこっこと鳴いている、
ちょうど次々と響かせる雨垂れの音のように。
ときには渡鴉（わたりがらす）の族やこくまるがらすの類も、
ゼウスから雨がやってくる目印となるのであって、
かれらが群がって現われ、鷹のように鋭く鳴いている時だ。
渡鴉たちも鳴き声でまさに降らんとする
雨の神々しいしずくを真似たり、
ときにはどっしりとした低い声で二度鳴いては、
羽毛の密生した翼をばたつかせて、遠くまでうるさく響かせる。
そして飼育される家鴨と人家の軒下に棲むこくまるがらすは、
庇にやってきて翼をばたばたと打ち鳴らしたりするし、
あるいは蒼鷺が鋭く叫びつつ波間へとあわただしく飛んでいく。
雨を警戒する君なら、以下の目印のいずれも
なおざりにしなさるなよ。蚋どもがいつもより盛んに

刺して、血をしきりに欲しがるならば、
または湿っぽい夜などに、燈火の芯のまわりに
焦げ目(2)が募りだしたら、また冬の時節に
燈火の炎が時にはきちんとまっすぐに立ちのぼり、
時にはまるで軽微な泡のように、ちらちらとまたたいたりすれば、
燈火そのものに閃光が走っていれば、
夏空が大きく拡がっている折に島に棲む鳥たちが
びっしりと密集して旋回しておれば、ゆめゆめ黙止するなかれ。
そしてまた、君は鍋や火にかけてある鼎を、
いつもより多量の火の粉に包まれているなら、見落としてはいけないし、
また燃えている炭の灰の中にあちらこちら
粟粒のような斑点が白熱している時にも同断だ。
ともかく、雨の用心には以上のことにも注目したまえ。
しかしながら、高い山から霧状の雲が

(1) アリストテレス『動物誌』五七〇a一六を参照。
(2) 原語は「茸」だが、芯の燃えて黒くなった部分のことであろう。

山麓にまで広がっていて、山頂は
晴れわたって見えれば、それこそ極上の天気に恵まれよう。
海面を這(は)うように雲が現われ、立ちのぼることなく
ちょうど岩棚のように、その場に押し下げられていれば、
これまた君には上天気となるだろう。
好天気に恵まれていたら、それだけいっそう荒天の、
荒天の折には晴天の、それぞれ前兆に気をつけたまえ。蟹座に運ばれる
秣桶(プレセペ)には、格別に注意深く見守らなければならない、その下方に
薄い雲がことごとく打ち払われて、すっきりとしてきたらただちに。
というのもあの秣桶は、荒天がおさまっていくと澄みわたるからだ。
燈火の炎が静まり、梟[1]が穏やかに
鳴いたら、これらもまた荒天の鎮まるのを君に教える
予兆にしておきたまえ。さらにおしゃべりな鴉が
夕暮れ時に鳴き声を平静な調子に変えて鳴いたりする。
渡鴉はめいめい単独で侘びしく二声叫ぶが、
その後に絶え間なく鳴き騒ぐことになる。
それが塒(ねぐら)へ戻ろうとする頃になると、いよいよ大群をなして

全員の大合唱となる。やつらはうれしいのだ、と考えてよろしかろう、
その鳴き叫びぶりが朗々と高吟しているかのようだから。
木の葉陰でしきりに鳴いたり、時にはその木の上でも鳴いたりするが、
そこはかれらの塒で、戻ってきてもなお翼をばたつかせている。
おそらく鶴もまた穏やかな日和に先立って、
けっして逸れることなく一直線に大挙して進み、
上天気の中を後戻りもせずに飛んでいくであろう。
星たちからの明るい光が鈍くなり、
別に雲の塊に邪魔されたわけでもなく、
または他の何かの暗闇が妨げたのでもないし、月のせいでもなく、
ただもう突然に輝きを失って星たちが回って行けば、
もはや君はこれを穏やかな日和の目印に加えないで、
悪天候を予期したまえ。また、雲が同じ場所に
停滞しておりながら、ほかの雲はその上を進んできて、
それを通過するか、またはその背後に留まるかしたら、やはり同断。

（1）トンプソンによれば、Athene noctua、コキンメフクロウのことらしい（Thompson, *A Glossary of Greek Birds*, pp. 76-78）。

鵞鳥もうるさく鳴き騒ぎながら餌場へ殺到すれば、悪天候の
立派な前兆になる。人の世の九倍も生き延びる鴉[1]が
夜間に鳴いたり、こくまるがらすが遅くまでわめいていたり、
鶸(ひわ)が明け方にさえずり、あらゆる種類の鳥たちが
海から逃げてきたり、みそさざいとか駒鳥とかが
巣の洞穴へもぐりこみ、こくまるがらすの一族が
豊富な餌場から、夕暮れに塒へ戻ってくるのもまた然り。
さらに大荒れの天気が近づいてくると、ぶんぶんと飛び交う蜜蜂は、
もはや蜜蠟[2]を求めて外へ出て行こうとせず、
それぞれの持ち場で蜜や巣の仕事にてんてこ舞いをしている。
空高く鶴たちの長い列が一定の進路を
とり続けられず、向きを変えてもと来たところへ引き返す。
風がぴたりとやんでいるのに、軽い蜘蛛の巣が空中に漂い、
燈火の炎が黒ずみだしてちらちらと揺らいでいたり、
焚きつけや燈火の点火が天気がよいのにうまくゆかなければ、
荒天となる空模様を信用してよろしい。人間界にある限りの
目印を君にことごとく列挙するのはなぜか。それは、よろしいか、その場に

固まってしまってまことに見苦しい灰からでも、君は降雪を予知できるのだし、
燈火からもやはり雪を予知できる、つまり粟粒のような斑点が
燃える燈心の周りにぐるりと芯を包み込んでいれば。
赤く熾った炭からは雹を、つまり炭そのものは
光って見えても、燃えさかる火の中程に
何かかすかな靄が現われていれば、予知できるからなのだ。
また他方、実をたわわにつける常緑の槲(3)と黒々とした
洋乳香樹（マスティクス）(4)はいずれも試されぬはずがなく、地を耕す者はつねに
どこであれしきりに視線を投げ、夏が手から滑り落ちないように見張るのだ。
常緑の槲が程よくびっしりとどんぐりをつけていれば、
いつもよりも厳しい冬となることを告げていよう。
願わくはどこもかしこも法外に実をつけすぎて、重荷を負わされないことを、(5)

(1) 鴉の寿命が人の世九代にわたるという伝承は、ヘシオドス「断片」三〇四、一－二に発しているらしい。Thompson, *ibid*, p. 169を参照。
(2) 古代では、蜜蠟が蜜蜂の分泌物であることは知られていなかった。アリストテレス『動物誌』五五三b二七を参照。
(3) ケルメスナラかトキワカシか、種の特定は困難。
(4) 地中海地方産ウルシ科の常緑低木。芳香性の樹脂が乳香。
(5) 実りすぎは冬季の長雨の前兆と考えられていたらしい。プルタルコス「断片」一七を参照。

そうして耕地では旱魃を免れ、穂がすくすくと伸びていくことを。
洋乳香樹は三回受胎し、三度実を結び、
その結実のたびに次々と農作業のための目印を
もたらしてくれる。それというのも、耕す時期を
三段階に分かち、中間期と両端の時期にするのだ。
最初の結実は最初の耕作を、中間期の実は
中間の耕作を告知し、最後がもっとも遅い作業を知らせる。
多産な洋乳香樹がもっとも見事に実をつけたら、
これまでにない豊作をもたらす耕作となるだろうし、
もっとも弱々しい実のつけ方なら不作、ほどほどであれば中位の作。
同様に、海葱(かいそう)の茎には三度花[1]がつき、
そのそれぞれに見合った収穫の目印を見て取ることができる。
鋤き起こす人は、洋乳香樹の実に見た目印を
そのまま海葱の白い花に見つけ出すのだ。
ところで、秋に雀蜂が無数に群がって、
いたるところに集まっておれば、プレイアデスの沈む[2]前であっても、
冬の到来を口にしてもよいであろう、

そうしてたちまちつむじ風が雀蜂たちへ渦を巻きだす。
雌豚と雌羊と雌山羊が
交尾のために戻ってきて、雄をすべて受け入れてしまった後も、
またさらに繰り返し交尾をする時、
雀蜂とまったく同様に長い冬を告げようとしている。
ところが山羊や羊や豚の交尾が遅れると、
貧困者は喜ぶのだ。からだを暖めることがちょっと難しいかれには、
かれらの交尾が上天気の一年を示してくれるからだ。
時節をきっちりと守る農民は、決まった時期にやってくる
鶴の群れをも喜ぶ。時節に忠実でない農民は、かれらが遅れてくるのを喜ぶ。
というのも、冬の到来は鶴のそれとちょうど同じで、
鶴が早く、そしていっそうよくまとまった群れで来れば、冬も早く来るが、
遅く、そして群れずに姿を見せれば、
つまりずっと長い時間がかかって、しかも数もわずかずつであれば、

(1) 海葱はユリ科カイソウ属の球根植物で、三度の開花は植物学上確認されていないという。

(2) つまり、十一月の初旬の頃。

冬の到来は遅延し、それがまた遅れた農作業[1]のためになるからだ。
牛や羊が豊かな実りの秋が過ぎた頃に、
地面を掘り返したり、頭を北風へ向かって
ぴんと伸ばしたりすれば、ほかならぬプレイアデスが沈んで
激しい嵐の冬をもたらすだろう。
かれらがあまりひどく掘り返さないでほしいものだ、そんなことをすれば
冬が並外れて長くなり、作物にも作業にも憎らしいものとなろうから。
しかし、広い耕地にたっぷりと雪が降り積って、
まだ見分けもつかないし、伸びてもいない新芽を覆うと、
豊作を待ち望む者はきっと喜ぶこととなろう。
頭上の星たちがつねに変わることなくそれと見分けられて、
そしてひとつかふたつか、それ以上の彗星[2]がないことを希望したいものだ。
彗星が多いことは、旱(ひでり)の年を示しているから。
本土の人が鳥の群れを喜ばないのは、それが島嶼から
大挙してかれの穀物畑に来襲する夏の始まる頃であり、
収穫のことでひどく恐れるのは、
穂の中が空になって藁と化してしまうこと、

旱魃に疲弊して。だが、山羊飼いはかえって
その同じ鳥どもを喜ぶのだ。それがほどほどに飛来すれば、
その後に乳の豊かな年が期待できるから。
われら苦労多く安らぎのない人間は、このようにそれぞれの
生き方をしているということだ。だが、身近の目印を見分け、
それを後々のことのために定めておくのは誰にもできること。
羊飼いは羊たちから荒天の予知を得る、
羊たちがいつもよりあわただしく牧草地へ走り、
道すがら群れの中からこちらでは雄羊が、あちらでは仔羊が
互いに角で衝き合ったりして遊んでいる時に。
または、あちらこちらでぴょんぴょんと跳び、
すばしこいのは四つ足で、角のあるのは両足で跳ねている時に。
または、かれらを夕暮れに群れから追い立てて、
嫌がるのをかまわず帰ろうとしても、道々どこでも草を食み続け、

（1）「そうなれば、種蒔きの遅れた者も、早く蒔いた者に追いつけるかもしれない」（ヘシオドス『仕事と日』四九〇）。

（2）明らかに流星と混同している。

しきりに礫を打って駆り立てても埒が明かない時に。
鋤き起こす人や牛飼いたちが牛から
嵐がやってくるのを知るのは、牛たちが前足の蹄を
舌でぺろぺろ嘗めまわしたり、
右の脇腹を下にしてからだを伸ばして眠ったりする時で、
老練な農夫は鋤き返しの延期を希望する。
またさらに、雌牛たちが解放されて家路をたどる頃に、
しきりにもうもうと鳴きながら群がり、
若牛どもは放牧の草地をあとにして不機嫌になると、
かれらが近々荒天に悩まされずには満腹できそうにない前兆だ。
山羊たちが常緑の槲の棘[1]の周りでせかせかしている時は、
上天気ではないし、豚どもが掃き溜めの上で大騒ぎする時も同断。
同じく一匹狼[2]が長々と咆える時も、
あるいはかれがたいして農夫を警戒もせずに
耕された農地へ降りてきて、まるで人間たちの近くに
避難場所を求めるかのように、そこを塒にする時は、
三日の周期で荒天になると予期したまえ。

このように前述の目印からも、風か嵐かまたは雨が
その日か、その翌日か三日目かに、
きっとやってくると踏んでよろしい。
このことは鼠についても然り、かれらはよい日和にはいつもより
ちゅうちゅうと鳴いて、輪舞でもするみたいに跳ねまわるのを
昔の人たちに気づかれないでいたわけがない。
これはまた犬たちについても同様で、犬が二本足で掘れば、
それは嵐の到来を予期しているからだ。
また、先述の鼠どももそのような折には嵐を予言する。(3)
実に蟹さえも、嵐がまさにその進路をたどろうという時、
水中から陸地へ上がってくるのだ。
鼠も昼日中に足で寝藁をひっくり返してから

---

(1) ケルメスナラの葉は棘があるが、山羊などは好んで食べる。

(2) 一匹狼はとくに強く、獰猛と考えられていた。アイリアノス『動物の特性について』第七巻第八章を参照。

(3) 一一三七－一一四一については写本に異同がはなはだしく、古註にも一切言及されず、アウィエヌスなどのラテン語訳にも翻訳されていない。近代の刊本もこれを削除するものがある。

一眠りしたいと思うのは、雨の前兆を示す時なのだ。
これらのことを断じてないがしろにするなかれ。ひとつの目印から次の目印へと
観察することはよいことであり、もし両方の目印が同じことを示せば、
さらに有望となるだろう。三つ目があれば自信をもってよろしい。
一年が経過するに応じて、つねに目印を数えあげ、
そして比較をしたまえ。つまり、星の昇りと沈みに対応して、
しかじかの日が目印の予告するように現われているかを照合するために。
格段に信頼できるようになるのは、欠けていく月の最後（月末）の四日目と
満ちていく月の最初（翌月の初め）の四日目[1]の両方を
じっくり観察することだが、両方とも隣り合う月の初めと終わりという
ふたつの端を含む。その頃は八夜にわたって、
天空は明るい月がないためにいっそう見誤りやすい。
これらの目印をすべて同時に、一年を通して観察したら、
君はけっして天空について曖昧な判断を下すことはないだろう。

（1）八一〇を参照。

ニカンドロス

有毒生物誌

序　歌

わが友にして縁戚中もっとも尊敬すべきヘルメシアナクスよ、
さっそく君に野生の生き物の形状と、不慮の危害に遭って
命取りになる損傷とその治療としての対抗策を、
きちんと話してきかせよう。そうすれば、労多き農夫も
牧人も杣人(そまびと)も君をおろそかになどしなかろう、
森であるいは耕耘中に恐ろしい毒牙にかかったときには。
なにしろかかる諸疾患の予防法を心得ているというわけだから。

蜘蛛類と地を匍(は)うもの

さて、有害な蜘蛛類は、手に負えない
爬虫類や毒蛇や大地の無数の厄介物ともども、

ティタン神族の血から生まれたと言われている、ただし本当に
アスクレの人へシオドスがペルメッソスの流れ(1)のほとり、
メリセエイス(2)の断崖において真実を語ったとすれば(3)のこと。
研ぎ澄まされた針を持ち、一刺しすれば冷たい汗で凍えさせる蠍を
ティタン神の娘(4)が送り出したのは、ボイオティアのオリオンに
禍々しい最期を企んで攻めかかった折のことにほかならぬ。
それはかれが女神の汚れを知らぬ上着を手でむんずと攫（つか）んだからだ。
そこでかの蠍は、こっそりと小さな石の下に身を潜めていて、
かれの逞しい足の踵のあたりを襲った。
だが、かれのその奇異な姿は、際立ってはっきりと星座群に
入り混じって、見るもまばゆい狩人にされている。

---

(1) ムーサイが身を洗い清める場のひとつ（ヘシオドス『神統記』五）。ストラボンによれば、ヘリコンからコパイス湖へ流入する（『地理書』第九巻第二章一八）。

(2) 古註によれば、ムーサイがヘシオドスに麗しい歌を教えたという（ヘシオドス『神統記』二二以下）ヘリコンの麓の地名。

(3) 古註によれば、このような「異説」はヘシオドスには見出せない。

(4) 女神アルテミスのこと。その母はティタン神族コイオスの娘レト。

その予防法

君として容易にできるのは、農場や家畜小屋から、
あるいは土手から、また干上がった夏の燃える息吹を避け、
澄みわたった空の夕まぐれに畠のほとりで
藁の寝床を設えて一眠りするようなときは、
自然にできた隠れ処から、地を匍うものどもをことごとく
追い立てて一掃してしまうことだろう。あるいは木の生えぬ丘陵のほとりとか、 二六
あるいは有毒の生き物どもが大挙して森の縁[1]で餌をとる谷間とか[2]、 二七
または打穀場のよく均(なら)された土間の縁とかで。 二九
あるいはさらに、初めて萌えそめた草が日陰の濃い草地に花を散らせて 三〇
いるような場所で、そういうとき蛇が弱々しく前進しながら、
干からびた鱗の抜け殻から脱皮するのだ。春になって巣穴を出てきて、
視力はまだ鈍いが、茴香(ういきょう)の樹液の多い若枝はかれを養い、
敏捷にして、眼に輝きを与える。

燻蒸法

毒蛇の焼けつくような、致命的な結末を追い払いたいのなら、

鹿の枝分かれした角を燻すか、
あるいはからからになったガーギス石（褐炭）、火力の強烈さでは
これに勝るものはほかにないが、これに火をつけるのだ。
雄羊歯(3)の羽状葉を火に投じたまえ。
あるいは、君は乳香樹の根にこれと同量の胡椒草を
混ぜ合わせて加熱したものを手にしたら、新鮮な臭いのする
野呂鹿のとりたての角を、天秤でこれと同じ重さを量って混合し、
そして燃やしたまえ。さらに姫茴香を、あるいは硫黄を、
またあるいは瀝青をおのおの同量燃やすのもよかろう。
あるいは、君はトラキア石(4)を火中で燃やしたまえ。
これは水に濡れていると赤熱し、オリーブ油が振りかけられて
わずかに臭いが上がると消え(5)てしまう。

---

(1) 底本に従わず、White とともに写本の読みを採る。

(2) 次の二八は四八九と同一で、一部の写本の欄外にあるのみ。Schneider 以来、この行は削除される。

(3) ウラボシ科オシダ属（Dryopteris crassirhizoma）の植物。根茎は駆虫剤の綿馬。

(4) ガーギス（ガガテース）石と効能または性質は同じという（ディオスクリデス『薬物誌』第五巻一二九およびプリニウス『博物誌』第三十六巻一四一を参照）。

(5) 底本に従わず、White とともに写本の読みを採る。

これを牧人たちはかれらがポントスと呼んでいる
トラキアの川から集めるのだが、そのあたりでトラキアの羊飼いたちは、
羊肉を食らってはのんびりした羊の群れの後をついていく。
もちろん、加熱して活性化されたカルバネー(1)という液汁の強い臭いも
また大いによろしい。蕁麻(2)も、鋸で断ち切られた杉の、
歯がびっしり付いた鋸の顎で削り落とされたその大鋸屑(おがくず)も、
火中で燻して退散させるべき臭いを発散させたまえ。
これらのやり方で、中がうろになったくぼみや割れ目、森の隠れ場を
すっかり空にしてしまい、地面に大の字になって飽きるほど眠られるというもの。

害虫除けの植物

だがもしこれらの物を見つけるのが骨折りで、夜も更けて床に就く刻限が近づき、
仕事をやり遂げたことだし一眠りしたいのならば、
その時は流れの急な川の曲がりくねるところに生えている、
水気が多くて葉のよく繁った薄荷(ミント)を摘み取りたまえ。
これは水の流れのほとりにたくさんあって、その縁のまわりで
きらきらと輝く川を喜びながら盛んに成育する。

あるいは、花をつけた柳を切り取ってきて寝床に敷きたまえ。
または臭いの強いポリオン(3)でもよろしい、これはこの上なくひどい臭気を発する。
同様に臭気を発するものに、しべなが紫(4)（エキオン）とマヨラナ(5)の葉があり、
もちろん、苦艾（にがよもぎ）の葉も同様で、この野生種は石灰質の谷あいの
丘陵地に成育する。あるいは牧草地に自生するヘルピュロス(6)の葉、
これは生命力が強く湿潤な地から養分を摂取し、
根が深く、びっしりと毛の生えた葉がいつも付いている。
そして、好んで地を匍うコニュザ(7)や西洋人参木の白っぽい穂状花序や

(1) galbanum のこと（ウェルギリウス『農耕詩』第三歌四一四以下を参照）。セリ科オオウイキョウ属の植物（Ferula galbaniflua）から採取されるゴム状の樹脂。テオプラストス『植物誌』第九巻第七章二を参照。

(2) ギリシアに多いのは Urtica pilulifera。

(3) シソ科ニガクサ属の植物（Teucrium polium）。ディオスクリデス『薬物誌』第三巻一一〇を参照。

(4) ムラサキ科シャゼンムラサキ属の植物（Echium vulgare）。ディオスクリデス『薬物誌』第四巻二七を参照。さらに後の六三七と一四五頁註（7）を参照。

(5) または花薄荷のことか。シソ科ハナハッカ属の植物（Origanum heracleoticum）。六二七の「ヘラクレスの」マヨラナはこれのことであろう。

(6) シソ科タチジャコウソウ属の植物（Thymus sibthorpii）。ディオスクリデス『薬物誌』第三巻四三を参照。

(7) キク科オグルマ属の植物（Inula viscosa）。これは雄性で、八七五のコニュザは雌性（I. graveolens）。

刺すような臭気を発するアナギュリス[1]を、念頭に置いておくべきだろう。
同様に切り取ってくるものは、柘榴のごつごつとした枝、
またはアスフォデル[2]の若くてよく繁茂した枝、
ストゥリュクノン[3]と恐ろしい西洋おとぎり、これが春に牧人に害を与えるのも、
雌牛たちがこの茎を食べて中毒するからだ。
強烈な臭いのペウケダノン[4]ももちろんよろしい。まさしくその臭いこそが
蛇類を追い払い、忍び寄るのを退散させる。
以上のもののいくつかは、思いがけず野外で寝るとき、傍らに置いておきたまえ。
またほかのいくつかは、かれらの潜むところに、かれらの穴には量を倍にして。

害虫除けの植物性膏薬

さて、陶器か油瓶に西洋柏槙の球果を擂りつぶし、
これを君のしなやかな手足に塗りつけたまえ。
あるいはまたペウケダノンの葉を擂りつぶしたもの、ないしは野生の
コニュザのからからに乾いた葉を油と一緒につき砕いたもの。
同じように薬用のエレリスパコス[5]をシルピオン[6]とともに、
この根をおろしがねの歯がすり下ろしてくれよう――

毒蛇はしばしば人の吐く唾の臭いにしり込みすることもある。
もし君が菜園から取ってきたばかりの青虫の、
背が緑色のものを少量酢に浸して擦りつけるか、
あるいは薄紅葵(7)のよく熟した実で
手足をくまなく塗りつければ、血を見ずに夜を過ごせよう。
乳鉢の石のくぼみの中へ
苦艾(8)の葉の繁った小枝を二本と

（1）マメ科の植物（Anagyris foetida）。有毒。テオプラストス『植物誌』第六巻第二章六とディオスクリデス『薬物誌』第三巻一一一を参照。

（2）ユリ科の植物（Asphodelus ramosus）。五三四を参照。また、『毒物誌』一四七も参照。

（3）さまざまな植物に当てられる名称。テオプラストス『植物誌』第七巻第十五章四および第九巻第十一章五以下を参照。ここでは催眠効果のあるナス科の植物であろう。ディオスクリデス『薬物誌』第四巻七二を参照。

（4）セリ科カワラボウフウ属の植物（Peucedanum officinale）。プリニウス『博物誌』第二十五巻一一七以下を参照。

（5）シソ科アキギリ（サルヴィア）属の植物（Salvia triloba）。テオプラストス『植物誌』第六巻第一章四を参照。

（6）セリ科オオウイキョウ属の植物（Ferula tingitana）。根から採取される液汁に薬効があるとされる。テオプラストス『植物誌』第六巻第三章一以下を参照。

（7）アオイ科アオイ属の植物（Malva silvestris）。ただし、テオプラストスもディオスクリデスもプリニウスもこの植物の実には言及しない。

（8）キク科ヨモギ属（Artemisia arborescens）。プリニウス『博物誌』第二十一巻一六〇以下を参照。

胡椒草を——重さ一オボロスが適量——混ぜて投げ入れ、擂り下ろしたまえ。
さらにそこへダウコス[1]（のらにんじん）の新鮮な実をひとつかみ加えて、
乳棒で擂りつぶすのだ。それをいくつかの球形にまるめて、
日陰の風通しのよい場所で乾かしたまえ。
乾いたら油瓶の中で細かく砕く。それですぐにも手足に塗りつけられよう。

蛇から製せられる軟膏

ところで、もし三叉路で交尾している蛇を生きたまま、
しかも番（つが）ったまま、瓶の中へ以下の薬種とともに投げ込むことができたら、
もういかなる災難にも予防策に事欠くことはなかろう。
すなわち、屠ったばかりの鹿の髄を
一〇ドラクマの三倍の重さ、
さらに三分の一クース（四コテュレー）の薔薇油、これは香料商たちから
一番油、中手（なかて）、極細（ごくぼそ）と呼ばれているもの[2]を加え、
そして同量（四コテュレー）の生の白化オリーブ油と
その四分の一（一コテュレー）の蠟を注ぎ込みたまえ。これらを胴の膨れた
丸い瓶で大急ぎに熱するのだ、肉の部分が柔らかくなって、

背骨の周りにばらばらにほぐれてくるまで。次にあらかじめ用意した、
よくできた杵を取って、これらをことごとく
蛇ともどもつき砕きたまえ。背骨は取り除いておくのだ。
なぜならその中にも同様に有毒物が含まれているから。
そうして手足にくまなく塗りたまえ、遠出のためであれ、就寝のためであれ、
または夏の日盛りに脱穀場での仕事の後、
気持ちを締めなおして熊手で山なす穀物を篩（ふる）い分けるような時。

蛇の雌の恐ろしさ

もしも皮膚に塗薬が塗ってなく、しかも絶食中に、こういう時に
とかく災難に害されるのだが、蛇に咬まれるような目に遇っても、
われらの教訓により君はたちどころに救われるだろう。
そのような目に遇う人にとって剣呑なのは、
雌の蛇の方だ。こちらは曳きずる尾にいたるまでずっと太い。

（1）底本に従わず、Whiteとともに写本の読みを採る。セリ科の植物（Athamanta cretensis）、または野良人参（Daucus carota）。プリニウス『博物誌』第二十五巻一一一以下を参照。

（2）ディオスクリデス『薬物誌』第一巻四三を参照。

だからこそ、死の運命もいっそう速やかにやって来るというもの。

蛇の危険な時期

しかしながら、夏こそ毒蛇に咬まれぬよう用心したまえ、
プレイアデスの昇ってくるのを見守りつつ。これは牡牛座の尾の
下方を掠めながら回(めぐ)り行く小さな星たちだ。
用心するのは、ディプサス[1]が餌にありつけずにこどもたちを温めながら、
巣穴のくぼみに待ち伏せして夜を過ごすときか、
あるいは餌場へひたすら向かっているときか、森の餌に満腹して
一眠りしようと餌場から塒(ねぐら)へ戻るときなのだ。
君は三叉路で雌（エキドナ）[2]に咬まれるところを逃れてきた毒蛇（エキス）[3]に
出会わないように用心したまえ。煤けた色合いの雌の攻撃に狂乱状態なのだ。
つまり、交尾中に雌は雄をしっかと締めつけながら情熱に駆られて、
狂おしい牙で引き裂き、パートナーの頭を切り落とすという時期だから。
だが、生まれてくるこどもたちがすぐさま非業の最期を遂げた父親の
敵討ちをしてくれる。かれらは母親の薄い脇腹を食い破って
出てくるものだから、まさしく母親なしで生まれるというわけ。

蛇類でこの種類のみが産みの苦しみを負うのであり、森に棲む他のものは
すべて卵生の蛇で、殻に包まれたこどもを温めている。
こういうときにも注意したまえ。それは老いさらばえた皮を脱ぎ棄てた毒蛇が
新たに蘇った青春に歓喜しつつ、ふたたび姿を見せるような時だ。
あるいはまた、鹿たちに踏み躙られるのを巣穴へ逃れると、
腹立たしさのあまり、人間たちへ向けて腐食性の毒液を発射するような時も。
そもそも鹿や野呂鹿は、長々とくねる有毒の生き物に
憎悪を抱いているものだ(4)。それで、かれらはどこまでも追跡を怠らず、
石置き場や石壁、隠れ場所を探しまわり、
その鼻孔の恐るべき呼吸でもってぴったりと追いかけて行く。

---

(1) 毒蛇の一種。三三四を参照。
(2) 二〇九を参照。
(3) 一二八以下のエキドナの野蛮さは、ヘロドトス『歴史』第三巻一〇九にも記述されている。また、アリストテレス『動物誌』五五八a一一五を参照。
(4) プリニウス『博物誌』第八巻一一八によれば、鹿は蛇と敵対し、その巣穴を探し出すと、自分の鼻孔からの息で蛇をおびき出す。したがって、牡鹿の角を焼くと、その臭いが蛇を追い払うのに効果的であるという。オッピアノス『漁夫訓』第二巻二八九を参照。

さまざまな蛇――「セープス」

さて、雪に覆われたオトリュス[1]の岩山にも、
命取りになる蛇は棲息するのだ。空洞になった岩の裂け目、荒れた岩場、
樹木の繁った絶壁などには、渇した[2]蛇セープス[3]が出没する。
これはからだの色が変化するので、ひとつのきまった色合いを帯びずに、
自分の巣穴を造った場所の色彩につねに合わせているのだ。
一五〇 荒れた岩場や石の堆積するあたりに棲息するため、かれらは
小型の部類に属するとはいえ、凶暴かつ怒りっぽい。咬まれると、
人間にとってけっしてただごとではすまず、危険きわまりない。
かれらのあるものは、そのからだが蝸牛のようであり[4]、
またあるものは、青っぽい色合いの鱗で覆われ、それが巨大なとぐろを
まだらにしているのだ。だが、たいていのものは砂埃にまみれているので、
砂の中をのたくるうちに、とぐろがざらざらに荒れてしまっている。

さまざまな蛇――「エジプト・コブラ」

凶悪なエジプト・コブラを念頭に置きたまえ。かさかさに乾いた鱗で
一五八 表面はごわごわしており、すべての蛇類の中でもっとも恐ろしい[5]。

その姿はぞっとするほど異様で、行動するときは
のろのろととぐろを解いて重心を移し、眠そうな眼を
瞬かせながらつねに一点にすえている。
しかるに、何か異変を思わせる音を耳にしたり、明るい光を
目にしたりすると、全身から惰眠をかなぐり棄てて、
地面の上にとぐろを輪のように丸い形に巻き、
その真中に頭をぐっと持ち上げる、ひどく憤然として。
地上に棲息するものの中でも、ずばぬけて恐ろしいこの生き物の体長は、
一尋(6)あり、その太さは、雄牛や低く唸るライオンと
一戦を交えるために、槍造りの工匠が作り出す
狩猟用の槍のそれと同じほどなのだ。
あるときはほこりをかぶったような色が背中に拡がり、

(1) テッサリア地方の南部にある山系。ヘロドトス『歴史』第七巻一二九を参照。

(2) または、「(咬まれると)渇きを起こす」。ただし、三三九のディプサスを参照。

(3) 同定のできない蛇。南ヨーロッパに棲息する毒蛇の一種か。八一七では蜥蜴の一種としてセープスの名が見える。

(4) おそらく、蝸牛の色に似ることを言おうとするのであろう。

(5) 一五九－一六〇は、主要な写本に欠けており、Schneiderの刊本は削除する。底本もこれを支持する。

(6) 約一・八メートル。

またときにはマルメロの実の黄色を帯びて光沢があり、ときには灰色を呈する。
しばしば煤けた褐色をなしているが、これはエチオピアの土壌のために
黒ずむのであって、この土を多くの河口を持つナイル川が氾濫しては
海原をめざしつつ海へ流出させているのだ。
眼の上方、額の上のあたりに瘤のようなものが
ふたつあるのが見える。そして、その下にある眼は、とぐろの上方で
血のごとく赤々と燃え、そのほこりをかぶったような色の頸が膨れあがる、
たえずしゅうしゅうと音を発しながら。それは凶暴な怒りに駆られ、
たまたま出会った通行人に死を浴びせかけるときだ。
その四本の歯（毒牙）は内側がくぼんで
鉤（かぎ）状に曲がって長く、顎に根づいていて
毒液を含むが、その根もとで粘膜の襞に覆い隠されている。
そこから、いかんとも癒しがたい毒液を人体に放出するのだ。
憎い奴らの頭にこそ、こんな怪物は近寄っていってもらいたい。
咬み裂かれた傷は肉の上に現われず、命取りとなる[1]
脹れも炎症も呈しないで、その人は苦痛もなく死ぬ。
昏睡状態に陥って命を失うのだ。

さまざまな蛇――「イクネウモーン」

ところで、イクネウモーン[2]だけは無傷のままコブラの攻撃をかわす。
一戦を交えるときでも然り、この恐ろしい蛇が
温めている忌まわしい卵を、ことごとく地面の上で
潰してしまうときでも然り、被膜を食い破って卵を
放り出しては、破壊的なその歯でばりばりと砕いていく。
この毒蛇の追跡者の外見は、恐るべき貂[3]と変わらない。
その貂は家禽たちに破滅を求め、
かれらが眠っているのを、止まり木から引っつかんで取ってしまう。
そこは横木の上に塒を設えたり、かよわい雛を
懐に抱いて温めながら育てたりするところなのだ。
しかし[4]、エジプトの蘆荻の生える湿地で、イクネウモーンが

---

(1) 以下の症状は医学的にもかなり正確だといわれる。アポロニオス・ロディオス『アルゴナウティカ』第四歌一五二一以下、ルカヌス『内乱』第九巻八一五以下をそれぞれ参照。

(2) 鼬の一種で Herpestes ichneumon (O. Keller, *Die antike Tierwelt*, Bd. I p. 158ff.)。アリストテレス『動物誌』六一二a一六を参照。

(3) これも鼬の一種。アリストテレス『動物誌』六一二b一〇、および O. Keller, *ibid.*, p. 164f. を参照。

(4) 二〇〇以下と同じ趣旨がアリストテレス『動物誌』六一二a一六に述べられる。

くねって進むコブラと壮絶な一戦に及ぶことになれば、
かれはただちに川に跳び込み、その両足で川底の
泥土を叩く。たちまち全身を泥まみれにしてしまう、
小さなからだを転がしながら。そしてついに真夏の烈日（シリウス）が
かれの毛皮をからからに乾かし、咬まれても傷つくことのないようにするのだ。
それから舌をちろちろとちらつかせる蛇の恐ろしい頭へ
躍りかかって食らいつくか、またはその尾をひっとらえるや、
草の生い茂った川の中へ転がり込むというわけだ。

さまざまな蛇――「エキドナとエキス」

雌[1]のエキドナの多様な外見を、君は知っておいたほうがよかろう。
大きなものもあれば小さなものもあり、ヨーロッパにも
アジアにも同じように棲息しているが、互いに似ているとは思えないだろう。
まずヨーロッパでは小さいものが普通で、鼻孔の先端の上に
角状の突起があり、かつ白っぽい色をしている。
これらはスケイロン[2]やパンボニアの山岳や、
リューペー、コラクス、灰色のアセレノスの丘陵の麓に棲む。

アジアに棲息するものは、長さが一尋(3)か、それ以上の蛇で、
ごつごつとしたブカルテロス(4)の周辺、アイサゲアの
険しい岬やケルカポスの山に限られている。
雌の前頭部は平たく、そしてとぐろの末端で、
切り縮められたような尾をぐるぐるとまわす。
その尾は乾ききった鱗ですっかりざらざらになっているのだ。
そうして、草むらの中をあちらこちらへのろのろとくねりながら進む。
これに対して、雄(エキス)はいずれも頭部が尖っているように見え、
体長はずっと大きなものもあり、小さいものもある。腹部の太さは、
こちらのほうがほっそりとしている。雄の尾は先細りに延びていて、
それは長い間曳きずった結果、擦り減ったのか、

---

(1) エキス(雄)とエキドナ(雌)は別種のものとする見解もあったらしい(アイリアノス『動物の特性について』第十巻九)が、本篇では一二八以下と二〇九以下に明らかのごとく雌雄の別になっている。しかし、同定についてはVipera ammodytes のほかにもいくつか考えられる。

(2) 以下順に、アッティカとメガラの境にある岩山、メガラ地方の山、アイトリア地方の山、アイトリアの東端にある山、ロクリスまたはトラキスの山。

(3) 約一・八メートル。

(4) ブカルテロスは不明、アイサゲアの岬はクラロスとサモスの間にある。ケルカポスの山はニカンドロスの故郷コロポンの近くにあり、おそらくかれには親しいものであろう。

あるいは鱗が擦り切れてしまったのであろう。ところで顔面の
眼(1)は、厄介ごとに巻き込まれると血の色を帯びてくるし、枝分かれした
舌を激しくちらつかせながら、尾の先端を揺り動かす。
道行く人はこれを蛇の三途の川(2)と呼んでいる。
雄の毒液を吐き出す二本の牙は、皮膚の上に
痕跡を残すが、雌にはつねに二本以上(3)ある。
というのも、雌は口全体で捕らえるからで、その牙が（食い込んだ）
肉の周りに拡がっているのを容易に見てとることができよう。
雌に咬まれると傷口から排出物が滲み出るが、それはオリーブ油に似ていたり、
血のようでもあったり、無色だったりする。その周辺の肉は、
激しく脹れあがりはじめる。しばしば青みがかっているが、
ときには深紅を呈したり、みるみるうちに青黒くなっていく。
ときにはたっぷりと液汁を含むこともあり、傷の周りには、
小さな吹出物がまるで焼け焦げた皮膚から生じた
細かい火ぶくれのように、じくじくしている。
潰瘍は周辺のいたるところに拡がり、傷口から離れていたり、
そのすぐ近くであったりして、濃い青色の毒汁を放出する。

浸透していく破滅の元凶は、全身にわたって
激しい炎症で食い込んでくる。喉もとや口蓋垂のあたりで、
吐き気が絶え間なく繰り返して身悶えさせる。
全身のいたるところで感覚が鈍麻し、たちまち四肢と
腰に鈍重な、そして危惧すべき無力感がしっかり取りついて離れない。
頭には暗黒の重苦しさが居座ってしまうのだ。やがて被害者は
ときには激しい渇きで、喉をからからにしてしまう。
またしばしば指の先から冷たいものに襲われ、全身のすべてに
真冬の激しい嵐が荒れ狂うのだ。
しばしば胃の腑から胆汁を嘔吐するが、
全身は黄白色を呈している。降りしきる雪よりも
冷たい汗にまみれて、全身が濡れそぼつ。

---

(1) 原語「グレーネア」はアラトスによって夜空を飾る珠玉のような星に用いられ(『星辰譜』三一七を参照)、ここでは毒蛇の不気味な眼に用いられている。

(2)「嘆きの川」が原意。本来はエペイロスのアケロン川の支流の名。それがステュクス川とともに冥界を流れる川の名となっている。

(3) 毒牙が二本を越えることはありえない。

またあるときは、色がくすんだ鉛のようになったり、
ときには黒ずんだり、「銅の花」(1)にそっくりになったりする。

さまざまな蛇――「ケラステース」

さらに、君はずるがしこいケラステース(2)についても知っておいたほうがよい。
これはエキスのように襲いかかってくるし、からだの大きさも似ている。
ただし、エキスには角がない(3)が、ケラステースは大いにこれを
当てにするところがあり、四本(4)であったり、また二本であったりするのだ。
そのほこりをかぶったような色の皮膚は、ざらざらに荒れていて、
砂の中や道の轍（わだち）に眠る習性がある。
両者のうちエキスは、身を捩じらせながら素早く真向かいに、
直線経路を腹部の大きなうねりで進む。
それにたいしてケラステースは、ぎこちなく胴体の真中を動かして転がって行く。
曲がりくねった経路をごわごわした背中でよたよた進むのは、
商船の艀（はしけ）用の小舟によく似ている。これは向かい風を受け、
舷を丸ごと海の水に浸しながら、南西風に吹き戻されても遮二無二突進する。
ケラステースに咬まれると、ぶざまな傷の周りに

木の瘤のごとき皮膚硬結が生じてくる。
雨滴に似た鉛色の気泡が
傷口の周辺を転々とするけれども、肉眼ではかすかに見分けられるだけ。
命取りのケラステースのおぞましい毒牙に突き刺されれば、
苦痛こそさほどに激しく終始するわけではないが、
苦しみつつ日の目を九度目のあたりに見るだろう。
鼠蹊の両側と臀部に面倒なものが頑固に
現われて、一方では皮膚が鉛色を呈してくるのだ。
苦しみに苛まれてからだの節々には、
わずかしか力が残っていない。死の運命からはほとんど逃れようがない。

（1）硫酸銅の青色か、緑青の緑色を意味するか。ディオスクロス『薬物誌』第五巻九八を参照。
（2）「角の生えた」を意味する。Cerastes cornutus または Vipera cerastes に同定されている。
（3）二一一三では角状の突起のあることを明言している。一一三頁註（3）と同様にニカンドロスの誤謬かもしれないが、エキスの角はケラステースよりも短いので、「角がない」は、「矮小化または退化した」という意味かもしれない。
（4）ケラステースの角はただ二本しかない。これもニカンドロスの誤解か。

さまざまな蛇――「ハイモロオス」

次にハイモロオス[1]に咬まれた折に現われる特徴を話そう。
これは岩のごろごろとした巣穴[2]で眠るのがつねであって、
垣根などの下に小さくて粗雑な隠れ処を作り、
存分にえさを食い飽きると、そこへ身を潜ませるのだ。
その体長は足跡と同じぐらいだが、太さについては
燃えるように赤い頭から下へ、先細りに小さくなっていく。
ときには煤けた色合いのもの、また逆に赤みがかった茶褐色のものもある。
首のあたりはほどほどに細く、尾は短く
乱暴に押し縮められ、臍のあたりから延びている。
その雪のような眼の上の額には二本の角があり[3]、
眼の白さ（冷たさ）からすれば飛蝗（ばった）によく似ている。
そうして貪欲そうな頭を恐ろしげに高くもたげるのだ。
斜めによたよたと進みながら、ケラステースと同様にいつも
背の真中から短い経路に小さなからだを向けていく。
地面に腹部を平らに擦られつつ、くねるたびに表面の鱗で
軽くざわざわと音を立てるのは、麦藁の山を匍ってくるよう。

これに咬まれると、まず黒ずんだ不健康な色の脹れが生じ、
ひどい痛みが心臓を凍えさせる。
胃の腑は水のような液体に溢れかえり、最初の夜に
血が鼻孔と喉から、そして耳から
噴出するのだ、胆汁に似た毒液に新たに汚染されて。
尿は血に染まっており、四肢の上の傷口は
破れて口を開ける、皮膚の破壊にせかせられて。
ハイモロオスの雌（ハイモロイス）が毒液を君の中へ押し込むことのないように。
なにしろひとたび咬まれれば、歯茎はすべて同時に根もとから
脹れあがり、爪からはとめどもなく血が滴り、
歯は血の塊にねっとりしてぐらぐらとなる。
言い伝えが本当ならば、かの性悪のヘレネーはトロイエーからの途中、

（1）「血の流出」の意。これに咬まれると、全身から血が流出するからだという。プリニウス『博物誌』第二十巻二一〇を参照。どの種に同定するかは異説が多く一致しない。

（2）底本に従わず、White とともに写本の読みを採る。

（3）二九一―二九二は古註の解釈に従った。また、二九一の底本の読み「ヒュポ」を採らず、写本の読み「ヒュペル」に従う。

この毒蛇の種族に腹を立てたというのだ。波の滾(たぎ)るナイル川のほとりに、
船を渚に引き上げたときのこと。北風のすさまじい襲来から逃れたものの、
彼女はトーニス(1)の砂浜に舵手のカノーボスが
卒倒しているのを見た。かれの寝道具で押しつぶされた
雌のハイモロイスがかれの喉もとを咬み、恐ろしい毒液を
吐き出したのだ。かれに不運な眠りを与えたわけだ。
そこでヘレネーは蛇のくねるからだの真中を押し砕いて、脊柱の周りの
結帯をずたずたに絶ったので、背骨がからだから飛び出した。
この時以来、ハイモロオスと斜めにさまようケラステースだけは、
この不都合な苦境に打ちひしがれて、のたうっているという次第。

さまざまな蛇――「セーペドーン」

セーペドーン(2)のからだつきを知っておいたほうがよいであろう。ほかの点では、
外見上ハイモロオスに似ているけれども、これは真向かいに進路をとって進み、
しかもそのおぞましいからだには角(つの)がない。その色は
絨緞のそれに似ていて、ざらざらとした表面に拡がっている。
頭は重く、尾は移動しているときには

短く見える。というのも、その先端をとぐろのように巻いているからだ。
ところでセーペドーンの咬み傷は致命的で、かつ苦悶ははなはだしく、
その黒い破壊的な毒液はからだ全体へゆきわたる。
からからになった皮膚の周りでは毛髪が萎（しお）れ果て、
撫でられた薊（あざみ）の冠毛(3)のごとくにはらはらと散り落ちる。
すなわち、咬まれた人の頭と眉から毛髪は断たれ、
眼瞼からは黒い睫毛が枯れ落ちるのだ。
輪形の斑点が四肢の表面に現われ、
レプラ状の発疹が速やかに白く輝く吹き出物を拡散してゆく。

さまざまな蛇――「ディプサス」

さて、ディプサス(4)の外見は、つねに小型のエキドナに

---

(1) ナイル川のいわゆるカノーボス河口にある地名。ヘロドトス『歴史』第二巻一一三以下を参照。

(2) 同定の不可能な蛇だが、一四七のセープスと同一かもしれない。

(3) 『毒物誌』一二六およびアラトス『星辰譜』九二一のそれぞれの用法を参照。

(4) Cerastes vipera または Vipera prester。渇きを意味するギリシア語「ディプサ」に関連する呼称であろう。

似てはいるだろうが、ただ死の運命はこの冷酷な蛇に
咬まれた人々の方へいっそうすばやく到達するであろう。
ほっそりとした尾は全体に黒っぽいが、先端からだんだん黒くなっていく。
咬まれれば心臓はすっかり焚きつけられ、熱のために
乾ききった唇は、焼けつく渇きでかさかさに萎(しな)びてしまう。
やがてその人はまるで雄牛が川面に身を屈めるように、
大口を開けて計り知られぬ量の水を飲み、
挙句の果てに腹が臍のあたりを破裂させて、過重の荷物を流し出すのだ。
さてところで、ある遠い古の物語[1]が人間たちに流布している。
クロノスの一番年長の息子[2]は天界を制覇したとき、
弟[3]たちひとりひとりに誉れある領域を配分したが、
賢明にも人間どもには「若さ」という贈物を与えたのだ、
かれらがあの火盗人[4]のことをかれに告げ口した褒美として。
愚かな人間たち、結局その無分別から何の幸福も得られなかった。
かれらは(その重荷に)疲れてきたので、のろまな驢馬[5]にあの贈物を
預けたのだ。驢馬は(夏に)渇きに喉が焼けついてぴょんぴょんと跳ねまわり、
恐ろしい地を匍う動物が巣穴にいるのを見るや、

ひどく苦しむ自分を救ってくれとお世辞たらたらで懇願した。すると、蛇は驢馬が受け取って背に乗せていたあの荷物を、贈物としてくれるようその愚か者に要求した。彼はその求めを断らなかった。この時以来、地を匍う生き物はつねに老いた皮を脱ぎ棄てるが、厭わしい老齢は人間どもを取り巻いて付きまとうのだ。だが、この命取りの生き物は、けたたましく鳴く驢馬から焼けつく渇きの病を受け継ぎ、それをまたちょっとした恐ろしい一撃で送り込んでしまうというわけ。

(1) いかにして人間が永遠の青春を失ったかを語るこの伝承は、アイリアノス『動物の特性について』第六巻五一によれば、イビュコス「断片」三四二（PMG）やソポクレス「断片」三六二などでも用いられた。

(2) ホメロス『イーリアス』第十三歌三五五ではゼウスはポセイドンの兄であり、ヘシオドス『神統記』四七八では末子になっている。

(3) ニカンドロス（Nikandros）の九文字が三四五―三五三の九行のそれぞれの冒頭に配され、アクロスティク（折り句）によって自署しているかのようである。かれのもうひとつの作品『毒物誌』二六六以下にも、不完全ながらアクロスティクの自署が見られる。作者にとってこれがいかなる意味を持つのか、さまざまに解釈されるが、とにかく時代の風潮の現われであろう。六七頁註（1）を参照。

(4) 人類に火をもたらしたプロメテウスがその人間たちに裏切られ、密告されたというが、ほかには知られていない伝承である。

(5) 底本に従わず、一部の写本の読みを採る。

さまざまな蛇――「ケルシュドロス」

さて、次はケルシュドロス(1)とコブラの形態上の類似性を問いたまえ。
これに咬まれると悪性の兆候がすぐさま現われる。
つまり、肉の上の皮膚は、ことごとくかさかさになって醜状を呈し、
じくじくとした爛れで膨れあがり、下から滲み出てくる、
膿汁が溢れて。痛みは限りなく、焼けるようで
人を打ちのめす。そして速やかに脹れが四肢に現われて、
あちらこちらにかわるがわる激痛を走らせる。
この蛇は、初めは水の浅い湖沼で
いかんともなだめようのない恨みを蛙どもに晴らしているが、
シリウスが水を干上がらせ、湖沼の底まで旱魃が及ぶや、
そのときこそ、陸に揚がってほこりをかぶったような冴えない色に変ずるが、
その嫌らしいからだを陽光で温めるからなのだ。
舌をちろちろと吐きながら、道端の乾ききった溝のあたりを根城にする。

さまざまな蛇――「アンピスバイナ」

これに続いて君に知ってもらいたいのはアンピスバイナ(2)、からだは小さく、

動きはのろくて双頭で、眼はつねに虚弱だ。
からだの両端から尖っていない顎が突き出ていて、
それぞれ互いに離れている。そのからだは土色で、
ぎざぎざにささくれだって、斑点があり光沢を帯びている。
これが一人前に成長すると、杣人（そまびと）たちはよじれた野生オリーブ樹の
大枝を杖にするために切り取るように、
春になって郭公の鳴きだす前にこれが姿を現わすや、
すぐさまその皮を剝ぎ取る。(3) この蛇は皮膚の故障に
苦しむ人たちのためになるのだ。つまり、仕事に支障をきたす
霜焼けが寒さに打ちのめされた人々の手に突発したり、
あるいは腱の紐帯が緩んだり、疲弊したりしたときなどに。

---

(1) 種の同定は諸説があるが、ウェルギリウス『農耕詩』第三歌四二五以下の「カラブリアの悪しき蛇」はこのケルシュドロスであろう。

(2) ほとんど伝説的な蛇。その呼称から頭と尾の区別がなく、前進と後進が自在に可能なのであろう。アイスキュロス『アガメムノン』一二三三を参照。

(3) 古註によれば、この皮を杖に巻きつけておけば、それを握ると手を温めるのだという。プリニウス『博物誌』第三十巻八五を参照。

さまざまな蛇――「スキュタレー」

スキュタレー(1)についても知っておくべきだろう。外見はアンピスバイナに
似ているが、太さにおいても、(2)その無用の尾までの長さにおいても、
はるかに大きいのだ。スキュタレーは二叉(ふたまた)の鍬の柄と同じほどの
太さがあるのに、アンピスバイナの大きさは腹の虫の、(3)
または雨天の大地が育てる蚯蚓(4)のそれと同じだ。
春が近づき、大地が地を匍うものたちを外へ連れ出す頃、
川床とか、空洞になっている岩の裂け目とかから出てきた後も、
スキュタレーは茴香の枝にたっぷりと付いた新芽を食いあさらないのだ、
太陽の下で全身の脱皮を終えてしまっているというのに。
それどころか垣根や森の草地へもぐりこんでしまい、
身を潜めてうとうととまどろむのだ。たまたま大地が与えてくれるもので
養われ、飲みたくてたまらないのに渇きをくいとめようとしないのだ。

さまざまな蛇――「バシリスコス」

知っておきたまえ。蛇類の王バシリスコス(5)のことを。小さいながらも、
ほかのいかなる蛇どもより優れている。そのからだは頭が尖り、

金色を呈して、まっすぐに伸ばすと掌を三つ並べた長さになる。
長大なとぐろを重々しく巻くどんな地上の大蛇といえども、
餌場や森の中へと、あるいは真昼時に水飲み場を渇望して
ひたすらに急いでいても、この蛇のしゅうしゅうとたてる音を聞いたら、
もはやそこに踏み止まるものはいない、もときた道を逃げ戻るだけだ。
これに咬まれた人は、からだが脹れあがり、四肢からは
肉が鉛色にもなり、黒ずんだりもして剝がれ落ちる。
死体を上空で追い求める鳥も、
鷲であれ、禿鷲であれ、雨を告げて鳴き騒ぐ鴉(6)であれ、
また野山で餌をあさる野獣のいずれの類も、
この蛇の死体をけっして食べない。それほど強烈な悪臭を放つのだ。
命取りになるような貪欲から、うっかりそれに近づこうものなら、

(1) 全身が均一の太さで、丸みを帯びている蛇で、アンピスバイナに似ているというが、同定は不可能。
(2) 底本に従わず、White とともに写本の読みを採る。
(3) 寄生虫のこと。アリストテレス『動物誌』五五一a八を参照。
(4) アラトス『星辰譜』九五九を参照。
(5) 伝説的な蛇か、または蜥蜴の一種。
(6) アラトス『星辰譜』九六二以下を参照。

たちまちにしてその死の運命は成就される。　四一〇

さまざまな蛇——「ドリュイナース」

ドリュイナース(1)の与える運命を心得ておきたまえ。これは別名を
ケリュドロスともいう。これは樫の木（ドリュス）の中に棲み処を作るが、
その樫はおそらくペーゴス(2)であろう。山中の峡谷に棲息する蛇だ(3)。　四一三
湿地の草や沼地、居心地のよい湖沼を見棄てて、　四一五
草原で飛蝗の類や小さな蛙を探し求めているが、
虻の不快きわまりない襲撃を予期してはあたふたさせられるのだ。
それでペーゴスの洞になった幹の中へすばやく忍び込み、
とぐろを巻く。かくして繁みの奥に隠れ処を作ってしまうという次第。
その背中は煙に燻されたような色合いで、頭の平たいところは　四二〇
ヒュドロス(4)（水蛇）に似ている。その表皮から嫌な気体を発散するが、
それは水に漬けた馬の皮のあちらこちらで
皮くずが削がれ、鞣し用の小刀の下にじくじくと滲み出るときのようだ。
実際、この蛇がひかがみや足の裏を咬めば、
息の詰まるような臭い(5)がその部分から拡散され、

その人の傷口の周りには黒い腫れ物が盛り上がってくる。
かれは取り乱してしまい、憎むべき苦痛がかれの心に枷を嵌めるのだ。
かれのからだは、苦悶のあまりからからに乾く。
すると皮膚がぐにゃぐにゃにたるんでくる。激烈な毒は
このようにかれを食い尽くそうと、とめどもなく餌をあさり続けるのだ。
ぐるりと霧がかれの両の眼を覆い、ひどい苦しみに悶えるかれを圧倒する。
中には悲鳴をあげる人もあれば、窒息する人もいて、
排尿は停止する。この時また眠りに陥り、
鼾をかく。絶え間ない吐き気に苛まれたり、
喉から胆汁の混じった反吐を吐き出したりするが、
時には血の混じることも。そして最後にこの渇きの

(1) 同定にはいくつかの提案があるが、決定的なものはない。金属光沢のある羽の蝿・虻の類を自らのざらざらとした鱗にかくまっているのに、いずれ、これに殺されるという。別名ケリュドロスについては、ウェルギリウス『農耕詩』第二歌二一四を参照。

(2) おそらくヴァロニア・オークであろう。

(3) 四一四は Schneider 以来、削除される。

(4) おそらく淡水産の無毒の蛇 Tropidonotus natrix であろう。

(5) この悪臭は、レムノス島に置き去りにされたピロクテテスの傷から発したものという。ホメロス『イーリアス』第二歌七二一以下を参照。

忌まわしい宿命がもがき苦しむ肢体に痙攣をふりそそぐのだ。

さまざまな蛇――「ドラコーン」

緑色と暗青色のドラコーン[1]（龍）のことを学び、頭に入れておきたまえ。
これはかつてアスクレピオス（医術の神）が葉の繁った樫の中で育てたが、
それは雪を頂くペリオンの山中のペレトロニオス[2]の谷にあった。
ドラコーンはまことに光り輝いて見え、
その上と下の顎には歯が三列並んでいる。
眉毛の下には大きな眼があり、顎の下方のさらに下には
黄色に染まった鬚がつねに変わることなくある。この蛇もやはり人を襲うが、
ひどい危害を与えることはない、たとえ激しく怒っていても。
というのも、かれの薄い歯で出血した人の皮膚に付いた
咬み傷は、夜の間に齧る鼠[3]のそれのように、些細なもののようだからだ。
ところで、鳥類の王の鷲はそもそも初めからドラコーンには
凶暴な憎しみを抱き、ますますそれを強めているが、これに向かって
嘴で遺恨の戦いを挑んでいくのは、森の中を動きまわっているのを
見つけたときだ。これは森のあちらこちらに潜伏場所を設けて、

鳥どもの雛や大切にしている卵をあさり食らっているので。
しかるに、鷲が仔羊か疾風の兎をその鉤爪で
引っつかんだところを、ドラコーンは易々とかっさらおうとする、
繁みの中から飛び出してきて。鷲はぱっと身をかわす。それでご馳走をめぐる
戦闘となる。鷲が輪を描いて空中を舞うのを、ドラコーンは身をくねらせて
果てしなく追っていく、藪睨みの嫌な目で見つめながら。

さまざまな蛇――「ケンクリネース」

もし君が片足を引き摺る神へパイストスの島（レムノス）にある谷間を歩くか、
あるいは寒風吹きすさぶサモトラケ(4)へ行けば、この島々はトラキアの湾内にあり、
レスキュンティオン(5)のヘラから（つまりトラキア本土から）遠く離れているが、
そのトラキアにはヘブロス川、さらに雪が斑に残るゾネ(6)の山、

（1）伝説上の蛇とも熱帯産の蛇 Python sebae とも言われる。
（2）ラピタイ人との結びつきでとくに有名。
（3）底本に従わず、White とともに多数の写本の読み「ニュケーボロス」を採る。おそらくはニカンドロスの新造語であろう。
（4）原語は「サモス」。ホメロス『イーリアス』第二十四歌七八を参照。
（5）トラキアの山の名で、そこにヘラの神殿があった。
（6）トラキアの都市名。

そしてオイアグロスの息子（オルペウス）の樫の木も、ゼリュントス[1]の洞窟もある。
とにかく君がそこへ行けば、長大なケンクリネース[2]を見つけるだろう。これを
ぴかぴかと光るライオンと呼ぶ人たちもいるが、鱗で斑模様になっているからだ。
その大きさと長さは多様だが、一瞬のうちに肉の上に
恐ろしい腐敗（化膿）を放ち、それは食い尽くしてやまぬ毒で、
からだじゅうを貪る。すると、腹部にはつねに水腫が
苦痛で重くのしかかりつつ、臍の周りに居座ってしまう。
日の光が一番熱くなる頃、この蛇は
ぎざぎざとした山へしきりに行きたがるのだ。
血を渇望しながら、おとなしい羊たちから目を離さない。
サオス[3]やモシュクロスに聳える樅の木の下で
羊飼いたちが涼んでいて、牧人の仕事を顧みないときのこと。
いくら君が大胆な人であろうと、これが怒り狂っている折に
面と向かおうなどと思い給うな。これが君に巻きついてからだじゅうを
尾で鞭打ちながら、君を絞め殺しませんように。また、君の鎖骨の両方を
砕いて、君の血を貪り飲むことがありませんように。
逃げたまえ。つねに曲がりくねりながら。けっして同じ道を進まないで、

四七〇

横へ飛びのいては、蛇の進路を妨げたりして。そうすれば蛇の背骨は、幾度も曲がったり捩れたりするために、その靭帯を損なってしまうからだ。これにたいして、進路が直線であれば、すばやくもっとも迅速に移動する。トラキアの島々の蛇はこのようなものが普通なのだ。

さまざまな蛇――「アスカラボス」

さらにアスカラボス[4]に咬まれることもある。とるに足らぬものとは申せ、やはり厭わしいことだ。これにはある物語[5]が流布している。悲嘆にくれたデメテルがアスカラボスをひどい目にあわせた一件だ。まだ人間の少年だったかれのからだを、カリコロンという井戸のほとりで台無しにしたときのこと。

（1）トラキアの海沿いの都市で、ヘカテまたはレイアの聖なる洞窟があった。また、オルペウスが歌の力でピエリアから導いてきた樫の木々が岸辺に生い茂っていたという。アポロニオス・ロディオス『アルゴナウティカ』第一歌二八を参照。

（2）これも半ば伝説的な蛇。

（3）サオスはサモトラケに、モシュクロスはレムノスにそれぞれある山。

（4）蛇ではなく、やもりの類。無害。O. Keller, *Die antike Tierwelt*, Bd. 2, p. 278 を参照。ただし、あるものは有毒（アリストテレス『動物誌』六〇七a二七）。

（5）渇いたデメテルの激しい飲み方をあざ笑った少年アスカラボスは、怒った女神から飲み残しを浴びせられ、斑のある蜥蜴またはやもりに変身させられた。

この女神は、ケレオスの館へ思慮深い老女メタネイラに迎えられていたのだった。

さまざまな蛇——無害のものたち

ほかにもまだ無害の地を匍う生き物がいて、棲息地は森や
草むら、繁み、そして片田舎の谷川など。
エロプス[1]、リビュス、身を捻じらせるミュアグロスと
呼ばれるものたち、これとともにアコンティアース、モルーロス、
さらにテュプロープスもまた、危害を与えることなく動きまわっている。

解毒用薬草とその他

さて、かかる疾患に対処するための薬用植物と治療法のすべてを、
薬草とか、その根を切り取る時期とかを世の人々に説明しよう、
もれなく、かつ率直に。それらの助けを借りれば、
諸疾患の切迫した苦痛を治すことができようから。
傷口がまだ出血していて、痛みがある間に
摘みたての薬草を取ってくること——これがほかの何よりも優る、
それもよく繁った森の蛇類の棲息している場所から。

ケイローンの根

ケイローン(2)の薬効のある根の一番新しい部分を選ぶこと。
クロノスの息子のケンタウロスに因む名前で、かつてケイローンが
雪に覆われたペリオン山の鞍部で見つけて注目したもの。
その波打つような葉がアマラコス(3)に似て全体を包み込んでいる。
花は金色のように見え、根は地表に近く
深くは下ろさない。ペレトロニオス(4)の谷に自生する。
君はこれが乾燥したものか、まだ緑色をしているものを乳鉢の中で潰した後、
一椀のお好みの葡萄酒に混ぜて飲みたまえ。
あらゆる症状に有効であるので、これはパナケイオン(5)（「万能」）と呼ばれる。

（1）以下に列挙された無害の蛇の同定は不可能。

（2）テオプラストス『植物誌』第九巻第十一章一によれば、ケイローン種パナケス Inula helenium（キク科オオグルマ属）。その根の薬効について、ディオスクリデス『薬物誌』第三巻五〇を参照。さらに五六五とその註を参照。

（3）または甘マヨラナ（Origanum majorana）。テオプラストス『植物誌』第六巻第七章四を参照。

（4）四四〇を参照。

（5）または「パナケス」。前註（2）を参照。

馬鈴草(うまのすずくさ)

日陰で成育する馬鈴草[1]は、大いに推賞されてしかるべきだ。
その葉は忍冬[2]と同様に木蔦の葉に似ているが、
花は緋色に近い赤で、その匂いは
重くどんよりと放散される。中程に付く果実は、ミュルタース(「心臓形」)梨や
バッケー梨の属する野性梨と似ているのが分かるだろう。
雌株の根は丸くひとかたまりに膨(ふく)れ、
雄株の根は長く、一腕尺[3]ほど下に延びている。
色からすればオリコスの黄楊[4]に似ている。
これを君は捜し求めることになろう、エキスや恐ろしい攻撃のエキドナに対する
抜群の救い手として。その重さ一ドラクマ分を
一杯の褐色の葡萄酒の中に混ぜてほしいのだ。

トリスピュロン

さらに毒蛇に対する備えとして、トリスピュロン[5]も採っておきたまえ。

それが岩のごろごろとした丘陵にあろうと、険しい峡谷にあろうと。

これを「短時間の花(ミニュアンテス)」と呼んだり、「三つ葉(トリペテーロン)」と呼ぶ人もいる。

その葉はメリロートスに、[6]匂いはヘンルウダに似ている。
しかしながら、その匂いがすべての花と斑入りの葉から発散してくると、
まるで瀝青の発する臭気のようだ。それから種子を
食卓用のソース入れに一杯切り取り、
木鉢の中で潰してから、毒蛇に対する防備のために飲みたまえ。

合成治療薬

さて、ご注目あれ。諸疾患のための合成治療薬[7]を話そう。
からだに活力を与えるシチリア産の黄木の根を擦り取りたまえ。

---

(1) Aristolochia clematitis(ウマノスズクサ科ウマノスズクサ属)。ディオスクリデス『薬物誌』第三巻四を参照。
(2) スイカズラ属(Lonicera etrusca)の植物、または西洋昼顔(ディオスクリデス第四巻一四)。
(3) 肘から中指の第一関節までの長さ。約四五―五〇センチメートル。
(4) エペイロス地方のオリコスは黄楊ではなく、テレビンの木(テレビントス)で著名。ただ、ウェルギリウスは、オリコスの黄楊にも言及する(『アエネイス』第十歌一三六)。
(5) Psoralea bituminosa(マメ科オランダビユ属の植物)。ディオスクリデス『薬物誌』第三巻一〇九を参照。
(6) Trigonella graeca(マメ科シャジクソウ属の植物)。一六七頁註(7)とディオスクリデス第三巻四〇を参照。
(7) Chlorophora tinctoria(クワ科の高木)。黄色の染料が採れる。『毒物誌』五七〇を参照。

白花の西洋人参木(1)の種子を一盛り、
サビナ(2)とヘンルウダを加え、地面を枕にするセイヴァリーの
若枝を摘み取って入れたまえ。これは森の中で
ヘルピュロス(3)と同じように、枝を四方八方へ拡げている。
「二重花」のアスフォデル(4)の根を取ってくるか、
あるいはそのほかに、アスフォデルの茎の上方部分を採っておく。
さらに、しばしばそれらと一緒に種子もまた、これは莢に包まれて大きくなる。
あるいはさらに、ヘルクシーネー(5)も、これはクーリュバティスとも呼ばれ、
水の流れを好み、つねに草地に繁茂する。
以上のものを粉々に砕き、一椀の葡萄酒か酢を入れて
飲みたまえ。水とでも容易に死の運命から逃れられよう。

アルキビオスの利用したしべなが紫

アルキビオスのしべなが紫(6)の薬効優れた根を考慮に入れておきたまえ。
棘の多い葉はつねにびっしりとまわりに生え、
菫(すみれ)のような花をぐるりと付けるが、根はその下方の
地中に深くほっそりと延びている。

一匹のエキスに鼠蹊部の一番奥の部分を傷つけられたとき、アルキビオスは
滑らかな打穀場の縁に山をなす穀物の上で眠っていたのだが、
たちまちこの変事に無理やりたたき起こされたというわけ。
そこでかれは地面から根を引き抜き、びっしりと並ぶ歯で小さく砕いては
それを吸った。それから獣皮(7)を傷口のまわりに拡げたのだ。

苦薄荷

また、芽吹いた苦薄荷(8)の若枝を摘み取って、

（1）七一を参照。Vitex agnus castus（クマツヅラ科ハマゴウ属の植物）。ディオスクリデス第一巻一〇三を参照。

（2）Juniperus sabina（ヒノキ科ビャクシン属の常緑低木）。

（3）六七と九九頁註（6）を参照。

（4）アスフォデルについては七三と一〇一頁註（2）を参照。「二重花」はテオプラストス（第一巻第十三章二）によれば、外側の花冠のほかに、内側の中央の雄蕊と雌蕊を別の花と見なして、花が二重になっていることを意味する。

（5）ディオスクリデス『薬物誌』には、二箇所でその名が見えるが、いずれも乾燥した場所を好む植物に当てられているので、これには該当しない。未詳の植物。

（6）アルキビオスは人名。六六六を参照。しべなが紫は六五と九九頁註（4）を参照。

（7）古註によれば、傷口を被覆するための家畜の皮または植物の樹皮。

（8）Marrubium vulgare（シソ科の植物）。ディオスクリデス『薬物誌』第三巻一〇五を参照。

温めた葡萄酒と一緒に飲めば、毒蛇を防ぐことができよう。
この植物は、初めて仔牛を生んだものの母性の愛に目覚めぬ若い雌牛の
乳房を引き下ろしてやる。やがて乳が張ってくると、仔牛に愛を注ぐのだ。
それでこれを牧人たちはメリピュロン（「蜜の葉」）と呼び、
メリクタイナ（「蜜蜂の草」）とも呼ぶのは、その葉のまわりに蜜蜂たちが
花の蜜の匂いに誘われて、ぶんぶんと忙しく飛びまわっているからだ。

さまざまな薬剤

あるいは君は家禽の脳を包む薄膜を
剝ぎ取るべきであろう。またはポリュクネーモン(1)と
マヨラナ(2)を薄く削ぎ取ってもらいたい。あるいは野猪の肝から
肝葉の先端部分を切り取ることだ。これは「トラペザ（食卓）(3)」から成長し、
胆嚢と肛門へ向かって傾斜していく。
そして、以上のものを飲むのだが、一緒に混ぜてか、または別々に
酢か葡萄酒とともに。もっとも、いっそう完全な治療には葡萄酒がよい。
常緑の糸杉から葉を取って、飲み物の中へ
入れたまえ。またはパナケス(4)を、またはビーバーにはとんだ災難(5)のその睾丸を、

または黒土のサイス(6)の彼方のナイル川が養う河馬の睾丸を、
さりとてナイル川は、このまことに厄介なものの鎌(7)を耕地へ送り出すものだ。
というのも、牧草地が緑に覆われ、休耕地が草を芽生えさせると、
河馬は川のぬかるんだ泥底から出てきては、
それらを踏みしだくので、後に残されるのは、かれらが次から次へと
場所を変えつつ、その顎で食い荒らすのに応じてできた深い足跡だというわけ。
それはともかく、他のものと釣り合うように睾丸から重さ一ドラクマを切り取り、
容器の中で全部を一緒に破砕しながら水に浸したまえ。

(1) Ziziphora capitata（シソ科メボウキ属の植物）。ディオスクリデス『薬物誌』第三巻九四を参照。
(2) 六五と九九頁註（5）を参照。
(3) 猪の肝臓の左側中央の肝葉で、三角形をして下方へ尖っていることから、食卓と呼ばれるらしい。
(4) テオプラストス『植物誌』第九巻第十一章一によれば、パナケスには四種あり、ここはケイローン種のことであろう。五〇〇を参照。
(5) ビーバー香のこと。ビーバー香（castoreum）は、ビーバーの鼠蹊部の腺から分泌され、浸透性の褐色がかった油性物質で強い香気を放つ。古くから医薬品として、香料の原料として用いられている。なお、河馬の睾丸は乾燥させて砕き、葡萄酒とともに飲めば毒蛇の咬み傷に効能があるという（ディオスクリデス『薬物誌』第二巻二三）。
(6) 古代エジプトの都市名。
(7) 河馬の歯のこと。

君は苦艾(1)を忘れてはいけない、細葉の月桂樹の
果実のことも。アマラコスもまた大いに
役に立ってほしいものだ。これは庭の花壇や縁に繁茂する。
すばしこい仔兎のレンネット(2)も数に入れておきたまえ。
あるいは野呂鹿の仔の、あるいは汚物を取り去った仔鹿のそれも。　五七八
あるいは牡鹿から切り取った陰嚢を(3)、　五八六
またはそのはらわたを、これを「海胆（うに）(4)」と呼ぶ人があり、　五七九
また「はらわたへアネット(5)」と呼ぶ人もいる。これらのものから　五八〇
重さ二ドラクマ分を取って、四キュアトスの
古酒の中へ入れ、それからよく混ぜ合わせたまえ。
君はポリオン(6)と杉からの救いの手を見落としてはいけないし、
さらに柏槇の漿果、夏の昼寝に都合のよい篠懸の木の尾状花序、
そしてブープレウロス(7)やイーデー山の糸杉の種子、　五八五
これらはすべて治してくれるし、筆舌を絶する苦しみを追放してくれよう。　五八七
今度は死を逃れ、また防ぐための他の手段を
ヘルクシーネー(8)を手に取りながら考えたまえ。これを丸い乳鉢の中で
すり砕いて、一コテュレーの大麦粥をその中へ注ぎ、　五九〇

それへ二キュアトスの古酒を加え、
さらにそれと同量の白く光るオリーブ油も入れること。
つき砕いて混ぜれば、君は胆汁のように食い込んでくる毒を寄せつけないだろう。
芳香のただようピッチを六分の一コテュレー取って、
緑色のままの大茴香(9)から中心の木髄を切り取りたまえ。
あるいは、馬茴香(10)の十分に成長した根を、
柏槇の漿果の中へすり下ろし、沼沢地に生えるオランダみつばの
種子も加え、一オクシュバポンの容器にちょうど一杯に入れたまえ。

---

(1) 一〇一頁註(8)を参照。
(2) さまざまな若い動物の胃部から採取され、乳を凝固させるのに用いられる。テオクリトス『牧歌』第七歌一六を参照。
(3) 底本は五八六を五七八の次に移す。これに従う。
(4) または「重弁胃」。アリストテレス『動物部分論』六七四b一五を参照。
(5) アリストテレス『動物誌』五〇七b二を参照。実際は、重弁胃そのものではなく、瘤胃との間にある蜂巣胃(または網胃)のこと。
(6) 六四と九九頁註(3)を参照。
(7) Ammi majus(セリ科ドクゼリモドキ属の植物)またはAegopodium podagraria(セリ科エゾボウフウ属の植物)。
(8) 五三七と一三七頁註(5)を参照。
(9) Ferula communis(セリ科オオウイキョウ属の植物)。ディオスクリデス『薬物誌』第三巻七七を参照。
(10) Prangos ferulacea の試訳名(英語はhorse fennel)。ディオスクリデス(第三巻七一)によれば、野生茴香の一種。

さらにその上に、馬芹(1)の種子と、
刺すような没薬の重さ二ドラクマを切り取り、
夏場に育ったクミン（姫茴香）の果実を切って
その重さを量り、または量らずに手当たり次第に混ぜ合わせ、
それへ一キュアトスの葡萄酒を三回注いで、混合したのを飲みたまえ。
穂の出た甘松(2)を一ドラクマ取って、
川から奪い取った八本脚の蟹と一緒に、
搾りたての乳の中へ入れて粉々に砕き、
さらににおいあやめ(3)も。これは（イリュリアの）ドリロン川に育てられたもの、
そしてナロン川の岸辺にも。そこはフェニキア人カドモスとハルモニアの
住んだところ、ふたりは二匹の恐ろしいドラコーンとなって遊牧(4)している。
においあやめに続いて、花を付けて葉のよく繁ったヒースを手に入れること、
この花に蜜蜂が群れて匍いまわり、餌を取っている。
それとともに、実をまったく付けていないタマリスク(5)の若い小枝も入手すること。
タマリスクは人間どもに尊ばれる占師、この植物にコロペー(6)のアポロンは、
占術と人間たちにたいする権威を与えてやったのだ。
以上のものと一緒に、緑色を帯びたコニュザ(7)と接骨木（にわとこ）の

とくに風が強く当たる幹とアマラコスのたくさんの葉と花、
それにキュティソス[8]と乳状液に富むティテュマッロス[9]、
これらすべてを乳鉢の中で擂りつぶしたまえ。保存容器の中で
いつもの葡萄酒十分の一クースを添加すればよい[10]。
ところで、お玉杓子どものとてつもなく騒々しい親たち、
つまり蛙は土鍋で酢と一緒に煮詰めれば絶品だ。
しばしば、致命的な危害を加えた当の相手の肝を
ありきたりの葡萄酒に入れて、あるいはその忌まわしい頭を、ときには水に、
ときには少量の葡萄酒に入れて飲めば、きっと助けとなろう。

---

(1) Smyrnium olusatrum の試訳名。セリ科の植物。テオプラストス『植物誌』第二巻第二章一を参照。

(2) Nardostachys jatamansi（オミナエシ科の多年草）。甘松香ともいう。

(3) Iris florentina。英語の white iris。

(4) テバイを去ったカドモスはイリュリアの王となるが、後に妻のハルモニアとともに大蛇に変身し、ゼウスによってエーリュシオンの野へ送られたという。

(5) 古註によれば、ペルシアやスキュティアではタマリスクを使って卜占をしたことから、占師のシンボルとなったという。

(6) テッサリア地方の地名。

(7) 七〇と九九頁註（7）を参照。

(8) Medicago arborea（マメ科ウマゴヤシ属の植物）。

(9) Euphorbia peplus（トウダイグサ科タカトウダイグサ属の植物）。

(10) この六一九の解釈は White に従う。

君はとても甘いヘリクリューソス[1]の花序と
萎れた瑠璃はこべと「万能の」マヨラナをなおざりにせず、
――これをまた「ヘラクレスの」マヨラナと呼ぶ人もいる、
とにかくこのマヨラナなどに加えて、花薄荷[2]の葉と、厭わしい疾患を
封じ込めるセイヴァリーを乾燥させて丸めたものとを擂りつぶしたまえ。
十分に水を与えられたラムノス[3]を忘れずに手に入れたまえ。これは
小振りの野生のレタスに似ていて、つねに白い花を身につけている。
これをピレタイリス[4]という別名で呼ぶ人たちもいるが、
かれらはトモロス[5]とギュゲスの墓所と
パルテニオス[6]の険阻を近くにして住んでいる。近辺のキルビス山では
働き者の良馬が飼育されず、カイステル川の水源はこのあたりにある。

蛇の咬み傷を治療する植物の根

さて、ここで毒蛇に対する助けとなる根について話そう。
そこで、まず二種類[7]のエキオンを知っておきたまえ。そのひとつは
棘の多い葉がいくらかアルカンナ[8]に似ながら
小さいので、根は短く地表近くを伸びていく。

もうひとつは葉も根もたくましく、
背も高い。小さな花が一面についていて紫色を帯びてくる。
その新芽はエキス(9)のそれに似ているが、先端がざらざらしている。
この二種類を等量に切り取って治療に使うのだが、
木の台の上か、乳鉢または石の凹みの中で擂りつぶしたまえ。
それから君はエーリュンゴス(10)と花を付けている葉薊(はあざみ)（アカントス）の根を
すり砕き、このふたつに生垣のまわりに

---

(1) Helichrysum siculum（イラクサ科ヒカゲミズ属の植物）。ディオスクリデス『薬物誌』第四巻五七を参照。

(2) Origanum vulgare（シソ科ハナハッカ属の植物）。ディオスクリデス第三巻二八と二九を参照。

(3) さまざまな棘の多い灌木の名称に使われ、具体的に同定できない。

(4) ディオスクリデス（『薬物誌』第四巻八）とプリニウス（『博物誌』第二五巻九九）によれば、これはハナシノブ科ハナシノブ属のポレモーニオンと同一である。

(5) 有名なリュディアの王ギュゲスと同様に、リュディアの王で妃のオンパレに王国を遺贈したという（アポロドロス『ビブリオテーケー』第二巻第六章三）。

(6) 古註によれば、リュディア地方の高山。

(7) ひとつは六五、六四〇の各行のしべなが紫のことであり、もうひとつは六三七以下の Silene gallica（ナデシコ科の植物、英語名 catchfly）である。

(8) Anchusa tinctoria（ムラサキ科の多年草）。テオプラストス『植物誌』第七巻第八章三を参照。

(9) 五四一の「アルキビオスのしべなが紫」と同一。

(10) Eryngium creticum（セリ科の植物）。ディオスクリデス『薬物誌』第三巻二一を参照。

繋っているエリノス[1]を同じ重さだけ加えたまえ。
さらに高地性のポリュクネーモン[2]のよく繁った葉と
ネメア産の常緑オランダみつばの種子を用意して、
これらに二倍の重さのアニスを加え、
根の重さで下がる秤皿を上へ揚げてやれ。
以上のものを練りあげ、おなじひとつの容器の中で混ぜ合わせよ。
雄の毒蛇エキスの恐ろしい咬み傷、あるいは蠍の
刺し傷、また毒蜘蛛の刺し傷の治療となるだろう、
それを三オボロスの重さだけ葡萄酒の中で砕いておくならば。

二種類のカマイレオス

白カマイレオスと黒カマイレオスのことも頭に入れておきたまえ。
この両者[3]は別種で、黒色種の外見は
スコリュモス[4]に似ているが、輪状の葉を出す。
その根は強くて黒っぽい。これは日射しを避けて
ほの暗い山の突出部の下とか、森の空き地とかに成育する。
もうひとつの方は、葉がいつ見ても堂々として誇らしげなのに、

頭はそれに埋もれて地面の上に出ている。
根は白っぽくて蜂蜜の味がする。
これらのうちで、黒っぽい根は取り除き、もう一方の根を
一ドラクマ分取って、川の水の中でかきまわしてから飲むこと。

もうひとつのアルキビオスの薬草

アルキビオスの名を持つもうひとつの薬草(5)を入手し、
手に一杯の量だけ取って、少量の葡萄酒に入れて飲むこと。
パラクラーの峰(6)の麓、クリュムネーの野と
グラソスのあたり、かの木馬の故事にゆかりの草原で

(1) Campanula ramosissima (キキョウ科ホタルブクロ属の植物)。
(2) 五五八を参照。
(3) 白はAtractylis gumnifera、黒はCardopatium corymbosumで、いずれもキク科でアザミ類。ディオスクリデス『薬物誌』第三巻八と九を参照。
(4) Scolymus hispanicus (キク科の植物)。プリニウス『博物誌』第二十一巻九四以下を参照。
(5) 五四一のしべながが紫の別種であろう。たとえば、Echium sericeum。
(6) パラクラーはパリスの審判の行われたイーデー山の峰のひとつ。後のふたつはいずれもここ以外に出典がなく、トロイア地方の地名か。

狩りをしていたアルキビオスは、自分のラコニア犬をけしかけているとき、
ライオンの肝っ玉を持つその犬の苦悶の声から、この薬草にめぐりあったのだ。
犬は山羊の通った跡を追って森の道をたどっていたが、
雌の毒蛇エキドナに涙腺のある眼角のあたりを咬まれてしまった。
かれは吠えながらその雌蛇を投げ棄てるや、すぐさまこの薬草の
葉を食った。こうして恐ろしい破滅から逃れたのだ。

唐胡麻およびその他

唐胡麻(1)のみずみずしい油分の多い樹皮をたっぷりと用意し、
葉のよく繁った西洋山薄荷(2)（メリッサ）の葉を加え、
あるいは「太陽の回転」という意味の名を持ち、
退去するヒュペリオンの息子（ヘリオス）の進路を明示する
この植物（ヘリオトロープ）の、青緑色を帯びるオリーブの葉に似た若枝をも。
同じくコテュレードーン(3)の根を。この植物は霜の降りる頃、
足の皮膚が破れた人たちに苦痛を与える霜焼けを除去してくれる。
ときには背の高い三色昼顔（さんしきひるがお）（ピュリーティス）のみずみずしい葉か、
あるいは小谷渡（こたにわたり）の茎から切り取った葉を持ってくること。

プレギュア種の[4]「万能（パナケス）」も手に入れたまえ。
これは医術の神（アスクレピオス）が初めてメラス川の縁で摘み取ったもので、
アンピトリュオンの息子イピクレスの傷を治してやったときのこと。
かれはヘラクレスと一緒に、かのおぞましいヒュドレーを焼いていたのだ。[5]

貂（てん）の肉

もし君が貂の仔か、またはその大胆な母親を
不意をついて捕らえられたら、かれらの毛皮を
激しく燃えさかる火炎にかざしながら剝ぎ取りたまえ。
臓物と胃の腑の排出物のすべてを棄てさり、
極上の塩で下ごしらえをして日陰干しをすれば、
日射しがたちまち新鮮な胴体を萎びさせるようなことはなかろう。

（1）Ricinus communis（トウダイグサ科ヒマ属の植物）。種子からひまし油がとれる。
（2）Melissa officinalis。ディオスクリデス『薬物誌』第三巻一〇四を参照。
（3）Cotyledon umbilicus（ベンケイソウ科キリンソウ属の植物）。
（4）ボイオティアの都市名。次のメラス川は未詳。
（5）ヘラクレスによるレルネのヒュドラー退治では、助っ人役は通例イピクレスの子で、かれの甥のイオラオスだが、ここはイピクレス自身になっている。エウリピデス『イオン』一九五を参照。

しかるに、万が一にも苦痛にあえぐ君に必要となったならば、
乾ききった獣体を卸(おろし)がねで擦りおろしたまえ。
脆弱なシルピオン[1]（の根）か、固い円形のチーズでもあるかのように、
葡萄酒の中へ擦りおろすのだ。これこそ君の最上の防護手段となろう。
それと同様のあらゆる形の死をも、君は防ぐはずであるから。

海亀およびその他

これも知っておきたまえ、海亀の強力な助けが
長々とした地を匍うものどもに咬まれた折の防備だと。悲惨な人間たちに
危害を加えるあのものたちに対抗して。これが君の大きな保護とならんことを。
人間には恐ろしい亀を海の漁夫たちが
海原から陸地へ引き上げるようなことがあったら、
これを甲羅を下に裏返し、青銅のナイフでその頭を
打ち落としたならば、どくどくと流れる濁った血を
窯で新たに焼き上げたばかりの壺へ注ぎたまえ。ただし、青黒く
水っぽい漿液はよくできた捏ね鉢で取り除いておくこと。
その捏ね鉢の上で乾かし、凝固した血をほぐして、

調合用に重さ四ドラクマを取ること。そこへ野生のクミン(2)を
二ドラクマ加え、そしてそれぞれへ二ドラクマにつき兎のレンネットを
その四分の一の重さだけ投入すること。
それから一ドラクマを切り取って、葡萄酒に入れて飲みたまえ。
かくして、以上の治療法が毒蛇に対する防備だとお分かりになるだろう。

さまざまな毒蜘蛛――「葡萄蜘蛛」

そこで次は、有害な蜘蛛の仕業と
咬まれて生じる症状を、よく頭に入れておきたまえ。ピッチのように黒いのは、
ロークス(3)(「葡萄蜘蛛」)と呼ばれるもの、足を次から次へと繰り出して進む。
腹部の中央は恐ろしい牙で固くなっている。
この蜘蛛に襲われても、その人の皮膚は無傷のままのごとき
状態でありながら、上の方にある両眼が赤らんできて、

(1) 八四と一〇一頁註(6)を参照。
(2) Lagoecia cuminoeides。ディオスクリデス『薬物誌』第三巻六〇を参照。なお、六〇一のクミンは栽培種。
(3) またはラークスで「葡萄の実」の意。この蜘蛛の同定には諸説がある。

手足には震えがとりついてしまう。するとたちまちかれの皮膚と、
下方にある性器がぴんと張られてきて、男根[1]は
射精して淫液で濡れそぼつ。同時に麻痺が
降りかかって臀部と両膝の支えを打ちひしぐのだ。

さまざまな毒蜘蛛──「星蜘蛛」

これとは異なるもの、アステリオン[2]（星蜘蛛）を知っておくこと。背中には
線状の縞模様が皮膚の上にきらきらと微光を放っている。
これに咬まれれば不意に震えに襲われ、
頭に遅鈍が生じ、さらに下半身では膝の結束を壊す。

さまざまな毒蜘蛛──「青蜘蛛」

もうひとつはキュアネオス[3]（青蜘蛛）で、地面から離れて動きまわり、
毛で覆われている。これに咬まれると、皮膚の上にも
深刻な傷を負い、心臓が重く感じられ、
こめかみのあたりが暗闇に覆われる。喉からは致死的な吐物が排出され、
蜘蛛の巣のように粘ついている。かれは死の近いことを感じるのだ。

七三〇

さまざまな毒蜘蛛――「狩人蜘蛛」

さらにもうひとつは「狩人蜘蛛」[4]、これは「狼蜘蛛」に似ているが、
まさに蝿どもの殺戮者だ。かれが待ち伏せるのは、
蜜蜂、玉蜂、虻、そのほか巣の中へ飛び込んでくるものなら何でも。
もっとも人間には、咬まれても痛みもないし何の影響もない。

さまざまな毒蜘蛛――「雀蜂蜘蛛」

だが、もうひとつはかなり手強い相手で、「雀蜂蜘蛛（スペーケイオン）[5]」と呼ばれ、
色はかなり赤く、肉食の雀蜂（スペークス）に似ているのだ。
これなる蜂が馬の雄々しい血統を如実に写し出しているのも、
そもそも雀蜂は馬から生まれ、蜜蜂は雄牛からだが、
かれらは狼に引き裂かれた死骸から生まれ出るのだ。

（1）これらの症状については、プリニウス『博物誌』第二十四巻六二およびアイリアノス『動物の特性について』第十七巻一一を参照。

（2）「小さな星」の意。タランチュラのようなものらしいが、やはり同定は諸説があって一定しない。

（3）色名「キュアネオン」からの転用。同定は不可能。

（4）同定は不可能。「狼蜘蛛」については、アリストテレス『動物誌』六二三a一を参照。

（5）同定に諸説あり。プリニウス『博物誌』第二十九巻八六以下を参照。

ところで、この蜘蛛に傷つけられると、激しい脹れが生じ、
またさまざまな形の疾患も。両膝にある時は震えが、
またある時には脱力感が起こり、そしてすっかり衰弱した人を
最後の和らぎをもたらす不吉な眠りが屈服させることとなる。

さまざまな毒蜘蛛──「蟻もどき」

さて次は「蟻もどき（ミュルメーケイオン）[1]」、全く蟻（ミュルメークス）にそっくり。

首は赤いが、胴体は黒い。

幅広の背中はピカピカと光り、全面に斑がある。

黒っぽい頭をもたげてはいるが、首の上にほんのわずかだけ。

前述の蜘蛛たちと同様の苦痛をもたらす。

さまざまな毒蜘蛛──作物の中の蜘蛛

鎌を使わずに素手で摘み取る人たちが、まだ半ば緑の色を帯びる耕地で、
豆類やそのほかのマメ科の収穫物を集めているような所では、
火のような色に包まれて、斑猫[2]によく似た
小さな蜘蛛がぞろぞろと動きまわっている。

それに咬まれると厄介で、そのまわりに水ぶくれがかならず生じる。そして心機はさまよって錯乱し、舌は訳の分からぬことを喚いて、眼は藪睨みとなる。

さまざまな毒蜘蛛――クラノコラプテース

さて今度は、エジプトの苛酷な土地が養う生き物(3)を心に留めておきたまえ。これは夕暮れの食事時に、燈火のまわりをひらひらと飛ぶ蛾によく似ている。羽根がすべて薄膜で接合され、綿毛に被われているのは、ほこりか灰をかぶった人のように見える。

七六〇

(1) Murilla europea か。ただし、これは蜘蛛ではなく、昆虫である。

(2) ツチハンミョウ科の昆虫。いわゆるカンタリスについては、ニカンドロスはここでは記述せず、『毒物誌』一一五以下で言及する。

(3) 古註によれば、この生物はクラノコラプテースで、羽根が四枚あって首のあたりに針があるという。

外見はかくの如くで、「ペルセウスの木」[1]の葉陰に成長する。
その恐ろしい頭はすっかり干からびていて、いつも不気味に
頷いているのだ。腹部は重たげだ。これが刺すところは
人の首の先端か頭で、そうなれば
手もなく即座に死の運命に引き渡されよう。

蠍――その五種類

さて、次に話そうと思うのは、苦しみ悶えさせる
毒針で武装する蠍とその忌々しい種族のこと。
そのうち白色のものは無害で傷つけることもないが、
顎の部分が赤い種類は、人間たちに
速やかな、燃えるような熱をもたらす。まるで火に焼かれるように
傷に身悶えして、激烈な渇きが起きる。
黒色のものは、刺せば恐ろしい心悸昂進をその人に
起こさせる。かれは正気を失って訳もなく笑う。
だが、もうひとつは緑色がかっていて、手足を刺すと
悪寒の発作を惹き起し、その後に恐ろしい発疹[2]が

現われてくる、たとえシリウスが盛んに燃えさかろうとも。
この毒針の鋭利なることかくの如し。かくの如き毒針の後ろには、
九つの節(3)のある脊椎骨が頭の上方へ延びている。
さらにもうひとつは青黒い。下の方に餌を食いあさってやまぬ幅広い腹があり、
まことに飽くことを知らぬ大食漢、絶えず草でも、
土でも食っているのだ。これは鼠蹊部に癒しがたい一撃を与えるが、
このような貪欲さがその顎を堅固にしているという次第。

七六〇

蠍──その「蟹もどき」二種類

さらに別種のものは、繊細な海草とざわめく海の水を餌にする
海浜の蟹によく似ているのがお分かりになるだろう。
そして、またこれとは別に、まさしくがに股の並みの蟹にそっくりそのままで、

(1) または「ペルセア」、Mimusops schimperi。テオプラストス『植物誌』第四巻第二章五を参照。ディオスクリデス(『薬物誌』第一巻一二九)によれば、エジプトに生育する木で、これに棲息する蜘蛛はクラノコラプタ。
(2) 原語「カラザ」は霰か雹の粒のこと。おそらく、暑い盛りの真夏に思いがけなく生じたためのブラック・ユーモアであろう。なお、五種類のうち最初の二種類には同定に諸説があるが、後の三種類にはまったく提案されていない。
(3) 蠍の尾は五つの節と針から成っている。

手足がいかにも重たげなのがいて、重い鋏は堅固で、
岩場に棲息する蟹と同じように、ざらざらとしているのだ。
これらの蟹たちが岩場と泡立つ海の繊細な草を残して
立ち退くのは、まさにかれらの割り当てられた運命というもの(1)。
漁夫たちは餌でおびき寄せて、かれらを塩辛い海から引き出すが、
捕らえられるとかれらは、すぐに鼠の隠れる巣穴へもぐりこむ。
そこで生まれるのが蠍、つまり息の絶えたこれらの蟹の恐ろしいこどもたちは、
壁や柵のもとにひそむ殺戮者となるのだ。

蠍――さらに二種類

蜜の色をした蠍も知っておきたまえ。尾の最後の節は先端が黒く、
けっして和らげることのできない恐ろしい破滅を分配する。
だが、人間にとって最悪の敵は、曲がった足が炎のような連中で、
幼いこどもなら瞬時に死へ連れ去ってしまう。
その背には白い羽根(2)が現われており、穀物を貪る
飛蝗のものに似ている。この虫どもは穀物の芒（のぎ）の上へ
ひらひらと飛んできては殻のまま穀粒を食ってしまう。

ペダサ[3]やキッソスの谷間に棲息する。

その他の危険な生物

山中でぶんぶんと飛びまわっている虫や蜜蜂の類の
攻撃にも、対処する手立てについてはしかと心得ている。
蜜蜂の死はまさにその針の一刺しによるもの。
巣箱の周りとか、耕地とかで忙しく働く人を刺せば、
突き刺した針をその傷の中に残すので、
この一刺しこそかれには生でもあり、かつ死でもあるのだ。
また、めいめいその策略を心得ているのは、百足（わらじ虫）や恐ろしい雀蜂、
さらにちっぽけなペンプレードーン[4]と双頭のやすで、
これはからだの両端から人間に死を与えるのだが、

（1）蟹から蠍が発生したという説話は、オウィディウス『変身物語』第十五巻三六九を参照。

（2）パウサニアス『ギリシア案内記』第九巻第二十一章六によれば、あるプリュギア人が飛蝗のような羽根のある蠍をイオニアに持ち込んだという。しかし、羽根のある蠍はあり得ない。

（3）ペダサはカリア地方にあるが、キッソスは同名の地名が多く、特定できない。

（4）雀蜂の一種。『毒物誌』一八三を参照。

移動するときにはまるで翼のついた櫂の如き足を急がせる。
さらに目が見えぬ恐ろしいとがり鼠[1]、これは人間には
破滅をもたらしながら、車輪の轍の中で死ぬ[2]。
小さな蜥蜴によく似たセープス[3]を断固避けるべし。
そしてずるがしこく、つねに憎むべき野獣サラマンドラ[4]を、
これはけっして消えることのない火で、危害を受けず、
苦痛もなくめでたく世を渡る。またその消えぬ炎は、
ぼろぼろに擦り切れた皮膚も手足も傷つけないのだ。
さらに心得ているものは、大海原の激浪に巻き込まれる生き物たちへの対処法。
たとえば、鱓(うつぼ)[5]の恐ろしさに対して。これが船の中の置き場を抜け出すと、
苦労の絶えぬ漁夫たちは、尻に火がついて逃げ場を求めたあげく、
船からまっさかさまに海へ放り込まれることがしばしばあることだから[6]。
話がもし本当ならば、鱓は海中での餌漁りに見切りをつけて陸に上がり、
恐ろしい毒牙を持つ蛇エキスどもと交尾するとのことだ。
さらに赤鱏(あかえい)[7]と海の貪欲者「龍魚[8]」からも、
君を守ってあげられる。赤鱏がまことに厄介のことを惹き起すのは、
投網を曳き上げようと一生懸命に働いている人を

その針で刺すときだ。あるいは、今を盛りと誇らしげに繁茂している樹木の幹に、その針が刺しこまれたとすれば、その木はまるで太陽の強烈な光線で打ちひしがれたように、根は葉もろともに枯れてしまうのだ。これが人間ならば肉が腐って落ちていく。まことに伝説にもオデュッセウスは、かつて海からのこの怪物の破滅的な針に刺されて落命したとあるではないか。

治療法——薬草八二種のカタログ

さて、いよいよこれらの諸疾患に対する治療を逐一語っていこう。

(1) アリストテレス『動物誌』六〇四b一九によれば、馬のような駄獣には膿疱を発生させて危険という。エジプトでは神聖視されているという(ヘロドトス『歴史』第二巻六七)。

(2) つまり、轍の中へ落ち込めばもはやそこから出られない。

(3) 一四七では蛇としてあげられている名。

(4) アリストテレスは、火の中でも燃えない動物の例としているが(『動物誌』五五二b一六)、いもりの一種か、大山椒魚の類か。

(5) 鱏については、オッピアノス『漁夫訓』第一巻五五四以下を参照。

(6) 底本はこの行の後に原文の脱落を想定するが、これに従わず、脱落を考慮しない。

(7) 以下の記述は、オッピアノス『漁夫訓』第二巻四七〇以下に詳しい。

(8) みしまおこぜの類か。オッピアノス『漁夫訓』第一巻一六九を参照。

ときには、野生のレタスに似たアルカンナ(1)の葉を用意したまえ。
またときには、ペンタピュロン(2)を、あるいは木苺の深紅の花を、
アルクティオン(3)、ぎしぎし(羊蹄)、そして茎の長いリュカプソス(4)、
キカマ(5)、繁茂したトルデイロン(6)を、そしてさらにカマイピテュス(7)、
ペーゴス(8)から切り取った厚い樹皮を、
それらとともに、カウカリス(9)、人参から集めた種子、
「テレビンの木」のさまざまな形をした新鮮な実を。
あるいはさらに、紫色をした「海の」ピューコス(10)を蓄えておきたまえ。
汚れていない孔雀羊歯も。いかなる豪雨に打たれても、この葉には
およそどんな微細な水分も留まることはないのだ。
さて、君はつねに新芽を吹くスミュルニオン(11)か、白色の花を付ける
エーリュンゴス(12)の棘の多い根を切り取って
「実を付ける」リバノーティス(13)と混ぜ合わせたまえ。
八重葎(やえむぐら)もクーリュバテイア(14)も、また実をたわわに付けた雛罌粟か角状の罌粟も
君を守るために事欠くことのないようにしたまえよ。
それとともに切り取っておくものは、無花果の木の芽吹いた若枝か、
あるいは野生の無花果の実そのもの、これはほかの果実より

早く膨らみだして、球形となって現われてくるのだ。
さらにはピラカンタと白い種類のプロモス(15)の花とともに
「山羊麦」と草の王のそれぞれの葉、

---

(1) 六三八を参照。
(2) Potentilla reptans（バラ科キジムシロ属の植物）。テオプラストス『植物誌』第九巻第十三章五を参照。
(3) Inula candida（キク科ママハハコ属の植物）。ディオスクリデス『薬物誌』第四巻一〇五を参照。
(4) Echium italicum（ムラサキ科シャゼンムラサキ属の植物）。ディオスクリデス『薬物誌』第四巻二六を参照。
(5) 同定の不可能な植物。八四三のカウカリスに類似するものという。
(6) Tordylium officinale（セリ科の植物）。「トルデューロン」とも。
(7) Ajuga chamaepitys（シソ科キランソウ属の植物）。ディオスクリデス『薬物誌』第三巻一五八を参照。
(8) 四一三と一一七頁註（2）を参照。
(9) Torilis anthriscus（セリ科ヤブジラミ属の植物）。英語名 hedge parsley。
(10) Fucus coccineus（ヒバマタ属の海草）。ディオスクリデス『薬物誌』第四巻九九とニカンドロス『毒物誌』五八二を参照。
(11) Smyrnium perfoliatum（セリ科の植物）。ディオスクリデス『薬物誌』第三巻六八を参照。
(12) 六四五と一四五頁註（10）を参照。
(13) Lecokia cretica（セリ科の植物）。テオプラストス『植物誌』第九巻第十一章一〇によれば、リバノーティスには、実を付けるものと付けないものの二種がある。
(14) 五三七のクーリュバティスに同じ。
(15) Verbascum sinuatum（ゴマノハグサ科モウズイカ属の植物）。英語名 mullein。

のらにんじん[1]、それにブリュオーネー[2]の根、これは雀斑や
婦人方の肌の敵である白癜（しろなまず）を拭い取ってくれる。
熊葛籠（くまつづら）の葉を擂りつぶすこと、
あるいは魔除けになる黒梅もどき（ラムノス）の小枝を摘み取ること、
これはもともと人を死から守るに効験あらたかなものだからだ。
さらに集めるものは、パルテニオン[3]の摘み取ったばかりの枝、
瑠璃はこべと小谷渡、しばしば代赭石（レッドオーカー）、
これはあらゆる病苦を和らげてくれるものだ。
ときには君は鉄砲瓜[4]のひりひりと刺すような根を切り取ることもあろう。
苦悩に重く圧迫された胃の腑には、
棘の多いパリウーロス[5]の実もまた軽減をもたらしてくれる、
それにその棘のある葉も。そして柘榴の若い果実と
撓んでいる緋色の花柄を、
その周りには繊細な花が赤く咲いている。
またあるときには、ヒソップと枝の多いオノーニス[6]、
「遠恋草[7]」の葉、葡萄の房の新しい蔓、
にんにくの鱗茎、そして山地産のコエンドロの実、

あるいは繊細な葉のコニュザ(8)の綿毛の多い葉、
しばしば新鮮な胡椒、またはペルシア産の胡椒草を切り取って
飲用に使うこと。花を付けているグレーコーン(またはブレーコーン)(9)と
ストゥリュクノン(10)と芥子は、苦境から君を救ってくれよう。
菜園から緑色のリーキを採ってきたまえ。あるいはときに
蕁麻(いらくさ)そのものの傷つける種子、これは男の子たちのいたずらに使われる。
これらとともに海葱(かいそう)の雪のように白い頭(11)と、ボルボス(12)の

(1) 一〇三頁註(1)を参照。
(2) Tamus communis(ヤマイモ科の植物)。ディオスクリデス『薬物誌』第四巻一八三を参照。
(3) Pyrethrum parthenium(キク科の植物)。夏白菊。
(4) Ecballium elaterium。果実は熟すと勢いよく種子や果汁を吹き飛ばすという。
(5) Paliurus australis(クロウメモドキ科ナツメ属の植物)。ディオスクリデス『薬物誌』第一巻九二を参照。
(6) Ononis antiquorum(マメ科の植物)。英語名 restharrow。
(7) 原語は「テーレピロン」。おそらく罌粟の類であろう。その葉が恋占いに用いられることで有名。テオクリトス『牧歌』第三歌二九を参照。
(8) 七〇と九九頁註(7)を参照。
(9) Mentha pulegium(シソ科ハッカ属の植物)。メグサハッカ。ディオスクリデス『薬物誌』第三巻三一を参照。
(10) 七四と一〇一頁註(3)を参照。
(11) 一般的にその鱗茎、球茎、根茎を指す。テオプラストス『植物誌』第一巻第六章八と九を参照。
(12) Muscari comosum(ユリ科の多年草)。

乾燥した外被、蛇という名の植物[1]の茎、
低木性のラムノス[2]（黒梅もどき）の若枝、谷間の樹林に
野生する松の木が松毬の中で養っているもの。
さて、君はかの動物の毒針に譬えられる
かよわい草スコルピオス[3]の緑色の根を切り取っておくべきだ。
あるいはプサマテ[4]産の睡蓮、トラペイアと
コーパイがコパイス湖の水で育てる睡蓮、
その湖へスコイネウス川とクノポス川が流れる。
それにインドの轟き流れるコアスペス川のほとりの、
大枝小枝にアーモンドのように見えるピスタキオの実、
カウカリス[5]、収斂性のある赤褐色の銀梅花の実、
セージとよく繁茂している茴香のそれぞれの細片を集めること。
さらにエイリュシモン[6]、それから野生のひよこ豆の種子と
その緑色の若枝とともに重苦しく匂う葉を集めること。
実際にオランダ芥子（クレソン）は疾患を緩和するが、
メリロートス[7]の新鮮な花冠も同様で、
牧人たちが乳鉢で擂りつぶす海綿質のオイナンテー[8]の白い花も同様、

さらに次の植物の種子もまた同様、つまり麦仙翁（麦撫子）と赤い色のおおばこと
薔薇がそれぞれ養い育てる種子、それにアラセイトウの細かな種子も。
あるいはポリュゴノン(9)を雑然と繁茂する水辺から切り取ること、
プシーロートロン（「脱毛剤」）(10)、痛ましいヒヤシンスの種子も、
ポイボス・アポロンがこれに涙を注いだが、まったくの不本意に、
アミュクライの川のほとりで円盤を投げていて、青春の真っ盛りの

（1）ドラコンティオンのこと。サトイモ科の植物（Dracunculus vulgaris）で、直立する茎には、蛇を連想させる斑点があるという。ディオスクリデス『薬物誌』第二巻一六六を参照。

（2）Rhamnus graeca。英語名 buckthorn。八六一を参照。

（3）おそらくその葉がスコルピオス（蠍）を連想させるのであろう。Scorpiurus sulcata。またはディオスクリデス『薬物誌』第四巻七六によれば、Doronicum pardalianches で、その根が蠍の尾に似ているという。なお、『毒物誌』一四五以下を参照。

（4）以下順に、ボイオティアの泉の名、都市の名、コパイス湖畔の都市名、河川名。

（5）八四三と一六三頁註（9）を参照。

（6）Sisymbrium polyceratium（アブラナ科キバナハタザオ属の植物）。テオプラストス『植物誌』第八巻第三章一一三を参照。

（7）Trigonella graeca（マメ科シャジクソウ属の植物）。英語名 melilot。クローバーに似ているという。

（8）Spiraea filipendula。しもつけの類か。テオプラストス『植物誌』第六巻第八章一一二を参照。

（9）「にわやなぎ」、または「みちやなぎ」か。Polygonum aviculare（タデ科タデ属の植物）。

（10）テオプラストス『植物誌』第九巻第二十章三によれば、野生の葡萄に根は脱毛剤として用いられるという。おそらく、Bryonia cretica を指すであろう。

少年ヒュアキントスを殺したのだ。その鉄の塊は、岩角で
跳ね返ってかれのこめかみに当たり、その下の被いを砕いた。
さらにトリペテーロン(1)とシルピオン(2)の涙(樹液)を
それぞれ等しく三オボロスの重さだけ混ぜ合わせること。
あるいは君は角状のヘルピュロス(3)を、しばしばクレートモン(4)か、
またはカマイキュパリッソス(5)も摘み取ることだ。そしてこれらとともに
アニスとシルピオンの根を飲み物の中へすり下ろしたまえ。
それらを鉢の中で潰してから、ときには一緒に、またときには
別々にして、酢と、しばしば葡萄酒か水と混ぜて飲むのだ。
乳の中へすり下ろしても、これまた有効だ。

非常時の処置

しかしながら、たまたま危害が急を要するとき、たとえば君が旅行中とか、
水のない森の中にいる場合、もしやられたらすぐさま、
路傍に生えているものの根か葉か種子を自分の顎で
噛むことだ。そうして汁を吸い出しながら、
半ば食ってしまったその御馳走の残り物を傷の上へ吐き出したまえ。

こうすれば苦しみと差し迫った死を回避できよう。

吸角法その他

さらには、致命的な傷に青銅製の吸角（吸い玉）を
当てれば、毒も血もことごとく吸い出してしまうだろう。
あるいは無花果の乳状の汁を注いだり、また燃えさかる炉の
中心部で熱せられた鉄を使ったりする。
ときには、生草を食う山羊の皮袋を葡萄酒で満たしておけば、
足首や手に傷を受けたときには役立つであろう。
その皮袋の中へ腕の中程か、足首を差し込んで、
足の付け根か腋の下の周りを、皮袋の口を閉める紐で縛っておくのだ、
葡萄酒の威力が肉の中から苦痛を引き出してくれるまで。
さらにときには、蛭に傷口を食わせて飽きるほど飲ませること。

（1）五二二の「三つ葉」を参照。
（2）八四と一〇一頁註（6）を参照。
（3）六七と九九頁註（6）を参照。
（4）Crithmum maritimum（セリ科の植物）。英語名は samphire。
（5）Santolina chamaecyparissus（キク科の常緑低木）。綿杉菊。

あるいは玉葱から汁を垂らすか、ときには葡萄酒か酢の澱（おり）を
羊や山羊の糞と一緒に混ぜること、
そして出来立てのその練り物を傷口に塗るのだ。

万能薬

あらゆる疾患に効能のある薬剤を
君が調合できるように――たしかに、これは薬用植物をすべて一緒に
混ぜ合わせたあかつきには、君に大いに役立つことだろう、
用意するものは、馬鈴草（うまのすずくさ）、においあやめと甘松とカルバネー(1)の
それぞれの根、乾燥させたピュレトロン(2)も加え、
何にでもよく効くのらにんじんとブリュオーネー(3)のそれぞれの根、
それに掘り出したばかりの芍薬の多孔性の根、
クリスマス・ローズの若枝、これらと一緒に天然ソーダも。
クミンにコニュザ(4)の若枝を
野生スタピス(5)の表皮と混ぜて投入すること。等量の月桂樹の
漿果とキュティソス(6)と「馬の苔(7)」をすり下ろすこと。
それからシクラメンを集めること。

つややかな罌粟の液汁も加え、西洋人参木の種子、
バルサムとシナモンを投入すること。
そしてさらに花独活(はなうど)と一椀の塩を加え、
それらをレンネットと蟹と混ぜ合わせるが、前者は
兎から採取したもの、後者は小石の多い川に棲息するもの。
かくて以上のすべてのものを、収容量の大きな乳鉢の
腹の中へ投げ入れ、石製の乳棒で練り混ぜること。
成分が乾いてきたら、ただちに八重葎の液汁を注ぎ、
一緒によく捏(こ)ねること。それから重さを正確に秤で計量し、
それぞれ一ドラクマの重さの丸薬を調合すること。
二コテュレーの葡萄酒の中へ振り混ぜて飲みたまえ。

---

(1) 五一と九九頁註(1)を参照。

(2) Anacyclus pyrethrum(キク科の植物)。南欧原産で根は刺激剤として有効(ピレトリウム)。

(3) 八五八を参照。

(4) 七〇を参照。

(5) Delphinium staphisagria(キンポウゲ科ヒエンソウ属の植物)。ディオスクリデス『薬物誌』第四巻一五二を参照。

(6) 六一七を参照。

(7) 苔または地衣類の一種で蹄鉄の作業に使われるという。

かくして、君はホメロスの流れを汲む[1]ニカンドロスを、変わることなく記憶に留めるであろう、あの雪のように白い町クラロスが育てあげたかれのことを。

(1) 作者ニカンドロスは小アジアのコロポンの出身であるが、そのあたりは古来ホメロスの出身地を名乗る地域であった。その代表的な候補地とされたスミュルナにはホメロスを祀る神殿「ホメーレイオン」が著名であった。そして、コロポンにもそれがあったらしい。その神殿を拠点にした一種の結社またはギルドがあって、ニカンドロスはそのメンバーであったと想像される。原文の「ホメーレイオイオ」を、この神殿ないしギルドを意味するものと解釈されうる。あるいはそのように想像をたくましくするまでもなく、たんなる形容詞「ホメーレイオス」の属格形で、ホメロス風の(Homeric)語彙と韻律を常用する叙事詩人としての自己表現と解釈することも可能である。次の行のクラロスは、コロポンにあったアポロンの神殿と神託所のことで、自らの出身地を明言することで全篇を締めくくるのである。したがって、「雪のように白い」は、輝かしい故郷の讃辞ととるべきかもしれない。

ニカンドロス　毒物誌

序歌

われらがその末裔として生を享けた古の人々は、プロタゴラス(1)よ、
アジアの地に城壁をめぐらした都市を隣接して建設してくれなかったのだ。
そのためにわれらは互いに遠く隔たっているけれども、
それでもきっとわけなく君に話してあげられよう、忍び寄っては人間を
屈服させる毒物を口にした折の治療のさまざまな手立てをね。
なにしろ君は荒れ狂う海に近くて(2)、(私のいるところより)
ずっと北に位置するところ(キュジコス)に居を定めたのだから。
そこにはロブリノン(3)のレイアのための岩屋とアッテス(4)の秘儀の聖所がある。
それにたいして私が住むのは、その名も高いクレウーサの息子たちの間で、
このアジアの中でもっとも肥沃な地として分割されたところなの(5)だ。
かれらはクラロスにある遠矢を射るアポロンの鼎(6)のもとに座を占めたのだ。

さまざまな毒物──鳥兜

さて、そこで君は胆汁のように苦く、また口に恐ろしいアコニートン[7]（鳥兜）を心得ておくべきだろう。これはまさにかのアケロン川[8]の土手に生えているが、そこには賢明なる忠告を授けてくださる方[9]のめったに逃れられぬ奈落が口を開き、かつてプリオラオス王の町[10]が根絶やしにされて轟音とともに落下した。この苦い鳥兜を一飲みすれば口という口すべてが両方の唇も歯茎も収斂状態に陥る。そしてそれが胸の

（1）この人物については、六以下で示唆されるようにキュジコスに住むが、それ以外は何も分からない。
（2）キュジコスはマルマラ海のアジア側沿岸にある。
（3）キュジコスにある山。
（4）アッティスとも。プリュギアの大地母神キュベレ（またはレイア）の愛した少年。かれはアドニスと同じように、植物の死と復活を象徴する。
（5）アポロンとクレウーサの息子がイオン、その息子たちがイオニア人となった。
（6）イオニア地方の中心都市コロポンはニカンドロスの故郷であり、その近傍のクラロスにアポロンの神殿と神託所があった。
（7）Aconitium anthora（キンポウゲ科トリカブト属の植物）。テオプラストス『植物誌』第九巻第十六章四と五を参照。
（8）ポントス地方のヘラクレイアにある川で、死者の国への入り口があり、ヘラクレスはそこからケルベロスを引き出したという。
（9）死者の国の神ハデスのこと。一種の婉曲表現。
（10）マリアンデュノイの国の王プリオラオスの名に因む同名の都市。ヘラクレイアの近くにあったという。アポロニオス・ロディオス『アルゴナウティカ』第二歌七二〇以下を参照。

上の方の部分に包み込まれると、激しい胸やけに苦悶しながら
ひどい窒息状態になる。腹部の先端が苦痛にとりつかれる、
すなわち胃の上方の開口部、これはある人たちに
食後のための容器である胃の「心臓」と
呼ばれているところだ。その門は腸の始まるすぐのところで
閉じられるが、人の食べたものはことごとくここを通って運び込まれていく。
そのような状態の間ずっと、両眼から水状の液体があふれて滴り落ちる。
腹はすっかり掻き乱されて、空しくガスを放出する。
これはことに臍の中心部の下にたくさん居坐っている。
頭には忌まわしい重圧感があり、こめかみの下のあたりが急速に
ずきずきと脈打ちだしてくる。目は物が二重に見えてくるのも、
まるで夜に葡萄酒を生(き)のままやって酔いつぶれた人のよう。
あるいは、シレノスたちが角の生えたディオニュソスを保育しながら、
野生の葡萄の実を潰して、
初めて泡立つ飲み物で気分を大いに昂(たか)めたものの、
目はぐるぐると回り、よろめく足取りで
ニュサ(1)の山の周りを気が狂ったように追いかけっこした時のように、

この植物を口にした人たちは、不運に押しひしがれて目が暗んでくる。
これは「鼠殺し」とも呼ばれるが、がりがりと齧る
厄介千万な鼠どもを皆殺しにしてしまうからだ。
ほかにも「豹殺し」と呼ぶ人々がいるのは、牛飼いや山羊飼いたちが
パラクラ(2)の谷筋にあるイーデーの草原で、
これを使って巨大なこの野獣たちに死をくれてやるからだ。
あるいは「女殺し」、「車海老」とも(3)。アコナイ(4)の
山中に鳥兜は盛んに(5)繁茂している。
この毒にあたった人には、ひとつかみの重さの石膏が守ってくれるだろう。
黄金色のネクタルを細かく粉末にされた適量の石膏に注ぐのだが、
それはまるまる一コテュレーの葡萄酒であってもらいたい、
これに加えるに、繁みから切り取った苦艾の茎、

---

(1) ディオニュソスの生誕地。
(2) イーデーの四つの峰のひとつ。鳥兜の根で豹などを毒殺することについては、アリストテレス『動物誌』六一二a七、ディオスクリデス『薬物誌』第四巻七六を参照。
(3)「女殺し」については、プリニウス『博物誌』第二十七巻四を参照。「車海老」の呼称が根の形に由来するのは、テオプラストス『植物誌』第九巻第十六章四から明らかである。
(4) ヘラクレイアの近くにあった都市名。そこの鳥兜については、テオプラストス『植物誌』第九巻第十六章四を参照。
(5) 底本に従わず、White とともに写本の読みを採る。

あるいは青々とした苦薄荷(1)、別名メリピュロンの茎。
そしてさらに君は草状でつねに葉の繋っているカメライアー(2)の若枝と
ヘンルウダを用意し、蜂蜜と酢の混ぜたものの中へ
やっとこの顎で挾んだ赤熱の鉄塊を入れて冷やしたまえ。
あるいは燃えさかる炎が炉の坩堝の中で
分離した鉄の浮き滓を入れてもよろしい。
ときによっては、使い古されていない金あるいは銀の塊を
火で熱してから、そのかきまわされた混合液へ浸してもよかろう。
あるいは、しばしば無花果の葉を手でひとつかみの半分の重さだけと
カマイピテュス(3)を少々取っておくこと。または山から花薄荷の乾燥した若枝を、
あるいはポリュクネーモン(4)の新鮮な小枝を切り取ること。
そしてそれらを四キュアトスの蜜のように甘い葡萄酒へ振り混ぜたまえ。
あるいはまた、家禽の若鶏の肉がたっぷりと入って、
煮出したままの薄めていないスープを用意するのだが、これは鍋の下で
有無を言わせぬ赤く輝く火が丸々一羽を、ばらばらに分解してしまうときのもの。
さらには脂肪に富んだ新鮮な牛肉から抽出したスープを、
それこそ収められるだけ流し込んで、胃の腑を満足させてやりたまえ。

またときには、バルサム油をうら若い少女の乳(5)の
数滴の中へ注入するか、あるいはときに水の中へ。
こうすれば、患者の喉から未消化の食物が吐き出されるだろう。
ときにはしばしば、目を開けたまま眠るすばしこい動物（兎）か、仔鹿から
レンネット(6)を採取し、それを葡萄酒に混ぜて与えたまえ。
またときには、紫色の実を付ける桑の木の根を
乳鉢に中へ投げ入れ、葡萄酒と混ぜて擂りつぶし、
これを蜜蜂たちの労働の成果と煮たものを与えること。
かくして、憎むべき疾患がいかに屈服させようとしても、君はそれを防げよう。
そして、患者はふたたびしっかりとした足取りで歩けよう。

（1）『有毒生物誌』五五〇を参照。
（2）Daphne oleoides（ジンチョウゲ科ジンチョウゲ属の植物）。ディオスクリデス『薬物誌』第四巻一七一を参照。
（3）『有毒生物誌』八四一を参照。
（4）『有毒生物誌』五五八を参照。
（5）三五六を参照。さらに、ディオスクリデス『薬物誌』第二巻七〇-六も参照。
（6）『有毒生物誌』五七七を参照。

さまざまな毒物――白鉛

第二番目に、かすかに光る恐ろしい白鉛(1)の混入した
忌まわしい飲み物に思いを馳せてみたまえ。これはでき立ての色が
いたるところで泡立っている乳に似ていて、春の時節に
君が深い乳桶へたっぷりと搾るときのようだ。
この毒物を飲んだ人の両方の顎の内部と歯茎の溝に
収斂性の泡がぴったりと張りついている(2)。舌の溝の両側はざらざらに荒れ、
咽頭の一番奥のところがいくらか乾いてくる。
悪性の毒のために乾いたしゃっくりをしたり、痰を吐いたりする。
この苦痛に対しては、すべてが絶望的になってしまうのだ。かれの心気は
すでに病み衰え、致命的な苦しみに疲弊の極に達する。
しばしば異常な幻影を見たり、
時には眠気に襲われたりしつつ、からだが冷たくなっていく(3)。するともはや
これまでのように手足を動かすことができず、疲労に困憊して屈服する。
かれにはただちにプレーマディアー種かオルカース種か、
またはミュルティーネー種のオリーブの果汁をカップ一杯与えてやりたまえ。
そうすれば胃の腑が滑らかにされて、毒物を吐き出すであろう。

八〇

あるいは、君はすぐに家畜のよく張った乳房から搾乳して
与えてやるのもよい。ただし、乳の脂肪状の上澄みは取り除くこと。
そして、また君は薄紅葵[4]の若枝か葉を
新鮮なその樹液の中で煎じて、患者に飲めるだけ飲ませたまえ。
あるいは、ときによって胡麻の実を潰し、これを葡萄酒と一緒に服用すること。
あるいは、君は葡萄樹の枝の灰を水に入れて加熱し、
ごみを除けたまえ。それからその灰汁を編んだばかりの籠の
透き間で濾すのだ、これが滓をよく逃さないので。
また、ペルセア[5]の固い核をきらきらと光るオリーブ油とともに
擂りおろせば、（そして飲めば）危害をすっかり防いでくれるだろう。
かつてメドゥサの豊かな実り[6]の首を鎌で切り落とした
ペルセウスは、ケペウスの国（エチオピア）を去って、

（1）ディオスクリデス『薬物誌』第五巻八八を参照。
（2）鉛中毒の症状として、歯肉の縁に鉛が析出して暗青色の着色が見られる。
（3）鉛中毒による神経障害の現われであろう。
（4）『有毒生物誌』八九を参照。
（5）『有毒生物誌』七六四では「ペルセウスの木」。
（6）ヘシオドス『神統記』二八〇以下によれば、刎ねられた首からクリュサオルとペガソスが生まれた。おそらくそのための表現であろう。

ケペウスから新たに与えられたミュケーナイの耕地に、ただちにこのペルセアを
育てさせた。ミュケーナイはかれの鎌の鞘の鐺（こじり）（ミュケース）が落ちたところ、
そこはメランティス(1)の最高峰の麓で、あるニュンペーがかの名高い
ランゲイアの泉(2)をゼウスの子（ペルセウス）にそっと教えてやったのだ。
あるいは、場合によっては炒った大麦に、ゲラ(3)地方の
乳香樹に凝結する樹脂をつき混ぜたまえ。
さらには君は胡桃の木か、西洋李の木の涙（樹液または露滴）を、
または榆の木の枝にいつもしとどに滴っている涙と
ゴムの木の露滴を、救いの手立てとして、温水に溶かし込みたまえ。
そしてこれを飲めば、毒物のある部分は吐き出され、ほかの部分は、
全身が汗にまみれると熱い水に屈服して、平癒するであろう。
こうなればもう飽きるまで食事をとってもよし、強い葡萄酒を
飲んでもかまわない。不面目な死は避けられよう。

さまざまな毒物――斑猫(4)

もしも飲み物が穀類を食う(5)斑猫の臭いがしたら、
それは液状のピッチによく似ているが、口につけてはならない。

鼻孔にはピッチのように重苦しさをもたらし、口には柏槇（びゃくしん）の漿果（しょうか）を食べたばかりのときのような臭いがする。この昆虫が飲み物に混入すると、唇に刺すような感じを与え、それはさらに胃の噴門のあたりでも繰り返される。ときには腹部の中程か、あるいは膀胱が食いつくすような痛みに噛まれてしまう。また、不快感が鳩尾の上方にある胸の軟骨のあたりを襲ってくる。患者はただ苦悶するばかりで、喪心状態の妄想がその人間性に枷を嵌めてしまう。思いがけずにも危害に打ち倒されるのは、ちょうど薊の冠毛が撒き散らされたばかりのところ、空中をさまよっているうちに、風の吹き具合にうろたえ惑うようなもの。かかる患者には、ときとしてグレーコーン(6)を川の水に

(1) 古註によれば、アルゴスにある地名という。
(2) アルゴスにある泉の名。
(3) アラビア半島のペルシア湾沿岸の都市（ストラボン『地理書』第十六巻七六六）。
(4) ツチハンミョウ科の昆虫の総称。分泌されるカンタリジンは皮膚に触れると血管を刺激し、赤くなって水泡をつくる。成虫を乾燥させたものをカンタリスという。
(5)「穀類を食う」によってその種類が限定されるが、少なくとも「食肉性」ではないことになる。
(6)『有毒生物誌』八七七を参照。

混ぜて一椀の飲み物をこしらえ、これを与えてやりたまえ。
この苦心して作った飲み物こそ、食を絶っていたデメテルが口にしたもの。
かつてこれで女神が喉を潤したのも、ヒッポトオン[1]の治めるポリスにおいて、
あのトラキアの女イアンベのとりとめもないおしゃべりのおかげ。
またときには、豚か雄羊の頭の煮出し汁に
亜麻のまろやかな種子を混ぜるのだ。
あるいは、切り落としたばかりの山羊の角のついたままの頭でもよいし、
鵞鳥の頭でもよかろう、手数のかかった汁を煮た鍋から飲ませてやること、
飲めなくなって吐き出すまで。それから喉へ指を突き入れて、
まだ未消化の汚染された食物を、ことごとく奥から掻き出すのだ。
ときとして、浣腸器に羊の新鮮な乳を吸入して
浣腸したまえ。それで不用の排出物を腸から一掃するだろう。
ときによっては、脂肪たっぷりの乳が患者に救いとなるであろう。
あるいは、君は葉を付けたばかりの葡萄の木の
青々とした蔓を切り取ってきて、葡萄のシロップの中へ刻み込みたまえ。
あるいは、土壌のよく砕かれたところから、スコルピオス[2]のつねに
針の形をしている根を少しばかり切り取ってきて、蜜蜂の汗の結晶（蜂蜜）に

浸しておきたまえ。この植物はモロトゥーロス(3)のように
丈高く成長するが、枯れると茎を落とす。
さらにまた、君はサモスの土(4)を重さ四ドラクマ用意したまえ。
これはピュッリス(5)が山岳地域に産出するもの、
雪のように白いこの土を運ぶインブラソス川(6)こそ、
角の生えた仔羊がケシアスのニュンペーたち(7)に初めて教示したもので、
雪を頂くケルケテス山の麓の、藺草の生える土手でのことだった。
その土の二倍(8)の量の葡萄汁を煮詰めて、
そこへヘンルウダの若枝を砕いて入れ、

---

(1) ポセイドンがエレウシス王の娘アロペに生ませた子。通常はケレオスがデメテルを迎えるエレウシスの王。

(2) 『有毒生物誌』八八六を参照。

(3) アスフォデル（『有毒生物誌』七三を参照）か、「ホロスコイノス」Scirpus holoschoenus（イグサ科イグサ属の植物）のいずれかであろう。ディオスクリデス『薬物誌』第四巻五二を参照。

(4) 粘土質の土であるらしい。薬効については、ディオスクリデス『薬物誌』第五巻一五三を参照。

(5) サモスの古名。

(6) 六一九を参照。

(7) インブラソス河神とケシアスの娘たちで、アルテミスに随伴するニュンペーのことであろう。カリマコス『讃歌』第三、二二八を参照。角の生えた仔羊との関連については未詳。

(8) 八ドラクマ。

薔薇油でこれらをよくかき混ぜる。ときにはイリス油に浸してもよろしい。これもしばしば病気を治したものだ。

さまざまな毒物――コエンドロ

ところで、恐ろしい、取り返しのつかないコエンドロ(1)を、おぞましい杯からうかうかと一口飲んでしまえば、正気を失って狂乱状態に陥り、狂人の如くに大声を張り上げて、とりとめもないことを喚いたり、バッコスの信女たちのように金切り声で歌い騒ぐのだ、恥じることを忘れた心気が熱狂するにまかせて。これを飲んでしまったら、甘い葡萄酒「プラムニオス」(2)を生のまま、杯になみなみと注いで飲ませること、酒樽から迸(ほとばし)り出るままに。あるいは、一椀の塩を水に投じて溶かすこと。またときには、鶏の無理なく産んだ卵から中身を出し切って、それを海の泡と混ぜたまえ。これは速く飛ぶ海燕の食物で、かれにとって命を支えるもの、しかしまた死へ向かわせるもの、というのも漁夫たちのいとも恐るべき子どもたちは、策略でもって泳いでいる海燕をおびき寄せるのだ。新鮮な白く泡立つ波を

一六〇

追い求めているうちに、かれらの手中に落ちるというわけ(3)。
さらには、君は菫色をなす海、苦い海の水を汲みあげたまえ。
大地を揺るがす神（ポセイドン）は、この海を火と一緒に風に仕えさせた(4)。
すなわち、火は敵対する風の一吹きに降参してしまうのだ。
火は消えることがなくても、水は果てしなく広がっていても（海）、西風に
震えおののく。かくして、海は落ち着きなく怒りっぽいが、
船と、海を死に場所にする人たちには主人づらをする。
そして森は忌み嫌われる火の支配に服するのだ。
さて、多くの人手を労するオリーブ油に葡萄酒を混ぜたもの、
あるいは雪を混ぜた葡萄のシロップを飲めば、苦痛は食い止められる。
刈り入れをする人々が刈り込み鎌で甘いプシティアー種の葡萄の

（1）Coriandrum sativum（セリ科の植物）。『有毒生物誌』八七四では薬用として名が挙げられている。ディオスクリデス『薬物誌』第三巻六三を参照。

（2）原語「ヘダノス」は、White の提案に同調して、葡萄ないし葡萄酒のタイプを表示するのではなく、「甘い」を意味する形容詞と解する。一八〇の場合も同様。

（3）アリストテレス『動物誌』六二〇a一三は、未知の水鳥ケッポスに類似した習性を記述する。

（4）以下の「余談」は、一〇〇以下や三〇二以下などのそれと同じように、神話的な装飾になっているが、前後の文脈とは無関係である。

重く垂れている熟れた房を切り取って、
それを押しつぶすような時があれば。そんな折には蜜蜂がぶんぶんと、
さてはペンプレードーン[1]と雀蜂が、さらに山中でぶんぶんと飛びまわる虫どもが
葡萄の実に殺到し、たっぷりとその甘露を楽しむのだが、
悪さをしでかす狐は、もっとびっしりと実が詰まった房をかっぱらう。

さまざまな毒物――毒人参

君は毒人参[2]を飲み込んだ折の危害についても注目したまえ。
なぜなら、これを口にすれば間違いなく頭に恐ろしい害毒が及び、
夜の暗闇をもたらすからだ。目をぎょろつかせ、
足取りもよろよろと覚束なく道をさまよったり、
両手で匍ったりする。ひどい窒息状態が
喉の奥に生じ、気管の狭い通路が塞がれる。
からだの末端が冷たくなり[3]、手足の強壮な血管が
収縮する。かれは気を失った人のように、短く息を
吸ってはいるが、その魂はハデス（冥界の神）を見ているのだ。
飲めるだけオリーブ油か、何も混ぜてない葡萄酒を与えること、

かれが性悪な苦痛をもたらす毒を吐き出すまで。
あるいは、浣腸の道具の準備をして挿入すること。
場合によっては、生の葡萄酒を与えるか、あるいはテンペ峡谷の
月桂樹、またはダウコス（のらにんじん）(4)の細枝を切り取ってやることだ。
ダウコスは、最初に(5)デルポイにいますアポロンの髪をぐるりと飾っていたもの。
あるいは胡椒を蕁麻の種子と混ぜて擂りつぶして
服用させること。さらにあるいは苦いシルピオン(6)の液汁を葡萄酒に注入すること。
ときには、適量の香り高いイリス油と
擂りつぶしたシルピオンの根を白化オリーブ油とともに与えること。
また、蜂蜜のように甘い葡萄のシロップを、さらに軽く火の上で
温めた容器の中で泡立っている乳を与えてやること。

（1）『有毒生物誌』八一二を参照。古註によれば、蜜蜂より小さく、蟻より大きくて、黒と白の入り混じった体色をし、オークの幹の空洞に巣を作る蜂という。

（2）「コーネイオン」。Conium maculatum（セリ科ドクニンジン属の植物）。ディオスクリデス『薬物誌』第四巻七八を参照。

（3）プラトン『パイドン』の記述から、ソクラテスはコーネイオンで毒殺されたことが分かる。

（4）『有毒生物誌』九四を参照。

（5）アポロンはダプネが月桂樹に変身する前までは、別の植物を頭飾りに使っていたという。オウィディウス『変身物語』第一巻四五〇以下を参照。

（6）『有毒生物誌』八四を参照。

さまざまな毒物――「矢毒」

恐ろしい矢毒[1]の危害をたちどころに防ぐことも、
できないことでもないのだ。口にしたために苦悶に打ちのめされていても。
かれの舌は根元から脹れあがり、
口の周りでは重く膨れた唇が押し下げられる。
乾いた痰を吐き、歯茎が根元からぱっくりと裂ける。
しばしば心臓は動悸が昂まる。そして正気はすっかり
失われ、この性悪な毒物に屈服させられる運命なのだ。
かれは狂乱のためとめどもなく喋り散らしたり、泣き喚いたりする。
ときには苦痛のあまり叫び声をあげるが、それはあたかも
誰かがからだの中枢である頭を剣で切り落とされた時のように、
あるいは、レイア女神の祭壇に奉仕する女祭司が供物の盆を捧げて、
月の九番目の日にしずしずと公道の街衢（ちまた）に現われ、
大音声の叫び声をあげるように。人々は震え上がるのだ、
イーデーの女神（レイア）の信女の恐ろしい叫び声を聞いて。
このように心神の狂乱に打ち負かされて、吼えるが如くに
泣き喚き、牡牛のように藪睨みをしたり、

白い歯を尖らせ口もとに泡を立てたりする。
かれをよく綯(な)った綱でしっかりと縛り、
葡萄酒で泥酔させたまえ。たとえ望まなくとも、やさしく強いて
鯨飲させるのだ。それから歯を食いしばっているのをこじ開けてやれば、
君の手に屈して首尾よく毒物を吐き出すであろう。
あるいは、君は放し飼いの鵞鳥の若鳥を、
燃えさかる火で煮立ててスープを作りたまえ。
さらに君は、山野に自生する野生林檎の熟した果実を(2)
与えてやりたまえ、食べられぬ部分は切り除いて。
あるいは栽培種でも、春ともなれば少女たちの

---

(1) 原語「トクシコン」は、矢に塗られるものの意。「トクシコン」(矢毒)と呼ばれるのは、矢の如くに素早く毒の効き目が現われるからという。あるいは、パルティア人とスキュタイ人は、矢にこれを塗るからだという説明もある。そのときに塗られる毒物は、コーネイオン(毒人参)だとする説もあった。スキュタイ人の矢毒については、アイリアノス『動物の特性について』第九巻一五に言及されるが、毒物そのものの名称は記されない。プリニウスもしばしば毒矢について述べるが、その毒物にはやはり触れていない。ニカンドロスも結局同じことで、鏃に塗られたことしか言わない。おそらく、単純な植物性の毒物を、念頭に置いているにすぎないのであろう。

(2) 以下に列挙される果実はいずれも強い収斂性を持っている。

遊び道具にと、実を付けるようなものもよかろう。
野生種のマルメロでもよいし、えぐみの強いクレタ島産の
マルメロでもよろしい、これは当地の山間の急流が育むもの。
ときにはこれらのものをすべて小槌で十分につき砕いたら、
それを水に浸し、次に新鮮で芳香のあるグレーコーン(1)を加え、
林檎の種子と一緒にかき混ぜること。
あるいはまた君は、香りのよい薔薇油を少しばかり羊毛の一房に
滲み込ませて、かれの開いている唇の中へ滴らせたまえ。
イリス油でもまたよろしい。あまたの苦しみに耐えて、幾日かすれば
ようやく無事に足もとの定まらないながらも歩きだすが、
両の眼はこわごわとあちらこちらにさまよい動く。
この毒物はゲラ(2)地方の遊牧民たちが青銅に鏃に塗るもので、
かれらはユーフラテス川の畔で畠も耕している。
その矢傷はまったく癒えることがなく、肉が黒ずんでしまうのは、
ヒュドラ(3)の苛烈な毒が深く食い込んでいくからだ。
そして皮膚は、腐ってぼろぼろに寸断される。

さまざまな毒物――イヌサフラン

ところで、コルキスの女メデイアの厭わしき火[4]を、
つまりあのイヌサフラン[5]を口にすれば、唇は湿るたびに、
逃れがたいかゆみにいやおうなく苦しめられる。
これは無花果の白い汁とか、ちくちくする蕁麻とか、
海葱の皮の重なった頭[6]――これは幼児の肉に
ひどい炎症を惹き起す――とかに皮膚を汚された人にも見られる。
この毒物が排除されないと、咽喉部に鈍痛が居坐って、

---

(1)『有毒生物誌』八七七を参照。

(2)一八三頁註(3)を参照。

(3)矢毒がヘラクレスに退治されたヒュドラと結びつけられている。つまり、その血とか、胆汁とかに由来するものと示唆しているのかもしれない。

(4)イヌサフランの別名コルキコンの由来譚。イアソンとともに故郷のコルキスを出奔したメデイアは、コリントスにしばしの幸福な生活を送っていたが、イアソンがコリントス王に婿に望まれたことを知る。かれに裏切られたメデイアは、毒を塗った衣装をかれの花嫁に贈る。花嫁がこれを身に着けると、衣装から火が出て、花嫁と父親の王を焼き殺す。そして王宮も焼き払った。こうしてメデイアの復讐が果たされる。イヌサフランの別名コルキコンと結びつけられている。

(5)原語は「エペーメロン」。Colchicum autumnale(ユリ科イヌサフラン属の多年草)。種子にアルカロイドのコルヒチンが含まれる。有毒ながら古来鎮痛薬として利用された。ディオスクリデス『薬物誌』第四巻八三を参照。

(6)『有毒生物誌』八八一を参照。ここは海葱の鱗茎のこと。

初めはその部分に食い込んでいくが、やがて恐ろしい吐き気とともに
内側からそこを引き裂き、ついに毒物を喉から吐き出してしまう。
それと同時に、胃の腑も汚物を排出するのは、
肉を切り分ける人が肉を洗い清めた汚水を流し出すようなもの。
さて、そこで君は樫の木の縮れた葉を、
場合によっては、ペーゴス[1]の葉を団栗（どんぐり）と一緒に切り取って与えたまえ。
あるいはまた君は手桶に新鮮な乳を汲んでおき、
口の中に（一度）含ませてから飲めるだけ飲ませたまえ。
そして確かにポリュゴノン[2]の若枝も、こんなときに役に立つだろう。
ときによっては、その根を乳で煮詰めてもよろしい。
葡萄樹の蔓を水で煮だしてもよし[3]、
同様に切り取っておいた木苺の若枝もまたよいのだ。
さらには、君はよく育った栗の木の青々とした外皮（毬（いが））を剥がしたまえ。
それは薄い皮に包まれた堅果を覆っているもので、
乾燥した殻が内部の果肉をくるんでいる。
カスタナイア[4]の地が産出するものだが、いたって皮が剥きにくいのだ。
大茴香[5]の髄をうまく抜き出したまえ。

これはプロメテウスの盗み出したもの〔火〕を受け容れてくれたが、
それに常緑のヘルピュロスの葉[6]と
止血〔収斂〕性のある銀梅花の実をたっぷりと加えること。
あるいは、柘榴の果実の皮を水に漬け、
これに銀梅花[7]を混ぜて浸すと、
収斂性のある飲み物となる。君は疾患を一掃してしまうだろう。

（1）『有毒生物誌』四一三を参照。
（2）『有毒生物誌』九〇一を参照。
（3）二六六―二七四の各行の冒頭の文字が作者ニカンドロスの署名となるべく配され、アクロスティク（折り句）の技法が用いられている。ただし、アクロスティクの自署といっても、『有毒生物誌』三四五以下の場合と異なり、かなり不完全なもので、はたして自署の名に値するか疑問である。
（4）マグネシア地方の海沿いの都市または村落の名（ストラボン『地理書』第九巻四四三）。栗のギリシア語名「カステーノス」はこれに由来するとの説があるという。
（5）『有毒生物誌』五九五を参照。
（6）『有毒生物誌』六七を参照。
（7）底本に従わず、White とともに写本の読みを採る。

さまざまな毒物――「カマイレオス」

カマイレオス[1]を入れた致命的な飲み物がまんまと君の唇を通り抜けるのに、
気付かないということがないよう用心せよ。バジル[2]（めぼうき）に似た匂いがあり、
飲めば奥から炎症が生じて、舌の溝の根元のあたりが
ざらざらとなり、心気は散漫となっていく。
錯乱のあまり犬歯で舌を噛むのも、
狂気が正気を圧倒しているからだ。さらにまた
胃の腑は理不尽な妨害にあって、食物も飲み物も
その通路を塞がれ、内部に閉じ込められたガスで
ごろごろと鳴る。それはガスが狭い空間に包み込まれているので、
しばしば雨の降りしきるオリュンポス山の雷に似ているし、
またときには岩壁の下で轟きわたる
海のひどい唸り声にも似ている。
苦しみもがけども、いかんせんガスはほとんど上方へは逃れ出られないのだ。
だが、薬を飲めばたちどころに、卵形の汚物をすっかり
排出することができる。さながら卵殻のない固まりのようなもの、
これは放し飼いの鶏が餌争いに夢中の雛たちを抱えて巣籠りの最中に、

ある場合は自ら殻を打ち砕いて、薄膜にくるまれたまま
懐から投げ出すか、別の場合には病に冒されてしまい、
不運の子として地面へ放り出すかしたもの。
搾ったばかりの葡萄のシロップに浸した苦艾（にがよもぎ）の
あの苦い飲み物が苦痛を抑えてくれよう。
ときにはテルミントス（テレビンの木）の樹脂を、またときには野生の松、
さらにはアレッポ松の涙（樹脂）を切り取りたまえ。この松が泣き悲しむのは、
我が幹に縛り付けられたマルシュアスがアポロンにからだの皮を剝がれたため。
かれはあの男の広く知られた悲運を谷間で嘆いては、
ただひとり情熱を込めてそのことを語り続けているのだ。
あるいは、鼠殺しの異名を持つポリオン(3)の白く光る花を飽きるまで与えること。
またさらにはヘンルウダの地面に近い枝を切り取り、

（1）『有毒生物誌』六五六を参照。ここでは黒色種と白色種の区別がなされていないが、おそらく白色種、すなわちAtractylis gummiferaであろう。コエンドロと同様に、これも薬草であったものが毒物とされる。一八七頁註（1）を参照。

（2）Ocymum basilicum（シソ科の一年草）。ディオスクリデス『薬物誌』第二巻一四一を参照。

（3）『有毒生物誌』六四を参照。「鼠殺し」は三六ではアコニートン（鳥兜）の異名になっている。

甘松[1]と湖沼に棲むビーバーの睾丸[2]を取ってくること。
あるいはシルピオン[3]の根を一オボロス卸しがねですり下ろすこと、
場合によっては、その樹液を同量採取すること。
ときには野生のトラゴリーガノス[4]、または搾った後、
手桶の中で凝固したばかりの乳を飽きるほど飲ませたまえ。

さまざまな毒物——牡牛の血

浅慮にも牡牛の新鮮な血[5]を口にすれば、
苦しみもがいて地へ倒れる、苦悶に打ち負かされて。
そのとき血は胸部に近づいていて容易に固まり、
腹部の中程で凝固するのだ。
諸通路が塞がれる。詰まった喉の中で
息が閉じ込められてしまうと、しばしば地面の上で痙攣しながら
ばたばたともがき、泡にまみれて喘いでいる。
かれのために液汁の多い野生の無花果の実を摘み取り、
酢に浸してからひとまとめに水と混ぜること、
このとき水と苦い酢の飲み物とをよくかき混ぜる。

かれの積み込みすぎた腹から重荷を排出させるのだ。
さらに君は亜麻布でできた目の粗い袋で、
よくかき混ぜたレンネットを濾したまえ。野呂鹿の仔でも仔鹿でも、
仔山羊のものでもよい。あるいはすばしこい兎から採取できれば、
君は患者に治癒と救助をもたらすことになろう。
あるいは、入念に粉末にしたソーダを重さ三オボロス与えること。
これを甘口の葡萄酒に混ぜて、
さらにシルピオンとその樹液を同じ割合で一リートラー(6)ずつ、
そして酢に十分漬けたキャベツの種子を加えること。

---

(1)『有毒生物誌』六〇四を参照。
(2)『有毒生物誌』五六五を参照。
(3)『有毒生物誌』八四を参照。
(4) *Thymus teucrioides*(シソ科タチジャコウソウ属の植物)。ディオスクリデス『薬物誌』第三巻三〇を参照。
(5) アリストテレス『動物誌』五二〇b二〇によれば、牡牛の血液は動物の中で一番速く固まる。毒性そのものはなくても、凝固の速い生血が喉に詰まって窒息死させるのであろう。そのために自殺に用いられ、テミストクレスはその著名な例。
(6) とくにシチリアで使用された単位、二一八グラムに等しいという。

また、コニュザ[1]の若枝を色のよくない葉[2]と一緒に与えてやりたまえ。
あるいは、胡椒と木苺の芽とを擂りつぶすことだ。
そうすれば血の固まりを容易に消散させることであろうし、
腹の中で滞留しているものも粉砕するだろう。

さまざまな毒物――「ブープレースティス」

憎らしいブープレースティス[3]の入った、悶え苦しませる飲み物を忘れ給うな。
これにやられた人のことをよく心得ておきたまえよ。
実際のところこれに咬まれると、その口から付着された
強烈な臭気はソーダのそれに似ている。胃の口もとのあたりでは、
痛みがあちらこちらに変転して生じる。
尿は塞がれ、膀胱の下端はずきずきと脈打つ。
腹部全体が膨脹し、そのとき中央の臍の周辺に
おびただしく鼓脹性の水腫が居坐ってしまう。
そして、全身の皮膚が目に見えて張り詰めてくるのだ。
ブープレースティスが腹の丸々とした若い雌牛か、または仔牛に
膨脹を惹き起すのは、かれらが草と一緒にこの生き物も食ってしまうからだろう。

このために牧人たちは、これをブープレースティス（牛を膨らませる虫）と呼ぶ。
患者にはよく繁茂した木から採ったネーブル・イチジク(4)の
よく乾燥させたものを、三年ものの葡萄酒と混ぜてやること。
あるいは、それを木槌で一緒に潰したものを、
火にかけて溶かし、これを解毒剤として患者に与えたまえ。
そしてかれに食欲があれば、さらに上述の甘い飲み物を
飲めるだけ飲ませること。ときにはそれに乳を加えてやりたまえ。
あるいはほかに、なつめやしの乾燥させた果実、
ときには野生梨の干したもの、またはバッケー梨(5)の、またはミュルタース梨(6)の、
場合によっては銀梅花の、それぞれの実を葡萄酒に入れて混ぜること。

(1)『有毒生物誌』七〇を参照。
(2)この葉の臭いついては、テオプラストスもディオスクリデスも言及するので、「悪臭のする」という意味であるかもしれない。「病気にかかった、つまりいやらしい緑色」とも解釈される。
(3)タマムシ科の有毒な昆虫。プリニウス『博物誌』第三十巻三〇を参照。ヒッポクラテスやディオスクリデスにはその薬効が言及される。
(4)「オンパレイオス」の試訳名。中央に臍状の突起物のある無花果の種類か。
(5)『有毒生物誌』五一三を参照。
(6)『有毒生物誌』五一二を参照。

あるいは、新生児のように乳首をふくませてやってもよかろう。[1]
仔牛のように乳房から乳を吸わせるのだ。
母胎から生まれ出たばかりの仔牛が乳房にぶち当たりながら、
乳首から好ましい液体を貪り飲むように。
ときには暖かい脂肪分の多い飲み物を飽きるまで飲ませ、
無理やり吐き出させること。たとえ嫌がっても、とにかく
君の指か羽根を使っていやおうもなしに。またはパピルスを切り取って
うまく捩り、これを弓なりに曲げて喉をくすぐるのだ。

さまざまな毒物 ── 凝固した乳

もしも新鮮な乳が胃の腑の内部でチーズ質に変化すれば、
それが集積して、ついには窒息させてしまうことにもなる。
そういう人には、酢の一に対して葡萄のシロップの二を加えた
三の量を与えること。そうして詰まっていた腹を一掃することだ。
あるいはさらに、リビア産のシルピオンの根をすり下ろしたものを、
またはその樹液を、酢に溶かして与えること。
ときにはさらに、洗濯用の灰汁か、

花を付けたばかりのテュモン[2]の若枝を混ぜること。場合によっては、
エウクネーモン[3]の房状の実を、葡萄酒によく漬け込んだものが役に立つ。
また、レンネットを飲むと、腹中の固まりをよく散らすという。
さらにまた、ミントの緑色の葉もよろしい、これと蜂蜜か
酢のぴりぴりと苦いもののいずれかを混ぜ合わせること。

さまざまな毒物 —— 朝鮮朝顔

さて、朝鮮朝顔[4]について考えてみよう。その様相と
口もとでの味は乳にそっくりだ。
これを飲めば、あまり経験したことのないしゃっくりが
喉のあたりを揺さぶる。胃の口もとの痛みのために、
ときには血が混じって食べたものを吐き出す。

---

(1) 当然、人の乳のことを言っている。六四を参照。また、プリニウス『博物誌』第二十八巻七四も参照。
(2) Thymbra capitata（シソ科の植物）。ディオスクリデス『薬物誌』第三巻三六を参照。
(3) 不明の植物。
(4) Datura stramonium（ナス科チョウセンアサガオ属の有毒植物）。テオプラストス『植物誌』第九巻第十一章五と六、およびディオスクリデス『薬物誌』第四巻七三を参照。

あるいは、腸(はらわた)から排泄するが、汚濁したうえに
粘液が混じっているのは、赤痢に罹った人のよう。
ときには、焦がすような苦悶に疲弊して四肢が耐えられず、
地に倒れるが、乾ききった口を潤す気にもならない。
こういう人には乳を飲ませるか、あるいはいくらか温めた
葡萄のシロップに乳を混ぜて与えたまえ。
さらに、色艶のよい鶏の丸々と太った胸肉を
火にかけ、柔らかくして食べれば有効だ。
または、その煮出し汁も一椀たっぷりと飲み干せば有効。
岩の多い海の轟く下に、海草に覆われた岩場の周辺で
いつも餌をあさっている生き物たちも、また役に立つのだ。
これらのあるものは、生のまま食べるとよい。またあるものは煮て、
多くは火で焼いて。巻貝、紫貽貝、
ロブスター、ピンナ[1]、褐色の海胆(うに)を
食せばいっそう役に立つだろうし、帆立貝もまた同断。(かくも推奨されれば)
法螺貝も、海草に夢中の海鞘(ほや)も今まで以上に生き永らえることはあるまい。[2]

さまざまな毒物――「パリコン」

パリコン(3)の混入した厭わしい飲み物を憶えておいてくれたまえ――君には
未知のもののはずだから。これは顎に重大な疾患をもたらす。
味が甘松(4)によく似ていることを知っておきたまえ。
目まいを惹き起し、正気を失わせることもあり、一日のうちに
強壮の人でもあっさりと殺してしまうこともある。
さて、君はよく花を付けている山地性甘松の、形が袋状をした根を
量りとって与えてやりたまえ。これをキリキア地方の岬は、
満々と水を湛えるケストロス川(5)のほとりに養い育てているのだ。
あるいは入念に擂ったスミュルニオン(6)を与えること。においあやめそのものと、
マドンナリリーの頭(花)を取りたまえ。この百合はアプロディテの大嫌いなもの、

---

(1) 細長い殻の二枚貝。たいらぎの類。アリストテレス『動物誌』五二八a二四とオッピアノス『漁夫訓』第二巻一八六を参照。

(2) 底本に従わず、White とともに古写本の読みを採る。

(3) 不明の毒物。頭文字が大文字であるから、人名または地名に由来するのかもしれない。

(4) 『有毒生物誌』六〇四を参照。

(5) ピシディアから発してパンピュリアを貫流して海に注ぐ。キリキアとの境界の外側を流れる。なお、山地性甘松の産地はキリキアとシリアであるという(ディオスクリデス第一巻九)。

(6) 『有毒生物誌』八四八を参照。

なにしろ肌の白さを競い合った相手なのだから。それゆえ女神は、
花弁の内側の真中に迷惑至極の恥ずかしいもの[1]を取りつけてやった、
つまり、そこに驢馬の凄まじい一物（男根）を生えさせることにしたのだ。
場合によっては、患者の頭を剃りたまえ。鋭い刃の剃刀で
かれの頭髪を根もとから切り取り、それと一緒に
新しい大麦の粗碾（あらび）きの粉とヘンルウダの乾燥した葉を、
これは芋虫に食われるとあっという間に駄目にされるが、
これらを加熱して酢に漬け、それを患者のこめかみにたっぷりと塗りつけたまえ。

さまざまな毒物[2]——ヒヨス

無知ゆえにヒヨスで胃の腑を満たしたりはしないでもらいたい、
しばしば誤ってそうしてしまうことがあるように。
また、たとえばついこのあいだ、おくるみや鉢巻きを取り除けて、
危険なはいはいもやめたばかりの幼児は、
苦労性の乳母もいないで立って歩くようになって、
おばかさんなことにも、その有害な花を付ける小枝を噛むことがあるのだ。
それというのも、ちょうど両顎にかみかみのできる歯が現われてきた頃なので。

すると脹れあがった歯茎がかゆくてたまらなくなる。
患者にはきれいな乳をたっぷりと[3]飲ませるか、
あるいは胡蘆巴(ころは)[4]を、これは家畜の飼料として栽培され、
風にそよぐ葉の間に曲がった角(つの)を出しているのだが、
これを多くの人手を労するオリーブ油に浮かべれば、何よりの儲けもの。
または、君は蕁麻の乾燥した種子を、場合によっては
その生の葉をたっぷりと吸わせたまえ。
あるいは菊苦菜（チコリ）と胡椒草とペルセイオン[5]と呼ばれるものと、
これらのほかにも、芥子と大根をたくさん用意して、
玉葱の一種ゲーテュッリス（春玉葱）のほっそりとしたのと混ぜてやること。

（1）いわゆる「二重花」で内側の「花」である雄蘂などを指す。プリニウス『博物誌』第二十一巻二三によれば、ほっそりとした雄蘂と雌蘂はサフラン色をして直立しているという。二重花について、『有毒生物誌』五三四と一三七頁註（4）を参照。

（2）Hyoscyamus niger（ナス科ヒヨス属の有毒・薬用植物）。全草にトロピン系アルカロイドを含む。ディオスクリデス『薬物誌』第四巻六八を参照。

（3）底本に従わず、写本の読みを採る。

（4）Trigonella foenum-graecum（マメ科の植物）。芳香性のある実は香味料および薬用。原語「ブーケラス」は、「牛の角」の意味である。

（5）ペルセウスの木（『有毒生物誌』七六四）またはペルセア（九八）の果実。

できのよい鱗茎を付けたにんにくの頭も、新鮮なうちに飲めば災難を避けられる。

さまざまな毒物――罌粟（けし）

さらに、君は頭頂に種子を付ける罌粟の涙（樹液または露滴）を飲んでしまうと、
眠りに陥ることを心得ておきたまえ。その人の手足は
冷たくなり、両の眼は開かないで、
瞼でしっかりと閉じられ、ぴくりとも動かない。
疲労のあまり臭気の強い汗がおびただしく全身を浸し、
顔面は蒼白となり、唇は脹れあがり、
顎の関節は緩んでしまい、喉からは
かぼそくひんやりとした息が抜けていく。
しばしば青黒くなった爪、または歪んだ鼻孔が
死の先触れになるのだ。ときには落ちくぼんだ眼が。
このようなことを恐れてはならない。救助に全身全霊を捧げたまえ。
熱い葡萄酒と葡萄のシロップを、病みつかれた人に飲めるだけ飲ますこと。
それとともにヒュメットスの山(1)の蜜蜂の苦心のものを
大急ぎでばらばらに壊すことだ。そもそも蜜蜂は、

林間の空き地に斃れた牡牛の死骸から生まれたもので(2)、
その周辺の樫の木の空洞に、おそらくまず団結して
自分たちの巣を作ったことであろう。次に働くことを
思い出すと、デメテル女神のために穴(3)のたくさんある巣を周りにこしらえた。
そしてテュモン(4)と花咲き誇るヒースを自分たちの脚で集めるのだ。
いずれにせよ、とにかくふわふわとした羊毛の房で、新鮮な薔薇香油か
イリス油(5)を、さらには苦労して作られたオリーブ油を、
梃子でも使って犬歯をこじ開けながら、またはぐんにゃりと下がった顎の中へ、
垂らしてやることだ。一杯に滲みこませた毛房をかれに搾りつくさせよ。
それからすぐに、かれの両方の頬を叩いて目を醒まさせよ。
大声で呼びかけてもよろしい、眠っているのを揺さぶってもよい、
そうすれば昏睡していたのに恐ろしい睡魔を追い散らし、

---

(1) アテナイ近傍の山。アッティカ地方における養蜂発祥の地と伝えられ、古来、養蜂で有名であった。
(2) 『有毒生物誌』七四一以下を参照。
(3) 罌粟との結びつきから、この女神が引き合いに出されたようだが、文脈との関連はあまり明快ではない。
(4) 三七一を参照。
(5) 矢毒についても、同様の記述がある（一一三九―一一四〇）。

それから吐いて、ようやくひどい苦しみを免れるのだ。
布を葡萄酒に、次に暖かいオリーブ油に浸し、
かれの冷えきったからだを擦り、液体で暖めてやるか、
またはそれらを浴槽へ混入し、かれのからだをその中へ入れて、
すぐさま温浴させてやれば、かれの血液は解け、
張り詰めていたからからの皮膚は和らいでくる。

さまざまな毒物——あめふらし

恐ろしいあめふらし[1]の入った、身の毛もよだつ致命的な飲み物も
心得ておきたまえ。これは小石の多い海の波が生むもの。
その臭いは魚の鱗か、それを洗った水と同じで、
その味は魚に似て、腐った魚のそれか、
または洗ってない魚、鱗で魚体が汚れているような折の魚のそれ。
あめふらしの汚い生まれたばかりの幼生[2]は、
いくらか槍烏賊の細い触手に似ているか、あるいは大槍烏賊の触手か、
または臆病な甲烏賊の触手に似ているが、これは漁夫の狡猾な動きを察知するや、
墨汁で海を真っ黒にしてしまうのだ。

あめふらしの毒を口にすると、四肢に黄疸の黒っぽい緑黄色が拡がり、肉が少しずつ解けて減少していく。そして食べ物はまったく厭わしくなる。ときには皮膚の表面が脹れあがり、踝のまわりが膨れて、眼の周囲は脹れて黒ずんだ隈（くま）ができ、両方の頬の上はいわば花盛りの有様。それに続いて排尿がだんだんと少なくなり、ときには赤色を呈し、またいっそう血のような色になる時もある。こうなると、かれの目には、魚類はすべて見るも憎きものとなり、嫌悪のあまり海の幸の食膳には、吐き気を催す始末なのだ。かれにはポーキス産の白エッレボロス（3）の入った飲み物を十分に与えるか、新芽を吹き出したスカンモーニアー（4）の樹液を与えること。

（1）アメフラシ科の頭足類。本来は巻貝だが、殻は退化した軟体動物。岩礁に棲み、刺激すると紫色の汁を出す。英語名 sea hare。

（2）四七〇－四七二については、White の解釈に全面的に依拠している。

（3）Veratum album（ユリ科バイケイソウ属の植物）。ディオスクリデス『薬物誌』第四巻一四八を参照。『有毒生物誌』九四一のクリスマス・ローズ（原語「黒エッレボロス」）のように、下剤として用いられたらしい。

（4）カモーンとも。Convolvulus scammonia（ヒルガオ科セイヨウヒルガオ属の植物）。その根に液汁を含む。ディオスクリデス『薬物誌』第四巻一七〇を参照。

そうすればあの忌まわしい魚の飲み物も、その混じったものも排出するだろう。
あるいは、かれは雌驢馬の乳を搾って飲むとよいし、
また薄紅葵(1)の滑らかな若枝を鍋の中で溶かすのもよい。
それから杉の樹脂を一オボロス与えてやること。
場合によっては、柘榴の深紅の実を十分に食べさせることだ。それはまた
クレタ産のもの、葡萄酒色のもの、プロメネイオンと呼ばれる種類でもよい、
アイギナ島産のものでもよいが、これらはすべて蜘蛛の巣のような
被膜で仕切られ、苦く赤い実の粒を区分けしている。
また場合によっては、葡萄の果肉を濾過器で搾り取ること、
ちょうど圧搾機から滴り落ちてくるオリーブのように。

さまざまな毒物――蛭

焼けつく喉の渇きに迫られた人が膝をついて(2)、
流れから水を牡牛のように牛飲する折に、
繊細な苔のような草を手で押し分けて、
夢中になってかれが飲んでいると、すばやく忍び寄っては
自分の餌であるかれの唇(3)へ水と一緒に突進するのは、生血を好む蛭。

このぐにゃぐにゃとした奴は、ずっと血に飢えていたのだ。
あるいは、夜の暗闇に目をくらまされてしまった上に、
無分別にも手桶を傾けながら唇をその縁に押し当てて
水を飲むようなとき、その水面を浮遊していた
この虫が喉を通って降りていくのだ。
初めは水に運ばれていたのが放り出されると、
群がってぴったりと張りつき、からだの血を吸うのだ。
ときには喉の入り口に居坐る。そこはいつも息が集結するところで、
そこからさらに狭い咽頭へくぐり降りていく。
場合によっては、胃の腑の口もとの周辺にくっつき、
かれを大いに苦しめながら新鮮なご馳走を吸い込んでゆく。
かれには杯の中に酢と混ぜ合わせた飲み物を
君は与えたまえ。まず雪と混ぜた飲み物か、

(1)『有毒生物誌』八九を参照。
(2) 四九五－五一〇、とくに四九五－五〇〇は文の構成がはなはだ複雑で、しかもあえて晦渋を効果として狙うかのようなわざとらしさがある。
(3) 底本に従わず、写本の読みを採る。

ときには北風に吹きさらされて凍ったばかりの氷を混ぜたもの、
水分と塩分を含む土壌を掘り出し、
これを混ぜてできた泥水のような飲み物が意に適ったものというわけ。
あるいは、海の水そのものを汲んでくること、これをすぐに真夏の過ぎた頃の
天日に曝すか、または火にかけてじっくりと熱するのだ。
ときには岩塩をたっぷりと与えるか、塩の薄片でもよろしい。
これは、製塩業者が海水と真水とを混ぜる(1)ときに、
その底に沈殿したもので、かれらはいつも集めておくものだ。

さまざまな毒物——茸類

性悪な土の菌類から危害を受けることなかれ。
しばしば胸の内部に脹れを惹き起し、またときには窒息させるのは、
これが毒蛇エキドナ(2)の巣穴の奥深く、とぐろの上でその毒液と
口から吐かれる毒気とを吸いながら生育する場合のこと(3)。
この性悪な菌類は茸類と一括して呼ばれるが、
それはさまざまな種類にさまざまな名称が付けられているからだ。
さて、君はキャベツの葉の重なった頭（結球）か、

ヘンルウダの芽を吹いた枝のいずれかを切り取ってやりたまえ。
ときには相当に使い込まれた「銅の花」(4)か、
または葡萄の木の灰を酢の中で砕くこと。
あるいは、ピュリーティス(5)の根か、またはソーダを酢の中へすり下ろすこと。
またあるいは、菜園に育っている胡椒草の葉でもよいし、
シトロン(仏手柑)も、刺すような芥子もまたよろしい。
さらに葡萄酒の澱(おり)や滓か、家庭で飼育された鶏の
糞を燃やして灰にしたまえ。それから右手(6)を喉へ
突き入れて、恐ろしい毒物を吐かせることだ。

さまざまな毒物——サラマンドラ

多くの害悪(7)のもとをなす、脂肪に光る皮膚をした有毒の蜥蜴、

---

(1) プリニウス『博物誌』第二巻二〇三によれば、塩を沈殿させるには、真水を海水に混ぜなければならない。
(2)『有毒生物誌』一一〇九を参照。
(3) 茸が毒蛇から毒を吸収することについては、プリニウス第二十二巻九五を参照。
(4)『有毒生物誌』二五七を参照。
(5)『有毒生物誌』六八三を参照。
(6)「これらを飲ませて」を補わなければ意味が通らない。ニカンドロスに顕著な省略表現の一例。
(7) 底本に従わず、White とともに写本の読みを採る。

燃えさかる炎にさえ傷つけられぬサラマンドラ(1)と呼ばれるものが
混入した、逃れがたき飲み物に害されれば、
たちまち舌の根もとは炎症を起こし、寒けに打ちのめされ、
ひどい震えは負担となって四肢の関節を弛くしてしまう。
まともには歩かれず、幼児のように四つん這いになる。
精神上の諸機能は、まったく鈍麻してしまっているのだ。
青黒い脹れが皮膚の上にびっしりと拡がって、
毒の拡散とともに手足に染みを付けていく。
このような人に君は野生の松から剝ぎ取った涙（松脂）を、
テントレーネー(2)の豊かな産物（蜜）に混ぜ合わせたまえ。
あるいは、新芽を吹いたカマイピュティス(3)の葉を、
野性の松が養い育てた松毬（まつかさ）と一緒に煮詰めること。
またあるいは、蕁麻の種子を、オロボス(4)の（種子の）
入念に碾いた粉と混ぜて乾燥させること。そして蕁麻の
煮たものに、こなごなに砕いた大麦の碾き割りを振りかけ、
オリーブ油でよく調えてから、無理やりにたっぷりと食べさせること。
さらには、松脂と蜜蜂の聖なる産物と

カルバネー(5)の根と亀の美味な卵は、
強火の上で混ぜ合わせれば有効だ。 五五六
脂肪ではちきれんばかりの豚の肉を、 五五六a
ひよわな鰭（ひれ）で泳ぎまわる海亀の四肢とともに
煮詰めてもこれまた有効だが、
場合によっては、キュティソス(6)を餌にする山地に棲む亀のそれもよろしい。
心優しきヘルメスは、もともと声を持たないこの亀に 五六〇
声を授けてやった。この神は格子縞の甲羅をからだから
引き剝がし、甲羅の端から二本の弦を張ったのだ。
さらには、君はお玉杓子どもの厚かましい親たちを茹でたまえ、
エーリュンゴス(7)の根も一緒に。あるいは鍋へ十分な量の

(1)『有毒生物誌』八一八を参照。
(2)「テントレードーン」とも。蜂の一種。おそらく野生の蜜蜂であろう。アリストテレス『動物誌』六二九a三〇を参照。
(3)『有毒生物誌』八四一を参照。
(4) Vicia ervilia（マメ科エルヴム属の植物）。その根の粉末が薬用。ディオスクリデス『薬物誌』第二巻一〇八を参照。
(5)『有毒生物誌』五一を参照。次の五五六と五五六aは、写本によって採択がまちまちであり、刊本にもどちらかを削除するものがある。
(6)『有毒生物誌』六一七を参照。
(7)『有毒生物誌』六四五を参照。

スカンモーニアー(1)を入れて煮ること。これらのものを飽きるほど食べさせれば、
たとえ瀕死の際にあっても、その人を間違いなく救うであろう。

さまざまな毒物——蟾蜍類

もしも夏の盛りの頃のひきがえるか、または鈍重で
春に低木にしがみついては露を舐めている、青みがかった色の
恐ろしいひきがえるの毒が入ったものを飲めば、
前者の夏季のものは、黄木(2)に似た色合いを皮膚に呈せしめ、
四肢には脹れを生じさせる。息遣いは絶え間のない
喘ぎとなり、口もとには嫌な臭いがしている。
これにたいして葦原に出没する鳴かない方は、
ときには黄楊(3)の持つ色合いを全身に波及させ、
またときには、溢れかえった胆汁で口を濡らす。あるいは胸焼けに
苦しめておいて、しきりにしゃっくりを起こして困らせるのだ。
子宝にはならない子種(こだね)を漏らさせ、男のときもあり、
女のときもあり、しばしば局所に撒き散らしては不毛のままに終わる。
さて、君は患者に蛙の肉を煮るか焼くかして

五七〇

与えたまえ。ときには甘口の葡萄酒に混ぜた松脂を。
そして、恐ろしいひきがえるの脾臓は、毒物のひどい重圧を防いでくれる。
沼地に棲んでうるさく鳴くひきがえるは、ピューコス(4)の上にいて
楽しい春を最初に告げてくれる(5)。
さらに患者には、ときにはたっぷりと葡萄酒を杯に次々と
注いでやり、とにかく吐き出させること。たとえ本人が嫌がってもだ。
また、大型の壺を火にかけて加熱し、かれを絶えず暖めて
汗を瀧のように流れ出させること。
あるいは、ひきがえるの生まれ育った沼地に生える
背の高い葦の根を切り取って、葡萄酒に混ぜること。
その沼地では、小さな蛙どもが四つ足で泳ぎまわっている。

---

(1) 四八四を参照。
(2)『有毒生物誌』五二九を参照。
(3)『有毒生物誌』五一六を参照。
(4)『有毒生物誌』八四五を参照。ピューコスの多くの種類については、テオプラストス『植物誌』第四巻第六章二—六を参照。
(5) 以上に記述された蟾蜍は、三種類なのか四種類なのかが明快ではない。それぞれの習性と棲息地は言及されても、区分をかえって混乱させ、曖昧さがどうしても残る。

または、寿命の長い浜菅(1)の根もまたよい、雄株でも雌株でも。
そして患者のからだを、途切れなく運動することで乾かすこと。
そうしながら飲食を控えさせて、全身を消耗させること。

さまざまな毒物——密陀僧

苦痛をもたらす密陀僧(2)（一酸化鉛）のこともお忘れなきように。
その憎い重荷はずっしりと胃の腑へ落ちていき、ガスは
真中の臍の周りをかけめぐってはごろごろと鳴る。
凄まじい疝痛に人々は圧倒され、
不意の激痛に打ちのめされてしまうのだ。
尿の流出は故障をきたし、全身にわたって
脹れあがり、皮膚は鉛の様相を呈する。
患者には重さ二オボロスの没薬か、
セージ(3)の新鮮な浸出液を与えよ。場合によっては、山地性の
おとぎり草を切り取ってくるか、またはヒソップ(4)の若枝か、
ときには野生の無花果の小枝とオランダみつばの種子を、
あのイストモスゆかりのオランダみつば。その地にこそ、若くして海に死せる

メリケルテスを、(5) シシュポスの息子たちは埋葬し、祝祭競技を創設したのだ。
または、君はヘンルウダと一緒に胡椒を焙り、
それらを葡萄酒の中へすり下ろし、そしておぞましい病気から救い出したまえ。
ヘンナ(指甲花)の新たに吹き出した芽か、ときにはまだ花を付けている
柘榴の初生りの実を与えること。

(1) Cyperus rotundus(カヤツリグサ科カヤツリグサ属の植物)。「寿命の長い」は根が地下に横に伸び、はなはだ強く張っているからであろう。その塊根は古来薬用とされ、漢方では香附子という。なお、浜菅には雌雄の区別はない。ディオスクリデス『薬物誌』第一巻四を参照。

(2) 一酸化鉛の別名。鉛を赤熱して溶かし、空気に触れさせて酸化させたもの。顔料に用いる。

(3) Salvia horminum(シソ科アキギリ属の植物)。英語名 sage。『有毒生物誌』八九二を参照。

(4) Origanum hirtum(シソ科ハナハッカ属の植物)。英語名 hyssop。『有毒生物誌』八七二を参照。

(5) イストミア祝祭競技の由来譚。ディオニュソスのために狂わされたアタマスは、わが子メリケルテスを殺そうとする。母親のイノはメリケルテスを抱いてメガラとコリントスの中間の海へ投身する。その死骸がイストモスに海豚によって運ばれたのを、または浜に打ち上げられたのを、アタマスの兄弟でコリントスの王シシュポスが埋葬する。そして、メリケルテスを海神パライモンとして祀り、葬礼競技としてイストミア祝祭競技を創設した。競技の優勝者にはオランダみつば(セロリ)の冠が与えられた。

さまざまな毒物——櫟

間違ってもオイテー山(1)の、松に似ているが危険な櫟(2)を
手につかんではいけない。悲嘆にくれる死をもたらすものなのだ。
生のままの葡萄酒を浴びるほど飲むこと、
緊急の手当てはこれだけで、その時には患者の
咽頭と喉の狭い通路は塞がれている。

さまざまな毒物——ふたたび茸類

有毒の茸類に対して薬効のある処方を、
ある人物のためにニカンドロスはその著書に記述した。
さらにそれら(3)に銀梅花をここに追加する。この枝をディクテュンナの女神(4)は
忌み嫌っているが、またインブラソス(5)のヘラのみこれを頭に巻いて
飾らない(6)のは、これがイーデーの山中でキュプリスの女神を
麗しくしていたからだ。三女神が競争(7)に駆り立てられたあの時に。
さて、そこで君は水の豊かな谷間から、治療に役立つものとして、
この銀梅花の深紅の実、冬の太陽の光に育まれ、
暖められた実を採ってきて、乳棒で擂りつぶすこと。

六二〇

その液汁を目の細かな亜麻布か、藺草で作った茶漉しで
濾して、一キュアトスか、それ以上入る椀で飲ませること。
多ければ多いほど有効で、この飲み物は
人に無害だからだ。それゆえ、君がこれを飲んでも十分に効き目があろう。
さて、これで君は、以後、詩人ニカンドロスを記憶に
留めることだろう。そして、友情と歓待の守護神ゼウスの掟を遵守するだろう。

（1）テッサリア地方の山。

（2）イチイ科の常緑高木。なお、六一一―六二八は底本によって削除が提案されているが、確かにいかにも異質な叙述である。

（3）五二七―五三六の記述を指すのであろう。

（4）アルテミスのこと。彼女はミノスに追われているとき、銀梅花の枝が上衣を引っかけたので好まないという。カリマコス『讃歌』第三、二〇一を参照。

（5）サモスにある川で、パルテニオスとも。ヘラはここで成長したので「インブラソスの」と呼ばれる（アポロニオス・ロディオス『アルゴナウティカ』第一歌一八七）が、アルテミスも同様である。一八五頁註（7）を参照。

（6）このようなヘラの嫌悪とその理由はこれ以外に伝承がない。

（7）いわゆるパリスの審判でキュプリスの女神（アプロディテ）が勝利を得た。

オッピアノス

漁夫訓

第一巻　海の生き物の生態と習性

序歌

海洋の諸族とそのあらゆる種類の末裔どもが
広く散開した隊列を、アンピトリテ[1]の泳ぎまわる眷族を、
語ることに致しましょう、陸上の王者アントニヌス[2]よ。
すなわち、波立つ潮の流れに住まい、またそこにめいめいが
暮らすすべてのものたち、水中での結婚と出産、
魚たちの生き方、かれらの憎しみと愛情、
かれらの策略[3]、そして漁(すなど)るための巧妙な術の
手練手管——これすなわち人間が姿の見えぬ魚どもに
考え出したこと。この人たちは果敢な勇気をふるって未知の海を
航行するが、底知れぬ深みをしっかと見ており、
海上の行程を巧みに測ってあるのだ、

まさしく神技。これが猟師ならば山に棲む猪や
熊を目にすると、こちらへ向かってくるのを遠くから射るか、
接近してものにするか、かっと目をむいて見据える。
野獣も人もしっかりと地上で争い、
犬どもは案内役として猟師についてきて、
獲物の獣に目星をつけると、主人たちをまっすぐに
その巣そのものへ導き、助手としてぴったりとつき従っていく。
そして冬になってもかれらにはさして大きな不安はないし、
夏の盛りも炎暑をもたらさない。猟師たちの避難場所はたくさんあるからで、
木陰に覆われた茂みや岩壁、天然の岩の屋根のついた
洞窟、銀色の川の流れがたくさん山中に延びていて、
渇きを癒してくれるし、涸れることのない水浴びを

（1）海神ポセイドンの妻。海の女王。ここでは海そのものを意味する換喩的な表現。

（2）この作品は時のローマ皇帝に献呈されたものらしい。アントニヌスと称するローマ皇帝は、アントニヌス・ピウス（一三八－一六一年）、マルクス・アウレリウス・アントニヌス（一六一－一八〇年）、コンモドゥス（一八〇－一九二年）、カラカラ（二一一－二一七年）などが該当するが、特定する手がかりはない。これについては解説を参照。

（3）魚の策略については、第二巻五三以下、第三巻九二以下などを参照。

分け与えてくれる。流れの畔には青々とした草原と
草の生い茂った低地があり、柔らかい褥となって晴天の折など
一眠りするによろしい、精出して働いた後とか、時節柄の食事の後とかに。
これは放牧用の森の幸を食べるのだが、いずれも山中に豊かに育っているもの。
狩猟には汗よりもはるかに多くの楽しみがついてまわるものだ。
鳥どもを破滅に陥れようと、てぐすね引く人々、
この人たちにとっても捕獲は容易で、掌を指すの喩えどおり。
なぜなら、あるときはまどろんでいる鳥たちをこっそりと巣から
掻（か）っ攫（さら）ってくるし、またあるときは黐竿（もちざお）で引き摺り下ろしてしまうのだから。
あるいは、腕に縒（よ）りをかけて編み上げられた鳥網の中へ
自分からもぐりこみ、挙句の果てに悲しい寝床を見つける鳥もいる。
しかしながら、ただ苦労に耐える漁夫たちには、その骨折りは頼りがいがなく、
結末がどうなるか分からぬ望みは、まるで夢のように心をくすぐるのだ。
なにしろかれらは不動の大地の上で苦労するわけでなく、
身も凍えるような、いかんともなしがたく荒れ狂う水に
まみえなければならない。それを陸地から見るだけで、
また目で確かめただけで、恐怖が呼び覚まされようというわけだ。

かれらはちっぽけな舟であちこちさまよい、吹きすさぶ風に思うように
こき使われ、ひたすらうねる波濤へ気持ちを傾け、
固唾を呑んで黒々とした雲を絶えず見つめている。
黒ずんでいく潮路を前にして絶えず震えあがっているのだ。
しかも荒れ狂う風から身を護る手立ても、雨を遮るものもなく、
夏の盛りの炎暑を防ぐ術を持ち合わせていない。
さらには、荒む海の見るも恐ろしいものに身の毛がよだつ思いをする。
すなわち、海の怪物(1)どものことで、かれらが大海原の
神秘の深淵をよぎるときに出会うのだ。
漁夫たちに海上の道案内をしてくれるような犬はいない。
泳ぐものたちの足跡など、見えるわけがないのだから。
また犬どもには、どこで魚と出会うのか――魚の道はただの一本ではない、
どこで捕獲できるのかが見分けられない。

(1) 原語の「ケートス」は、鯨、海豚、海豹、鮫などの大型の海洋動物を指すが、概ね正体不明の海の怪獣か怪物を漠然と表わしている。

五〇

わずかに馬の毛[1]と反り曲げられた青銅の鉤、
竿と網にこそ、漁夫たちは強い力を持っているのだ。
ところで、あなたには楽しみ事に事欠くことはございません、打ち興じようと
思えば。王者の漁(すなど)りははるかに快適なものです。
船は強固に組み立てられ、頑丈な漕ぎ手席があって、この上なく軽く、
若者たちが海の背を打っては全速力で
漕ぎ行けば、船尾にはその一番の腕利きの者が
舵取りとなって、非の打ちようのない揺るぎなき船を、
穏やかにうねる波の広々とした上へと導くのだ。
そこにはご馳走を楽しむ魚の無数の仲間連中が
飼育[2]されているが、世話役の者たちがつきっきりで面倒をみており、
たっぷりの餌で肥え太っている。特別に用意された獲物たちのコロス（合唱隊）で、
至福の人よ、あなたとあなたの誉れも高い子息のための狩猟用の群れなのです。
それであなたは立派に編まれた紐を、そのまますぐにあなたのお手から海へ
放り投げれば、たちまちそれに魚が出会い、青銅の鉤を
呑み込むと、すばやくわが君主により引き上げられるが、
魚はまんざら嫌々でもないのだ。地上の支配者よ、あなたの胸は熱くなるのです。

それというのも、捕獲された魚が跳びはね、身をくねらせるのを
眺めるのは、目にも心にも大いなる喜びだからです。
しかしながら、潮路を統べるお方(3)がわたくしに慈悲深くあってほしいもの、
クロノスの御子にして広大無辺の支配者、大地を揺るがすお方よ、
それに海そのものと、その轟きわたる海に棲む神霊たちよ、
あなた方の群れをなし、海に養われるともがらについて
語ることにお許しを。だが、あなたこそが万事を導いてくださいますように、
いとも畏き女神(4)さま、これらあなたの歌の贈り物が
並びなきわが君主なる父子の御心を、喜ばせてくださいますように。

魚族の種類

海の深みをあちらへ、またこちらへと泳ぐ族（やから）は
無数にして数えられず、その名を正しく言うことなど

（1）馬の尻尾の毛が釣り糸に用いられた。いわゆる「馬のす」。第三巻七四を参照。
（2）帝室専用の海産魚の飼育場（vivarium, piscina）ないし禁漁池のことであろう。
（3）海神ポセイドンのこと。
（4）ムーサイのこと。ただし、ここでは単数形。

だれにもできぬこと。深みの限りにだれも到達していないのであり、
できたとしても、せいぜい三〇〇尋[1]までが
人間の知るところで、目にしているのはそのあたりというわけ。
なにしろ海の深さは限りなく、尺度を越えているので、
数多くのものが隠されており、これら未知のものを死すべき人の身には
語りようがない。人の知と力はわずかなもののゆえに。
思量するに、海の養う群れなす族の数は、
あまたのものを生む大地のそれより乏しいわけでも、少ないわけでもないのだ。
だが、生まれ出る子孫については、数の上で両者の間に議論の余地の有無や、
いずれかが他に優っているのかどうかは、神々がしかと見きわめておられる。
さればわたくしどもは、人の知恵でもって数えていくがよろしかろう。

棲息地による分類

魚というものは、生まれと習性とその海の中の行き交う道で
異なっている。そしてあらゆる海の生き物は、棲息区域を同じくしない[2]のだ。
あるものたちは、渚近くに棲息して
砂とその中に生育するものなら何でも餌にする。

たとえばヒッポス[3]、すばしこい魴鮄(ほうぼう)、黄色をしたエリュティーノス[4]、
鰈、比売知(ひめじ)[5]、ひ弱なメラヌーロス
トラクーロス[6]の群れ、舌鮃、プラテュウーロス[7]、
かよわいタイニアー[8]、さまざまに色が変わって見えるモルミュロス[9]、
鯖、鯉[10]、そしてそのほか渚を好むもの。
さらにほかにも、海の浅いところや泥の中を

（1）およそ五三〇メートル。アイリアノス『動物の特性について』第九巻三五にも同様の記述がある。

（2）アリストテレス『動物誌』四八八b七によれば、海の動物には「沖のものと岸のものと、岩の上のもの」がいる。オッピアノスもこれを踏襲している。

（3）「馬」の意。同定不可能の魚。アテナイオス『食卓の賢人たち』第七巻三〇四eを参照。

（4）「赤色」の意。アリストテレス『動物誌』五三八a二〇を参照。

（5）「黒い尾」の意。Oblata melanura。アリストテレス『動物誌』五九一a一五を参照。

（6）「ざらざらとした尾」の意。マアジ属。アテナイオス『食卓の賢人たち』第七巻三〇五dを参照。

（7）「平たい尾」の意。鮃、鰈の仲間か。

（8）からだは細長く扁平の帯状の魚。アリストテレス『動物誌』五〇四b三三を参照。

（9）Pagellus mormyrus（鯛の一種）。アルケストラトス『食道楽』断片五三を参照。

（10）アリストテレスはつねに鯉を川魚とする（『動物誌』五三三a二九、五三八a一五）。鯉が淡水魚か否かについては、かつて諸説があったようである。ヨハン・ベックマン『西洋事物起原』第三巻八五頁以下（岩波文庫）に詳しい言及がある。

餌場にするものがある。たとえば、がんぎ鱏（えい）、糸巻き鱏の巨大な族、
獰猛な赤鱏、そして言い得て妙なる痺れ鱏、
魣、カッラリアス(1)、比売知、オニスコス(2)ども、
鯵、スケパノス(3)、そしてそのほか泥の中に餌をあさるものたち。
海草の生い茂った渚の青々とした草陰に
餌を求めるのはマイニス(4)とトラゴス(5)とアテリーネー(6)、
そしてスマリス(7)、ブレンノス(8)、平鯛（へだい）、
ボークス(9)の両方の種類、そしてそのほか緑草を好んで食べるものたち。
鯔とケパロス(10)、これらは潮に生きるもので一番の正直者の族、
ラブラクス(11)、大胆なアミアー(12)、鮸（にべ）、
めじ鮪、穴子、そして人呼んでオリストス(13)、
これらはつねに河川や湖沼に隣接する海に棲むが、
そこは真水が海水に止められるところで、
渦巻く流れが陸地から引き摺ってきた泥をたっぷりと
集めて、寄り洲になっている。そこがかれらの
絶好の餌場となり、甘美な潮に肥え太る。
ラブラクスは河川そのものに姿を現わさないわけではなく、

海から河口へ遡って泳いでいく。それに対して鰻は、
河川からなだらかな海原へ押し寄せる。

岩場に棲息する魚

海に囲まれた岩場にはいろいろの種類があって、あるものは海藻に
覆われて湿っており、周囲には海草がふんだんに生えている。

---

(1) 鱘の一種か。アルケストラトス『食道楽』断片一五を参照。
(2) 一五一のオノスと同じものらしい。鱘の一種。アテナイオス『食卓の賢人たち』第三巻一一八cを参照。
(3) 鮪の一種。アテナイオス『食卓の賢人たち』第七巻三二二eを参照。
(4) ニシン属の小魚。いわゆるスプラットイワシ。
(5)「雄山羊」の意。アリストテレス『動物誌』六〇七b一〇によれば、マイニスの雄の呼称。
(6) とうごろう鰯の類。アリストテレス『動物誌』五七〇b一五を参照。
(7) マイニスの近縁の小魚。アリストテレス『動物誌』六〇七b二一を参照。
(8) 鯊の類か。アテナイオス『食卓の賢人たち』第七巻二八八aを参照。
(9) 鯛の一種とも、鯖の類とも。アテナイオス『食卓の賢人たち』第七巻二八六fを参照。
(10)「頭」の意。鯔の一種。現代ギリシア語では真鯔。アルケストラトス『食道楽』断片四六を参照。
(11) Labrax lupus (鱸の一種)。英語名 bass。
(12) 鰹の一種。アリストテレス『動物誌』五〇六b一三および本篇第二巻五五四を参照。
(13)「つるつると滑る」の意。同定不可能な魚。

その周りで餌をあさるのは、鱸、紅べら、カンノス[1]
はたまたさらには、背が色鮮やかなサルパ[2]と
ほっそりとした鶫(つぐみ)べら、それからピューキス[3]、これには漁夫どもは
助兵衛な男に因んだ渾名を付けたのだ[4]。
また、ほかの岩場は、浅瀬にあって、砂の多い海に近くごつごつとしている。
ここに棲息するものは、キッリス[5]、シュアイナ[6]、バシリスコス[7]、
さらにはミュロス[8]、比売知の薔薇色系の種類。
あるいは別の岩場となると、湿った表面が草で
緑色になり、同居させているのは、サルゴス[9]、スキアイナ[10]、
まとう鯛、それから黒っぽい色から名づけられたコラキーノス[11]、
スカロス[12]、これは物言わぬ魚の中でただひとつ
湿った音声を発し、その上さらにただひとつ食べたものを
口へ押し戻し、また二度目の御馳走に
与るのだ、羊や山羊のように餌を吐き出しながら。
これらの岩場はすべて蛤や笠貝が豊富であり、
魚がもぐりこむのに都合のよい隠れ部屋とか、洞穴とかに事欠かない。
ここに留まるのは、パグロス[13]と恥知らずな「暴れ鯛[14]」、

ケルクーロスと食い気旺盛で忌々しい[15]

（1）鱸の一種。現代ギリシア語では姫鱸。アリストテレス『動物誌』五三八a二一を参照。

（2）一一〇のボークスと同じか。現代ギリシア語では鯛またはタイ科の魚。アテナイオス『食卓の賢人たち』第七巻三二一d以下を参照。

（3）べらの一種か。雄はピューケース、雌がピューキス。アリストテレス『動物誌』五六七b二〇を参照。

（4）「助兵衛」とか「淫乱な人」とかを意味する魚の名として、普通「キナイドス」というベラ科の魚があげられる。オッピアノスはこれと同じベラ科のピューキスとを同一視しているようである。また、アテナイオス『食卓の賢人たち』第七巻二八一f以下によれば、「アルペーステース」というやはりベラ科の魚はよく二匹が交尾したまま捕獲されるところから、淫乱の人のことをこの魚の名で呼ぶという。この魚は全体が黄色いという。前述の「キナイドス」は、プリニウス『博物誌』第三十二巻一四六によれば、魚類中ただひとつ黄色をしているという。そうであれば、おそらく両者は同一のものであろう。

（5）べらの一種らしいが、アリストテレスにも言及がない。

（6）「雌豚」の意。同定不可能の魚。ただし、同じ「雌豚」を意味するヒュアイナと同じものとすれば、アテナイオス『食卓の賢人たち』第七巻三二六e以下を参照。

（7）同定不可能な魚。

（8）ニベ科の魚か。

（9）黒鯛に近いタイ科の魚。アリストテレス『動物誌』五四三a七などを参照。

（10）ミュロスと同様にニベ科の一種。アリストテレス『動物誌』六〇一b三〇を参照。

（11）「若い鴉」の意。これもおそらくニベ科の一種。アテナイオス『食卓の賢人たち』第七巻三〇八eを参照。

（12）Scarus cretensis（べらの一種）。「この魚は反芻する唯一の魚であろう」（アリストテレス『動物誌』五〇八b一二）。英語名 parrot wrasse。アルケストラトス『食道楽』断片一四を参照。

（13）鯛の一種。アリストテレス『動物誌』五九八a一三を参照。現代ギリシア語では、「ファングリ」でタイ科の魚。

（14）原語「アグリオパグロス」の試訳名。ここ以外に出典なし。古註によれば、動きが荒々しいとのこと。

（15）同定不可能な魚。

鱓（うつぼ）に鯵となかなか死なない羽太（はた）の族、
かれらは地上のあらゆるものの中で、もっともしぶとい生命を持ち、
刃物で切り刻まれてもなお生き続けるのだ。
このほかのものたちは、海中の深い洞穴を
塒（ねぐら）にしている。たとえば、プロバトン[1]とヘーパトス[2]とプレポーン[3]で、
これらはからだこそ頑丈で大きいくせに、のろのろとわが道を
いくという連中。そのせいで塒の岩の隙間をけっして離れず、
隠れ処に身をひそめて近寄ってくるものを待ち伏せ、
自分より弱い魚に予見できかねる破滅をもたらすのだ。
かれらの中に数えあげられるものにオノス[4]があり、これはどの魚よりも
夏の盛りの苛烈な犬[5]の襲来に音をあげて、
暗い奥の隅に引きこもったまま、もはや出てこない、
あの荒々しい星が息を吐いている限りは。
ところで、海の波をかぶる岩場を好んで寄ってくる魚がいて[6]、
見た目には黄色く、からだつきは鰡によく似ているが、
人間どもの中にはこれをアドニス[7]と呼ぶ者がいる。
また、ほかにエクソーコイトス[8]と呼ぶ者もあったが、これは寝場所を

海の外に設えていて、口もとの襞の両側に
鰓を持つすべての魚族で唯一、陸地へ移動するからだ。
明るく輝く海を凪がなだめすかしているような時には、(9)
かれは速い潮の流れに乗って運ばれ、
(磯の)石の上にからだを伸ばして、穏やかな日和の眠りを楽しむのだ。
恐れるのは海鳥の族で、かれに敵意を抱いている。
その鳥たちのひとつが近づいてくると見るや、
まるでダンサーのようにぴょんと跳ね上がり、そのまま

---

(1)「羊」の意。同定困難ながらも鱈の一種か。
(2)「肝臓」の意。アリストテレス『動物誌』五〇八b一九を参照。
(3)同定不可能な魚。
(4)「驢馬」の意。鱈の一種。アリストテレス『動物誌』五九九b三三を参照。
(5)大犬座のシリウスのこと。これが日の出の太陽と共に昇る(heliacal rising)七月の頃は酷暑の時節とされていた。
(6)アテナイオス『食卓の賢人たち』第八巻三三二dを参照。
(7)アイリアノス『動物の特性について』第九巻三六によれば、水陸両方に棲み分けるところから、地上と死者の国とを生き分けたアドニスに似ているのでこのように呼ばれる。一〇九のブレンノスに近い魚らしい。
(8)たとえば、住み込みではなく、通いで勤務するような、「通いの者」の意。
(9)一六一以下は、アテナイオス『食卓の賢人たち』第七巻三三二d以下にも詳述される。

ごろごろと転がっていくのだ、海の波が磯から救いあげてくれるまで。
ほかに、岩場にも（渚の）砂の中にも棲息するものはいて、
たとえばその美しさに因んで名づけられた黒鯛[1]、あるいは「龍魚[2]」、
シーモス[3]やグラウコス[4]、それに強力なシュノドーン[5]、
突進するかさご（笠子）、それもその両方の種類[6]、さらに丈の長い
魳(かます)と、それに加えてほっそりとした啄長魚(だつ)の両者。
これらに含まれるものには、カラクス[7]とすばしこい宙返りをする
鯊の類がいて、さらに「海の鼠[8]」の獰猛な族、このものは
海のあらゆる魚族に優って勇猛で、人間とさえも争うのだ、
それほど格別に大きいわけでもないのに。だがとくにその硬い皮と
口の中にぎっしりと詰まった歯とを頼みにして、
自分より強い魚や人間と闘う。

沖合に棲息する魚

測り知れぬ海には以上のほかにも、
陸地からはるか遠くを、浜辺を友とせずにさすらうものがいる。
たとえば、突進していく鮪[9]、これは魚類の中で跳躍力と

迅速さでは抜群、そして名は体を表わすめかじき（「剣の魚」[10]）、大鮪の
巨大な族とプレームナス[11]、そしてキュベイアース[12]と

（1）原語は「金色の額または眉」の意。この魚の眼の上に金色の斑点があるからという。アテナイオス『食卓の賢人たち』三二八a以下を参照。

（2）原語「ドラコーン」は龍または蛇の意。これはみしまおこぜに似たスズキ目の魚で、背に有毒の棘を持つ。アイリアノス『動物の特性について』第一巻五〇およびニカンドロス『有毒生物誌』八二八を参照。

（3）同定困難な魚。アテナイオス『食卓の賢人たち』第七巻三二二bを参照。

（4）鯊の一種。アリストテレス『動物誌』五〇八b二〇を参照。

（5）シュノドゥスとも。アリストテレス『動物誌』五九一b三、五九八a一〇、六一〇b五によれば、肉食で軟体動物を食べ、岸辺の群遊性の魚。おそらくDeutex deutex（黄鯛）。

（6）Scorpaena scrofa と S. porcus のことらしい。アテナイオス『食卓の賢人たち』第七巻三二〇dによれば、沖合のものと浅瀬もの。S. D. Olson et A. Sens, *Archestratos of Gela*, Oxford, 2000, p. 126を参照。

（7）アテナイオス『食卓の賢人たち』第八巻三五五eによれば、一七〇のシュノドーンと同じ種類の魚でやはり鯛の一種。

（8）原語「ミュース」は「鼠」の意で、その試訳名。アテナイオス『食卓の賢人たち』第八巻三五五fによれば、ヒュアイナ（二三七頁註（6）を参照）の別名。

（9）動詞テューノー（突進する）から「鮪」テュンノスが派生したという語源説は、アテナイオス『食卓の賢人たち』第七巻三〇二bに見える。

（10）原語「クシピエース」は「剣」クシポスから派生。Xiphias gladius。

（11）底本に従わず、写本の読みを採る。生後一年目の鮪（アリストテレス『動物誌』五九九b一七）、または鮪の雌のこと（アテナイオス『食卓の賢人たち』第七巻三一八e以下）。

（12）鮪の幼魚か。

鯖の類とスキュタレー[1]、それに鱪（しいら）の族。
さらにこれに含まれるものは、言い得て妙なる「美魚」に「聖魚」[2]だ。
かれらと共に棲息するものに鰤（ぶり）もどき[3]（ポンピロス）があり、これを船乗りたちは
とくに畏敬し、船を護衛（ポンペー）してくれるところから、かく名づけたのだ。
なにしろこの魚は、海の上を走る船を何よりも喜び、
付き添いの同伴者よろしく船について行き、あちらと思えばこちらと、
立派な漕ぎ手席のある海の乗り物の周りを、その両方の船べりと
船尾の舵のあたりを跳ねまわるものがあれば、
また舳先の周囲に集まってくるものもある。
かれらの航海のさまは、自分自身の運動によるものではなく、
堅固に継ぎ合わされた船体に不本意ながら縛りつけられ、
無理やり引きずられていくかのように思われるかもしれない。
それほどの大群を引き寄せるのも、広々とした船へのかれらの愛着なのだ。
一国を支える王か、あるいは競技の優勝者が
戴いたばかりの栄冠に有頂天になっていると、
少年たちや若者たち、大人の男たちがかれを取り巻き、
自宅へと導いて行く。絶えず群集につきまとわれて、

かれはようやくわが家のしっかりと囲い込む戸口をまたぐのだ。
ちょうどそのように、鰤もどきたちは疾走する船に絶えずついて行く、
陸地への恐怖がかれらを追い払わない限りは。
だが、陸地を認めると――かれらは堅い大地をはなはだしく憎むのだ、
一斉に一団となってもときた方へ引き返してしまい、
さながら折り返し点を回ったように走り去って、もはや船について行かない。
このことこそ船乗りたちには、陸地に近づいている真実の印になるのも、
同伴者たちが自分たちを置いて去って行くのを目にするときのこと。
鰤もどきよ、船乗りに崇められる者よ、君を頼りにして
順風の吹き来ることをだれしも予知するところだ。
なぜなら、君は天気を晴朗にしてくれ、天気晴朗の印を見せてくれるから。

二〇

ところで同じように沖合に親しみなじむものに八つ目鰻があり、

(1)「棍棒」の意。同定不可能な魚。

(2)両者とも、アテナイオス『食卓の賢人たち』第七巻二八二c以下にさまざまな諸説・珍説が繰り出されるが、ほかに特定に役立つものはない。

(3)Naucrates ductor。アテナイオス『食卓の賢人たち』第七巻二八二f以下にも詳細な記述がある。

これは見たところほっそりとしていて、体長一ペーキュス[1]、
色は浅黒く、性質は鰻によく似ている。
頭部の下方に先が尖って曲がった口が斜めに延びているのは、
ちょうど曲げられた鉤（釣り針）のかかりに似ている。
つるつると滑る八つ目鰻の世にも不思議な事実に、船乗りたちは
気がついていた。それを聞かされても、心中なかなか
信じられないことであろう。というのも、実際に体験したことのない人々は
いつだって手強いもので、真実でさえ信じようとはしないのだから。
荒れ狂う強風に吹きつけられた船は、
帆がすっかり延びきったまま、むやみに突っ走っているときに、
この魚はその小さな口をぱっくりと開け、竜骨の下で船全体を抑えつけて、
下から船を停止させるのだ。すると船はあれほどの勢いだったにもかかわらず、
もはや波を切り分けず、さながら波の穏やかな港の中に
閉じ込められたかのように、ぴたりと動かなくなる。
そのために帆はことごとく前檣（しょう）前支索のあたりで軋み、
綱の類はうめき声をあげ、帆桁は風に吹きさらされて撓み、
船尾では舵取りが船を潮路へ

駆り立てようと、抑えをすべて解き放ってしまう。
しかるに船は舵に一顧だにせず、風に従わず、
波に駆り立てられもしないで、坐りこんだまま本意に逆らって
頑として動かず、急ぎたくても足枷をかけられているか、
またはかよわい魚の口の中へ根を下ろしてしまったという次第。
それで船乗りたちは震え上がるばかり、海の怪奇な金縛りを
目の当たりにして、夢の中のような奇事を見たものだから。
それは森で猟師が疾走する鹿を待ち伏せ、
翼ある矢をその足もとに命中させると、
たちまちその疾駆を押し止めてしまうのだ。
すると鹿は逃げようともがけども、いかんともしがたき苦痛のために
思うように動けず、不本意にも大胆なその猟師を待ち受けることとなる。
このときと同じような桎梏を、その斑点のある魚は遭遇した船に
嵌め込んでしまうのだが、かかる所業のゆえにその名をもらったわけだ。(2)

---

(1) 肱の先から中指の先端までの長さ。約四三－五三センチメートル。
(2) 八つ目鰻の原語「エケネーイス」には「船を引き止める」の意味がある。

話をもとに戻して、鰯とトリッサ(1)とアブラミス(2)は、群れをなして
海の通路をあちらへ、またこちらへと移動し、あるいは岩場の周辺や
あるいは沖合を泳ぐ。そしてまた長い浜辺にも接近したりして、
放浪者の如くに絶えず異なった通路へ移っていく。
アンティアース(3)の棲息区域は、深い岩場の周辺がとくに好まれるが、
つねにその近辺にいるとは限らず、
どこへでもさまよって行き、顎の命じるところへ、あるいは腹の命じるままに、
あるいはまた飽くことの知らぬ食い意地の張った貪欲によって。
それというのも、あらゆるものに優って、貪り食うことへの情熱がかれらを
駆り立てるからだ、広々とした口の中に歯が一本もなかろうとも。
アンティアースの強大な四つの種族が海に棲み、
黄色種、白色種、そして第三が黒色種、
もうひとつがエウオーポス(4)ともアウローポス(5)とも呼ばれるもの、
これは目の周りを取り囲むように、
黒ずんだ眉が環状についているからだ。

甲殻類・軟体動物

全身を堅い外被で覆われたふたつの生き物が
海の懐深い入り江に護られて泳いでいる。
すなわち、棘の多い伊勢海老(6)とロブスター(7)、これは両方とも
岩場に棲んでいて、そして岩場で餌を求めている。
ロブスターの方は、自分の隠れ処への尋常ならざる、
名状しがたき愛着を心中にひそめていて、けっして自発的にそこを離れない。
というよりも、もし力ずくでかれを引っ張り出し、
どこか遠くへ運んでいって、また海へ放してやったとしても、
それから程なくしてかれは大急ぎに自分の岩の裂け目へ戻ってくる。

---

(1) ニシン科か、イワシ科のいずれからしい。アリストテレス『動物誌』六二一b一六を参照。
(2) 同定不可能な魚。ただし、アテナイオス『食卓の賢人たち』第七巻三一二bによれば、トリッサと同様にナイル川の魚だという。
(3) アリストテレス、アイリアノス、アテナイオス、プリニウスなどにも言及されているが、同定不可能な魚。
(4) これ以外に出典がない。次のアウローポスの別名らしい。
(5) アイリアノス『動物の特性について』第十三巻一七によれば、もっとも大きな魚で、鮪の一種という。中世の面頬のように、眼孔のついた開閉可能な面鎧「アウローピス」に由来する名称であろう。ホメロス『イーリアス』第五歌一八二を参照。
(6) Palinurus vulagaris。アリストテレス『動物誌』五二五a三二以下を参照。
(7) Homarus vulgaris。前註のアリストテレスを参照。

そして他のものの塒（ねぐら）へもぐりこもうとはせず、
またほかの岩場などに目もくれず、自分の棲み処を
探すのだ。それこそ自分の居たところであり、海の中の古巣であり、
自分を養ってくれた餌場なのだ。海の苦労を耐え忍ぶ船乗りたちが
かれを追い出そうとしたその海を、かれは嫌うことなどあろうはずがない。
このように、泳ぎを旨とする族にも、自分の家と
故郷の海と生まれ在所は、心の中へ
甘美な喜びを注ぎ込むのだ。ただひとり死すべき人間にのみ
故郷がすべてに優ってもっとも愛しいものであるわけではない。
そして、やむなく故郷を追われての辛苦の生涯をたどり、
異国の人々に混じって余所者という不名誉な軛に繋がれている時ほど、
苦痛と恐怖に満ち溢れたものはないのだ。
さて、ほかにこのような種類に属するものには、あちらこちらを歩きまわる蟹と
小海老の群れと銀杏蟹（いちょうがに）の厚かましい種族があり、
これらはいずれも水陸両棲の種類の中に数えられている。
からだが殻の下に固められているこのような生き物は、すべて
古い殻を脱ぎすてると、別の殻が下の

肉の中から現われ出てくる。ところで、銀杏蟹は
（古い）殻が割れそうな動きを察知するや、
食うものを求めて所かまわずどこへでも殺到する。
飽きるほど食べておけば、外被の離脱がよりいっそう
容易になるからだ。だが、その外被が剝がれ落ちてしまうと、
すぐさま砂の上にただ長々と身を横たえるのだ。
食い物のことも、ほかのどんなことも考えないで、
あえなく落命の憂き目に遭うのでは、もうほのぼのと息をすることはないのでは、
などと怯えながら。とにかく生まれたばかりの柔らかな外被のことを思って、
震えあがっているという次第。しかし、やがてまた気を取り直すと、
ちょっとばかり勇気を出して砂を食う。
いずれにせよ、四肢に新しい被いがしっかりと固まるまで、
かれらは頼りのない、無力の気持ちを抱いているのだ。
病に苦しむ人を治療する医師は、
最初の数日間、一切の食事を差し控えさせて
病気の激しい勢いを鈍らせ、それから少しずつ
病人食を与えてやると、その人はすべての患いと、

からだを貪欲に食っていた苦しみと痛みを一掃する。
ちょうどそのように、かれらは生まれたばかりの殻を不安がりながら、
災厄の不運を脱出しようとしているところなのだ。
そのほかの爬行動物は、海の隠れ処に棲んでいて、
曲がりくねる真蛸（まだこ）と蠑螈（いもり）、あるいは漁夫たちに
憎まれるスコロペンドラ(1)、それに「臭（にお）い蛸(2)」。これらもまた
水陸両棲なのだ。陸地を耕す農夫などは、海辺に近い
葡萄畑の世話をしているときに見かけることだが、
「臭い蛸」や真蛸が果実を付けた枝に絡みついて、
果樹の甘い実を食っているのだ。
これらの爬行動物と同様の行動をとるものに、ずるがしこい甲烏賊(3)がいる。
このほかの殻皮類（貝類）は海に棲み、
あるものは岩場に、またあるものは砂の中に、
たとえば(4)、あまおぶね、栄螺（さざえ）の類と紫貝そのもの、
法螺貝に貽貝とその名もずばりの「管貝(5)」、
水気の多い牡蠣（かき）と棘のある海胆（うに）。
この海胆を小さな断片に切って、海中へ投げ込むと、

それらが癒着して再生し、餌を求めだす。(6)

寄居虫（やどかり）

寄居虫だけは生まれたときから自分の殻を持たず、裸のまま無防備かつ弱々しく生まれてくる。(7)

それからというもの、住まいを手に入れるために営々と努力を重ね、弱体な自分のからだを本物ではない（借り物の）被いで包みこむのだ。

かれらは元の持ち主が棲み処を去ってしまい、

(1) 環形動物、とくにゴカイ科の類。アリストテレス『動物誌』六二一a六によれば、釣り針を飲み込むと、体の内部を外へ反転させて釣り針を吐き出してしまうという。漁夫に憎まれるのも、このためかもしれない。さらにオッピアノス『漁夫訓』第二巻四三〇以下を参照。

(2) 強い臭気から名づけられた蛸の一種。これらの海中の爬行動物の中に、なぜ蠑螈がはいっているかは不明。ただ水陸両棲という共通点があるからであろうか。アテナイオス『食卓の賢人たち』第七巻三〇六cでも魚類に混じって言及されている。アリストテレス『動物誌』五八九b二七も参照。

(3) Sepia officinalis。そのずるがしこさについては、アリストテレス『動物誌』六二一b二八およびアイリアノス『動物の特性について』第一巻三四を参照。

(4) 以下の記述はアリストテレス『動物誌』五二八a一〇以下と同一内容。

(5) 原語「ソーレーン」は管、パイプの意。馬刀貝（まてがい）の類。

(6) アイリアノス『動物の特性について』第九巻四七を参照。

(7) アリストテレス『動物誌』五四八a一四およびアイリアノス『動物の特性について』第七巻三一を参照。

そっくり見棄てられたままになっている殻を目にすると、
その他所様（よそさま）の外套の下に匍ってもぐりこむ。
かくしてそこに居坐って棲みつき、自分の塒にしてしまう。
そして棲み処とともに匍いまわり、内側からしっかりと防護をおこなっているが、
元はそれがあまおぶねの棄てていった保護被いであれ、法螺貝のであれ、
栄螺のであれ、一切お構いなし[1]。もっとも、栄螺の隠れ処が一番の気に入りで、
それというのも、広々として居心地がよく、軽くて運びやすいからだ。
しかるに、寄居虫は成長して[2]内部の空間を一杯にしてしまうと、
もはやそれを塒にはしないで、そこを出て行き、
もっと広々とした貝殻を身にまとおうと捜し求める。
しばしばかれらの間で闘いが起こり、空洞になっている
殻をめぐってひどい喧嘩となる。そして強いものが
弱いものを追い払い、自分はぴったりと寸法に合った家を身にまとう。

葵　貝

ところで、空洞になった殻に覆われている魚がひとつついている。
姿は真蛸に似ていて、ナウティロス[3]（船乗り）と呼ばれるのも、

二三〇

手製で帆走することからこう名づけられたのだ。
（海底の）砂の中に棲んでいるが、海の水面へ上がっていくとき[4]、
海水で一杯になってしまわないように、前かがみになる（殻を下に向けている）[5]。
大海原の波の上へ泳ぎ出ると、
すぐさま向きを変え、船を操るに巧みな人さながらに
帆走する。二本の脚を帆綱のように高々と延ばすと、
その間に広がる薄い膜が帆の如くに流れ、
風を受けてぴんと張りつめる。下方では
別の二本の脚が舵のように海水に接すると、
これが案内者となって家と船と魚を導いていくのだ[6]。

（1）アリストテレス『動物誌』五四八a一六を参照。
（2）アリストテレス『動物誌』五四八a一九およびプリニウス『博物誌』第九巻九八を参照。
（3）Argonauta argo。葵貝（近似種の蛸船（たこぶね）も含む）のこと。英語名 paper nautilus。真蛸と同じ頭足類の蛸の一種で、狭義の魚ではない。
（4）以下の記述はアリストテレス『動物誌』六二二b五－一八とほとんど同一。
（5）実際は昇降するとき海水を殻から外へ、または殻の内へサイフォン式に出し入れする。
（6）実際は漏斗から水を噴射して推進される。アリストテレスは他の六本より長い二本の巻腕を誤解している。カリマコス『エピグラム』第五 Pf. も同様の誤解によっている。

しかし、近くで何か凶事に脅かされるや、もう風などを
当てにしないで逃げの一手、綱も帆も舵もことごとく
ひとまとめに寄せ集め、海水を一杯に詰め込むと、
重みで押し下げられるまま、水の勢いで引き降ろされていく。
いやはや、まことに海の乗り物の船を最初に発明したのは、
不死なる神々のうちのどなたかが工夫されたのであれ、
ある大胆な人間が初めて海原を横切ったことを誇ったのであれ、
間違いないのはかれがこの魚の航行ぶりを見て、木材でよく似たものを
組み立てたということ。風を受けるためにこちらを前檣前支索から
拡げたり、船の舵をとるためにあちらを後方へ拡げたりして。

海の怪物

強力な四肢を持った巨大な海の怪物[1]たち、すなわち「海の驚異」は
敵対するものとてない力にみなぎり、見るも恐ろしい姿、
破滅をもたらす狂気をつねに身に鎧うている。
これらの多くは広漠とした大海に棲息するが、
そこは見はらかす海の全景がしかと捉えようがないところ。

そのうちのわずかのものは、波打ち際の近くへ来るが、いずれもその体重を渚が
よく持ちこたえるものだけだ。しかも、かれらは大海原を見棄てたわけではない。
これらに含まれるものは、身の毛もよだつレオーン[2]と獰猛な撞木鮫（しゅもくざめ）、
破滅をもたらすパルダリス[3]と敏捷なピューサロス[4]、
さらには鮪の狂暴な黒色種、凶悪な鋸鮫、
致命的な鼠鮫のあんぐりと開いた嫌らしい口、
そしてマルテー[5]（「軟魚」）、これはなよなよとした柔弱さに由来した名ではない。
それに恐ろしい「牡羊」[6]とヒュアイナ[7]の凄まじい重量、
そして横取りの恥知らずな「犬」[8]。この「犬」には
三種類があって、ひとつは大洋に棲息する凶暴なもので、
いとも恐ろしい海の怪物に数えられている。あとの二種類は、

（1）四八を参照。以下の記述はアイリアノス『動物の特性について』第九巻四九とほぼ同一。
（2）「獅子」の意。同定不可能。
（3）「豹」の意。これも同定不可能。
（4）おそらく抹香鯨であろう。
（5）「柔らかい」の意。同定できない。
（6）逆叉、鯱の類。
（7）おそらく一二九のシュアイナと同一であろう。アテナイオス『食卓の賢人たち』第七巻三二六fを参照。
（8）アリストテレス『動物誌』五六六a三〇を参照。英語名dogfish。星鮫か。

最強の魚たちに混じって深い泥の中にのたくっているが、
そのひとつは黒々としたその棘に因んで
ケントリネース(1)と名づけられ、もうひとつはガレオス(2)とて
その総称で呼ばれている。ガレオスにはいろいろな種類があり、
虎鮫、レイオス(3)、角鮫、さらには
糟鮫、狐鮫、鹿子鮫。もっとも、これらはすべて
それぞれの行動も形態も類似しており、群がって棲息しているのだが。
海豚(いるか)は潮の遠くまで轟く切り立った海岸を喜び、
かつまた大海原にも棲む。そして、海豚のいない海などどこにもない。
なぜなら、ポセイドン神はことのほかかれらを愛しているからだ。
この神との同衾を逃れたアンピトリテ(4)を、かのネレウスの、
黒き瞳の娘を、狂ったように探し求める神に、
海豚は彼女がオケアノスの館に隠れているのを見つけるや、
すぐに知らせてやったのだ。そこで黒い髪をした神は、
たちまちこの乙女を奪い取ると、拒絶するのを強引に意のままにした。
こうしてかれは彼女を妻に、海の女王にしたのであり、
早速の知らせがあればこそと、あの親切な召使いを褒めそやし、

かれらに過分の誉れを与えてやったのだ。
ところで、情け知らずの海の怪物どもの中には、
潮を見棄てて陸地の生き物を育む大地へやってくるものもある。
長きにわたり渚や海辺の畠がお馴染みとして
つき合っているものに、鰻と甲羅に護られる海亀、
そして破滅をもたらし、嘆きの絶えぬ海豹（あざらし）(5)、これは磯辺で
重く低い声を響かせるが、人間にとっては
不吉なもので、この重苦しい音を耳にして、
泣き叫ぶような嫌らしいその響きを聞けば、
たちまちその人の死は、ほど遠からぬものとなる。
かの恐ろしい声は、破滅と死の運命を告げているのだ。
これのみならず、人の言うところによれば、恥知らずの鯨でさも、

---

(1)「ケントロン」（棘）から。背鰭に棘があるという。

(2) 小型の鮫類の総称らしい。

(3)「滑らかな」の意。星鮫か、または角鮫の類。

(4) ポセイドンが求婚したとき、これを嫌って身を隠したが、海豚が彼女を見つけた。このためポセイドンは海豚に最高の誉れを、海と空とで与えた。空での誉れと海豚座については、伝エラトステネス『星座由来記（カタステリスモイ）』三一を参照。

(5) 原語「カストリス」を「カストール」と同一視して、ビーバーとすることも可能。ただ、ビーバーは音声を発しない。

海から陸へ出かけては、日にあたってからだを温めるという。
海豹はつねに夜間に海を離れ、
しばしば日中も岩の間や砂の上に
のらくらと居続けて、海から上がったままうつらうつらと眠る。

両棲する生き物

至福のゼウス(1)よ、万物はあなたの中に、そしてあなたから根を張るのです、
たとえあなたが天のいと高きところに住んでいようと、または至るところに遍く
住んでいようと。いずれなのかは死すべき人間に明言できませんので。
なんという愛情でもって、あなたは光り輝く天空（アイテール）と
大気（アーエール）と流れ出る水と万物の母なる大地とを
選り分け、それらをひとつずつ分離したことでしょう、
そしてそれらをけっして引き裂くことのできない和合の絆のもとに
互いに結び合わせ、いずれにとっても公平な軛へ
否応なしに付けてしまったことでしょう。なぜなら、大気なくして
天空はなく、水なくしては大気もなく、そして水は
大地から切り離されず、そもそも本来互いに結びついており、

万物は一本の道をたどり、一筋の変転を循環するのですから。
それだからこそ、水と大地は水陸に両棲するものの同族たちに
共有されるものなのだ。そのあるものは海から陸へ上がり、
また他方あるものは大気から下って大海原と誼(よしみ)を
結ぶ。たとえば、すばしこい鴎、翡翠(かわせみ)の呻き声をあげる族(うから)、
力が強くて横取りをする雎鳩(みさご)、そのほかに
魚を獲り、水に濡れた獲物に襲いかかっていくものすべて。
さらには海に棲みながら大気を切って進むものがあり、
槍烏賊(やりいか)、「鷹」(2)および「燕」(3)の類。
これらは近くにいる自分より手強い魚に恐れを抱くと、
海から跳びはねて空中を飛翔するのだ。
槍烏賊は羽根を広く高く延ばすのだが、
——実際、かれらが一斉に飛び立とうとするようなときには、
ご覧になっているのが鳥であって、魚などとは思いもよりますまい——

(1) ストア主義に基本を据えた、宇宙論的なゼウス讃歌となっている。

(2) 飛魚の一種。アテナイオス『食卓の賢人たち』第七巻三二一九a、三五六aを参照。また、槍烏賊についても、『食卓の賢人たち』第七巻三二三fを参照。

(3) 飛魚の一種。セミホウボウ属 (Dactylopterus volitans)。

「燕」はこれより低く飛行するし、
「鷹」は海の上をすれすれに飛んでいくので
水面を掠める。そのために見た目には、
両者とも泳ぎかつ飛翔しているように見える。
魚族の世界にもいわば国家（ポリス）というものがあるとすれば、
海を放浪する種族には、いろいろな社会というようなものがある。
そしてその中には、さまざまな種類が群れをなしてさまようものがあり、
さながら羊の群れか軍勢に似ていて、群居性魚類(1)と呼ばれる。
また一方、隊列をなして移動するもの、あるいは百人隊や
十人組(2)の如きもの。さらには、ほかのものたちから離れて、
まったく単独でひたすら進むもの、一対となって移動するもの、
他方、自分の塒に住み続けるものもある(3)。

生殖の習性・冬、そして春

冬ともなれば、いずれもがことのほか恐れるのは、暴風の
恐ろしい渦巻きと不気味に轟く海そのものの
波濤なのだ。ほかのどの生き物よりも、魚の族は

日頃愛してやまぬ海に、それが荒れ狂えば、怖じけるばかり。
そうなれば、あるものは鰭で砂をかき集めると、(4)その中へ
臆病者さながらに身を屈める。またあるものはひとかたまりになって、
ひしめき合いながら岩の下にもぐりこむ。(5)さらにあるものは、
一番深い海のもっとも下の深みへ逃げこむ。(6)
というのも、そのあたりになると、さほどひどく揺さぶられることもなく、
風のために底までかき乱されることもなく、いかなる暴風といえども、
海のもっとも深い根もとを貫き通すことはないのだから。そして、
巨大な深みがかれらを寒さの苦しみと冬の冷酷な襲来から護るのだ。
しかし、花の咲きにぎわう春の季節が唐紅（からくれない）に
地上へ微笑み、海は上々の日和に冬から

(1) アリストテレス『動物誌』六一〇b四を参照。
(2)「われらアカイア方は十人を一組として、その数を算える」（ホメロス『イーリアス』第二巻一二六）。
(3) アリストテレス『動物誌』四八八a一三によれば、群居性のものでも、単独性のものでも、定住と移住の区分があるという。ここで九三から始まった海の魚族についての長大な記述が終わり、以下は海洋動物の生殖の習性に話題が移る。
(4) アリストテレス『動物誌』五九九b二六、五三七a二五を参照。
(5) アリストテレス『動物誌』五三七a二三を参照。
(6) アリストテレス『動物誌』五九九b八を参照。

ほっと一息つき、軽やかなうねりとともに
凪ともなれば、魚どもはあちらから、またこちらから
こぞって陸地の近くへ嬉々としてやってくる。
これはあまたの殺戮がなされる戦争の暗雲からやっと逃れ出た、
神々に愛されるある幸福な都市に譬えられようか、それは長きにわたり
敵軍の青銅の暴風に吹きさらされていたが、
とうとう闘いの喧騒から放免されてほっと一息つき、
喜ばしく楽しく、平和のための心躍る仕事に嬉々とし、
上々の日和のもとで祭りを祝い、
男たちも女たちも歌いかつ踊るのに溢れかえる。
ちょうどそのように、魚たちは呪わしい苦難の数々と荒々しい海から
幸運にも逃れると、喜びに溢れつつ波間を切って進み、
まるで大地を打って踊る人のように跳ね上がる。
春になれば、抗いがたい愛欲の甘い刺激は
真っ盛りとなり、番い（つが）そして愛し合うのも、
生命を与える大地の上と大気の襞の中と
轟く海の中にそれぞれ活動するあらゆるものたち。

卵生類の生殖

また春になれば、出産の女神エイレイテュイアは抱卵中の魚族を、
その大部分を産卵の重苦しい痛みから解放してやる。
雌たちは出産して子孫を残そうと熱望するや、
その柔らかな腹部を砂にこすりつける。
卵は簡単には離れず、腹部の内側に
互いにぴったりと並んでくっついていて、乱雑のままひとつに
癒着しているのだ。この塊をどうしたら生むことができるのか。
彼女たちは苦痛に身を細めて、やっとの思いで産卵する。
このように運命の女神モイライは魚にも安易な出産を
割り当てなかった。ただ地上の女たちだけに産みの苦しみがあるわけはない。
いずこにあっても出産の女神は厄介千万なものだ。
それにたいして雄どもはといえば、あるものたちは波打ち際へ急ぎ、
御馳走となるほかの魚たちに身の破滅を与えてやる。
またあるものたちは、後ろから追いかけてくる雌の群れの前を[1]

（1）アリストテレス『動物誌』五四一a一四およびプリニウス『博物誌』第九巻一五七を参照。

泳ぐのだが、これは愛欲に駆り立てられた雌たちが
絶え間なく衝き動かされて、雄たちの後を急追するからだ。
それから雄たちは互いに腹と腹とを擦り合い、
そして後方へしっとりとした精液を放出する。
すると雌たちは愛欲に追い立てられて突進してくると、それを口で
貪り飲んでしまう。[1] このような交尾によって孕むのだ。
それが魚たちの間ではもっとも普通の方法だが、
ほかには番うのに寝床も寝室も女房も個々別々にいくつも
持つものもいる。というのも、魚たちにはアプロディテ（愛欲）がたくさんいて、
オイストロス（熱狂）とかゼーロス（嫉妬）とかの残忍な神もいて、熱いエロスが
心の中に荒々しい暴動を嗾ける折に生み出すありとあらゆるものがあるからだ。
多くのものたちが互いに争って番いの相手を得ようと
闘うが、まるで求婚者たちのようだ。これは多数の者が
ひとりの花嫁を共に目指して集まり、財力と美々しさとで
競い合う。この手のものこそ魚にはないけれど、
強さと顎とその内側の鋸の如き歯はあるのだ。
これでもって競い合い、相手を得るための備えを固めるが、

それが抜群に優っているものが勝利と同時に連れあいを獲得する。

中には同衾する相手をいくつも独り占めして
楽しむものがあり、たとえばサルゴス(2)の類と黒っぽい色の黒鶫(くろつぐみ)べら(3)。

そのほかのものは唯一の妻を愛し、大切に護っているのだ。

たとえばカンタロス(4)やアイトナイオス(5)がそうで、けっして複数の相手を喜ばない。

鰻と海亀と真蛸の生殖

しかしながら、鰻も海亀も真蛸もこのような番い方は
しない。黒々とした鱓(うつぼ)もまた然り。
つまり、その生殖の方法がまことに風変わりなのだ。

---

(1) ヘロドトス『歴史』第二巻九三に同様の記述があり、さらにアリストテレス『動物誌』五四一a一一も卵生の魚類の交尾法として言及する。
(2) 一三二を参照。
(3) 一二六の鶫べらと一緒にアリストテレス『動物誌』五九九b六と六〇七b一四に言及され、岩場に棲息し季節によって体色が変わるという。本篇第四巻一七三以下を参照。
(4) 「スカラベ」の意。鯛の一種。
(5) アイリアノス『動物の特性について』第一巻一三にも貞節な魚の典型的な例として挙げられるが、実体の不明な魚。

まず鰻[1]は互いに巻きつき、しっかりと絡み合ったまま、
ぬらぬらとしたからだをあちらこちらへ転がす。
するとからだから泡状の液体が流れ出て、
砂の中に覆い隠される。そして泥がそれを
受け取ると孕み、くねくねと動く鰻を生む[2]。
つるつるとした穴子もまた、このような生まれ方をする。
海亀は、交尾することをはなはだ恐れかつ忌み嫌う。
ほかのものたちと違って、共寝の喜びを求める気になれず[3]、
むしろそれがかれらにはとてつもなく苦痛なのだ。
というのも、雄の持つ愛の突き道具はきわめて堅く、
曲がったりしない骨質で、これが喜びなき交合のために研ぎ澄まされる。
そのために両者が顔をあわせるや、争いとなって
鋭く尖った歯で互いに引き裂きあう。
雌は荒々しい結婚を避けようとすれば、
雄は嫌がる相手と交尾せんものと逸りたつ。
とうとう雄が腕力で勝つと、力ずくの愛で彼女と結合する。
さながら戦利品として囚われた女とするように。この海亀の交尾は

陸上における犬のそれに似ているが、
また海豹（あざらし）のそれ(4)とも似る。いずれも長時間にわたって
番ったままでいるからで、鎖で縛られたようなものだ。
真蛸にとっては、おぞましい交合は酷い身の破滅(5)と
同時に起こり、結合が成就すれば死もまた然り。
なぜならば、けっして愛欲を慎むことも棄て去ることもしないのだ、
力は弱り果てた手足から離れていき、
自分は砂の上へ落下し、疲弊しきって死んでいくまでは。
そうして近寄ってくるすべてのものたちに食われてしまう(6)、
臆病な寄居虫（やどかり）や蟹に、さらに他の魚どもに。
これらは生前自分がいとも易々と掠めては、御馳走とした連中ばかり。
しかるに今はかれらに切り刻まれるのだ、たとえまだ息が絶えていなくても、

---

(1) アリストテレス『動物誌』五七〇a三によれば、鰻は交尾によって生まれるのでも、卵生するのでもなく、蚯蚓から生じるという。
(2) アテナイオス『食卓の賢人たち』第七巻二九八b以下を参照。
(3) アイリアノス『動物の特性について』第十五巻一九を参照。
(4) アリストテレス『動物誌』五四〇a一三を参照。
(5) アリストテレス、アイリアノス、アテナイオスにも同様の記述がある。
(6) アリストテレス『動物誌』六二二a二五以下を参照。

ただ横たわって抵抗もせず、結局は死んでしまう。
かくのごとく歓喜なき破滅的な愛に身を滅ぼすというわけ。
雌の方もまったく同様に、産みの苦しみに消耗しきって
滅んでゆく。というのも、その卵は他のもののように別々に出てくるのではなく、
葡萄の房状に互いに繋がっていて(1)、
狭い産管をやっとのことで押し分けて出てくるのだ。
このようなことから、真蛸は太陽の運行する一年の期間を
越えて生きることはけっしてない(2)。なぜならば、かれらは
もっとも悲惨な結婚ともっとも悲惨な出産で身を滅ぼすのだから。

鱓の生殖

鱓についてはいささかの曖昧もない報告(3)がある。
すなわち、蛇が鱓と交尾する。そして鱓自身が嬉々として
海からやってくるのも、しきりと交尾したがっている相手と番いたいからだ。
酷い毒蛇（エキス）は内に燃える欲情にかきたてられ、
愛を交わそうと狂いたって海辺へ匍ってくる。
そして岩の窪みを見つけると、

その中へ破滅をもたらす毒液を吐き出し、歯牙から危険かつ激烈な
胆汁を、あの恐ろしい持ち物を排出するのは、
花嫁とは和やかに、そして朗らかに出会うためなのだ。
波打ち際で身を起こすと、愛の交わりを呼びかけるために
鋭く鳴き声を発する。たちまちその呼び声を
黒々とした鱓は聞きつけ、矢より速く疾走する。
一方は海から身を延ばし、他方は陸地から
海の灰色の波へ踏み込む。
両者はしきりと交合したがり、抱擁しあうと
花嫁は喘ぎながら大口を開けて、蛇の頭を
受け入れる。かれらは結婚の歓喜に耽溺してしまうと、
一方は海の棲みなれた塒へ戻っていき、他方は陸地の

（1）アリストテレス『動物誌』五四四a八を参照。

（2）アリストテレス『動物誌』五五〇b一三を参照。

（3）ニカンドロス『有毒生物誌』八二六以下、アイリアノス『動物の特性について』第一巻五〇と第九巻六六、プリニウス『博物誌』第九巻七六などに同様の記述があるが、アリストテレスは一年中産卵する魚の例として言及するだけである（五四三a一〇）。

通ってきた跡をたどっていく。そして先ほど吐いたり、歯から棄てたりした
ぞっとする毒液を舌で舐め、ふたたび体内に啜りこむのだ。
しかるに、あの胆汁が見つからず、たまたま通りすがりの人が
それを的確に見抜いて、おびただしい水で洗い流してしまっていたから、
かれはもう怒りのあまり、わが身をあちらこちらへ投げ出して、
その挙句に痛ましい、思いもよらぬ死の運命に襲われる。
かれは大いに恥じたからだ、頼りにしていた武器に護られなくなった今、
自分が毒蛇であることを。それで岩の傍らで自らの毒とともに命を失う。

海豚の生殖

海豚は人間と同じように交接し、
生殖器も人間とまったく同じものを持っている。
雄の道具はふだん見られるわけではなく、
内側に隠れていて、交尾の折にだけ引き出される。

出産の回数

魚類における愛の交わりはこのようなもので、

それぞれがそれぞれの季節に番いとなり、
子孫を産む。あるものは夏に、またあるものは冬に、
さらにあるものは春か秋口に産卵する。
そしてあるものは、これが大部分なのだが、太陽の運行する一年間に
ただ一回だけ苦労して産卵するが、ラブラクス(2)は二回産みの苦しみを味わう。(1)
比売知(ひめじ)(トリグライ)はその名のとおり三回の出産(トリゴノイ)をする。(3)
笠子(かさご)となると、四回(4)の産みの苦しみに耐える。
五回の産卵をなすのは鯉だけだ。(5)
ただオニスコス(6)のみ、その生殖をだれも見たことがないそうで、
依然として人間には知られざることなのだ。

五九〇

(1) アリストテレス『動物誌』五四三a一以下を参照。
(2) 一一二を参照。
(3) アテナイオス『食卓の賢人たち』第七巻三二四d以下には原語「トリグライ」に関するさまざまな通俗語源説がおびただしく展開されるが、そこでも言及されている。
(4) アリストテレス、アテナイオス、プリニウスはいずれも二回としている。
(5) アリストテレス『動物誌』五六八a一六によれば、五回から六回産むけれども、その時期は決まっているという。
(6) 一〇五を参照。

産卵のための移動

春になって卵生の魚たちが抱卵の盛りにはいると、
あるものたちは思い思いにそれぞれの居場所に
落ち着き、自分たちの棲み処でじっとしている。
だが多くのものたちは、集いあって共通の道をたどりつつ
黒海へ向かっていく、[1] そこでこどもを産むために。
それというのも、あの内海はあらゆる波立つ海洋の中で、
もっとも快適であり、数知れぬ水量豊かな河川に給水される。
しかも滑らかな砂地の多い、身を護る場所があるからだ。
そこには豊富な餌場と波穏やかな切り立った岸、
中空になった岩場と泥の深い洞穴、木暗い岬など、
およそ魚たちにもっとも好ましいものがすべてそろっている。
またそこには凶暴な海の怪物も、鰭のあるものたちには
破滅となるような災害の元凶も棲息せず、かつまた小型の
魚たちを攻撃の的に定めているようなあらゆるものも、
くねくねと動く蛸も、ロブスターも銀杏蟹もいないのだ。[2]
海豚もわずかしか棲息していないし、いたとしても

海の怪物の族より弱小でかつ無害なのだ。
このようなわけで、魚たちにはあの海水は桁外れに心地よく、
それで一刻も早くそこに到達しようと急ぐという次第。
かれらはそれぞれの棲み処からあるひとつの場所へ集まり、
全員が時を同じくして出発する。かれらすべてに一本の道、
一筋の隊列、一斉の動き、そしてふたたび帰還する同一の衝動がある。
さまざまな種族の混成した群れがトラキアのボスポロス(3)に達するには、
荒波の騒ぐ大洋の長い道のりを踏破し、
マルマラ海と黒海の狭い口もとを通り過ぎなければならない。
エチオピアの大地やエジプトの河川から
甲高く鳴く鶴の上空高く飛翔する群れは、
雪に覆われたアトラス(4)の峯と冬とを逃れ、

(1) アリストテレス『動物誌』五九八a三〇およびアイリアノス『動物の特性について』第四巻四、第九巻五九を参照。

(2) アリストテレス『動物誌』六〇六a一〇によれば、黒海には頭足類も貝類も産しない。また、アテナイオス『食卓の賢人たち』三一七fによれば、ここの海水は冷たく、塩分も少ないために蛸には適さない。

(3) ヘレスポントスではなく、プロポンティス（マルマラ海）と黒海とをつなぐビュザンティオンの海峡のこと。

(4) 北アフリカ西部にある高山。

とるにたらぬピュグマイオイの弱体な族(やから)を避けてやってくる。(1)
大空に拡がったその群れは整然と並んで飛翔すると、
空一面を暗くしつつ一直線となって途切れることがない。
ちょうどそのように、その時海の無数の種類の魚たちは、
密集団(パランクス)をなして黒海の波を切って進む。海は溢れかえり、
鰭で打たれて荒れ模様になりゆく。
そして、ひたすら駆りたてられたかれらも、長い旅と産卵を終える。
しかし、秋が過ぎ去ろうとする頃(2)ともなれば、
かれらは帰郷のことを思う、あの渦巻く海の上を
荒れ狂う冬は、ほかのどこよりも寒いのだから。
この海は沖合いまで深くなく、その上を荒々しく死をもたらしつつ
打ちつける風によって、容易に掻きまわされるからだ。
そのためかれらはアマゾニア海(3)から遠ざかり、
こどもたちと一緒にふたたび家路をたどりゆく。
そして大海原で散り散りになる、めいめい自分が向かってきた方へと。

卵生類と胎生類

さて、軟体類と呼ばれるものたちは、[4] その全身に
血もなく骨もないが、すべて卵生、またびっしりと鱗で
覆われているか、あるいは鱗甲で保護されているものたちは、[5]
これまた同様にすべて卵生なのだ。
狂暴な「犬」[6]や飛鱝（とびえい）[7]、そして軟骨魚類と
呼ばれるものたち[8]から、また魚族を統べる海豚と
牡牛の眼をした海豹から生まれ出てくるこどもは、

（1）ナイル川上流に居住するという、伝説上の小人族。ピュグマイオイと鶴については、ホメロス『イーリアス』第三歌三以下「冬の嵐と激しい雨を逃れてきた鶴の群れは、ピュグマイオイに死の運命をもたらしながら、声も高らかにオケアノスの流れをめざして飛び、朝まだきに仮借なき闘いを仕掛けていく」とあるように、十月頃南方へ渡来してピュグマイオイと戦争する。しかし、オッピアノスはここで三月の初めに北をめざして渡る鶴のことを言おうとしている。アリストテレス『動物誌』五九七ａ四以下を参照。

（2）アリストテレス『動物誌』五九八ｂ六を参照。

（3）黒海のことか、あるいはアゾフ海のことであろう。

（4）アリストテレスの用語では頭足類（『動物誌』五二三ｂ一）。

（5）アリストテレスによれば、鱗で覆われたものとは、魚類一般のことで、鱗甲で保護されるもの（被甲類）とは、爬虫類を指している。

（6）三七三を参照。

（7）原語は「鷲」の意。鮫の一種とも考えられるが、ここでは水中を飛ぶように進むことで有名な鱝、英語名eagle rayとする。

（8）鮫や鱝の類。

出生時からすでに親と同じ外見をしている。

哺乳類のこどもへの愛情――海豚

胎生する海の住民たちは、いずれも
かれらのこどもたちを愛しかつ大切にする。
けれども、海豚ほど神聖なものはいまだかつて生まれない。
なぜならば、かれらはかつて実際に人間であって、
死すべき人間たちと共に都市に住んでいたが、ディオニュソス神の
思し召しにより、そこを海と取り換えて魚の姿をとった(1)のだ。
とはいえ、人間のまっとうな心はいまなおそのままに、
人間らしい分別と行動とをよく保持している。
産みの苦しみとともに双生児(2)が生まれ出るようなとき、
二頭のこどもは生後すぐに母親に泳いで近づき、
その周囲を跳ねまわり、母親の歯の間にもぐりこむと、
その口の中でのんびりと過ごしたりする。
母親の方は愛情に溢れてそれをなすがままにさせ、
喜色満面、無上の幸福に酔いしれてこどもの周りを旋回する。

そして両方のこどもにそれぞれ乳房をあてがい、
甘い乳を飲ませる。まことに神（ダイモン）は彼女に乳を与え、
さらに人間の女と同質の乳房を授けてやったのだ。
このようにして、この時期は保育に明け暮れるが、
こどもたちが若々しい力をつけると、すぐさま母親は、
逸り立つかれらを狩りの道へ導いてゆき、
魚を捕らえる方法を教えるのだ。
そして片時もこどもたちから離れず、つきっ切りでいるのも、
それはかれらが体格と体力で完全に成長するまでのことだが、
つねに親たちは保護者としてかれらにぴったりとつき添う。(3)
いかなる驚異をあなたは心の中で観ずるでありましょうか、
航海中に好ましい楽しみ事をご覧になられる折に、

---

(1) この物語は、さまざまに変化して伝承されているが、そのひとつとして、ディオニュソスを奴隷に売ろうとした海賊たちは、狂わされて海へ逃げたところ、海豚に変身させられたという（アポロドロス『ビブリオテーケー（ギリシア神話）』第三巻第五章三）。Allen-Halliday, *The Homeric Hymns*, Amsterdam, 1980, p. 375ff. を参照。

(2) アリストテレス『動物誌』五六六b六によれば、海豚は一頭しか産まないが、ときには二頭産むという。

(3) 「こどもは長い間親の元を離れない。こどもを大切にする動物である」（アリストテレス『動物誌』五六六b二二）。

風は静まり、海は穏やかなそのさなかに、
海の魅惑とも言うべき、海豚の美しい姿の群れを眺めながら。
若い海豚たちが独身者よろしく群がって
先頭を切っていく、さながら色とりどりに渦巻きながら、
さまざまに形を変えていく舞踊の輪を通って進むかのように。
その後ろを親たちは、見張りの軍団よろしく、こどもたちから離れずに
威風堂々として続いてくる。ちょうど春のさなかに、
放牧場で羊飼いたちがか弱い仔羊どもにつき従っているよう。
学校の課業からこどもたちが群れをなして出てくれば、
その後ろにぴったりとつき従うのが傅育係の老人たち、
行儀作法と情操と知力の監察役をもって任じているのだ。
なんといっても老齢は、人を思慮深くするものだから。
ちょうどこのように、海豚の親たちもまたこどもたちの後をついていく、
なにか好からぬことがかれらの身に降りかからないように。

六八〇

哺乳類のこどもへの愛情 ── 海豹

いやいや海豹とてこれに劣らずこどもの世話を焼くのだ。

実際、れっきとした乳房もあり、乳房には乳がほとばしり出る。
ただしこちらは波間にではなく、陸地に上がってから、
順調な陣痛のうちに腹中の苦労の種を分娩するのだ。
それから十二日間にわたってその乾いた地に留まっているが、
十三日目(1)に生まれたばかりのこどもを腕に抱え、
海の中へ入っていく、こどものことに大得意となって、
かれらに故国の有様を見せてやりながら。
異国でこどもを産んだ女が
嬉々として故郷とわが家に到着するや、
その日一日中こどもを腕に抱え、
母の家と、その部屋の一つ一つを見せては抱きしめる、
うれしくて飽きることもなく。こどもの方は分からないままに
一つ一つをじっと見つめている、大広間も親たちの馴染んだあらゆる場所も。
これと同じように、あの海の動物もこどもたちを

(1) アリストテレス『動物誌』五六七a五によれば、生後十二日ぐらいになると、日に何度か海の中へ連れて行き、徐々に慣れさせるという。

水の中へ連れて行き、海の様子をかれらに見せるのだ。

他の動物の愛情

神々よ（ダイモネス）、こどもが光や生命よりもいとおしく、かつ快いのは
何も人間に限ったことではないのです。
鳥たちにも、情け容赦を知らぬ野獣どもにも、
生肉を食らう魚たちにも、不可解ながら自得のままに
わが子への強烈な愛情は育まれているのです。こどものためなら
かれらは率先して、けっして不本意などでなく、
死ぬことを切望し、いかなる苦難にも耐えることを熱望します。
ある猟師は、かつて山中で咆哮する獅子が
こどもたちの上を跨いで来るのを見たことがあった、
わが子を護るために闘おうとして[1]。獅子はうなりをあげて飛んでくる
投石の雨など意に介さず、猟師の手槍も気にかけず、
大胆さと激情とをいささかも緩めることがない、
たとえ飛び道具がわが身に命中しようと、どのような傷に引き裂かれようとも。
かれは死ぬまで一歩たりとも退こうとはしないで、

半死半生であろうと、こどもたちをかばって立ちはだかる。
自分が死ぬとは思わないように、わが子が天然の塒（ねぐら）の穴に閉じ込められて、
猟師たちの手に捕らえられるのを見るとも思っていないのだ。
あるいは、ある羊飼いは雌犬が産んだばかりの仔犬の世話をする塒へ
近寄ったところ、[2] 以前は彼女の仲間だったはずの自分に
吠えかかってくる母犬の怒りに、思わず恐れをなしてたじろいでしまった。
それほど懸命にこどもたちを護り、一切の手加減を加えないのだ、
彼女に近づくことは、あらゆるものに心肝を寒からしめることとなる。
同様に、母牛が引かれていく仔牛の周りで悲しみにくれて
嘆きの声をあげるのは、泣き叫ぶ女に異ならず、
牛飼いどもでさえ思わずほろりとさせられてしまうのだ。
朝まだきに、禿鷲が雛を亡くしてけたたましく嘆きの声をあげるのを
聞いた人もきっとあろう、または音色もさまざまな小夜鳴鳥の叫び声を。
あるいは春に雛を亡くして悲しむ燕の姿を
見かけたこともあろう、心無き人間どもか蛇が

（1）ホメロス『イーリアス』第十七歌一三三以下を参照。
（2）ホメロス『オデュッセイア』第二十歌一四以下を参照。

かれらの巣から掠め取ってしまったのだ。
魚たちのこととなれば、海豚がこどもへの愛情にかけて
傑出しているけれども、ほかのものたちだって同じようにわが子を大切にする。

わが子を体内に隠して護る魚たち

ところで、ここに大海を放浪する「犬」[1]について不思議な話がある。
生まれたばかりのこどもたちは母親の後について行き、彼女がその盾になる。
しかし、得体の知れぬ恐ろしい姿が海に現われて、かれらが驚愕の極みに
陥るや、彼女はこどもたちを子宮の中へ引き取るのだ、
かれらが生まれる折に滑り出てきたのと同じ入り口、同じ通路を経て。[2]
苦痛にもかかわらず、彼女はこのような苦労に嬉々として耐え、
こどもたちを体内に取り戻し、かれらが恐怖から
立ち直ると、また外へ出してやるというわけだ。
糟鮫[3]もまたこどもたちにこのような防護をするけれども、
「犬」の如くに下腹部へもぐらせるのではない。
鰭の下方の両側に細長い割れ目があり、
ほかの魚たちの喉に似ているが、

西洋古典叢書

月報 67

第Ⅳ期＊第4回配本

パルナッソス山
【レヴァディア西郊の丘陵地から北西方向に山容を望む】

目次

2007年10月
京都大学学術出版会

韻文を綴るということ

逸身喜一郎

ポンペーユスやカエサルよりも前の世代のローマの政治家で、ある意味で門閥政治・貴族政治の時代の「良さ」を体現している人物のひとりにルクッルスがいる。スッラの信に篤かったが、東方にいたためマリウスとの内戦に巻き込まれることなく、スッラの引退以後は東方攻略、とりわけミトリダテス打倒でめざましい功績をあげた。しかし征服した地からの略奪だけを旨とせず、プルタルコス『ルクッルス伝』によれば「軍事の成功よりも正義心と人間愛による賞賛を心がけた」。当然のことというべきかローマの新興勢力を敵に回し、ポンペーユスに功績を奪われてしまう。

プルタルコスはこのルクッルスが政界からの引退後、豪奢な生活を続ける一方で、収集した多くの書物を人々の供覧に付し、哲学者たちのパトロンとなったことを伝えている。彼は「自由学芸と言われる教養を身につけており」、ラテン語に長けていただけでなくギリシャ語にも堪能であった。その例として『ルクッルス伝』冒頭を飾るエピソードはなかなか興味深い。ルクッルスは冗談から、同盟戦争の一、マルシー族との戦争について、「詩でも散文でもギリシャ語でもラテン語でも籤をひいて出た方を使って」記すことになった。その結果がギリシャ語散文の著作だった。

プルタルコスの時代にはまだこのギリシャ語散文は残っていたけれども、今日ではもはや散逸してしまっているから、ルクッルスの文章がどのようなものであったかを知るすべはない。ましてやかりに籤の目がちがっていたなら、彼がどんな韻文を（ギリシャ語で？　ラテン語で？）綴っていたかはまったくもって分からない。ただもし韻文ならそれがギリシャ語であろうとラテン語であろうと、叙事詩の韻律のヘクサメトロスで書かれたことは間違いない。ヘクサメトロス（正確にいえば英語でいうところの dactylic hexameter）はホメロス以来、叙事詩の韻律と決まっていた。というかヘクサメトロスで書かれないかぎり、叙事詩とはいえなかった。そしてマルシー戦争のように実際に起きた歴史上の事件であっても、トロイア戦争と同じように叙事詩の題材となる。神話と歴史の差異はぼやけていた。歴史的事件を題材にした叙事詩で今日まで伝わるものとなると、ルーカーヌスとシリウス・イタリクスくらいしか思いつかないが、ペルシャ戦争もアレクサンドロスの東征も叙事詩にされたのである。

いったいどうしてルクッルスにヘクサメトロスが操れたのか。わざわざ韻律にのることばを選んで語順を操作する。韻文には韻文むけの語彙がある。しかもラテン語だけではなくギリシャ語までもである。そんな厄介なことが、いかに教養があったとはいえローマ人のルクッルスにできたのか。

ただしここで思い直すべきは、散文は書きやすく韻文は作りにくい、と無条件に考えてしまう私たちの癖である。韻文は散文にさらに手を入れたものであるから散文以上に難しい、と思うのもじつは偏見かもしれない、と疑ってみてもよい。アナロジーは危険であるが、日本語の場合、緻密な論理構成による散文と、七五調の語り口（あるいは五七五の標語）と、どちらが難しいかを比べてみてもあまり意味がなかろう。そしてアナロジーを続ければ、俳句をひねる人たちにとっては「俳句を作る」ことが先にあって、何を題材にするかは（ちょっと問題発言かもしれないが）二の次である。俳句を作りたい、だから言葉を探し出す。俳句には五七五の音節とともに季語という規則もあるし、俳句ならではの語彙・語法もある。もちろん川柳にならないように、最悪、標語にならないように、内容にも制約がある。それらをふまえていかに内容を豊かにするか。それが腕の見せ所であろう。

ヘクサメトロスの詩についても似たようなことがいえそうである（叙事詩と俳句では、あまりに長さが違う、ということはさておいて）。単語の長音節・短音節を規則に従って按配すること。とはいえギリシャ語のヘクサメトロスの場合、ホメロスにある語彙や活用形を使わなければならない。とにかく『ホメロス方言辞典』というのがあるほどに、そして初学者がホメロスを読む場合、この形が何という単語の何の変化形かをそれで調べていわば辞書の二度引きをしょっちゅうしなければならないほどに、散文や日常語とヘクサメトロス用のことばとは違っていた。だからこそ語彙・語形をうまく使うことに醍醐味があったのである。

韻文の最大の特徴は、過去にできあがった韻文をからだにしみこむほどにまで覚えていて、それをもとにして、時にはもじりを加えながら、新たな詩句をうみだしていくプロセスにある。さきほどのアナロジーをいまいちど応用するなら、歌なり句なり標語は、厖大な過去の蓄積があってこそ新たな作品となって出てくるのである。記憶のないところ韻文はない。そして韻文を韻文たらしめているメカニズムである韻律こそ、記憶を助ける最大のよすがである。

ところでヘクサメトロスが使われたのは叙事詩だけではない。ここで私が「叙事詩」という名前でくくっているのは、『イーリアス』とか『アエネーイス』に代表される作品群である。私はあまり好きな呼び方ではないが英雄叙事詩といってもよい。そして英雄叙事詩以外にもヘクサメトロスでできあがった作品が、ギリシャ・ラテン、いずれにも多くある（正確にいえば、ギリシャの作品をモデルにしてローマでもまた作られたのである）。神々への讃歌だとか牧歌だとかいったジャンルもあるけれどもなにより大きなグループは、今日「教訓詩」と名付けられる一群の作品である。

そしてここからが現代のわれわれに不思議なことであるのだが、「叙事詩」とか「教訓詩」といったグループをたがいに区別して呼ぶ名称がギリシャ語になかった。もちろんラテン語にもない。ギリシャ語ではヘクサメトロスの詩を総称して「エポス」と呼ぶ。エポスは（狭義の）叙事詩も教訓詩も、さらにその他のヘクサメトロスの詩も、およそこの韻律でできあがったすべてを含む名称である。エポスしかない。ところがエポスから派生してできた英語 epic がそうであるように、近代ではエポスが狭義の叙事詩ととらえられることがある。その脈絡で「叙事詩」すなわち「ヘクサメトロスの詩（全体）」とする用法が生じる。「教訓叙事詩」という本書の題名は、その用例としてあげられよう。

「教訓詩」は（狭義の）「叙事詩」にもまして、まず散文でできた素材があって、それに手を加えて韻文へと作り替えるというプロセスが想像されやすい。もちろんそういう箇所もあろう。たとえばアラトスが黄道の寸法ないし、北回帰線の地面の上に出ている割合を叙述するところなどまさにそうである。しかしだからといって、過去の韻文の蓄積が新たな韻文をうみだす最大の原動力であることを忘れてはならない。それまでの伝統からはずれた新しい単語を導入する喜びは、強固な伝統があればこそである。ヘレニズム期の詩人たちのエポスがどれほどホメロスと違おうと、それはホメロスを覚えていればこそ新奇なものとして成り立ちうるのであって、何もないところから韻律を指折り数えるようにして詩句ができあがったのではないのである。

ホメロスはエポスの元祖としてあがめられた。ヘシオドスはホメロスと対等ではなかった。さらにホメロス以前にも実際には長い歴史があったはずだけれど、ギリシャ人たちですらすっかり忘れてしまっていた。しかもホメロスの元祖たるゆえんは、たんに韻律とことばにとどまらず内容においてもそうであるとされたところにある。ホメロスは後代のひとたちにかかれば（「哲学者」と訳していいかはべつにして）「フィロソフォス」なのである。それも今日の、私のきらいなふたつの表現をあえて並べれば、「知」のみならず「情報の宝庫」なのである。つまり技術をも教えてくれもした、と古代人は考えた。詳しいことは省くが、ホメロスは教訓詩の祖でもあった。

エンペドクレスのあと紀元前五・四世紀の「古典期」のヘクサメトロスの詩は、詩人の名前すら例外もあるがほとんど伝わらない。このことから想像して、エポスの伝統はおそらく低調だったようにみえる。しかし神託がヘクサメトロスで伝えられたように、それになにより子供たちはホメロスを暗唱したことからわかるように、ヘクサメトロスはギリシャ語に染みついていた（エレゲイア・エピグラムが韻律のみならず語彙・語形の点で、ヘクサメトロスときわめて近しいことも忘れてはならない）。

アラトスやニカンドロスは従来の伝統に新しさをもたらした。ギリシャのヘクサメトロスはヘレニズム期に変革を加えられ、アラトスやニカンドロスはラテンの詩に多大な影響を与えることになる。しかし同時に凡庸・月並みな叙事詩の伝統もまた、たとえばローマのルクッルスにたどり着いていたであろう。これらの、カリマコス流のいいかたを使えば「さんざ踏みにじられた大きな道」をたどり「濁った大河」のごとき「太りきった」月並み叙事詩が大量に、もし今日まで散逸することなく伝承されていたならば、それらとの格闘の中から生まれ出たヘレニズムの教訓詩の清新さは、もっとよく理解しえたかもしれない。

（西洋古典学・東京大学教授）

連載

西洋古典ミニ事典 (21)

古代ギリシアの一日

古代ギリシアの一日は、日の出に始まる。「日」はギリシア語でヘーメラーであるが、この語は昼間の意味で、日の出から日の入までの時間を指し、夜間はむしろ別の時間域と考えられた。天文学者はより正確にニュクテーメロン(昼夜)と言った。

夜の時刻を表わす表現には、「火点し時」とか「夜明け前」とかがあった。前者は夜のとばりが降りて直ぐの頃であろうが、後者はいわゆる鶏鳴時のことである。一方、昼間には「早朝」「正午」「午後」とかがあったが、午後だけでは分かりにくいから、「昼下がり(proia deile)」とか「夕方に近い頃(opsia deile)」とか適当な形容詞をつけて区別したが、大まかな区分であることに違いはない。

さらに細かく時間を分けることは、それを計測する器具がなければ不可能であろう。このような器具のことをホーロロギオン(文字通り「ホーラー/時」を「ロギオン/数えるもの」)と言う。歴史家ヘロドトスは最も初期の器具として、ポロスとグノーモーンを挙げているが、これらはともに日時計である。グノーモーンという固定した直角定規あるいは垂直の棒を立てて、影の方位によってはじめて時間を計測したのは哲学者アナクシマンドロスだと言われるが、一般の市民は日常生活では、太陽の光が投射してつくる影の長さで時を知ったようである。確かなことは分からないが、一プース(およそ三〇センチメートル)の棒を立て、日の出、日の入の頃が一番長く、一二プースほどで、夕食は一〇プースになった頃というように決めていたらしい。ポロス(ヘーリオトロピオンともいう)はもう少し精巧で、レカニスと呼ばれる小さな目盛り盤の中央にグノーモーンが取りつけてあり、周囲が一二に区分されていた。

時を計る道具に、もうひとつ水時計(クレプシュドラー)がある。アテナイのアゴラ(公共広場)にあった水時計が有名であるが、そのような大がかりでない、簡易なものもあった。法廷で弁論家たちが弁明する時間が水時計で計られていたことはよく知られており、彼らは自分たちに与えられた時間を単に「水」と呼んでいる。「水が私を許すなら」とは、時間があればの謂いにほかならない。水を計測する役人もいて、法律文書が読み上げられる間は、水を止めていたようである。もっとも法廷の水時計は、厳密には、時刻を知るためのものではない。特定の目的の水時計で重要なのは、軍隊で夜の見張りの時間を決めるためのものである。ピュラケー（夜警時）という言葉があって、第一ピュラケーとか第二ピュラケーとか使われていた。ローマのウィギリアのように厳格に四つの時間帯に分けられていたのかどうか定かではないが、これはもちろん水時計でもって決められていたと考えられる。

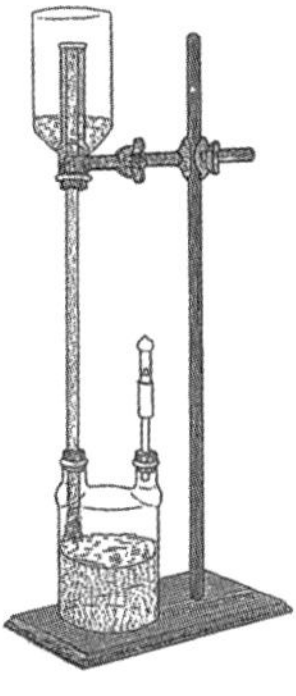

H. Diels, 'Über Platons Nachtuhr' (1915) からの転載

この水時計を利用して、目覚まし時計を作ったのが哲学者のプラトンだと言われている。これはヘレニズム時代の水力で演奏する楽器と同じ原理を利用したもののようで、これを記録しているアテナイオスは、「夜間時計（nucterinon horologion）」と呼んでいる。右に掲げたのは、古代哲学史家のH・ディールスが目覚まし時計の原理を説明した図であるが、一定の量の水を上部の容器にあらかじめ入れておいて、決まった時刻がくると、圧力でパイプが鳴る仕掛けだったのではないかと推定している。いずれにしても起床の時刻になれば、アカデメイアの学徒たちはプラトンにたたき起こされたわけである。「睡眠中は死んだも同然」という言葉を遺したプラトンには、いかにも似つかわしい装置である。

（文／國方栄二）

●月報表紙写真　ラテン詩人たちによってアポロンとミューズたちの棲まう所とされたパルナッソスだが、ギリシア人にとってはむしろディオニュソスの聖地でありその信女たちの集う聖山だった。デウカリオンとピュラが大洪水を逃れて漂着したのも、この山頂とされている（ギリシア版「ノアの箱船」伝説）。オウィディウス『変身物語』が「二つ峰ある」と歌っているように、二つの頂上部（二四五七メートル、二四三五メートル）が連なって、眺める地点により多彩な景観を呈する。写真左方に落ちていく稜線の下端裏側あたり（南西麓）にデルポイが位置する。［二〇〇三年六月撮影　高野義郎氏提供］

西洋古典叢書

［第Ⅳ期］ 全25冊

★印既刊　☆印次回配本

●ギリシア古典篇

アキレウス・タティオス　レウキッペとクレイトポン　　中谷彩一郎 訳
アラトス他　ギリシア教訓叙事詩集★　伊藤照夫 訳
アリストクセノス他　古代音楽論集　　山本建郎 訳
アリストテレス　トピカ★　池田康男 訳
アルビノス他　プラトン哲学入門　　中畑正志 編
ガレノス　ヒッポクラテスとプラトンの学説 2　　内山勝利・木原志乃 訳
クイントス・スミュルナイオス　ホメロス後日譚　　森岡紀子 訳
クセノポン　ソクラテス言行録　　内山勝利 訳
セクストス・エンペイリコス　学者たちへの論駁 3　　金山弥平・金山万里子 訳
テオプラストス　植物誌 1　　小川洋子 訳
デモステネス　弁論集 2　　北嶋美雪・木曽明子 訳
ピロストラトス　ギリシア図像解説集　　川上 穣 訳
ピロストラトス　テュアナのアポロニオス伝 1　　平山晃司 訳
ピロストラトス　テュアナのアポロニオス伝 2　　平山晃司 訳
プラトン　饗宴／パイドン　　朴 一功 訳
プルタルコス　英雄伝 1★　柳沼重剛 訳
プルタルコス　英雄伝 2☆　柳沼重剛 訳
プルタルコス　モラリア 1　　瀬口昌久 訳
プルタルコス　モラリア 5　　丸橋 裕 訳
プルタルコス　モラリア 7　　田中龍山 訳
ポリュビオス　歴史 2★　城江良和 訳

●ラテン古典篇

クインティリアヌス　弁論家の教育 2　　森谷宇一他 訳
スパルティアヌス他　ローマ皇帝群像 3　　桑山由文・井上文則 訳
リウィウス　ローマ建国以来の歴史 1　　岩谷 智 訳
リウィウス　ローマ建国以来の歴史 3　　毛利 晶 訳

これで怖がっているわが子から恐怖を覆い隠すのだ。
このほかには、恐慌状態のこどもたちを家か巣の中へそうするように、自分の口の中へ取り込むものがあり、グラウコス[4]がその一例で、これは卵生の魚に属するすべての魚類の中で、もっとも深くわが子を愛する。

七五〇

卵の傍らにつきっ切りで、そこからこどもが生まれ出るまでじっと待ち、生まれたばかりのこどものそばをつねに泳いでいる。かれらが自分たちより強い魚に震え上がっているのに気づくや、口を大きく開けてかれらを口の中へ収容する、恐ろしい姿が消えてしまうまで。それからまた喉もとからかれらを吐き出す。ところが鮪ほど無法きわまりない魚は、潮の流れに棲んでいないはずで、邪悪な心根という点でこれを凌駕するものはなかろうと、私は信じている。

(1) 三七三を参照。
(2) アテナイオス（『食卓の賢人たち』二九四e）、そしておそらくアリストテレス（『動物誌』五六五b二三）も「口を通って」出入りさせると説明するが、アイリアノス（『動物の特性について』第一巻一七）はオッピアノスと同じように、「生殖器を通って」と記述する。
(3) 三八一を参照。アリストテレス『動物誌』五六五b二三は、こどもを取り込むことには言及するが、その方法については何も述べない。
(4) 一七〇を参照。

なぜかといえば、雌は重苦しい産卵を切り抜けてしまうと、
産んだばかりのその卵を、手当たり次第にことごとく貪り食うのだ。
なんという無慈悲な母親であることよ、いまだ逃げることも知らぬわが子を
食ってしまうとは。しかも自分の子に一片の憐憫の情も起こさないのだから。

自然発生

ところで、結婚も出産もなくして生まれるものが存在する。
何もかも自分でやり遂げ、自分で生み出す種族のことで、
あらゆる殻皮類（貝類）は、泥中に自発的に生まれる[1]。
かかるものには雌性なるものがなく、また雄性というものもなく、
ことごとく同一のもので互いに瓜二つというわけ。
か弱い雑魚[2]の弱体な類も、まさしくこのように
血からも親からも生まれてこないのだ。
つまり、ゼウスの叡智が雲から雨を
激しく、とめどもなく海へ汲み出せば、
たちまち海全体がゼウスの松明（雷光）と混ざり合い、
しゅうしゅうと音をあげ、泡立ち、膨脹する。

すると確証も推測も不可能な結婚によって、
雑魚は群れをなして発生し、成長し、その姿を現わす。
その数も知れず、弱々しく灰色をしたこれなる種族は、
その生まれ方より、「泡の魚」[3]との別称でも呼ばれる。
そのほかの雑魚は、泥をたっぷりと含んだ轟く大波から生ずる。
すなわち、海の渦巻きと干満の中で、いろいろな泥や屑の寄せ集めが
吹きつける風によって激しく揺さぶられると、
その腐敗した泥はことごとくひとつに集積していく。
それから風波がおさまり静まると、
たちまち海の砂と名状しがたい屑は醗酵する。
そこから蛆のようなものが無数に生まれてくるのだ。

(1)「一般に殻皮類は泥土の中で自発的に発生するが、その泥土の性質の違いによって別々のものとなる」(アリストテレス『動物誌』五四七b一八)。

(2) 原語「アピュエー」は「生まれない」の意。その発生と出自が知られない小魚の総称。アリストテレス『動物誌』五六九a二五以下によれば、泥、砂、腐敗物からさまざまな雑魚が発生する。

(3) アテナイオス『食卓の賢人たち』第七巻二八五aによれば、雨が激しく降って、海の表面が泡立つと、その泡から「泡の魚」が生まれる。また、アリストテレスには、砂地から発生する「泡」という雑魚が言及されている。前註(2)を参照。

哀れな雑魚ほど弱い魚類は、おそらくほかにはなかろう。
海に生きるすべての魚たちには、かれらはまことに好ましい
御馳走なのだ。ところがかれら自身は、互いにからだを舐め合う。
これがかれらの生きるための食料という次第。
かれらが群れをなして海を突き進み、
うまくいけば周りが暗い岩場か、海の隠れ処、
波間の避難場所を、探し求めているとき、
青い海原がすっかり白っぽくなってしまうのだ。
ゼピュロス（西風）が西方から強く吹き寄せて、広々とした畠を
降りしきる雪で暗くする。そして黒々とした大地の
何ひとつ目に入ってこないが、その全体は
白く光り、降り積る雪で覆い隠される。
これと同じように、ポセイドン神の畠は白く光っているのだ、
数え切れない雑魚の群れがそこに溢れかえっているときは。

第二巻　海の生き物の生態と習性——つづき

序　歌

魚の棲息はかくのごとく分布し、海の諸族はかくのごとく
行き交っている。かような結婚、かような出産をかれらは喜ぶ。
かかることすべてを、[1] 不死なる神々のどなたかが人間たちに
教えてくれたのだろう。神々なくして人間は何を成し遂げられようか。
それは地面から片足を持ち上げたり、あたりにきらきらと輝く
円い眼をぱっと開けることだけに限ったことではない。
神々は何もかも支配しかつ操っていられる、
遠くに坐(いま)しながらすぐ近くで。聴き従わせる必然の力は、
微動だに揺るぎはせぬのだ。馬銜(はみ)を吐き出す若駒のように、

(1) 第一巻との繋ぎの言葉から神々の力への讃辞に展開する。

法外にも頑丈な顎でその必然を捩じり切り、
それより逃れ出るにはいかなる力も反抗も間に合わないのだ。
それどころか、もっとも高きにいます神々は、つねにどこへでも
欲するままに手綱を差し向ける。分別のある者ならば、
望まぬままに過酷な鞭で駆り立てられる前に聴き従う。
神々はまた人間たちにはなはだ有用な技術を
持たせてくれたし、あらゆる知恵をかれらに刻み込んでやった。
ところで、神はそれぞれの職能に因んで呼び名を持っていて、
その職能により守護神としての栄誉をおのおの得たのだ。
デオ(1)は牡牛を軛に繋ぎ、大地を耕し、
小麦の豊かな収穫を取り入れる特権を持つ。
木材を工作すること、家屋を建てること、
そして羊の鮮やかな毛で布を織ることを
パラス(2)は人間たちに教えた。アレスの贈物は
剣、からだに纏う青銅の上着、
兜と槍、そしてエニュオ(3)が喜ぶもの。
ムーサイとアポロンの贈物は歌、

ヘルメスは商売と勇敢な競技を授けた。
ヘパイストスにとっては、鉄槌を揮って汗を流すのが仕事。
そして、海への心構えと漁撈（ぎょろう）のこと、
魚の群れを見定めること、これらをさる神が人間たちに
教えてやった。その神は初めて大地の真っ二つに切り開かれた
脇腹を、河川の水を集めて満たし、
苦い味のする海の水面を上昇させ、
これを花冠のようにぐるりと磯と渚で巻きつけたのだ。
この神を広く支配するポセイドンと呼ぶべきか、
はたまた太古のネレウスともポルキュスとも。
あるいは海を統べるそのほかの神と呼ぶべきか、いずれであれ、
オリュンポスに座を占めるすべての神々と
海にいます神々、豊かな恵みの大地に、
また大気に住まう神々があなたに慈愛深き心を

（1）デメテルの愛称と考えられている。
（2）アテナの呼称のひとつ。
（3）戦争の女神で、アレスの従者のひとり。

持ち続けますように、至福の主権者[1]よ、そして栄光の御一統にも、
さらにあなたの人民すべてに、そしてわれらの歌にも。

魚族の攻撃的な振る舞い

魚たちの世界では、正義も畏敬の念も愛も
物の数に入らない[2]。かれらはことごとく、互いに命に関わる
敵となって泳いでいるのだから。力の強いものがつねに
弱者を貪り食う。めいめいが相手に向かっていく、
死の運命を連れて。そうして一方が他方の餌になる。
顎と体力で弱い方を屈服させるからだ。
またあるものたちは口に毒をひそませ、あるものには棘があって、
それの恐ろしい打撃を与えてわが身を護る。
烈火の怒りが突き刺す鋭利な穂先なのだ。
神は強さを授けず、からだから棘の如きものを
生じさせなかった連中には、思慮から武器を生じさせた、
有利な、そしてさまざまな手口の策略を。かれらは多彩な悪知恵で
しばしば強力かつ優位の魚をも滅ぼすのだ。

痺れ鱏の策略

皮膚の軟らかい痺れ鱏にも身を護る奇手があり、
からだの中には自分で会得した独得のものがひそんでいる。
なにしろ柔弱なからだにまったくの無力で
不活発、そののろまさ(3)が重しになっていては、これが泳ぐのを
見ても到底信じられますまい。灰色の水の中を
のたくるように匍っていく道筋がはなはだ見分けにくいので。
しかしながら、その体内には弱者の防衛手段たる策略が秘められている。
からだの両側にそれぞれ二本の棒状のものが埋め込まれているのだ。
何かがこれらに接近して、触れてしまうようなことがあれば、
一瞬のうちに、そのものは全身から力を消失させられ、
体内で血が凝固し、もはや四肢はからだを支えきれない。

---

(1) 第一巻と同様に、本篇の献呈者である、時のローマ皇帝への呼びかけ。

(2) ヘシオドス『仕事と日』二七六以下によれば、ゼウスは人間には正義を与えたが、魚や獣、鳥たちには、互いに相食む慣いであるから正義はない。

(3) アリストテレス『動物誌』六二〇b二五によれば、もっとものろまな魚であるが、魚類中もっとも速い鯔を飲み込んでいることがあるという。

少しずつ衰弱し、痺れて無感覚のまま体力は弛緩する。
ところで痺れ鱏は、どんな贈物を神から頂戴したかをよく承知しており、
仰向けになって砂の上に身を横たえ、じっとしているのだ。
まるで死骸が転がっているみたいにぴくりともしない。
麻痺させられればどんな魚でもへなへなとなって、
深い眠りに陥る。いかんともしがたい金縛りにあうというわけ。
すると痺れ鱏は、けっして素早いたちでもないのに喜び勇んで
跳ね上がり、死んだようになってはいるが生きている魚を貪り食う。
しばしば波立つ海中においても、泳いでいる魚たちに出会ったりすると、
近寄っては接触してかれらの勢いを鈍らせ、
せっかく力泳中のところを金縛りにしてしまうのだ。
するとかれらは、しょげ返ってどうしようもなく立ち往生、
不運な連中は前へ進むことも逃げることも思いつかない。
満を持していた痺れ鱏は、無防備かつ無自覚のかれらを食いまくる。
夢の中で暗い幻影に恐れおののく人が
いくら逃げようともがけども、
心の臓は跳びはねて、がたがた震える膝は

いくらせかれようと、まるで不動の縛めに押さえつけられたよう。
まさにこのような手枷足枷を、痺れ鱝は魚たちに仕掛けるのだ。

鮟鱇の策略

これと同じくらいのろまで柔弱な魚、鮟鱇(1)の方は
見た目にははなはだ醜悪で、口はとりわけ大きく開いている。
だが、かれにも腹を満たすための餌を見つける策略はある。
かれは泥の中にくるまってぴくりともせずに
寝そべっていて、小さな肉片をするすると上へ延ばす。
これは口の一番外側から上方へ生えているもので、
ひらひらとして白っぽい。それがまたひどい臭いがするのだ。
これを時折ぐるぐると回すと、小振りの魚たちには罠となる。
つまり、彼らはそれを見るや、つかまえようと躍りかかっていく。
すると鮟鱇はこれをまたゆっくりと引き下ろしながら、

（1）原語「バトラコス」は蛙の意。アリストテレス『動物誌』六二〇b一〇以下によれば、その巧妙な捕食から「漁夫」とも呼ばれるという。

九〇

口の内側で軽くぴくぴくと揺する。後についてきた魚どもは、
隠された策略とは夢にも思わず、それと知らぬままに
あんぐりと開いた鮟鱇の喉もとへ入っていく。
ある人が小鳥に罠を用意しておいて、
その罠(1)の入り口の前に小麦の粒をいくらかばら撒き、
さらにほかにも小麦を内部に撒いて罠を仕掛ける。
餌への強烈な欲求が居ても立ってもいられぬ小鳥たちを引きつけて、
かれらが内部へ入ってしまえば、もはや帰ることも逃れることも
かれらには用意されておらず、御馳走のとんだ結末が待っている。
まさしくそのように、非力の鮟鱇はかの魚たちを欺いて掻(か)っ攫(さら)うのだ。
そして魚たちは、自分が破滅へ急いでいるとは夢想だにしていない。
この手の策略を、抜け目のない狐も心得ていると聞いたことがある。
かれは鳥どもがぎっしりと群がっているのを見ると、
そのすばしこい足を延ばしきってからだを斜に横たえ、
両目を閉じて口も堅く閉ざす。
あなたがこれをご覧になれば、奴が深い眠りについているか、
間違いなく死んでいると仰せられるでしょう。このように息を殺して

のびのびと横たわりながら、さまざまな策略を企んでいるのです。
鳥たちはこれに気づくや、群がってまっすぐにやってきて、
かれの毛皮を足で引っ掻いて傷だらけにする。
まるでかれを嘲るかのように。ところが、かれの歯にかれらが
近づくと、かれは罠の扉をぱっと開けて
不意につかみかかり、あんぐりと開けた口でまんまとものにした餌食を
ひっとらえる、不意打ちのつかみ取りのできる限りは。

甲烏賊（こういか）の策略

狡猾な甲烏賊(2)もまた巧妙な狩りのやり方を
見つけている。その頭から長く延びた細い枝(3)が
生えており、見たところ髪の房のようで、
これを釣り糸のようにして、魚たちを引き寄せてつかまえるのだが、

---

(1) 底本に従わず、多くの写本の読みを採る。
(2) 第一巻三一一を参照。
(3) 一〇本の脚の中でとくに長い二本のことで、触腕ないし触手と呼ばれる。

この時は俯(うつむ)いて砂に中にもぐり、殻[1]の下にからだを丸めている。
また、あの髪の房を使って、冬に波が荒れ狂うようなとき、
岩場にしがみつく、さながら綱で岸辺の
岩にしっかりと繋ぎとめられた船のように[2]。

小海老の策略

小海老の類は見たところ小さくて、脚の力も劣っているが、
悪知恵を発揮して強力な魚ラブラクス[3]（「強欲」）さえもやっつけてしまうのだ[4]、
その貪欲な大食い（ラブロシュネー）から名づけられた奴を。
ラブラクスは小海老類をしきりに追い求めて捕らえようとするが、
小海老は逃げるにも闘うにもまったく無力なのだ。
それでむざむざ殺されながら、その殺し屋をも殺して破滅させしまう。
ラブラクスが大口を開けてかれらを歯の内側に捕らえると、
かれらは幾度も跳ね上がっては、相手の上顎の真ん中へ
自分の頭頂に延びている尖った触角を突き刺す。
ラブラクスは好物の餌に満腹して、そんな刺し傷など
気にもかけない。ところがそれはじわじわと拡がり、

ついには死の運命は、苦痛にぼろぼろとなったかれを奪い去る。
そして、かれが死せる者たちの槍に刺し通された知ったときは後の祭り。

糸巻鱏（えい）の策略

泥の中を棲み処にするものに生肉を食う糸巻鱏がいる。
これはあらゆる魚の中でもっとも横幅が広いもので、実際のところ
その幅はしばしば一一ないし一二椀尺(5)（ペーキュス）にも達する。
ところが力は弱く、からだも強さに欠けて
柔弱なのだ。口の中には目立たない歯があるが、
小さくかつ強くはない。力ずくではとうてい勝ち目がないだろう。
しかるに策略によって、考え深い人たちさえも罠に嵌めて負かしてしまう。
実は人間こそかれが喜ぶ一番の御馳走で、何よりもかれには

（1）甲烏賊には貝類のような殻はないが、アリストテレス『動物誌』五二四b二一によれば、体内の背部に「セーピオン（烏賊の甲）」という固形物がある。アテナイオス『食卓の賢人たち』第七巻三二三cにも、殻を背負っていることが述べられている。

（2）アリストテレスやアテナイオスにも同様の記述がある。

（3）第一巻一一二を参照。

（4）アイリアノス『動物の特性について』第一巻三〇に同様の記述が見られる。

（5）肱から中指の先までの長さが一ペーキュス。

人肉がお気に入りの、望ましき餌なのだという次第。
かれは、潮の流れる中で生業を営む人々の誰かが
もっとも深いところへ潜っていくのを見とどけるや、
背を弓なりに曲げてその人の真上に覆いかぶさり、
泳ぎながらその場を動かない、まるで屋根のように
情け容赦もなくからだを拡げ切ってしまう。哀れなその人が泳いで動けば、
それにあわせて動き、人が泳ぎをやめると、蓋の如くに頭上にじっとしている。
これは、男の子が悪知恵で大食いの鼠に破滅を仕掛けるのに似ている。
鼠は罠の仕掛けなど夢にも思わず、ただ胃の腑のためにその中へ
追い込まれると、たちまちがらんとした容器がかれの頭上で
パタンと音を立てる。するともういかに足掻きもがこうと、
内部を刳(えぐ)り貫かれた覆いから逃げられない、
とうとう男の子が捕らえて殺すのだ、獲物に嘲笑を浴びせつつ。
まさしくそのように、かの人の頭上では、恐ろしい魚が
からだを拡げてかれが浮かび上がるのを邪魔するというわけだ。
ついにかれは呼吸ができず、波間に絶命することとなる。
さっそく忌まわしい糸巻鱏は、御馳走の死人を食べるのに

かかりきりという按配だ、なにしろ策略で難しい獲物を仕留めたのだから。

蟹の策略

苔（藻）の生えた平たい岩石の間にいる蟹に注目した人も、
かれの狡猾な技ゆえに、賞讃し感心するところであろう。
なぜなら、かれにも神は知恵を授けたのだから、
美味で労せずして得られる餌の牡蠣（かき）を食いあさるための。
牡蠣は扉の閂をはずすと、
泥を舐めたり、水を求めたりしながら、
岩場の懐の中で思い切り開けっぴろげて、居坐わっている。
蟹の方はというと、渚から小石を拾い上げ、
鋭い鋏でそれを攫むと、斜めに走って運ぶ。
そしてこっそりと近づいて牡蠣の（開いた）真ん中へ
小石を置く。それからはそこに坐ったままで、好物の御馳走を
存分に楽しむ。牡蠣は、いくら足掻いても二枚の貝殻を
閉じることができず、やむなく開いたままとなって、
結局は落命して狩人を満腹させてやるのだ。

海星(ひとで)の策略

これと似たような術策を、匍(は)いまわる海星も用いる。(1)
かれらもまた牡蠣にたいして悪知恵に長けているのだ。
もっとも、小石を仲間に仕立てたり、味方にしたりはしないで、
ぱっくりと開いた牡蠣の真ん中へ、ざらざらとした腕を差し入れる。
こうすれば牡蠣は打ち負かされ、海星は餌にありつく。

ピンネーと蟹の共生

さて、海底の平地に貝殻があると、その中にピンネーと
呼ばれる魚(2)が棲んでいる。これは非力で、
何かを企むことも仕出かすこともできないが、
かれとひとつの家とひとつの避難所を共有する
蟹が同居していて、かれを養いかつ保護してくれる。
このため蟹は「ピンネー番」とも呼ばれる。ところでかれらの貝殻へ
魚が入ってくるや、蟹は何も気づいていないピンネーを攫まえ、
企みから噛み傷を負わせる。苦痛のあまりピンネーは
貝殻をパタンと閉めてしまう。こうして自分と相棒のための

獲物を閉じ込めたことに気づいて、一緒に共同の食事をとるという次第。(3)
かくのごとく、海の中を泳いでは横切っていく動物たちにも、
策略に富むものもあれば、思慮のないものもいるけれども、
これはわれら人間にも同断で、すべてに然るべき知力があるとは限らない。

ヘーメロコイテース、または愚行の鑑

さて、思慮のなさでは抜群に随一の魚、ヘーメロコイテース(4)にご注目あれ。
これはおよそ海が産むものの中で、もっとも怠惰なしろもの。
頭についている眼は上向きになっていて、
強奪する口は目と目の中間にある。
いつも日がな一日砂の中にからだを伸ばして眠っていて、

(1)「ヒトデの類も多くのカキに襲いかかって体液を吸いつくす」（アリストテレス『動物部分論』六八一b八）。

(2) おそらく羽箒貝の一種のたいらぎのことであろう。アリストテレス『動物誌』五四七b一五によれば、その体内に小さな海老か蟹が同棲していて、これを取り除くと、たいらぎはすぐに死んでしまうという。

(3) アテナイオス『食卓の賢人たち』第三巻八九d以下に同じ趣旨の説が紹介されている。

(4)「昼間眠っているもの」の意。同定についてさまざまに説明されるが、おそらくUranoscopus scaber（みしまおこぜの一種）であろう。

ただ夜間だけ目覚めてあちらこちらうろつきまわる。
そのために「蝙蝠」とも呼ばれるけれども、その限度を知らぬ
胃の腑のためにとんでもない災難に襲われる。およそ食うことには、
満足することも、程度ということも知らず、きりのない
狂気じみた食欲を、胃の中でいつも養っている。
そして、食べられるものが手近にある限りは、けっして止められないだろう。
挙げ句の果てにかれの腹は、真ん中で完全に張り裂けてしまい、
かれ自身は伸びて仰向きになったまま落下するか、ほかの魚が
かれの止(とど)めを刺す、最後の食事をたっぷりと積み込んだかれを。
やたらに欲しがるかれの胃の腑の独得さを、ちょっとお話し致しましょう。
これを捕らえたら、陸地で試しに手ずから餌をかれに差し出してみよう。
するとかれはそれを受け取り、ついには貪欲きわまりない
その口の中に餌は溢れ出るほど山積みとなるだろう。
お聞きなさい、あなたがた人類よ、分別なき大食いの結末は
いかなるものか、暴飲暴食にはいかなる苦しみがついてまわるかを。
しからば悪しき喜びをもたらす怠惰を遠ざけたまえ、
心の中からも手からも。飲食に限度を守りたまえ。

山海の珍味に溢れる食卓に、喜びなどを求めないようにしなさい。
なにしろ人間にはこの手の者が多いからで、手綱は緩めっぱなしで、
帆綱はことごとく胃の腑に任せたままという連中なのだ。
へーメロコイテースの成れの果てをとくと見て、これをお避けなさい。

海胆の企み

棘のある海胆にも思慮と企みがある。
かれらは風の暴威と激しい嵐が起こるのを察知するや、[1]
めいめいが石をひとつずつ背負うのだが、
その重さは自分の棘の上で易々と運ぶことができ、
それで波の突進によく耐えられる程のものなのだ。
というのも、かれらのもっとも恐れるのは、
高くうねる大波がかれらを岸へ打ち寄せてしまうことだから。

（1）プルタルコス『モラリア』九七九A、プリニウス『博物誌』第九巻一〇〇を参照。

真蛸の手練手管

真蛸の手練手管はすでに周知のことと思うが、(1)
それはかれらが抱きしめたり、触手で絡みついたりする
岩石に、自分自身を同化させてしまうことだ。
漁夫たちやもっと強い魚たちを同じように
思い違いをさせて、楽々と欺いて逃げ去る。
ところがもっと弱い魚に手近なところで遭遇すると、
たちまちかれは岩の姿からするりと抜け出てきて、
紛れもなく真蛸と魚という図柄になる。この策略により、
餌を調達するし、破滅から逃れるというわけだ。
ところで冬になれば、真蛸が海中を出歩くことは、
けっしてないと言われる。荒れ狂う暴風を恐れるからだ。
空洞になっている隠れ処に竦みあがってうずくまり、
自分の脚をまるでほかのものの肉のように食う。(2)
その脚は、自分の持ち主を満腹させるとまた生えてくる。
こういうことをポセイドン神はかれらに許してやったのだろう。
この手の着想は、山中で荒れ狂う毛深き熊どもにもある。(3)

二四〇

冬の脅威を避けようと、洞穴の中の
岩に覆われた寝床へもぐりこみ、
足をぺろぺろと舐める、食べることのない食事、
実態のない食べ物に狂わされて。外へ出る
気にはなれないのだ、春が真っ盛りになるまでは。

三つ巴の取っ組み合い――真蛸と鱓（うつぼ）

威勢のいい伊勢海老と鱓と真蛸とは、
桁外れにまで不倶戴天の敵愾心を抱きあい、
交互の殺戮で互いに滅ぼしあっている。
かれらの間で、つねに魚どうしの戦争と騒乱が

（1）第一巻三〇六以下を参照。蛸が体色を変えるなどの擬態については、アリストテレス（『動物誌』六二二a八）以下多くの諸家が取りあげている。

（2）「その冬の日には骨無し（蛸）が火の気もなく惨めな棲家でおのれの足を噛っている」（ヘシオドス『仕事と日』五二四以下）。ただし、アリストテレス『動物誌』五九一a四によれば、蛸が自分自身を食うということは虚説であり、穴子に食いちぎられたのだという。アテナイオス『食卓の賢人たち』第七巻三一六e以下も同一の趣旨。

（3）オッピアノス『猟師訓』第三巻一七〇以下を参照。

勃発する。そして一方が他方で腹を満たすという按配だ。
猛り立った鱓は、波に洗われる岩場から出てくる[1]と、
餌を求めて海原の波濤を切って突き進む。
やがて真蛸が切り立った岸辺の縁のあたりを
匍ってゆくのを見つけるや、喜んでうれしい獲物に
襲いかかる。真蛸にその接近が隠し通せるわけがない。
真蛸は、初めこそ恐怖に駆られて逃げようと
右往左往するが、鱓から逃れる手段はない、
一方は匍いまわるが、もう一方は泳ぎながら絶え間なく攻めかかる。
素早く鱓はかれを捕らえると、恐ろしい歯をかれのからだへ突き刺す。
真蛸の方は、不本意ながらも、命に関わることとて戦わざるを得ず、
鱓のからだに巻きつく。そして曲がりくねる鞭を使って、
ありとあらゆる捩り方をあれこれと工夫している、
うまくいけば、引き結びの輪で締めつけて、阻止できるやも知れずと。
だが、かれの苦境にはいかなる救済も脱出もないのだ。
抱き竦める真蛸の抱擁から、すばしこい鱓は
そのつるつるとしたからだで、水のように易々と滑り抜ける。

真蛸はそれでも鱓のあるいは斑模様の背中に、あるいは
首の周りと尾の先端に巻きつき、またあるいは鱓の口もとにも、
顎の奥まったところへも攻め込んだりする。
喩えれば、強力な手足のレスリングに精通したふたりの男が
もう長い間力を互いに見せあっているのだが、
すでに両者の手足から汗が熱く、おびただしく流れ落ちる。
さまざまな技の企みはことごとくはずされ、
かれらの手は、からだのまわりで揺れ動いている。
まさにそのように、真蛸の吸盤はてんでばらばらとなって
ことごとくはずされ、むなしい格闘に疲れ果てる。
だが、鱓の方は歯の研ぎ澄ました攻めで、かれを引き裂く。
手足のいくつかは腹中に納まり、
そのほかはまだ顎の中で鋭い歯が擂りつぶしている。
さらにほかの部分となれば、ぴくぴくと動いたりのたうったりして、
半分食われながらいまも跳び出して、逃げようとしている。

二八〇

(1) アイリアノス『動物の特性について』第一巻三二を参照。

森の中で重い角をつけた鹿が蛇の通り道を探していて、
臭いを嗅ぎ分けながらして通った跡を見つける。
蛇穴にたどり着くや、その地を匍うものを引きずり出し、
即座に食ってしまう。蛇の方は鹿の膝と
首と胸のあたりに巻きつく。からだの一部は食われたままだが、
多くは鹿の顎の歯に噛み砕かれている。
これと同じように、不運な真蛸のくねくねと動く手足ものたくっている。
岩に成りすます企みも、かれを救わなかった。
身を避けようと岩に絡みついては、
それとまったく同じ色を身に着けても、
鱓の抜け目のなさから逃れられず、これだけには見破られ、
かれのせっかくのもくろみも、ついに功を奏さないとは。
ここであなたは、あまりにみっともない最期のゆえに、真蛸に同情するでしょう、
真蛸は岩の下にひそんでいるのに、鱓はその傍らへ
嘲るかのように近寄ってくるのだと。そして、あなたはおっしゃるでしょう、
残忍な鱓は真蛸にこのように語って嘲るのだと。
「何をこそこそ逃げるのだ、奸智に長けた奴め。誰を欺きたいのだ。

この岩壁がお前さんを中へ迎え入れ、たとえ崩れ落ちても
お前さんを隠そうというのなら、すぐさま岩にだって襲いかかるぞ」
そしてたちまち歯の湾曲した垣を食い込ませて、がつがつと貪り食うのだ、
ぶるぶると慄えあがっているのを岩から引きずり出して。真蛸にしてみれば、
たとえ引き裂かれようとも、けっして岩を離れないし、離そうとしない。
しかしながら、ぐるぐると岩に固くしがみついているのも、ただ吸盤が
根づいたかのように、吸いついたままでいられるまでのこと。
敵の手にかかって劫掠されるある都市で、
こどもや女たちは戦利品として引きずり出されたときに、
ひとりの男が母親の首と腕に取りすがっている男の子を、
戦争の慣例どおり引き離そうとするが、その子は母親の首に
巻きつけたまま両手を離そうとしない。母親も泣き叫びながら、
かれを行かせようとしない。結局、かれと一緒に連れ去られる。
ちょうどそのように、真蛸の哀れなからだもまた、もぎ取られながら
ぬらぬらとした岩にしがみついて離れようとしない。

三つ巴の取っ組み合い――鱓と伊勢海老

伊勢海老の方[1]は、鱓がいかに残忍であろうと、食ってしまうのだ、
おのれにとって致命的な自らの勇気に打ち負かされた鱓を。
伊勢海老はすばしこい鱓の棲む岩の近くに
立ちどまると、二本の触角を延ばして
敵意のこもる息を吹きつつ闘いへ挑発する。
まるで全軍の一番乗りの勇士のようだ。これは腕前と
戦争の駈け引きに長けていることを恃(たの)んで、
逞しいからだには武具を装い、鋭い槍を
びゅんびゅんと振りまわして、かれとめぐり会いたいものと念じている
敵に一戦を挑む。かくしてかれはもうひとりの勇士を奮い立たす。
これと同じように、伊勢海老は鱓の心を刺激すると、こちらも一戦に
ためらったりはしない。浅黒い鱓は棲み処から跳び出してくるや、
鎌首を弓なりに曲げ、怒りにわなわなとうちふるえながら対峙する。
凄まじいほどに怒り狂おうとも、かれは棘の多い相手に
いささかの危害も加えられない。その顎をいかに突き立てても
無益なこと、その頑丈な歯で荒れ狂っても空しいばかり。

顎の歯は、堅い岩に当たったように跳ね返って
すっかり疲れ果て、激烈な攻撃のせいで鈍くなってしまう。
それでもかれの荒々しい心は、炎々と燃えさかり、また煽られる。
とうとう伊勢海老が長い鋏で鱓に躍りかかり、
その首筋の真ん中あたりをむんずと攫まえる。
青銅の火鋏でするように、しっかと捕らえたまま
片時も離さない、相手が懸命に逃れようとしても。
鱓は圧倒する力に苦しめられ、苦痛に苛まれて
からだをくねらせつつ、四方八方に転げまわるけれども、
ついに伊勢海老の尖った棘だらけの背に巻きついて、
ぴったりと抱きかかえる。そのために甲殻の棘と鋭い針に刺し貫かれ、
全身これ傷まみれとなってしまい、自らを破滅させて
滅んでゆくのも、自らの無分別による死に方というもの。
これを喩えれば、野獣を仕留めることに精通した男が
建物に囲まれた広場(2)に人々が集まってくると、

(1) アイリアノス『動物の特性について』第九巻二五を参照。
(2) 古註によれば、古代の円形競技場のこと。

鞭のうなり声で豹をいきりたたせておいて、
刃の長い槍を手にその行く手を斜めに立ちふさがって待ちうける。
豹はといえば、鋭い鉄の穂先をじっと見つめていながら、
それでも澎湃と波打つ野生を身にまとうと、おのれの喉もとへ
さながら鞘に収めるかのように、青銅の槍を受け入れる。
まさにかくのごとく、死の運命は不運な鱏をも無分別のまま
掻っ攫っていく、自分から受けた傷に倒されたのであればやむなし。

蛇と針鼠の闘い

このような闘争は、陸上ならばけだし蛇と
棘のある針鼠が森の中で出会えば、交えることになろう。
何しろ敵意はかれらにも宿命となっているのだ。
針鼠はこの恐ろしい地を匍(は)うものを目の当たりにするや、
びっしりと逆立った針でわが身を囲うと、
くるくると転がって球形になり、からだを囲いの下に保護し、
くるまったまま匍っていく。蛇はすぐさま襲いかかってきて、
まず毒を吐き出す顎で攻め立てるのだが、

せっかくのこの努力は功を奏さない。どんなにいきり立とうと、
その凶暴な歯でもってしてても肉には届かない。
それほどの剛毛が針鼠をくるんでいるのだ。
かれは丸い石のように丸まって、すばしこいからだを
ぐるぐると回しながら、ひっきりなしに転がりまわり、
とぐろを巻く蛇にぶち当たっていく。そしてかれの剛毛の
鋭く尖った刃で相手に傷を負わせる。あちらへ、またこちらへと
血のような漿液[1]が流れ、あまたの傷が地を匍うものを苦しめる。
だが、じっとりと湿った蛇は、くねくねと動くからだで針鼠を
四方八方から締めつけ、重苦しい縛めをぴったりと巻いて押さえ込み、
そして噛みつく。怒りの力をことごとく傾けるのだ。
けれども、かれのからだの中へは鋭く逆立った針があますところなく
突き刺さる。針に刺し通されても、かれはもてる力を

（1）原語「イコール」は、ホメロス『イーリアス』第五歌三四〇および四一六では神の体内の血を意味するが、後代になると広く血液の水質部分（血清）や漿液を指すようになった。アリストテレス『動物部分論』六五一a一七を参照。

尽くすことをやめない。不本意にも動けなくなったのだ。
だが、まるで強力な締め釘で封じ込められたようなかたちで、
かれはついに息が絶える。もっとも、しばしば巻きついた力で相手を
道連れにすることもあり、両者は互いに死の運命と破滅の元凶となる。
あるいは、しばしば恐ろしい針鼠が脱出して逃れることもあり、
蛇とその絶望的な縛めからするりと抜け出るのだ。
その時かれの針には、まだ死んだ蛇の肉がついたままだ。
これと同じような迷妄に鱓もまた打ち負かされ、
伊勢海老の心そそるうれしい御馳走になる。

三つ巴の取っ組み合い——伊勢海老と真蛸

その伊勢海老を、いかに棘があろうとすばしこかろうとも、
餌食にしてしまうのが真蛸、それよりはるかに弱くて
動きが緩慢なくせに。つまり、かれは岩陰にじっとしている
伊勢海老を見つけると、気づかれないようにその背中へ
躍りかかり、変幻自在の鎖に繋いでしまう。
強力な脚の長い縛めで押さえ込むという次第。

吸盤のついた腕の先端で、伊勢海老の口にある
暖かい気管（喉笛）の真ん中を締め上げて圧迫し、
呼吸する空気の出入りを止めてしまう。
——もちろん、魚類にも空気の干満（呼吸）はあるのだ(1)——
それからしっかと抱き竦める。伊勢海老は泳いだり、じっとしたり、
もがいたりして、突き出た岩角へわが身をぶつけていく。
だが、真蛸は断じて力競べの手を緩めない、
相手がおのれの命と力に見放されて落命するまでは。
かくして伊勢海老が倒れ伏すや、その傍らの砂の上に坐りこんで
御馳走と相成る。それはまるで乳母の胸から甘い乳を
唇で吸う幼子のよう。真蛸は相手の肉を舐めては
ちゅうちゅうと吸い、肉を棘の生えた殻から
引きずり出す。こうしてすばらしい食事で満腹というわけ。

（1）アリストテレスやプリニウスなど古代の博物誌は、鰓を持つこと、および空気を呼吸することで魚類を他の水棲動物から分類する。

掠奪の企みで後ろ暗いことを思案する「昼眠り」[1]は、
正義にまったく物怖じすることなどなく、
日暮れ時に狭い路地にしゃがみこんでは、
宴会を求めて傍らを通り過ぎる人を待ち伏せる。
その人は酒でからだが重くなって鼻歌まじりの千鳥足、
とても正気とは思えないメロディーを喚いている。
一方こちらはこっそりと後ろから肉薄し、跳びかかって血なまぐさい両手で
相手の首根っこをぐいっと攫む。そして死ぬ一歩手前の残酷な眠りへ
ぶち込んでおいて、身ぐるみ剝ぎ取ってしまうと、
悪辣で無法な手口でぶんどった獲物を持ってずらかるのだ。
狡猾な真蛸のもくろむところも、このような類のもの。
さて、以上の三者は海の動物でも群を抜いて仲が悪く、
敵対しているわけだが、さまざまな種類のある魚族の間では、
かれらだけが互いに報復しあい、かつ殺しあうのだ。

海の有毒動物――スコロペンドラ

そのほかの海の動物は毒をもっており、悪性の毒は

かれらの口の中で繁殖し、噛み傷へおぞましくも忍び入る。
スコロペンドラ(2)もこの手のもので、海に棲むこの不吉な蛇は、
姿形こそ陸上のものと同じだが、危害はこれよりはるかに甚大。
万が一にもこれに近づいて触れたりすれば、
たちまち痒みが皮膚に熱を帯びた赤みを惹き起し、
みみず腫れが走り、それはそれに伴う痛さから
蕁麻（いらくさ）と呼ばれる草に触れたのと同じようなものだ。
スコロペンドラは、漁夫たちにとって近づくのが何よりも
嫌でたまらないもので、これがおびき餌（え）に触れたりすれば、
どの魚も釣り針の近くに寄ってこないからだ。
つまり、それほど憎まれる毒をおびき餌に混入させるというわけ。

海の有毒動物――紅べら

これと同様な災いは、さまざまな彩りの紅べらの口の中でも繁殖する。

---

(1) ヘシオドス『仕事と日』六〇五の新造語「ヘーメロコイトス（昼間眠っているもの）」で、盗賊・追剝ぎのこと。三〇一頁註（4）を参照。
(2) 第一巻三〇七を参照。

これをことのほか忌み嫌うのが海の深みを探る人々で、
潜水夫とか、骨の折れる海綿採りとか言われる連中。
なぜならば、紅べらは海を探る人が海中の労苦を凌いで、
深みへと急いでいるのを目にするや、
数え切れない群れをなして岩陰から飛び出し、
その人の周辺を泳ぎ、かつ周りにぴったりと群がり寄って、
仕事にかかっているのにその行く手を妨げようと、
その人のあちらこちらを口で情け容赦もなく刺すのだ。
かれは水と憎い紅べらどもとの争いに疲れてくる。
そして、力の及ぶ限り両手と、ばたばたとあおる両足とで、
この水中軍団を追い払って身を防いでいる。しかしながら、かれらは
執拗につきまとう。それを喩えればまさに蝿か虻ども、
夏のさなかに、大変な苦労をしながら刈り入れに働く人たちの周囲を
四方八方に飛びまわる、収穫時のなんともうんざりさせる群れのようだ。
人々はきつい仕事と大気の厳しい熱放射の両方に汗を流し、
その上さらに蝿どもに法外に悩まされるのだ。
ところがこいつらは、自分たちの恥知らずなことをけっして緩めようとしない、

結局は自分たちが殺されるか、人の赤い血を飲んでしまうまでは。
このような人の血への欲望がこれらの魚にもあるのだ。
もっとも、匍いまわる真蛸、あるいは甲烏賊に噛みつかれると、
確かにその傷は軽くすまないで、かれらにも
わずかだが有害な液汁が分泌されているのだ。
魚族にあって鋭い棘で武装するものは、鯊の類、
これは砂地を好むが、岩場を喜ぶ笠子、
すばしこい「燕」(1)、「龍魚」と「犬」、
これはその厄介な棘に因んで呼ばれるもの(2)。
以上はいずれも恐ろしい棘で毒を放出する。

海の有毒動物――赤鱏とめかじき

赤鱏とめかじきには、神はもっとも力強い贈物をそのからだに
取りつけておやりになった。それぞれに強力な武器を装備したのだ。

---

(1) 以下順に、第一巻四二八、一六九、三七三をそれぞれ参照。
(2) 「犬」の三種類のひとつケントリネースのことを指すか。第一巻三七八を参照。

それでめかじきの口の先には剣を嵌め込んだ、直立していて
自然に根づいた鋭い、けっして鉄の刃ではないけれども、
金剛石の如き不壊の強さの剣を。
もしかれが全力でその冷ややかな穂先で突きかかれば、
いかに堅い岩でも無傷のままではすまされないだろう。
それほどかれの攻撃振りたるや、凶暴かつ烈火の如し。
赤鱏には尾の根もとから荒々しい棘が一本生えており、
それこそ同時に威力において性悪な、毒によって破滅的なもの。
そして、めかじきにせよ、赤鱏にせよ、餌を口にしようとするには、
まずかれらの恐るべき武器で一発見舞ってからのことで、
手近にいるものなら、それが生きていようと、死んでいようとお構いなしに。
だが、めかじきも息の根が絶え果ててしまえば、
かれの強力な剣もたちまち運命を共にする。
その武器は、主人と一緒に輝きを失い、後に残るは
とるにたらぬ骨片、ただ見せるためだけの、桁外れの剣、
いかにお望みになっても、これではあなたに何ができましょうや。
赤鱏による傷ほど性悪な危害は世にまたとないのだ。

たとえば、鍛冶の手が鍛えあげるいかなる兵器によるものよりも、
あるいは、ペルシアの薬剤師が翼ある矢に塗るために
考案した致命的な毒によるものよりも。
赤鱏が生きている限り、その途轍もなく恐ろしい、燃えさかる火の如き武器は、
かれにつき従っており、耳にするだに心肝を震えあがらせるほどなのだ。
そして、かれが死んでもそれは生き続け、疲れを知らぬ威力を保持している。
これが打ち当たるものに壊滅の害を吐き出すのは、
生きとし生けるものすべてには言うに及ばず、草木や岩石にも
危害を与える。それが接近すればことごとくかくの如き有様。
よく繁茂して、いまがもっとも盛りの時節の木が
勢いのよい葉と、たわわに実をつけた若枝に溢れていても、
その足もとの根をあの（棘による）容赦ない打撃で傷つけられれば、
その時は不吉な災いに打ちのめされて、
葉を繁らせるのをやめてしまう。初めは病気にかかったように葉を落とし、
その美しさは衰えてゆく。やがてまもなくその木が
萎れて、見る影もなく緑を失っているのをご覧になるでしょう。
あの棘をその昔、毒の調合に精通したキルケが

わが子テレゴノス[1]の柄の長い槍のためにと与えたのだ、
海からの死を敵対する者に投げつけてやるようにと。
かれは山羊を放牧する島に上陸したが、自分の父親の家畜を
掠奪しているとは知らなかった。家畜を救いに来た老人、これこそかれが探す
父親なのだが、かれはその老人に邪悪な死の運命をもたらした。
こうして機略縦横のオデュッセウスを、海の数え切れない
苦難を骨の折れる戦いでくぐり抜けたというのに、
ひどい痛みを与える赤鱏はただの一打ちで殺したのだ。

鮪とめかじきと「虻」

鮪とめかじきは、つねにつきまとう厄介なものに追いかけられ、
どうしてもこれを避けることも、逃れることもできない。
それが性の悪い「虻」[2]で、かれらの鰭に居坐っていて、
燃える「犬星(シリウス)」が新たに昇ってくると、
その鋭い針の迅速な威力をかれらのからだへ押し込む、
遠慮会釈なく攻めたてながら。そうしてかれらを荒々しい狂気へ駆り、
苦痛に酔わせてしまう。かれらは鞭に打たれて逆上し、

心ならずも踊りへとせきたてられる。酷い刺され方に
狂わされたかれらは、むやみに突進して、あちらと思えば
またこちらへと波濤の上を乗りまわる、終わりのない苦痛に取りつかれて。
時には美しい舳先の船の中へ、きりのない衝動に追いたてられて
跳び込んでくることもある。また時には潮の流れから
跳ね上がって陸地をばたばたとのたうちまわり、
深く切り込まれた苦痛を死と交換することもある。
かくもおぞましい刺しがかれらを押さえつけてやまないのだ。
それどころか、牡牛たちでさえも、この残忍な虻が近づいてきて(3)
かれらの柔らかい脇腹へ針を突き刺せば、
もはやまったく気にかけなくなる、牛飼いたちのことも放牧地も
群れのことも。そして草原とすべての牧柵を後に残して去り、

(1) トロイアから帰国途中のオデュッセウスがキルケに生ませた子。父のことを母から教えられ、父のいる島イタケへ行く。
(2) アリストテレス『動物誌』六〇二a二五以下によれば、形は蠍に似て、大きさは蜘蛛ほどで、真夏になると鮪やめかじきの鰭の脇に寄生する。激痛を惹き起す。
(3) 虻に追いまわされて流浪するイオのイメージが投影されているであろう。

狂気に刺激されるまま一目散に駆け出していく。
どんな川も、近寄りがたい海も、ごつごつとした峡谷も、
人跡未踏の岩場も牡牛たちの狂奔の行く手を阻まない、
牛殺しの虻に激しくせきたてられて、はらわたは煮えくり返り、
鋭く突き刺さる苦痛をお伴にしてひたすら走るともなれば。
いたるところでもうもうと吼え、いたるところに跳ねる蹄が犇(ひしめ)く。
このような凄まじい暴風がかれらを追うのだ。
つまりは魚も牡牛も同じ苦しみを被るというわけ。

海豚とアミアーの闘い

海豚は海の群衆を統べる専制君主(1)で、
何よりも勇敢なことと容姿の美しさと水の中での
速力が自慢の種。確かに矢のごとく海を通り過ぎる。
また、その眼からは炎のようならんらんと輝く光が
放たれていて、おそらく岩の裂け目の中に竦みこんでいる魚も、
砂にくるまっている魚も見つけ出してしまうだろう。
身も軽やかな鳥類では鷲が君主であり、

生肉を食らう野の獣たちの支配者は獅子、
地を匍うものどもで傑出するのは蛇であるように、
まさしく海豚たちもまた魚類の統率者なのだ。
かれらがやってくると近寄ろうとするものとてなく、
また目を向けて見ようともせず、ただ遠くから魚族の王の
荒々しい跳躍と荒い息遣いとに竦みあがっている。
かれらがやおら餌あさりにとりかかろうとするとき、
大挙して海の無数の群衆を、総崩れの敗走へ追い立てながら、
自分たちの前へ駆り集める。(2) 海の中の道筋はことごとく
恐怖に溢れさせておく。薄暗く奥まった場所とか底の割れ目、
避難所や岸辺の隠れ処は、四方八方から寄せ集められた
魚たちで超満員の有様。そこで海豚は思うままに貪り食う、
手近の無数の群れから一番よいものを選り取り見取りで。
それにもかかわらず、この海豚たちにも敵対する魚がいるのだ。

(1) 第五巻四二〇以下を参照。
(2) ホメロス『イーリアス』第二十一歌二二以下の海豚の漁の描写に類似する。

それはアミアー[1]と呼ばれるもので、海豚たちを気にもかけず、
唯一かれらに面と向かって堂々と闘う連中だ。
鮪より弱体なからだつきで、そのまわりの肉は
頑丈ではない。だが、貪欲な口にはびっしりと
歯が鋭く生えており、そのために大胆な勇気を失わず、
魚族の強大な統率者に縮こまったりなどしないのだ。
だから海豚の群れからたった一頭だけが跳び出すのを
見てとるや、誰かが命令を下したかのように、
あちらからもこちらからも一箇所に集まってくる。
そうして数え切れない集団となって、怯むことなく戦端を開く、
さながら敵軍の塔をめがけて、盾で固めた戦士たちが突進するように。
頑丈な顎をした海豚はその集団に出会っても、
初めのうちはたいして気にもかけず、その中へ突き進むと
手当たり次第につかみ取り、気に入りの御馳走にありつく。
しかるに敵軍の密集団がかれを四方八方から包囲し、
巨大な隊列をなしてかれの周囲を回りだすや、
ようやくかれの身も苦境に陥ってくる。

たったひとりで無数の敵に取り囲まれて、そそり立つ破滅を
かれははっきりと知る。そして戦闘の不利は明らかとなる。
アミアーたちは狂暴な一団と化して海豚に群がり、
その歯の威力をかれの全身へ突き入れる。
かれらは、所かまわず噛みつき、容赦なく食い下がる。
多数がかれの頭部に攫みかかれば、ほかのものは白っぽい顎のあたりに、
さらにほかのものはかれの鰭に執拗にしがみつく。
また多くのものがかれの脇腹へ血なまぐさい口を食い込ませ、
ほかのものは尾の先端をぱくりとひっとらえ、さらにほかのものは
下腹部に、またほかのものは背中の上に食らいつく。
あるいは背鰭に、あるいは首筋にぶら下がるものもいる。
海豚の方はあらゆる責め苦を全身に被り、
海を激しく鞭打ちながら、内側では狂いたった心臓が
痙攣に打たれ、心は苦痛に焼かれている。
そのあたりを跳びはねたり、激情の混濁するがままに転げまわったり、

五八〇

(1) おそらく鰹であろう。アリストテレス『動物誌』四八八a六、アテナイオス『食卓の賢人たち』第七巻二七七e以下を参照。

なにもかもごちゃごちゃの騒乱の中で、苦しさのあまりいきり立ったりする。
時には旋風のように高い波間を突っ走り、
また時には海の深みへ潜っていく。そして時折、急激に跳ね上がり、
泡立つ海から躍り出る。あの自信たっぷりの魚たち（アミアー）の
大胆不敵の群れは、かれを放免してやったとでもいうのだろうか。
いや実際はさにあらず、かれらは容赦なく暴力をやめようとせず、相変わらず
ぴったりとかれにつきまとい、かれが潜ればすぐに続いて一緒に潜る。
またかれが高く跳ね上がれば、同時に引っ張られて海から跳び上がる。
大地を揺るがす神ポセイドンは、海豚とアミアーとを一緒に混ぜ合わせて
新しい海の怪物を造りだしたのだと、あなたはおっしゃるでありましょう。
かれらの歯のかくも強靭な食い込みで、両者はひとつに縛りつけられているのだ。
腕のよい医者が脹れあがった傷に吸い出しを施す折には、
傷の内部に有害な血が多量に生じておるので、
患者の皮膚へ湿気から生まれたもの、すなわち沼地に棲息する
黒っぽい色の地を匍う生き物[1]をあてがうものだ。
すると蛭（ひる）は黒い血を御馳走になろうと、すぐさまからだを弓形にしたり、
丸く曲げたりして汚物を吸いつづけ、断じてやめようとしない。

そしてその挙句、なにしろこの飲み物を生のまま飲んだ上に、血で重くなって
自分からころころと皮膚の上から転がり落ちてしまう。まるで酔っ払いのよう。
これと同じように、アミアーどもはめいめいがひっとらえたあの肉を、
口の中で噛み砕いてしまうまでは断じてやめようとしないのだ。
ところが、ひとたびかれらから離れるや、海豚は苦しさから
一息つくと、この魚族の統率者の怒り狂った有様をあなたはご覧になるでしょう。
背筋の凍えるような破滅の運命がアミアーどもに出現するのであります。
かれらは逃げる。その背後から海豚は強奪にとりかかるが、
まるで不吉に轟きわたる暴風のよう。ことごとく殲滅しようと、
その顎を武器にしてとめどもなく貪り食い、
海を血で紅に染める。かくして受けた侮辱の復讐を果たしたというわけ。
これと同じように森においても、猟師の語るところによれば、
思い上がったジャッカルどもは、鹿の周りに集まって大騒ぎする。
飛びついてはかれの肉を口で食いちぎり、
流れ出たばかりの熱い血を舐める。

(1) 蛭のこと。テオクリトス『牧歌』第二歌五五を参照。

鹿の方は、血まみれになって苦痛のあまり吼え、
致命的な傷を全身に負っていながら、
山のこちらの突端へ、またあちらの突端へと追いたてられる。
ジャッカルたちはかれを放さず、つねにぴったりとつきまとうのだ。
この貪欲な獣どもは、かれを生きたままずたずたに裂いて、
牙でかれの皮を引き剝ぐ、かれがまだ生きているというのに。
とにもかくにも、かれらのどす黒い、はなはだ悪辣な食事の用意は調った。
恥知らずのジャッカルどもは、一切の仕返しも受けず、
死んだ鹿のことを声高に嘲笑ったわけだが、それに対して
大胆不敵のアミアーたちは、はるかに無様な闘いをしたということか。
さて、次のような海豚たちの尋常ならざる行動にも、それを聞いたときは
驚いたものです。かれらに酷い死に至る病が近寄ってくると、
かれらはけっしてそれを見逃さずに生の終わりを知る。
そして大海原と広漠たる深海から逃げ出して、
浅瀬の浜辺へ乗り上げるのだ[1]。そこで息を引き取り、
陸上での死という運命を受け取るという次第。
そうすれば、誰かが大地を揺るがす神の聖なる使者の

死して横たわる姿に同情し、好意に溢れた友情を思い出しながら、
上に砂を盛って覆い隠してくれるか、あるいはまた
沸きかえる海自らも遺体を砂で隠してくれるだろう。
これで海に棲むものたちのいずれも、統率者の死骸を見ることはないし、
いかなる敵対者も、かれの死体に侮辱を加えることはなかろうというもの。
卓越した器量と力は、死せるものたちにもつき随い、
たとえ死してもかれらの栄光を汚すことにはならないのだ。　〔六四〇〕

共食いをしない鯿（ばら）

聞くところでは、海に棲むすべての魚の中で鯿は、
もっとも温和であり、もっとも正しい心情を育んでいる。
好意に溢れる鯿だけが自分の同類にも、
他の種類のいかなるものにも、危害を与えないのだから。
そして肉類の食べ物に口を触れたことがなく、

（1）アリストテレス『動物誌』六三一b二にも、海豚は時々岸に乗り上げるが、理由は不明とされている。

生血を舐めたこともない。害を加えずに餌を食い[1]、
血で穢れずひどいこともせず、まことに浄らかな族。
かれらの食べるのは、緑色をした海藻か、あるいは
泥そのものまでも。かれらは互いにからだを舐めあう。
このために魚族の間では名誉ある配慮を頂戴している。
いかなるものもかれらの稚魚には危害を加えないのだ、かれらの方も
他のものには掠奪向きの歯の威力を差し控えるように。
かくのごとく、生けるものすべての間に、尊いディケー（正義）の威光は
つねにゆきわたっている。そして至るところで、相応しい尊敬を受けている。
だが、このほかの魚どもは、すべて互いに破滅させあいながらやってくるのだ。
それゆえにあなたも、魚が眠るのを見ることは断じてありますまい[2]。
かれらの目と知覚はつねに覚めています、
まったく眠らないのです。それというのも、かれらはつねに自分より強いものと
顔を合わすことを恐れているからで、弱いものを殺すのです。
漁夫の言うところによれば、ただひとつ柔弱なスカロス[3]だけは、
けっして暗闇の中で網にかかったことがなく、おそらくは一晩中
どこか海中の洞窟にもぐって眠っているはずだという。

ディケー（正義）が海から遠く離れて住むのは、何の不思議もないこと。[4]
このいとも尊い女神は、その昔死すべき人間たちのもとでは
玉座を占めていなかったからだ。それで騒がしい干戈の音と
人間を根絶やしにする災いをもたらす荒れ狂うアレスと
涙にくれる戦争の養母となって苦しみをもたらすエリスは、
はかない命を生きる惨めな種族を焼き尽くしていたのだ。
人間たちの多くは、野獣どもとなんら変わるところがなく、
かれらは獅子より恐ろしく、堅固の造りの塔や
館や不死なる神々の薫香ただよう宮居を、
人の血とヘパイストスの黒々とした煙で蔽っていた、
クロノスの御子が絶滅に瀕した種族に同情して、
アイネイアス[5]の血筋を引くあなた方に地上を負わせるべく委ねるまでは。

（1）アリストテレス『動物誌』五九一a一七によれば、鰡の類は共食いをせず、海藻や砂を食べる。
（2）アリストテレス『動物誌』五三六b三二によれば、魚類や軟体類は、眠りは短いけれども、確かに眠るという。
（3）第一巻一三四を参照。
（4）四三以下を参照。
（5）トロイア滅亡後、イタリアに上陸してローマ建国の礎を固めた英雄。ローマ皇帝家の遠祖。

もっとも、はるか古のアウソニア(1)の王たちの頃は、いまだアレスが
暴れ狂っていた、ケルト人や誇り高いイベリア人を武装させて。
そればかりかリビアの広大な地域とライン川とドナウ川とユーフラテス川を
巻き込んで。はてさて、何のためにこのような戦役の事を持ち出したことやら。
なぜなら、諸都市を養い育てるディケーよ、いま私は知っています、
あなたが人間たちと竈（かまど）と住まいを共にしていられることを、
またそれは、驚異に満ちた父とその輝かしい若枝がふたりして(2)
強力な玉座に登って統治して以来のことだ、ということも。
かれらの統治のおかげで、いとも好ましい港は広く開かれている。
このふたりをお守りください、まためぐり行く年々歳々の
幾十年にもわたって絶えることなく、かれらをお導きください、
ゼウスよ、そしてゼウスのコロス（合唱隊）なる天上の神々よ、もしも敬虔に
報われるものがあるならば。そして、かれらの帝位に幸福を満ち溢れさせたまえ。

（1）イタリアのこと。
（2）皇帝マルクス・アウレリウスとその息子コンモドゥスのこととする説がある。

第三巻　海の生き物の捕獲方法

序　歌

さて、帝位に在す方よ、このたびは漁夫の術の
さまざまな創意工夫と漁る苦労の数々に注目なさいませ。
そして海の棲むものたちの掟を理解なさいまして、われらの歌に
興じたまえ。なぜならば、あなたの支配するところを海と、
ポセイドンのもとに住まう種族は巡りゆくものだからです。
また、人間の手でなされたことは、すべてあなたのためになされるのです。
神々がこの私をヘルメスの聖なる奥宮のほとりで、キリキアの人々の中から、
あなたの喜びとなるべく詩人として引き上げてくださったのもあなたのため。
ヘルメスよ、あなたこそ私の父祖たちの神[1]、アイギスを携える御神の御子の中で

(1) 作者オッピアノスはキリキアの人で、ヘルメスの聖地として知られたアナザルボスの出身と言われている。

もっとも優れたお方、不死なる[1]神々の中でもっとも狡知に長けたお方、
どうか照らしてください、指図し、先頭にお立ちください、私の歌の目標へと
導きながら。妙案の豊かな漁夫たちの手練手管の数々を
初めて思いつかれたのは、主なる神よ、あなたご自身なのです。
そして、魚たちに破滅を工夫して、あらゆる漁法の成就を示してくださいました。
コリュコス[2]のパーンにあなたは深い海での技術を伝えたのだ、
このあなたの子は、ゼウスの救出者になったと世に語られている。
ゼウスの救出者は、すなわちテュポン[3]の殺戮者[4]というわけ。
つまり、かのパーンは魚料理の御馳走で身の毛もよだつ
テュポンをまんまと騙し、底知れぬ穴から姿を現わして
海辺の浜まで出向くよう釣りだしたのだ。
そうしてその場で、かれをまばゆい稲妻と炎を吹いて落下する雷電が
たたきのめすと、かれは火の雨に燃えながら、
その百の頭を岩に激しくぶつけた。さらに羊毛が梳かれるように、
全身をずたずたに引き裂かれた。いまだに赤々と燃える波打ち際の岸は、
テュポン退治の血糊で朱に染まっている。
狡知で名高いヘルメスよ、あなたをことのほか崇拝するのが

漁夫たち。それゆえに、狩猟の神々とともにあなたに呼びかけ、
首尾よき漁りの歌の栄誉を追い求めるのです。

漁夫の条件

第一に漁夫に求められるのは肉体と手足、
そのいずれも機敏にして強く、著しくは肥満せず
かつ肉の落ちてもなくがよろしい。というのも、しばしば
いざ引き揚げようという段になって、力の強い魚どもと
格闘しなければならないのだから。かれらには並外れた力がひそんでいて、
それでもって母なる海の腕の中をぐるぐると回遊している。
また、漁夫たる者は易々と岩場から駈け下り、岩場を駆け上がらねばならぬ。
さらに海における作業が長引いて手数のかかるときには、
長丁場を迅速に追いかけたり、一番の深みへ潜ったり、

(1) 底本に従わず、多くの写本の読みを採る。
(2) キリキアの港町。
(3) ガイアがキリキアで生んだ巨大な怪物。
(4) 救出者「リューテーラ」と殺戮者「オレテーラ」の言葉遊び。

また波間に漂いつつ、地上で働くのと同様に
手間取りながら仕事をこなさねばならない。こうした苦労を相手に
辛抱強い心根の男たちは闘っているのだ。
漁夫は心ばえにおいて、すべからく抜け目のなく、かつ賢明であれ。
なぜならば、魚というものは思いもよらない罠に嵌るや、
その謀りめぐらす策略は実に多種多様にわたるからだ。
また、漁夫は就中大胆であれ。不屈にして慎重、
睡眠を堪能したいなどと思ってはならぬ(1)。鋭く見渡すのだ、
心底から目覚め、両の眼をかっと開いて。
さらに、ゼウスの降す冬の嵐にも、シリウス(2)の渇きの季節にも
よく耐えよ。苦労を欲し、海を愛さねばならぬ。
かくしてこそ大漁に恵まれ、ヘルメスの眷顧にあずかられるというもの。

漁（すなど）りの時期と場所

夕方の漁りには秋の季節を最良とするが、
このことは明けの明星の登る時期にも同様だ。
冬季は、朝の日の光が拡がりゆくのと共に取りかかりたまえ。

草木の繁茂する春ともなれば、一日のうちのいずれを選んでも、
あらゆる種類の漁りには好都合、折しもすべての魚どもは
生まれ故郷の岸辺へ、産みの苦しみと
交尾の渇望に惹かされて、陸近くまでやってくるのだ。
優しく穏やかに吹いては波静かな海面を
軽やかにうねらせる風、これへつねに目を配ること。
魚というものは、激しい風を恐れかつひどく嫌い、
そんなときは海面を回遊したがらないからだ。
適度の風こそ漁りにはとくに喜ばれる。
海の魚は、いずれも風と波に逆らって
突き進むのだから、その方がかれらには
岸辺をめざす道がずっと容易になるし、またそうすれば背後から
潮の流れに力ずくで駆りたてられるのに苦労せずにすむからだ。
しかし、漁夫は順風を孕む帆を風に合わせて張らねばならない、
湿り気のある南風が吹けば北へ、

（1）第五巻六一六を参照。
（2）第一巻一五二を参照。

北風が起これば南の海へと。
だが、東風が立ったら西風の通路へ、
西風には東へ、それぞれ船を運ばせるべし。このようにすれば、
無数の魚の群れに遭遇して豊漁に恵まれよう。

漁りの道具

海の漁りの流儀として漁夫たちは四種を考案した。
ある者たちは、鉤(かぎ)(1)を愛用するのだが、
この連中には馬の毛(2)をよく縒(よ)って釣り糸にし、
これを長い蘆(3)に結びつけて魚を捕らえる者がいたり、
あるいはただ亜麻を撚った紐(4)を手に巻きつけただけで
投げ込む者もいる。さらには鉛の錘を付けた釣り糸を喜ぶ者や、
あるいはたくさんの鉤のついた糸をありがたがる者もいる。
網の方を調えるのをずっと大事がる連中がいて、
これには投網と、引き網と呼ばれるものとがあり、
それが底引き網(5)、丸い袋網(6)、地引き網(7)。
このほかには「覆い網(8)」と呼ばれるもの、地引き網と共に

「底網」、「球網[9]」そして曲がった「打尽網[10]」。
これら巧妙に編まれて膨らむ網の多様な種類は、数え切れないほど。
それよりむしろ筌[11]の方に心を向ける連中がさらにいて、
この筌というのは、ご主人様がすやすやと眠っている間に喜びを調えてくれる。
つまりは労少なくして獲るところ大なり、という次第。
そのほかの連中は、長い穂先の三叉の簎（やす）で魚を
陸から、あるいは船から意のままに突くのだ。

（1）または「釣り針」。ホメロス『オデュッセイア』第四歌三六八、第十二歌三三〇以下を参照。
（2）第一巻五四を参照。また、『ギリシア詞華集』第六巻第二十三番七および第百九十二番三も参照。
（3）『ギリシア詞華集』第六巻第四番一、テオクリトス『牧歌』第二十一歌一〇などを参照。
（4）ホメロス『イーリアス』第十六歌四〇六以下を参照。
（5）おもに海綿、牡蠣、海胆のための小型の網。
（6）プルタルコス『モラリア』九七七Eおよびアイリアノス『動物の特性について』第十三巻一七を参照。
（7）原語は「サゲーネー」、英語 seine の語源。
（8）まったく不明ながら、アイスキュロス『コエーポロイ』四九四にはアガメムノンを搦めとる湯帷子のメタファーに用いられている。
（9）「底網」と同様に丸い小型の網らしい。
（10）原語は「パナグロン」。ホメロス『イーリアス』第五歌四八七「ちょうど一匹も逃さない麻の網の目にかかった魚のように」、同『オデュッセイア』第二十二歌三八六「漁夫が網目の多い投網で」。
（11）原語は「キュルトイ」。筌（うけ）は魚を誘いこんで陥れる長い籠形の枝編みの漁具。テオクリトス『牧歌』第二十一歌一一を参照。

すべてのその折々の基準と、そのひとつひとつの手はずというものを、
こういったものを考案する人は、しかと心得ているものなのだ。

魚たちの身の護り方

魚というものは、その抜け目のない知恵とずるい策略を、
ただ仲間内だけに行使するばかりでなく、
しばしば慎重な漁夫たちでさえもまんまと欺いて、
鉤の威力や「打尽網」の腹中から逃れるのだ、たとえすでにそこに
取り籠められていても。そして人間たちの知力を出し抜いて、
その狡知で打ち負かすのだから漁夫たちには痛手となるわけ。

身の護り方——鯔の場合

鯔は網の編まれた腕に巻きこまれると、
ぐるりと囲む罠を知らぬはずはなく、
高く跳ね上がって海面へ到達せんものと、[1]
全力を出してまっすぐに上へ上へと、軽快な跳躍で急ぎに急ぎ、
ついにその賢明な策略をしくじることはないのだ。

実際、時には突進していって一番外側のコルクの浮きの付いた網を、
楽々と跳び越えて死の運命から逃れることもある。
しかし、もし最初の跳躍でまたもとの網の中へ滑り落ちてしまえば、
もうじたばたしないで、傷心のまま二度と跳び上がろうとしない。
経験から悟っているのだ、無駄な骨折りはやめるという次第。
ところで、苦痛の絶えない病を長患いしている人は、
何はさておき生きることをひたすら願ってそれに汲々とするもので、
医者には断然服従して、その指図どおりに何もかもやりとおす。
しかるに逃れ得ない死の運命が優位に立つと、
もはや生きることに執着しないで、からだを伸び伸びとして横たわり、
疲れきった全身を死に委ねる。
そして運命の最後の日をすでに眼前に見ているのだ。
ちょうどこれと同じように、鯔はいかなる最期が近寄ってくるかを知るや、
漁夫の下す運命を待ち受けて、首を前に差し延べるのだ。

（1）鯔の跳躍力については、アリストテレス『動物誌』六二〇b二六を参照。

身の護り方――鱓（うつぼ）の場合

鱓たちはひとたび網にかかるや(1)、
網の目の粗いところを探して、囲みの中をぐるぐると回る。
そうして隙間を開けると蛇の流儀に倣って、
ぬらぬらとしたからだ全体を利してことごとく逃走する。

身の護り方――ラブラクスとモルミュロスの場合

ラブラクス(2)は鰭で砂地にくぼみを掘り、
からだがすっぽりと収まるほどの大きさで、まるで寝床の如く
そこへ身を横たえる。そして漁夫たちが岸へ向かって網を
引いても、かれらはただ泥の中に寝そべっているだけで、
ありがたや、お目こぼしにあって破滅の網から逃げてしまう。
かかる手管をモルミュロス(3)も弄するのだ。網にかかってしまったと
気づくと、かれは砂の中へ潜り込むという寸法だ。
ラブラクスは巧みに曲げられた鉤の先端に当てられると、
高く跳ね上がっては繰り返し頭を釣り糸そのものに
力任せに打ちつける。すると傷口がますます拡がり、

とうとう鉤がするりと抜け出てしまう。

身の護り方――大鮪の場合

こうした手口を大鮪もまた工夫していたのだ。つまり、かれらは狡猾な鉤の切っ先につかまったら、からだを精一杯使ってすばやく一番深いところへ突進し、漁夫の手に圧力をかけるのだ。そして海底に達すると、すぐさま頭で地面を打ちつける。そうやって傷口を破って開けると、切っ先（鉤）をぱっと吐き出すという次第[4]。

身の護り方――大型魚の場合

しかるに超大型の魚たちは、鉛の錘を付けた釣り糸を飲み込んでも、たとえば糸巻き鱏とプロバトン[5]の種族や、

（1）アイリアノス『動物の特性について』第一巻三三を参照。
（2）第一巻一一二を参照。また、プルタルコス『モラリア』九七七Fも参照。
（3）第一巻一〇〇を参照。
（4）アイリアノス『動物の特性について』第一巻四〇を参照。
（5）第一巻一四六を参照。

がんぎ鱏、あるいはオノス[1]の動きの鈍い連中ともなれば、
屈服する気などさらさらなく、平たいからだを砂の中へ投げ入れ、
群がって一斉に全体重を釣り糸にかけてくるのだから、漁夫たちには厄介至極。
時にはまんまと鉤から解放されて逃げ去ってしまうこともある。

身の護り方――アミアーと狐鮫の場合

泳ぎの速いアミアー[2]と狐鮫は、鉤に引っかけられると、
ただちに漁夫に先手を打つべく上方へ急行し、
迅速に釣り糸の中程を歯で真っ二つにする、あるいは糸の一番外側の
部分だけの場合も。それゆえに漁夫たちは、かれらに対抗して
鉤にもっと長い柄を鍛造した、歯から防ぐためにと。

身の護り方――痺れ鱏の場合

さらにまた痺れ鱏も打たれた苦痛にめげず、
持ち前の抜け目なさを発揮する。苦しさのあまりからだを緊張させて
脇腹をしっかと釣り糸に押しつけた途端、あっという間に馬の尾の毛と
釣り竿とを走り抜けるのがこの魚の名前の

因となっている痛み（痺れ）で、漁夫の右手を痛撃する。時には竿や釣り道具が掌中から落ちてしまうこともある。このような麻痺は、即座に手の中に凝り固まるのだ。

身の護り方——甲烏賊と槍烏賊の場合

甲烏賊もこの手の策略を用いる。かれらはあの墨汁嚢に黒い流出物を溜めこんでいて、それは瀝青よりさらに黒く、水中の煙幕で目先を晦ますという薬で、かれらを破滅から救ってくれる。恐怖に捕らわれるや、ただちにあのものから黒っぽい水滴を吐き散らす。すると海の中の通路の周辺は、ことごとく黒々とした液汁にすっかり染められ、あたりは覆い隠されて視界はすべて遮られる。甲烏賊の方は、すぐさまもうもうと煙る中をかいくぐって、易々と人間からも、ひょっとすれば己より強い魚からも逃げていく。

一六〇

（1）第一巻一五一を参照。

（2）第二巻五五四を参照。

同様の策略を実践するものに、槍烏賊の空中を飛翔する種族(1)が
いるけれども、こちらでは造られる流出物が黒色ではなく、
赤っぽいのだ(2)。だが、これを用いる手口はことごとく同じ。

釣魚のための餌

こうした抜け目のなさを魚どもは心得ているわけだが、
それにもかかわらず漁夫たちの巧妙な手練手管に身を滅ぼす。
底知れぬ大洋を泳いでいるものたちなら、漁夫は楽々と引き揚げてしまう。
というのも、この連中は手の込んだ手管を持ち合わせていないからだ。
これまでにも大海原を回遊する魚を、
玉葱とただの鉤で捕らえては引き揚げてきた。
ところが、海に囲まれた陸地の近くに棲息するものとなると、
いずれ劣らずずっと鋭敏な頭を持っている。とはいってもかれらの中には
小型のものはずっとひよわな車海老で釣り上げられたり、
槍烏賊の触腕、蟹、小さな寄居虫(やどかり)、
あるいはもし鉤にしっかりと留められれば塩漬けの肉、
岩場にいる虫、そして手近にあるどんな類の魚などにも大口を開ける(3)。

小型の魚を大型用の餌に利用したまえ。
御馳走に夢中にとびついて自らの破滅を急ぐという次第。
そもそも水中を泳いで往来する族(やから)は、間違いなくつねに食い意地が張っている。
コラキーノス[4]は鮪を引き寄せ、肥えた車海老はラブラクスを。
カンノス[5]はパグロス[6]の気に入りの餌、
同様にボークス[7]はシュノドーン[8]の、紅べらは鰡(しいら)の好餌。
比売知(ひめじ)が羽太(はた)を屠れば、鱸はキッリス[9]をひったくるし、
黒鯛はマイニス[10]によって引き揚げられる。ところで厄介者の
鱓は真蛸の肉を求めて殺到する。
巨大な図体の魚どもについてとなれば、

(1) 第一巻四二七以下を参照。
(2) アテナイオス『食卓の賢人たち』第七巻三二六cによれば、墨の色は黒でなく、黄土色だという。
(3) 餌など食物一般については、アリストテレス『動物誌』五三四a一一以下を参照。
(4) 第一巻一三三を参照。
(5) 第一巻一二四を参照。
(6) 第一巻一四〇を参照。
(7) 第一巻一一〇を参照。
(8) 第一巻一七〇を参照。
(9) 第一巻一二九を参照。
(10) 第一巻一〇八を参照。

鮪を喜ぶのは「美魚(1)」、大鮪は
オニスコス(2)だが、アンティアース(3)にはラブラクスを準備しておきたまえ。
めかじきには鱰だ。グラウコス(4)には鯔を突き刺しておくこと。
ほかにもそれぞれに餌を工面して用いればよい、
強いものには弱いものをという具合に。まことにすべてが互いに
気に入りの食い物であり、かつ食い意地の張った破滅の因なのだから。
かくの如く、飢えと重く締めつける胃の腑ほど悪しきものはなく、
胃の腑ときたら、人間たちのもとでは荒っぽく威力を揮い、
居候のくせに厳しい主人面で、片時も貢物を忘れない。
多くの人たちの思慮分別を誤らせて、
迷妄へ投げ入れたり、恥辱に縛りつけたりする。
胃の腑は野の獣たちも、地を匍うものたちも意のままにし、
空を飛ぶものたちを支配するが、何といっても魚族の間で
いっそうの猛威を揮う。かれらには胃の腑はつねに死の運命となるからだ。

食い意地を利用する捕獲法——アンティアース

まずはアンティアースを仕留める巧妙な手口をお聞きなさい。

これは誉れも高いわれらの故郷、サルペドンの岬[5]より
奥まったあたりの住人たちに広く行われているもので、
かれらはヘルメス神のポリスにして航海で名高い町コリュコス[6]と、
周囲をぐるりと波に洗われるエレウサ[7]とに住みついている。
ある熟練の男が陸地の近くの、あの岩場に気づいたのだ。
それはアンティアースの溜まり場となっていて、
天然の洞窟でたくさんの裂け目が隠れ処を作っている。
かれは小船を漕ぎ出して、船端を一斉に叩き
うるさく騒ぎ立てる。すると騒音にアンティアースの連中は
喜んでしまい、その一匹がすぐに海の中から上がってきて
小船と男をしげしげと眺める。それへ男はただちに
用意の鱸かコラキーノスを波間に降ろし、

---

(1) 第一巻一八五を参照。
(2) 第一巻一〇五を参照。
(3) 第一巻二四八を参照。
(4) 第一巻一七〇を参照。
(5) キリキアにある岬。ストラボン『地理書』第十三巻六二七を参照。
(6) キリキアの港町。サルペドン岬の北東。『ギリシア詞華集』第九巻第九十一番一「コリュコスのポリスに住まうヘルメスよ、」。
(7) キリキアの島。

最初のおもてなしの料理を供するのだ。
アンティアースの方はすっかり喜んでしまい、大好物の御馳走を
がつがつと楽しみ、ずるがしこい漁夫に尾を振る有様。
喩えれば、客をもてなすことの厚いある男の家へ、
手腕か頭脳かで業績を積んで名をあげた人物が訪れると、
主人はわが家でかれに会うのを喜び、心のこもった贈物と
御馳走と、それにあらゆる親愛の示し方とでかれを歓迎する。
両人は喜びに溢れながら食卓につき、
クラーテール（混酒器）から交互に酒杯を満たしては歓を尽くす。
まさにこのように、漁夫は期待にわくわくしながら、
思わず微笑めば、魚の方は目新しい御馳走に大喜びするばかり。
それからというもの、漁夫は毎日かならずその岩場へ行き、
いささかの骨折り惜しみもせず、せっせと食い物を運びつづける。
そうするとすぐさま、アンティアースたちは打ち揃って御馳走の場へ
集まってくるのも、まるで呼び掛け役に駆り立てられているよう。
だんだんとその数を増し、仕上がりが早まっていく魚どもに、
絶え間なくかれはおびき寄せる餌を与える。かれらには他の通路とか、

他の隠れ場所とかは念頭になく、ただただその場に留まって
ぐずぐずするばかり、それは家畜どもが冬の日
羊飼いの住まいの中に腰を落ち着けてしまい、
囲いから外へ少しも出ようとしないのと同じだ。
そして、魚どもは自分たちを養ってくれる小船が陸地を離れて、
櫂でぐんぐんと速さを増してくるのを遠くに見いだすや、
してやったりとばかり、たちまち一斉に歓呼をあげて海上を旋回する。
嬉々として遊び戯れつつ、養母とご対面という寸法なのだ。
まだ羽毛も生えそろわない雛たちに餌を運ぶ母親は、
春の西風を最初に知らせてくれる鳥(1)なのだが、
雛たちはやさしくチーチーと鳴いては、
巣の中で母親を囲んで跳ねまわる。そして餌を欲しがって
嘴をいっぱいに開けると、軒下を貸してくれている人の
家の隅々に、雛たちのけたたましい叫び声は響きわたる。

(1) 燕が春を知らせてくれることは、たとえばヘシオドス『仕事と日』五六八を参照。アッティカ地方に飛来するのは二月の中旬頃。

このようにアンティアースたちは、自分たちを養ってくれる人を迎えて、
大喜びに跳びはねるが、さながら輪舞をしているかのよう。
漁夫はかれらを御馳走攻めで丸々と太らせ、
手で撫でてやったり、手ずから贈物を差し出したりしながら、
かれらの友好的な心を手なずけていく。かれらの方はかれに主人同然に
服従する。それでかれが手の指で指し示せば、
どこへでもかれらはすっ飛んで行く。時には小船の後ろへ、
時には前へ、あるいは陸地へと、かれの右手は向いている。
すると魚たちは、まるでレスリング場でおとなの人の
専門的な指図どおりに、あちらへまたこちらへと
教師の命ずる方へ突進する少年たちの如くに見えるだろう。
さて、十分に面倒を見てやったとなれば、いよいよ捕獲へと心が動く。
左手にしっかりと釣り糸を留めておいて、
どっかりと坐り込むと、頑丈かつ鋭利な鉤を装着する。
それから魚どもに手で指図して全員を一斉に
立ち去らせるか、石を手にとって海中へ投ずる。
かれらは餌かと思ってそれを追って潜る。

あらかじめ一匹だけは、自分の好みのままに選び分けておくが、
これは不運な魚で、最後となる御馳走を楽しみにしているのだ。
かれが海の上に鉤を差し出すと、その魚は自らの破滅を
すばやくぱくりと攫む。それをかの大胆な男は両の手で引き入れる。
かくして手っ取り早く巧妙な手口で捕獲するという次第。
もとより、アンティアースの他の連中には気づかれないようにする。
連中に見つかったり、不運な擒（とりこ）の引き揚げられる騒音を聞きつけられたりすれば、
もはやいくらたくさんの御馳走を並べても、かれらは二度とふたたび
戻ってこないだろう。かれの世話も破滅の場も、
憎悪をこめて嫌悪するばかり。ところで漁夫はすべからく
屈強たるべし。その力に物を言わせて獲物を引き揚げるか、
あるいはもうひとりの二番手が力仕事を分担してくれよう。
このように、アンティアースは狡猾に仕掛けられた死の運命とも知らずに、
丸々と肥え太った挙句に、まことに都合よく他人様を太らせることになる。
あなたならお望みのままにいつも豊漁間違いなし、でありましょうが、
ほかの者たちは全身の強大な力と屈強さを恃んで、
アンティアースとの大一番に備えるものだから、

友情を育んだり、食い物を差し入れたりの気遣いなどせずに、
鋭利な鉤に直行して持ち前の雄々しさで有無を言わせぬつもり。
鉤は硬い青銅か鉄を鍛えて造ったもの。
そしてふたつの分かれた尖りは、亜麻糸を撚った太い綱に
取りつけられており、この人たちは鉤に沿って
生きているラブラクスを、それが手近にあれば、しっかりと留める。
死んだものであれば、急いでその口へ鉛の断片を入れる。
これは「海豚[1]」と呼ばれるもので、こうすると鉛の重さにより、
死んだ魚の頭が生きているようにあちらこちらへ動くのだ。
釣り糸は強靭で、しっかりと編まれている。しかるにアンティアースたちが
騒音を聞きつけて海面へ上がってくると、
人々が櫂を漕ぐのに懸命なときに、漁夫は船尾の
端から曲がった鉤を海中へ降ろして
静かに揺り動かす。たちまち魚どもは大挙して船の後を
追いかけ、目前に魚らしきものを認めるや、
猛然と御馳走をめがけて抜きつ抜かれつで殺到する。
まるで敗走する敵を駿足に物を言わせて

追いかける男のようだ、と思われるでありましょう。かれらはいずれも
天晴れ見事な勝利を熱望するけれども、漁夫の方はこれこそ最良と
心に決めた魚に御馳走を供するのだ。そこでそやつは荒っぽく追いかけてきて、
大口を開けるやその贈物ならぬ贈物をぱくりとやってしまう。さて、その後
すぐに両者の武勇の程をご覧になりましょう。本当にそのような激闘が
人間と捕らえられる魚との間で繰り広げられるのです。
まずは漁夫の強い両腕と額と
両の肩、そして頸部の筋と踝は、
力が漲(みなぎ)っており、雄々しさで張りつめている。(2)
他方、魚は苦痛に怒りを発して抗戦する。自分を何とか
引き揚げようとする漁夫を、逆に引き寄せては力ずくで海中へ
潜ろうと、果てしなく荒れ狂う。漁夫は仲間の男たちに
櫂の任務につくように命じる。船が前進するにつれて、

(1) 原語は「デルピス」。その名の通り海豚の形をした鉛。軍船に装備されて敵艦に投げ落として破壊する例は、トゥキュディデス『歴史』第七巻四一などに見える。

(2) テオクリトス『牧歌』第一歌四一以下を参照。

船尾にいるかれは、魚の牽引でからだごと後方へ引き摺られる。
釣り糸はうなり声をあげる。手が裂けて血が滴り落ちる。
それでもかれは、過酷な闘いを断固やめようとしない。
さながら格闘技に熱中するふたりの剛力の男が
互いに相手を押さえ込もうとして、相手を背後から
がっちりと攫んで、有無を言わせずに引きずりおろそうと躍起になる。
両者ともに延々と、苦労も同じほどに耐え抜き、
いつやむこともなく、組んずほぐれつ上になったり下になったり。
漁夫と魚にとっても、闘いはちょうどこのようなもの。
一方が跳び退こうとすれば、他方は引き入れようとする。
ほかのアンティアースたちも仲間を苦境に見棄てておかず、
何とか救出しようとする(1)。かれらは自分の背中をその仲間に
荒っぽくぶつけては、またぞれいめいがかれに躍りかかっていく。
愚かな奴らよ、それで仲間を苦しめていることが分からないのだ。
時にはかれらの顎の力で釣り糸を噛み切ろうと躍起になるが、
所詮は徒労というもの、なにしろかれらの口は武装されていない(2)のだから。
とうとう魚は労苦と傷に痛めつけられた上に、

三三〇

速い船足に困憊し、人間に屈して引き揚げられる。
もしも漁夫がほんの少しでも手加減をしていたら、断じてかれを
手繰り込めなかったであろう。それほど途方もない力がかれにあるのだ。
しかし、時にはかれの方がその鋭く尖った背筋で釣り糸を裂いて
切断すると、漁夫を空手のままにして、鉄砲玉の如くに逃げ去る。
このような力を持つものに「美魚」[3]とか、大鮪の種族とか、
その他いずれも怪物もどきの巨体を、海中にさまよわせるものたちが
いることはいるけれども、このような腕にかかって捕獲されるのだ。
これらのほかは、食い物と御馳走でまんまと計略に乗せれば、
獲物はたっぷりの豊漁でありましょう。あなたに恰好の魚は
カンタロス[4]でしょう。これはつねに荒々しい岩場に心を惹かれるのです。

（1）アイリアノス『動物の特性について』第一巻四を参照。
（2）つまり、歯のないことであるらしい。
（3）第三巻一九一を参照。
（4）第一巻五一二を参照。

食い意地を利用する捕獲法――カンタロス

回転する筌を、できるだけ頑丈に編んで造りたまえ。
イベリア産のエスパルト(1)か、柳の枝を材料にして、
何本かの竿をその周りに配するのだ。入り口は平らにして、
胴体は広々と口を開けておく。おびき寄せる餌として
匍いまわる真蛸か、伊勢海老を入れたまえ。いずれも火の上で
炙っておく。脂の臭いが魚どもを引き寄せるからだ。
こうして編んだ罠の用意ができたら、それを岩の近くに
斜めにもたせかけること。海の中の待ち伏せというところ、たちまち臭いが
カンタロスを掻き立てるであろう。そしてかれは、筌の中へ入ってくるだろう。
初めての道行きには、大して勇気を奮い立てるまでもなく、大急ぎで
御馳走を平らげたら、またさっさと引き下がる。そうしておいて筌の持ち主は、
次にカンタロスたちのために、つねに目新しい楽しみとなる食い物をせっせと
筌の中へ加えておく。すると、その不吉な食い意地がたちまちかれらを
呼び集める。一匹がもう一匹を饗宴の相客に連れてくる。
こうなればもう恐れ憚ることなく、かれらはこぞって筌の中へ
集まり、日がな一日そこで打ち過ごすという按配だ。まるで住まいを

手に入れたかのようだが、それにしても不運な塒（ねぐら）を見つけたもの。
これを喩えれば、親を亡くした若者の家へ、
まったく節度なるものに関知しない、同じ年頃の仲間たちが
呼ばれようと呼ばれまいとお構いなしに、一日中寄り集まっては、
主なき家の財産を際限なく蕩尽するように、
とかく定見のない若さが思慮のない若者たちを駆りたてるもの。
かれらの良くない志向は、同じような結末を見出すことになる。
まさしくこのように、寄り集う魚たちに死の運命が間近に迫っているのだ。
かれらの数が増し、かつまた見事に肥えてくると、
持ち主の男は、筌の入り口に一分の狂いもなくぴったりと蓋を
かぶせる。囲いの中でからだをすり寄せ合いながら、
最後の眠りを貪っている魚どもを引き揚げる。自分たちの破滅に気づいて、
じたばたしても、外へ逃げようとしても、時既に遅し。
愚かな連中よ、筌は一変したのだ、もはや心地よい家であるわけがない。

（1）スペイン語 esparto。アフリカハネガヤとも。スペイン、北アフリカ産のイネ科の草。綱や籠の材料。

食い意地を利用する捕獲法――アドモーン

アドモーン[1]には秋の頃、柳細工の筌を用意して、
これを波間の真中に繋留しておくのだが、
その底に孔を穿った石[2]を結びつけて錨がわりにする。
また、コルクが浮きとなって[3]、罠が沈まないように支えている。
その内部にはつねに磯辺の濡れた小石を四個おくのだが、
この湿った石には海水から乳状のぬめりが生じてくる。
それを求めて小さなとるに足らぬ魚どもが引き寄せられてきて、
これが食い意地の張った連中で、筌へ突進しては群がり、
筌の広げられた腕の中を動こうとしないのだ。
かれらが筌の広々とした胴中に寄り集まっているのを、
アドモーンたちは見てとるや、こぞって大急ぎにそこへ殺到する。
御馳走が欲しくてうずうずとしているのだが、いかんせん手が届かず、
簡単にするりと逃げられる。逃げられないのはアドモーンたちで、
じたばたしても編まれた待ち伏せからはもう出られない。他の連中に
災いを準備しながら、自ら破滅の憂き目に遭うとは。
森で山の猟師が野獣に罠を仕掛けるとき、

なんとも無慈悲なことに、そこに犬を繋いでおいて
その生殖器をきつく締め上げる。痛めつけられえた犬が
苦しさから発する遠吠えは、高く遠くまで達し、
あたりの森に反響する。これを聞きつけて
豹は喜び、その遠吠えの道筋を探り出そうと躍起になる。
たちまちそこへたどり着くや跳びかかっていく。だがその刹那、
隠された策略が犬をさっと上へ掻っ攫う、豹は落し穴へ
まっさかさまに転がり落ちるという寸法。もはや御馳走どころではない、
逃げることが喫緊、されど逃亡の途は残されていない。
これと同じ目に遭っているのがアドモーンたちで、食い物のかわりに
定められた運命と死の逃れられぬ網へ突き進む。

(1) 古註によれば、鰈のような平たいからだつきの魚であるらしい。オッピアノスのほかに出典がない。
(2) ホメロス『オデュッセイア』第十三歌七七「船乗りたちは孔を穿った石に結んだ綱を解く」。
(3) 第三巻一〇三を参照。

食い意地を利用する捕獲法——トリッサなど

トリッサ[1]と鰯にも同様の方法で秋の捕獲が工夫される。
また、やはり同じように捕獲されるのがラリモス[2]と
トラクーロス[3]の群れ。漁夫はエスパルト草[4]で造りのしっかりとした
筌をこしらえると、その中へ炒ったオロボス[5]を捏(こ)ねた生地を
香りのよい葡萄酒で湿らせて入れるが、これにアッシリアのテイアスの
娘の涙(没薬)を混ぜる。この娘はその昔、伝えられるところでは[6]、
父親に恋してしまい、ちょっと思いつかぬような手を用いて
かれと交わった、もとよりアプロディテの怒りを買ってのことだが。
しかるに神々の下した運命が彼女と彼女の名を負う樹木(ミュラー)とに
根をおろすや、彼女は悲しみにくれながら自分の迷妄を嘆くのだ、
臥床のゆえの涙にどっぷりと浸されて。神々に由来する彼女の樹液を
漁夫は混ぜ合わせて、筌を波間に繋留する。
たちまち百合の花のような匂いが海に拡がり、
さまざまな種類の群れを招き寄せる。そして魚たちは、
甘い香気に衝き動かされて、もう夢中になり、あっという間に
筌の中は満員の盛況、漁夫は豊漁で報われるという次第。

食い意地を利用する捕獲法――サルパ

サルパ(7)はしっとりとした海藻がいつも一番の気に入りで(8)、
この餌に釣られてやはり捕らえられてしまう。
漁夫は数日前から、ひとつの決まった場所へ船を出し、
いつもその都度、あらかじめまわりに海藻をたっぷりと
結びつけておいた、こぶし大の石をいくつか波間へ投げ込む。
ところがかれの苦労も五日目という日を迎え、
集まってきたサルパたちがあの場所の周辺で餌をあさっていれば、
その時こそかれは策略の筌の準備にかかり、その中へ海藻を
巻いた石をいくつか入れて、筌の入り口の周りには
サルパたちが好み、またほかの草食の魚たちも

---

(1) 第一巻二四四を参照。
(2)「ラリノス」とも呼ばれるが、同定は困難。
(3) 第一巻九九を参照。
(4) 第三巻三四二を参照。
(5) Ervum ervilia（マメ科ソラマメ属の植物）。テオプラストス『植物誌』第二巻第四章二などを参照。
(6) アッシリア王テイアスの娘スミュルナは、アプロディテを崇拝しなかったので、その怒りによって父への恋に襲われ、何も知らぬ父と一二夜にわたり交わった。これを知った父に追われ、捕らえられようとするとき、神々に変身を祈った。
(7) 第一巻一二五を参照。
(8) アリストテレス『動物誌』五九一a一五を参照。

喜びそうな海の草をしっかりと結わえつける。
すると魚どもは集まってきて、海草を食べるが、やがてそれから
筌の内部へ突き進む。ただちに漁夫はその地点へ急行して
筌を引き上げる。かれの作業は黙々と行われ、
男たちの話し声もなく、櫂のうるさい騒音もない。
およそあらゆる漁(すなど)りに沈黙こそ利益をもたらすから[1]で、
とりわけてサルパの場合に然り[2]。というのもこの魚がとても怯えやすく、
漁夫の苦労を水の泡にするのも、この怯えというものだからだ。

食い意地を利用する捕獲法——比売知(ひめじ)

比売知ぐらい粗末な食い物を喜ぶ魚を、ほかには知らない。
なにしろ手当たり次第に[3]どんな海の汚物でも
食ってしまい、就中ひどい臭いのする御馳走を欲しがるのだ。
悲嘆をもたらす海が人間を無理やり掻っ攫ってしまった折に、
人の腐敗した死体をはなはだしく喜ぶのはこの魚というわけ。
それだから漁夫たちは、臭いで吐き気を催すようなおびき餌(え)で、
またはとにかく何であれ、嫌悪すべき臭気で、易々とこれを捕らえる。

これと豚とは、よく似た習性を持っているように思われる。
両方とも胃の腑の欲求から、いつも汚物の中を転げまわることでは、
比売知は魚類の間では別格扱いだし、
豚の方は陸上の家畜どもに冠絶するという次第なのだ。

食い意地が張らなくても餌にかかってしまう魚――メラヌーロス

メラヌーロス(4)となれば、容易にはたぶらかすわけにゆかないだろうし、
筌でも、亜麻製の包囲網でも、さらっていくのはたやすいことではなかろう。
というのもメラヌーロスは、魚族の中でもとび抜けて非力であり、
かつまた思慮深いからで、食い意地をそそるような餌に見向きもしない。
そして、海が穏やかに凪いでいるときはいつも、
砂の中に寝そべって、海の底から浮かび上がることはない。

---

(1) アリストテレス『動物誌』五三三b一五を参照。
(2) アリストテレス『動物誌』五三四a八によれば、魚類で聴覚のもっとも鋭敏なのは鯔、鱸、サルパなど。
(3) アリストテレス『動物誌』五九一a一二によれば、海藻や泥を食べてしかも肉食である。
(4) 第一巻九八を参照。その習性については、アイリアノス『動物の特性について』第一巻四一に敷衍されている。

しかし、荒れ狂う風に海が激しくうねると、
その時はただメラヌーロスたちだけが一斉に、
大急ぎで海の上を駈け抜けていくのだ、どんな人間であれ、
海に棲むものであれ、恐れるものなし。他の魚たちは、
すべて恐怖から海の深い底へ潜っていくものだが、
かれらはごうごうと轟く岸辺に出没したり、
あちらこちらさまよいつつ、岩場へ近寄っていく、もしや何か
食い物を、嵐に叩かれた海は自分たちに教えてくれないかと。
愚かな者たちだ、人間がどれほどずるがしこいかを知らない。
いかに逃げようとしても、かれらを捕獲してしまうのだから。
荒々しい上げ潮で海が轟然と滾っているときに、
男がひとり海に砕かれて突き出た岩の上に立ちあがる。
そこは波がもっとも激しく岸壁の周りで轟いている。
かれは砕け散る波間へ餌を撒いているのだ。
チーズに小麦粉を混ぜたもので、この食い物に
大喜びしてメラヌーロスたちは、われ先にすっとんで行く。
しかし、かれらがことごとく釣り糸の投げて届く範囲へ集められると、

男はからだを斜めに反らせる。それは海面にけっして自分の影が
落ちないように、また魚どもを驚かさないようにしているからだ。
かれの手には細い竿が用意されており、それから
(馬の尾の)軽い毛で造った、撚られていない細い釣り糸も。
これには無数の小さな鉤が絡ませてあるのだ。
その鉤には、先程かれが海中へ投じたのと同じおびき餌を着ける。
そうして騒乱の最中の波濤へそれを下ろしてやる。これを一目見るや、
かれらはただちにそちらへ急行して、自らの破滅を引っつかむ。
漁夫の方は片時もその手を休めることなく、しきりに鉤を
逆巻く潮から引き寄せる、時には何もかかっていないこともあるが。
沸きあがる海では、魚がかかっているのか、釣り糸を揺するのが
ただの波にすぎないのか、かれには確実にこれを
見定められないのだ。だが、魚が鉤を飲み込んだら、
迅速にこれを引き揚げてしまう、手練手管を思案する前に、
かよわいメラヌーロスたちに恐怖を惹き起させないうちに。
荒れた天候の際には、このようなずるい捕獲法がとられる。

鰡の場合

鰡もまた然り、これもけっして食い意地が張っていない(1)が、びっしりと並んだ鉤が小麦粉に凝乳の贈物(クリームチーズ)を混ぜ合わせた餌でくるまれていると、まんまと騙されてしまうのだ。さらにこれには芳香の強いミントの葉が混ぜられる。語り伝えられるところによれば、ミント(ミンテー)はかつて冥界の乙女で、コキュトス川(2)のニュンペーだった。アイドーネウス(ハデス)と臥床を共にしたのだが、かれが乙女ペルセポネをアイトナ(エトナ)山から奪い取ってくると、彼女は不遜な言葉を吐き、声高に不平を並べたてた。生意気にも嫉妬に狂ったのだ。それでデメテルは怒って、これを両足で踏みつけて殺してしまったのだ。

というのも、自分の方が青黒い眼のペルセポネよりも、姿は気高く、美しさは卓越していると吹聴していたし、いずれ自分のところへアイドーネウスは戻ってくるだろう、ペルセポネは館から追われようと公言していたからだ。かかる世迷い言が彼女の舌の上に躍った(3)わけだが、やがて彼女の名に因んで名づけられた、ありふれた草が地面から生じた。

四九〇

これを漁夫たちは、餌に添えて鉤に擦りつけておく。
その匂いがたどり着くと、ほどなく鰡は
当初は距離をとって、鉤に近寄って行き、
横目でその仕掛けをじろじろと見ている。それはちょうど
多くの人の往来する三叉路に行き着いて、
思案に暮れながら立ちつくす旅人のようで、かれの心は右の道を
進もうと思ったり、あるいは左の道をとろうとしたりする。
かれはそれぞれの方向へ目をやるのだが、その心はさながら波の如くに
揺れ動く。やっとのことでついにひとつの決断に到達する。
そのように鰡も心中あれこれと熟慮を重ねる、
仕掛けのことを思ったり、痛い思いをせずにすむ食い物を考えたり。
とうとう、心がかれに行動を促すと、運命へ近づかせる。
だが、たちまち不安に駆られて後ずさりしてしまう。もう幾度も

（1）第二巻六四二以下を参照。鰡はつつましい粗食で知られ、植物性の餌しか食べないことは有名。これについては、アテナイオス『食卓の賢人たち』第七巻三〇七c以下を参照。

（2）「嘆きの川」の意。ステュクス川とともに冥界を流れている。

（3）底本に従わず、写本の読みを採る。

餌に触れては恐怖に捕らえられ、かれの勢いを後退させる。
これを喩えれば、母親の外出中に、何でもよい
食べられるものが欲しくてたまらない、幼い女の子といったところ。
それに手を出したいが、母親に叱られるのが怖いし、
といってこのまま引き下がるのも嫌だ、思い切ってこっそりと忍び寄るが、
また後ろを振り返る。時には大胆さが、また時には
怖い気持ちが胸の中をよぎってゆく。両の眼はつねに
らんらんと光って、扉の方へ張りついているのだ。
まさにこのように、そのおとなしい魚は、近づいたり退いたり。
だが、ついに勇気を奮い起こしてぐっと近寄ってゆくと、すぐにはさっと
餌に触らないで、まず自分の尾で一打ちくれてやって、餌を揺さぶる、
鉤をくるんでいるものの中に、何か暖かい息遣いがひそんでいないかと。
生きているものを食べるのは、鯔にとって誓言を踏み躙る(1)ことなのだから。
それからおもむろに口の先端で、御馳走のまわりをぐるっと
軽く齧る。漁夫は、ただちに青銅の鉤を、ぐいっとかれの口の中へ引き込んで
刺し貫く。ちょうどそれは、駁者が勇み立つ馬を
手綱を厳しく引き締めて抑えているようだ。それから漁夫は、

これを引き上げ、じたばたともがくのを、これが嫌う地面の上へ放り出す。

愚かさゆえに捕獲される魚――めかじき

めかじきもまた破滅をもたらす鉤で、まんまと計略に乗せられる。
ただし、かれの運命は鰡の如きものではなく、他の魚たちとも異なる。
というのも漁夫たちが鉤に餌を付けないのだ。
鉤はむきだしのままで、策略もなく釣り糸にぶら下がっているが、
ただそれには二重のかかりが備えられてある。
これより掌三つ分ぐらい上方に、白い魚で柔らかいのを一匹、
漁夫たちはしっかりと止めておくのだが、その魚の口の先端のところを
熟練の技で結わえる。めかじきは勢いよくやってくると、
即座にその魚のからだを、自分の凶暴な剣で切り裂く。
切り裂かれるたびに、ばらばらになって結び目から落下し、
それがちょうどうまく鉤の先のまわりに絡みつくのだ。
めかじきの方は、その反り曲がった仕掛けに気づかず、大口を開けて

（1）第二巻六四六以下を擬人法的に言い換えている。三七一頁註（1）を参照。

鬱陶しい餌をぱくりとやって捕らえられ、男の力で引き揚げられる。
めかじき漁のために漁夫たちは多様な仕方を用意するが、
なかでも、ティレニア海域[1]や壮麗な都市マッサリア[2]と
ケルト人たちの地域[3]の周辺で漁(すなど)る人々が然り。
それというのも、かの地には驚異的な、とても魚には見えない、
近寄りがたい巨大な怪物めかじきが棲息しているからだ。
かれらはそのめかじき自身に似せた、魚の如き船体と
剣とを持つ船をいくつか造り、その魚に向かって
船を操る。魚の方はそんな出漁にたじろいだりしない。
眼前にしているのは装備のよい船などでなく、
自分と同族のめかじき仲間だと思い込んでいる、人間どもが自分を
四方八方より取り囲んでしまうまで。破滅の運命に気づくのが遅すぎた。
三叉の槍に刺し貫かれてしまったのでは、どんなに求めても
逃げる力はかれになく、やむなく打ち負かされるという按配だ。
しばしばわが身を護って、替わりに船の胴体を
剣でずぶりとばかりに刺し貫く勇気ある魚もいる。
すると漁夫たちは、迅速に青銅の斧を振りかざして、

その剣を丸ごと顎からすっぽりと打ち落とす。傷ついた船体には、それがまるで
楔釘(くさびくぎ)のようにしっかと刺さったまま。魚の方は武器を失い、引っ張りあげられる。
何とかして堡塁を抜いて、都市の内部へ至らんものと、
敵方に対して謀略を練りあげた連中は、
戦闘に倒れた者たちの遺体から武具を剝ぎ取り、
これを身に着けて変装し、市門の近くへ走っていく。
すると攻めたてられて敗走してきた市民たちと勘違いして、
門がさっと開かれるが、とんだ味方に喜ばれるわけがない。
まさしくこのように、よく似た船の姿形がめかじきをも欺く。
さらにその上、網がぐるりと腕を広げて取り囲むと、
大馬鹿者のめかじきは、その無分別に身を滅ぼす。
逃げようとしきりに跳びはねるものの、
仕組まれた罠を間近に恐れ、その都度しりごみする。
顎骨にしっかりと嵌めこまれたような武器は、かれの思慮には

(1) イタリア西部、コルシカ、サルデーニャ、シチリアの三島に囲まれた海域。
(2) 現在のマルセイユのこと。
(3) ガリア地方（マッサリアも含む）のこと。

据えつけられておらず、臆病風に吹かれて呆然自失の有様。
とうとうかれは岸に引き摺り上げられる。そこでは男たちが
たくさんの槍の柄で徹底的にかれを打ちつづけ、かれの頭を
砕いてしまう。かくして、思慮の足りない定めに身を滅ぼすという次第。

愚かさゆえに捕獲される魚——鯖や鮪など

思慮分別のなさに打ち負かされるものには、さらに鯖と肥えた鮪と
啄長魚（だつ）と広く分布するシュノドーン[1]の族（やから）がいる。
鯖という奴は、他の者たちが網の中で竦みあがっているのを見ると、
その目の粗い滅びの罠へどっとおしかけて、入り込もうとする。
一目見てそのような悦楽にとりつかれるのだ。
それはいまだ物を弁えぬ幼児に似ている。
これは燃え上がる火が明るくきらめくのを見て、
放たれる光がうれしくて笑い声をあげ、
何とかそれに触りたくなって、いとけない手を
焔へ差し伸べる。たちまち火はかれに敵意を剝きだす。
これと同じように、鯖たちはふたたび戻れぬ待ち伏せの

隠し穴の中へ押し入ろうとして、飛んで火にいる夏の蟲。
かれらのあるものは網の目の粗いところへ行き着き、そのままさっと
抜け出ていくが、他のものたちはずっと狭い方の目に閉じ込められて動けず、
窒息させられて過酷な運命を果たし終えるのだ。
網が岸へ手繰り寄せられるときには、かれらがその両側にびっしりと、
まるで釘づけにされたようにかたまっているのをご覧になりましょう。
そのあるものは、いまだに滅びの網の中へ入ろうとしているし、
またあるものは、すでに苦境から逃れ出ようとしているのに、
結局は濡れた網の中に絡められてしまうのだ。
鮪も、これまた思慮分別のなさから、鯖と同じ災厄を被る。
というのも、かれらにもやはり似たような破滅への欲求があり、
まんまと騙す網のふくらみの中へ、いそいそと入っていくのだ。
もっとも、かれらは水面下で水を切って網の中へ一途に潜りこもうなどと
考えないで、自分の先端が曲がった歯で網に攻めかかり、
からだひとつが十分にくぐり抜ける通り道をこしらえようとする。網の目に

（1）第一巻一七〇を参照。

食い込んだ歯の周りで、水に浸った網がぴんと引っ張られると、もうそこから逃れる手立てはなくなり、口の周りの縺(もつ)れに四苦八苦しているうちに陸へ引き揚げられて、自らの無分別から捕らえられる羽目に陥るというわけ。啄長魚についても同じような助言が呈せられる。かれらは網の懐(ふところ)を逃れて災厄から解き放たれるや、ふたたび引き返し、憤然として自分の歯を網へ打ち込む。すると網は歯列の中へ食い込み、びっしりと密集した歯を内部からしっかりと攫んで放さないという次第。ところで、シュノドーンはといえば、軍団の如くに部隊に分かれて前進する。そんなかれらに鉤を下ろしでもしようものなら、かれらはすべてそっぽを向きながら、互いに横目で見交わし、それに近寄りたがらない。ところが、別の隊列から一匹がさっと前へ躍り出て、あっという間におびき餌を掻っ攫うや、他の一匹も胸に勇気を奮い起こして鉤に近づくと、ぐいっと引き寄せられる。かれらは互いに見つめあっているが、御馳走に狂喜して、夢中になったまま引き寄せられていく。誰が一番に捕らえられて命を落とすか、

六二〇

先陣を競い合っている有様は、まさに玩具に歓喜する子供の如し。

鮪漁

さて、鮪の種族は、広漠たる大洋から
われらの海（地中海）へ入ってきて、[1] それから春の
狂わしき交尾へせきたてられるという段取りだ。
それでかれらはまず手始めにイベリアの海域で、[2]
腕力が自慢のイベリアの男たちによって捕獲され、
二番手としてエリダノス[3]の河口でケルト（ガリア）の漁夫たちと
ポカイアの古来語り草となった住民たち[4]によって、
三番目にはトリナクリアの島[5]に住みついて
ティレニア海の波を枕にする人々によって捕獲される。

（1）鮪は大西洋から地中海を経て黒海に至り、そこで産卵する。アリストテレス『動物誌』五四三a九以下を参照。
（2）スペインの地中海沿岸地方。
（3）ローヌ河のこと。
（4）マッサリアの人々のこと。
（5）シチリア島のこと。シチリアの鮪については、アルケストラトス『食道楽』断片三五、六－七を参照。

だが、そこからは測り知られぬ深海の中を、かれらは
それぞれが散り散りになって進み、海をすべて泳ぎ切る。(1)
春になって鮪の大群が動き出すときは、
漁夫たちの獲物は驚異的におびただしいものになる。
かれらはまず真っ先に海上に場所を決めておく。
そこは突き出た岸と岸があまり狭く迫っておらず、
風がさほど自由には吹き抜けないところで、
明るい空と覆われた隠れ処とを適切に勘案されている。
そうしておいてから、まず聳え立つ丘に熟練の
「鮪の見張り番」(2)が登るのだが、これはさまざまな群れを
見定めて、その行動や種類や数量を逐一仲間たちに
知らせるのだ。するとたちまち、一斉に四方八方から
網が波間を前進する。その様子はさながらひとつの都市の如し。(3)
網には市門の番人たちがいるし、その内部には市門や中庭もある。
鮪たちは整然と列をなして迅速に行進する、まるで部族ごとに進む
人間たちの隊列のように。つまり、年若なものたちの列、
年長のものたちの列、そして中年のものたちの列という具合に。

こうしてかれらは、とめどもなく網の中へ滔々と流れ込むのだ、
かれらがそれを欲する限り、また網が嫌がるかれらを
抱え込めるまで。そして豊漁はこの上なしというところ。

（1）アテナイオス『食卓の賢人たち』第七巻三一五dを参照。
（2）アリストテレス『動物誌』五三七a一九およびテオクリトス『牧歌』第三歌二五以下を参照。
（3）アイリアノス『動物の特性について』第十五巻五を参照。

第四巻　海の生き物の捕獲方法――つづき

序　歌

その他の魚どもを漁夫たちの手に陥らせるのは、
水面下の色恋沙汰（エロス）。自らの愛情ゆえの破滅を急ぐので、
かれらが出会うのは、宿命の結婚、宿命の欲望というところ。
さて、ポリスを保護する諸王の中で最強の人よ、
アントニヌスよ、あなた自身とあなたのこの上なく神聖な子息は、
好意をもちまして傾聴賜わり、海の楽しき事物に興じたまえ。
恵み深いムーサイは、このような娯楽で私の意図するところを
飾ってくださったのです。そして詩歌という神々しい贈物で
私に栄冠を授け、あなた方の耳と精神のために
甘き泉を混ぜることを許してくださいました。
非情のエロスよ、企みをめぐらす方よ、見た目には

神々の中でもっとも美しいが、もっとも手ひどい、あなたが思いがけない
手出しで胸を悩ます折は。そのような時あなたは暴風の如くに心の中へ
侵入して、じりじりと脅かすような炎を吐くのです、
苦痛と混じりけのない苦悶に猛り立ちながら。
涙を迸(ほとばし)らせることは、あなたの快き楽しみ、胸の奥底からの
嘆きの声を聞くことも、心臓に灼熱の紅蓮を引き起こすことも、
また花の顔容(かんばせ)を異様(ことざま)に一変させてしまうことも、眼を虚ろに
することも、そしてまともな心をことごとく狂気へ引き離すことも。
そうして多くの人々を死の運命へ追い込んだのです。
かれらはいずれも、狂気をもたらすあなたに出会ってしまったのです、
荒々しい嵐に遭遇するように。かかる血祭りこそあなたの自慢の種なのだから。

二〇

さてそこで、あなたが神々の中でもっとも早く誕生し、
微笑みなきカオスからまぶしい松明に照り輝きつつ
生まれ出て、[1]初めて男女結合の慣例を定め、
初めて臥床での耕作に目標を決め給うたお方であろうと、

（1）ヘシオドス『神統記』一一六以下を参照。

はたまたパポス[1]の女王にして、弁舌この上なく優れたアプロディテが
翼で舞い上がる鳥の如き神としてあなたをお産みになったとしても、
どうぞ慈悲深くあれ、そしてやさしく晴れやかに適度を守りながら、
お越しくだされ。誰も色恋（エロス）の道を拒みはしないのだから。
あなたは至るところで力を揮い、至るところで熱望されると
同時に、大いに恐れられている。幸いなるかな、
適度の恋心を大切に育み、胸中に守っている人は。
天上の神族や人類を相手では、あなたは役不足をかこつというもの。
野の獣をあなたは拒否しないし、また不毛の大気が養っている
生き物も然り。深い海の底の洞穴へあなたは潜っていくが、
海の生き物たちにもあなたはあの黒々とした矢を装備しているのだ。
これこそ、あなたの有無を言わせぬ力を、無知のままにしておかないためで、
水の中を泳ぎまわる魚とても同断のこと。

色恋に迷って捕獲される魚――スカロス

どのような愛情と激烈な欲望を、斑模様の
スカロス[2]たちは互いに心に抱いていることか。苦しい時でも

互いを見棄てることはしない、それどころか助けてやりたいという衝動から
しばしば一匹が血なまぐさい鉤に当たったりすれば、
もう一匹のスカロスがまっすぐに先陣を切って駈けつけると、
歯で釣り糸を噛み切って仲間を救い出し、(3)
仕掛けられた罠をぶち壊して、漁夫の感情を逆撫でする。
編まれた筌にすでに捕らえられているものがいれば、(4)
別の一匹がかれをこっそりと盗み出して、破滅から助け出す。
斑模様のこの魚は、筌の待ち伏せに掛かってしまうと、
即座にそれを感知して災厄から逃げようと、
頭と目を下に向けながら、尾の方向へ
逆行して泳ぐのだ、囲いに沿って。
それは鋭く突き出ている藺草をひどく恐れてのことで、これがぎっしりと

---

(1) キュプロス島におけるアプロディテ崇拝の中心地。
(2) 第一巻一三四を参照。
(3) プルタルコス『モラリア』九七七C、およびアイリアノス『動物の特性について』第一巻四を参照。
(4) 前註(3)を参照。

入り口の周りに詰まっているから、まともに突きかかれば、
目を傷つけること必定。いうなれば門番といったところ。
ほかのものたちは、かれがなす術もなくぐるぐると旋回するのを見るや、
外からの助っ人に駈けつけて、彼を苦境のさなかに放置しておかない。
駈けつけた一匹が筌を通して自分の尾を、ちょうど手のように
差し入れてやり、擒われの仲間にそれをつかませる。
かれが歯でそれをつかまえると、もう一方が死から引き摺り出す、
手引きの尾を命綱にして口でしっかりと銜えているかれを。
また、しばしば筌に捕らえられた魚が自分の尾を外へ差し出したのを、
他の一匹がそれをぱくりとつかまえて、繋がったままで外へ引き出すこともある。
このような工夫を凝らして、かれらは死の運命から逃れるのだ。
闇夜の暗がりの中で、ごつごつとした丘を
男たちが登っていく。月は姿を見せず、
覆い隠す雲は、黒々としている。
男たちは苦労して暗闇に道なき道をさまよい歩き、
互いにしっかりと手を取り、引いてもらったり
引いてやったりしての、ありがたい助け合い。

ちょうどこのように、スカロスたちは互いに愛情を分かちあい、
救助の役を果たしている。けれども、またこれが哀れな魚どもには
破滅を惹き起す[1]。かれらの愛が致命的とも、苦難の因ともなって
現われると、漁夫たちの思慮深さに滅ぼされていくのだ。
四人の漁夫が快速の船に乗り込み、
そのうちの二人は櫂を漕ぐことに従事する。
三人目は、巧妙な計略を思案しつつ、雌のスカロスを
その口の先端でしっかりと結わえつける。
それを渦巻く波間に亜麻製の紐で曳いてゆく。
生きている魚を曳くのが最良で、もし死んでいれば、
その口へ鉛の海豚[2]を仕掛けに入れておく。
紐のもう一方の側には、別のくるくると回る重い
鉛の立方体が結び目の先端に付けられてある。
雌のスカロスは、まるで生きているように波を切って

(1) アイリアノス『動物の特性について』第一巻二を参照。
(2) 錘の一種。第三巻二九〇を参照。

曳かれているものの、漁夫にぐいぐいと引き摺られているという寸法。
四番目の漁夫は、その魚に向かって間近に、罠を仕掛けた奥の深い筌を引く。
斑模様のスカロスたちは、その様子を目にするや、たちまち一斉に
大急ぎに駈け寄ってくる。曳かれていく雌を
救い出そうと躍起になって、四方から船の周りへ
泳ぎ寄ってくるのも、雌狂いに駆られてのこと。漁夫たちの方は、
全力で漕いで船をどんどんと疾走させる。魚たちは、ひっきりなしに
追いかける。やがて、かれらの救助は最後の土壇場に立たされる。
かれらが群がってひたすら雌欲しさに狂いたっているのを、
漁夫の抜け目のなさが見てとると、
かれは筌の中へ紐と鉛を同時に入れる。
鉛は重いので、雌のスカロスを引き擦り込んでしまう。雄どもは
これを一目見るや、もろともに負けじとばかりに雪崩を打って
編まれた罠へ、つまり死へ殺到する。いきりたつこれらの諸部隊で
柳の枝で編まれた玄関の間と、ぽっかりと口を開けた厄介な入り口は、
もう隙間のない混雑振り。情熱の突き棒は、かくもかれらを衝き動かすのだ。
競走に熱中する男たちは、スタートラインから

すばやく飛び出すと、ひたすら前へ前へとその快速の膝を延ばして、長い走路（コース）を一気に走りぬけようと勇み立つ。いずれも懸命になって、折り返しの標識に達し、勝利の甘美な魅力を攫まんとゴールへ駈け込み、優勝者の賞品をわが身にまとおうとばかりに頑張るのだ。まさしくそれと同じぐらいの欲求（エロス）が魚たちをハデスの館へ赴かせる。つまり、帰還なき待ち伏せの陥穽へ突入させるのだ。

かれらははなはだ異様な愛情と極端な衝動が嵩じて、自分から漁夫たちの望みどおりの獲物になってしまう。また、別の漁夫たちは、生きている雌を暗い筌の中へ入れておいて、乳白色のスカロスが好む岩場の下へそれを置く。すると愛欲の気がそこはかとなく漂い、スカロスたちは、それに魅せられてまわりに集まってくる。そうして筌を舐めまわし、筌の入り口を見つけようとしてそこらを探しまわる。するとすぐに、広く開いてはいるけれども、外へ出て行くことのできぬ柵のある入り口へ到達する。一斉にこぞって突入するが、逃れ出る手がかりはないのだから、自らの欲望の忌まわしい結末をかれらは見いだす。
ある人が狡猾に野鳥どもを死の運命に陥らせようと企んで、
雌をよく繋った藪の中にひそませておく。[1]
これは、鳴き声の同じ鳥を仕留めるために馴らした仲間なのだ。
これが声高に甘い歌をさえずると、ほかの鳥どもはそれを聞きつけて、
ことごとく大急ぎでやってくる。そして自分の方から罠へ飛びこむ。
雌のさえずる声にすっかり迷わされてしまったという次第。
これと同様に、かのスカロスどもは筌の奥深い腹中に落ちてゆく。

色恋に迷って捕獲される魚——ケパロス

かくの如き災厄を色恋は、さらにケパロス[2]に与える。
というのも、この連中も波間に曳かれる雌にまんまと騙されるからで[3]
彼女はぴちぴちしていて、豊満なからだつきをしている方がよろしい。
すなわち、彼女を目にすれば、かれらは無数に集まってくること請け合い。
そして不思議なほど彼女の美しさに屈服させられ、
ついには彼女から離れようとしない。愛欲の呪文は、熱く燃え上がった連中を
どこへでも導いていきます、もしもあなたがこの雌の罠を持ち出して、

かれらが敵視する陸地へ連れていったとしても。かれらは一団となって
追いかけます。悪巧みも漁夫のことも頓着しないのです。
それどころか、ちょうど若者たちが麗しい婦人の姿に気づき、
初めは遠くからしげしげと見つめているが、
その魅力溢れる外見に深く感嘆させられ、やがてさらに
近づくと、何もかも忘れ、もはや当初の道を行かずに、
嬉々として彼女の後を追っていく。
愛の甘い衝動にすっかり魅惑されてしまったという按配。
これと同じように、水中におけるケパロスの群れが情熱に駆られて
ひしめいているのをご覧になりましょう。だが、恋心はたちまち憎悪に一変して
かれらへ向かってくる。なぜなら、漁夫はすばやく入念の造りの投網を持ち上げ、
大きく膨らませて海へ投ずる。そして数え切れぬ獲物を引き揚げる。

(1) 雌が囮になってさえずる場合については、アリストテレス『動物誌』六一四a一五を参照。
(2) 第一巻一一一を参照。
(3) 雄または雌をそれぞれの囮にする漁法については、アリストテレス『動物誌』五四一a一九を参照。

易々と網の目で取り巻いてくるみ込んでしまうというわけ。

色恋に迷って捕獲される魚――甲烏賊

甲烏賊となると、これも不幸な愛がさらに大きな災厄へと走らせる。
というのも、苦労の絶えない海の漁夫たちは、かれらに恐ろしい
筌も、亜麻製の投網も下ろさないで、
ただ一匹の雌を紐に結びつけて、そのまま波間を
曳いていくだけ。甲烏賊たちは、それを遠くから見つけるや
すぐさま見参に及び、ぴったりと絡みついて、
腕でそれにしがみつく。ちょうど、若い娘が久しぶりに
兄か優しい父親が異国から無事に
帰宅したのを目にするときのように、
あるいは、結婚のうれしい絆で、夫婦の愛の
軛に繋がれたばかりの若い女が
夫を抱擁して、一晩中かれの首に
白い腕を巻きつけているように、
そのように、その時のずるがしこい甲烏賊たちは互いに

巻きつき合って、かれらの愛の営みはおさまらない、
漁夫たちがかれらを船に引き揚げてしまうまで。
それでも依然として互いにしがみつき、愛欲と共に死を攫み取る。
春の時節には、甲烏賊は筌でうまく策略に乗せられる。
漁夫たちは、筌をタマリクス（御柳〔ぎょりゅう〕）の若枝、または
コマロス[1]の青葉か、その他の葉で蔽って
砂地の海辺に置いておく。
甲烏賊は出産と交尾を同時に切望して、
筌の中へ急いで入り、葉の間に腰を据える。
そこでかれらの欲求は終息し、かれらの不幸な生涯もまた
終息する。ずるがしこい漁夫たちが筌を引き上げてしまうので。

色恋に迷って捕獲される魚――黒鶫（くろつぐみ）べら

すべての海の魚の中で、黒鶫べら[2]は格別に痛ましい色恋沙汰を

（1）Arbutus unedo（ツツジ科の常緑植物）。テオプラストス『植物誌』第一巻第九章二を参照。　（2）第一巻五一〇を参照。

耐えかつ忍ぶもの。相手の鶫べら[1]に胸を焼き焦がされて、
残忍な神オイストロス（「熱狂」）とゼーロス（「嫉妬」）のために荒れ狂う。
黒鶫べらには、夫婦の臥床がただひとつではなく、妻もひとりだけではなく、
夫婦の寝所もひとつでなく、大勢の妻がいて、多数の個々の岩の裂け目には、
それぞれ妻たちのスイートホームと寝台とが秘められてあるのだ。
いつもそこには、鶫べらたちが終日自分の洞穴の隠れ処に
住んでいる。まるで新婚ほやほやの若妻といったところで、
寝室から出てくるのを見たものがなく、
結婚の羞じらいがその胸のうちに燃えているというわけ。
このように鶫べらたちは、それぞれが自室にいつもひとりで
閉じ籠ったまま、旦那さんじきじきの言いつけどおりに。
それに対して黒鶫べらの方は、その岩場に踏み留まって片時も離れないで、
ひたすらわが臥所を見張りつづけ、どこかほかの場所へなど見向きもせず、
一日中ぐるぐると周囲をまわりながら、こちらの寝室、またあちらのと、
見廻るのだ。それでかれの気持ちは食い物にも向かわず、
さりとて他の仕事などもとよりあるはずがなく、ひどい嫉妬に駆られ、
若妻たちのために永遠に続く厄介千万な見張りに精を出す。

夜になってようやく食い物のことに気遣い、許される限りにほんのわずか、
絶え間ない見張りの業務から一休み。しかるに、鶇べらたちが産みの苦しみに
ある時は、かれは矢も盾もたまらず、からだを慄わせながら
跳びまわって、あちらの妻へ、またこちらへと
訪ねていく。まるで陣痛に途轍もなく気を揉んでいるが如し。
これを喩えれば、ある母親が胸中の重荷にいたく心を取り乱している、
最初の子を産むたったひとりの娘の激しい陣痛に、
身も心も慄わせているのだ――なにしろこれが女の大きな不安なのだから。
そして彼女の娘の身にも、出産の苦しみの波が同じようにひたひたと
押し寄せている。彼女は居ても立ってもいられず、部屋から部屋へと
さまよっている、祈りながら、嘆きながら、心も上の空、
それこそ苦痛から解き放たれた叫び声を奥から聞くまでは。

（1）第一巻一二六を参照。オッピアノスは黒鶇べら「コッシュポス」と鶇べら「キクレー」を、ただたんに同一種の雄と雌にすぎないと見なしている。オッピアノスを敷衍するアイリアノスは、黒鶇べらにのみ言及する（『動物の特性について』第一巻一四および一五）。

このように、かれの心は女房たちのために気を揉みつづけで火をも吹く。
かかる黒鵜べらの如き結婚の習俗を保持するのは、聞けば
ティグリス川の向こう側に都市を構えるアッシリアの人々と、
矢を持たせば百発百中というバクトラ(1)の住民たちという。
かれらの場合も、何人かの妻たちが別々に結婚の臥所を
分かち持って、夜毎に交替して男と同衾する。
かれらの間にも厄介な嫉妬の突き棒が
絶えずつきまとい、嫉妬によって身を滅ぼすのも、
つねに重苦しい闘いを互いに掻きたてあってのこと。
人の心中に育まれるもので、嫉妬ほど有害な苦しみは
またとなかろう。あまたの嘆きとあまたの苦悩を惹き起す。
というのも、それは恥ずべき狂乱の連れで、
狂乱と好んでつるんでは、踊りながら重苦しい
迷妄へ連れ出す。その挙句は破滅なのだから。
不幸な黒鵜べらを、迷妄の手玉に取られるべく仕向けるのも、嫉妬なのだ。
かれはあまたの妻たちのために、手きびしい仕返しの目に遭う。
つまり、漁夫はかれが女房たちのことでほとほと悩まされながら、

二一〇

岩場の上をぐるぐると泳ぎまわっていると察知するや、
　できるだけ迅速に強力な鉤に生きている
小海老を被せておき、その鉤の上方に
重い鉛の立方体をぶら下げる。そうしてこっそりと
岩の傍らへその重い罠を下ろすと、それをまさに女房どもの寝所の
間近にぐるぐると動かす。黒鶫べらはそれを目にするやたちまちに
いきり立って突進する。小海老がおのれの臥床と女房たちに
不埒なもくろみを抱いて、寝室へ侵入すると思われたのだ。
すぐさま駈けつけると、顎で小海老に侵略の報復をしようと思うも、
あにはからんや自分の破滅を呑み込もうとは気がつかない。
漁夫の方はかれを逐一見守っていてが、たちどころに
一撃加えて青銅の鉤の顎（かかり）でかれを一突きに刺す。
怒って最後のあがきに跳ね返るのを引きずり上げ、
ひょっとしたら、こんな嘲りの言葉でかれをどやしつけるかもしれない。
「さあさあ、お前さんの女房どもをしっかりと見張って守ってやりなよ、

（1）現在アフガニスタンのバルフのことで、古代王国バクトリアの首都。ヘロドトス『歴史』第九巻一一三を参照。

哀れな奴め、寝室に入り浸って若妻たちと精々楽しむがいいぜ。
なにしろお前さんはひとつの色事、ひとつの寝台では満足できないで、
あんなにもたくさんのかみさん連中に囲まれて、たったひとりの亭主だと
鼻の下を伸ばしての自慢たらたら。さあ、花婿殿、こちらへ、婚礼の準備は
調っていますぜ。陸地では、白いリボンを付けた松明の炎が輝いているからね」
きっとこんな具合に貶（けな）しはすれど、聞こえぬものに語っているだけのこと。
鶫べらたちの方は、御目付役の亭主が死んでしまうと、各自の寝室から
ふらふらとさまよい出てきて、旦那と同じ運命を分かちあう。

ガレオスなどの場合

愛情と助け合いが仇になって、やはり身を滅ぼすのは、
ガレオス(1)と「犬」(2)、そして黒色のケントリネース(3)の種族。
白い色のした魚を鉤に結わえつけると、
漁夫は黒々とした泥が深く堆積している場所へ
移動して、長い紐を下へ沈める。
鉤が下ろされるとすぐに一匹がそれと出会い、死の運命を
ぱくりと掻っ攫う。かれは即座にそれを引き揚げる。すると、他の連中は

これに気づいて一斉に群がり、ぴったりと後を追いかける。
ついにかれらは船そのものと漁夫に追いつく。ここに至れば、
かれらのあるものを、袋網(4)の湾曲する膨らみで捕らえてもよし、
またあるものを鉄の三叉の簎(やす)で、荒っぽく突き下ろしてもよろしかろう、
さらには、それらよりほかの手口なりを使ってもよいだろう。
なにしろかれらは、仲間が手繰り寄せられるのを一目でも見ようものなら、
はなから逃げようなどしないのだ、かれと一蓮托生のつもりだから。
これを喩えれば、亡くなったばかりのこどもの死骸を、わが家から
悲しみに包まれた墓へ運ぶその両親。たったひとりのこどもで、
その子のためにあまたの苦労を重ねたが無益なこと。
悲痛のあまり頬を掻きむしりながら、わが子を嘆き悲しみ、
塚にしがみついて家へ戻りたがらない、
いっそ嘆き悼まれている死者と共に死にたいものと。

(1) 第一巻三七九を参照。
(2) 第一巻三七三を参照。
(3) 第一巻三七八を参照。
(4) 第三巻八一を参照。

そのように、かれらは引きずり上げられた仲間から離れようとしない、
漁夫たちの手にかかって同じ破滅を被って落命するまで。

異類へ恋慕する魚とその捕獲法——真蛸

これらのもの以外には、外来の恋慕に屈服するものたちがいて、それは
潮の流れに根ざしたのでなく、つまり海とは異類の、陸への熱狂を
魚たちに呼び覚ますものなのだ。この異類の愛の矢に射当てられるものは、
真蛸、そして岩場を友とするサルゴス(1)の類。
本当に真蛸は女神アテナの木(2)を好み、
きらきらと輝いて明るいその葉へ恋い焦がれるのだ。
まことに一大驚異というもので、かれらの心は一本の樹木への欲望に
引き寄せられて、油っ気のある植物の枝葉を喜ぶとは。
海の近くにオリーブ樹がつややかな果実を付けていて、
海につづく渚への傾斜地に繁茂していれば、
真蛸の心がそこへ惹かれていくのは、嗅覚の鋭い
クノッソス犬(3)の気迫が痕跡(あしあと)へ惹かれるのと同じ。
これは山中で曲がりくねった獣道(けものみち)を探り出して、

その鼻の誤りなき導きで追跡し、すばやく獲物を捕らえて
仕損じることがなく、それを主人のところへ持ってくる。
このように、真蛸もまた近くによく繁ったオリーブ樹のあることを
いち早く知ると、海から出てきて狂喜しながら陸上を匍い、
アテナ女神の樹木の幹に近寄ってくる。
それから手始めに大喜びで根もとの周りに
身を捩って絡みつく、まるで男の子のように。
この男の子は、ついこの間去ったばかりの乳母を出迎えると、
さっそく彼女にまつわりついて、胸もとへ両手を差し伸べるのも、
乳母の頸とうなじを腕で抱きしめたいからなのだ。
そのように、真蛸は若い枝にうれしくなって、幹のまわりに巻きつく。
それから吸盤の先端でわが身を支えると、
頑張りを見せて攀（よ）じ登り、そうしては葉群に包みこまれてゆく、

（1）第一巻一三二を参照。さらに、アイリアノス『動物の特性について』第一巻二二を参照。

（2）オリーブ樹のこと。アイリアノス『動物の特性について』第一巻三七を参照。

（3）オッピアノスは『猟師訓』第一巻三七三で、優れた猟犬のひとつとしてクレタ種「クレーテス」を挙げている。

こちらの枝に、またあちらの枝につかまりながら。ちょうど、異国から
帰ってきた人に友人たちが群がって押し寄せると、その人は
それぞれに挨拶してはかれらの首にかじりつくという風情。
あるいは聳え立つ樅の木に、木蔦のしなやかな
蔓が巻きついて、根もとから張りついてどんどんと
攀じ登り、枝という枝にはびこるような様子。
そのように、真蛸は楽しそうにオリーブ樹の滑らかな枝に
抱きついている。そう、まるで接吻しているみたいに。しかるに
欲望から解放されるや、また海の懐の中へ匍って戻っていく。
オリーブ樹への愛着と熱い想いを満足させたというわけ。
さて、この欲求を逆手にとってかれを捕らえる計略、漁夫たちは
先刻承知のところ。つまり、できるだけよく繁ったオリーブ樹の枝を
一緒に束ねて、その真ん中のあたりに鉛を入れておき、
これを船から曳いてゆく。真蛸はそれに気がつくと、
もう無関心でいられず、突進していくと親友とも思う枝葉に
ひしと抱きつく。こうなればもはや、たとえ獲物となって引かれようとも、
熱き欲望の縛めを弛めようとしない、居場所が船中になるまで。

よしわが身を滅ぼそうとも、オリーブ樹は憎からずという次第。

異類へ恋慕する魚とその捕獲法——サルゴス

サルゴスには山羊に恋着する心情がある。
かれらは山羊を慕い、山中に放牧されるこの家畜を
ことのほか喜ぶのだ、おのれらは海の生き物だというのに。
ごつごつした山ときらきらする海、互いに類似した性向を示す
種族を生み出すとは、まことに意想外の摩訶不思議。
山羊飼いは、めえめえ鳴く山羊の群れを渚へ追いたて、
真昼の渦巻く海に水浴びをさせる。
折しも天空には灼熱の星（シリウス）が上昇している。(1)
そのような時、サルゴスどもは波打ち際のめえめえという鳴き声と
山羊たちの強い臭いを感知して、群れをなして突進してくる。
もともと緩慢な動作にもかかわらず、駆り立てられるままに。
かれらは、嬉々として海岸の浅瀬を跳びはねると、

三一〇

（1）すなわち、真夏の時節のこと。

角（つの）のあるお仲間にしきりと愛想を振りまいたり、
舐めまわしたり、幾度もぴょんぴょんと跳ねながら、
周りに群がってくる。生まれて初めてこれを知る山羊飼いなどは、
ただもう驚くばかり。山羊の方もこの友好溢れる集団をいやいや
迎えるわけでは断じてないし、サルゴスたちは楽しさに飽きることがない。
いや実際、山羊飼いたちの屋根付の畜舎では、
これほど仔山羊たちは牧草地から戻った母親に歓声をあげないし、
これほど大喜びして優しく迎えもしないであろうが、
その時のちびどものうれしそうなめえめえという鳴き声は、
あたり一帯に満ち満ちて、山羊飼いたちの心もにこにこするばかり。
サルゴスたちが角のある家畜の群れをはしゃぎまわることかくの如し。
山羊たちは、存分に水浴びをしてしまうと、
またふたたび畜舎へ戻っていく。するとサルゴスたちは、こぞって
悲しそうにぴったりと寄り添って後についてゆくのだ、
一番端（はし）の波がぴちゃぴちゃと音をたてて、陸地を濡らしているところまで。
これを喩えれば、母親がたったひとりの息子を、あるいは妻が
夫を、遠く離れた異国の土地へ旅立つのを

悲しそうに送り出すときのよう。胸の中は千千に乱れる、
かしこまで幾千里の波濤を越えるやら、何か月が
掛かることやらと。海の一番端の波の中へ足を踏み入れて、
涙ながらに口から出る言葉は、頑張ってください、
という願いだけ。その足はもはや彼女を家路へと
すすんで運ぼうとせず、その視線は海の彼方へ向けられたまま。
これと同様に、こう言う人がいるかもしれない、山羊たちが追い立てられて
戻っていけば、サルゴスたちはとり残されて、目からはらはらと涙を落とす。
ああ、何とかわいそうなサルゴスよ、なぜなら君は山羊の群れのおかげで、
君の恋慕をやがて自分の命取りにしてしまうだろうからね。
漁夫どもの抜け目のなさは、君の情熱を罠と死へ変えてしまうのだ。
かれらは、最初に陸に近い岩場に目星をつけておくのだが[1]、
それは互いに接近した一対の頂点が聳えている岩場で、
そのふたつの岩場の間で狭く海が区切られている。
それらの岩場は、さんさんと日の光が当たり、

（1）このサルゴス捕獲については、アイリアノス『動物の特性について』第一巻二三で敷衍されている。

たくさんのサルゴスがそこに塒（ねぐら）を共有して居住している。
というのも、ことのほか日の光を喜ぶからだ。
そういう場所で漁夫は、自分の全身に山羊皮をまとい、
両方のこめかみのところに角を結わえておく。
そうしておいて、牧人流の策略を胸に仕事にとりかかる。
大麦の粉に山羊の肉と碾き割り麦を、こってりと混ぜたものを
海へ投じる。気に入りの臭いと胡散臭い雰囲気と
気前のよい食い物がサルゴスどもをおびき寄せ、かれらの胸中には
何らの危害も慮る筋はなく、ただもう大喜びの様子で、
山羊に変装した敵の漁夫のまわりに愛想を振りまくのだ。
不幸な連中よ、そのお友達がたちまち致命的に豹変するというのに。
かれの心は、山羊たちとは似ても似つかぬもの。果たせるかな、早くも
かれの手には堅い木の竿と灰色の亜麻製の紐が
準備されていて、さらに山羊の蹄（ひづめ）の肉が手の加えられないままで
鉤に被せられる。かれらががつがつとそのおびき餌をぱくつくと、
漁夫はそのがっちりとした手で、引いては幾度も
手繰り寄せる。この騙しの手口に慣れてしまえば、

もう近寄ってくるものもいないだろう、たとえ毛むくじゃらの本物の
山羊を連れてきても、かれらはそろってさっさと逃げにかかるだろう、
人の姿と餌の椀飯振舞いと日当たりのよい岩場までも嫌いぬいて。
とはいえ、漁夫が気づかれずにてきぱきと仕事にかかれば、
捕獲は免れぬはずがなく、山羊の扮装に屈してしまうだろう。
これとは別の欲求が春になれば、またしてもサルゴスたちの気がかりになる。
つまりかれら相互の欲求で、結婚のための臥所をめぐって争うのだ。
たった一匹の雄がたくさんの妻を求めて戦うわけだが、
その強さで勝利すれば、全員の夫たるに申し分ない。
そこで雌たちの群れを岩場へ追い込むのだ。そこには漁夫たちが
奥の深い、どこもかしこも丸くなった筌を巧妙に据えつける。
その入り口は植物の葉ですっかり蔽っておくのだが、
ミルテのみずみずしい枝か、芳香のある月桂樹か、
あるいはその他の植物で、熟練の腕を揮ってそれを隠す。
愛欲に衝き動かされて、雄どもは闘いへと
奮い立ち、花嫁をめぐる争いは熾烈になる。
しかし、一匹が最強たることを見せつけて勝利をものにするや、

すぐさま女房たちの棲み処となる岩の穴を探す。
たまたまそこにあった筌が葉の繁茂した枝で覆い隠されているのを見ると、
かれはその中へ花嫁集団を追い込む。すると彼女たちは筌の中へ
どんどんと入っていく。かれはほかのすべての雄たちを外に
押し留めて、一匹たりとも花嫁に近寄らせない。
ところが枝で編んだ罠が一杯に詰め込まれると、最後にかれ自身が
寝室の中へ、すなわち逃れ出られぬ死の寝床へ入り込むという段取り。
羊飼いが牧草地から毛のふさふさとした羊の群れを
追い立てて連れ戻し、畜舎の入り口のところに立って、
羊の数を頭の中で数えながら
全員が無事であるか念入りに調べる。
溢れ出るほど一杯の畜舎は、押し合いへし合いの羊たちで
狭苦しくなっているところを、羊飼いが最後にその間へ入っていく。
ちょうどこのように、まず雌のサルゴスたちが中空の隠れ処へ
潜(くぐ)っていく。最後に雄が筌の中へ跳びこむと、
この不運の雄は、これまた不運の女房たちのもとに殺到する。
かくの如き競争を、魚族の間では愛欲が惹き起し、

かくの如き罠に嵌められて色恋に狂いつつ、かれらは身を滅ぼすというわけ。

物陰を好む魚とその捕獲法──鰣

鰣は波間に何か漂うものを見ると、
一団となってぴったりとその後を追いかける、
とりわけ船が暴風にあって難破しているときなどは。
無慈悲なポセイドン神に出会ってしまったので、
船は巨大な波に打ち砕かれ、用材は海の破壊的な攻撃で
ばらばらになって、あちらこちらへとさらわれていく。
その時、鰣の群れが押し流される厚板の後を
しきりに追っていくのだ。するとたまたまこれに遭遇する漁夫は、
易々と途轍もない大漁を手にすることとなる。
だが、深海に在すクロノスの御子は船乗りたちをそのようなことから護りたまえ。
そのお陰を被れば、船は穏やかな凪に滑らかな海面を疾走するだろう、
無傷の上にさらに揺れもなく、
積荷の交互の出し入れに精を出しながら。
さてそうなれば、鰣には別の工夫を編み出して、

四一〇

船の難破など当てにしないで、この獲物を追うことになろう。
漁夫たちは、葦を集めて幾つかの小さな束にくくると、
それらを渦巻く波間へ下ろす。重い石を下の方に結びつけて
バラストにする。これを一斉に水の中で
緩やかにぐるぐると回す。物陰を好む種族の鱰は、
たちまち集まってきて群がり、そこから離れないで
自分の背を葦の束に擦りつけては喜んでいる。
この時漁夫たちは、すでに手中にしたも同然の獲物の方へ
船を進めると、鉤に餌を付けて投ずれば、
かれらはそれを引ったくってそのまま身の破滅へ急ぐ寸法。
それはちょうど食い物で犬どもを、狩猟の闘いへ煽り立てるようなもので、
かれらの真ん中に獲物の一部をぐるぐると回すのだ。するとかれらは、
食欲に途方もなく狂いあがり、荒々しく猛りながら
互いに先を競い合って、その手の動きからいずこへそれが
投げられるかを、きっとなって見据える。それからは歯と歯の争い。
そのように、鱰たちは、仕掛けの調った鉤へ突進するのだ。
こうなれば、容易にあなたは次から次へと捕らえては引き上げるでしょう、

もしもあなたが機敏であれば。と申しますのも、この魚自身が漁夫よりも
敏捷であり、自らの無分別から自らの破滅を、それは熱心に急ぐものですから。

物陰を好む魚とその捕獲法——鰤もどき

こうした類の策略を用いて鰤もどき[1]も捕獲される。
この魚も物陰に心を強く惹かれるからだ。

そのほかの魚の捕獲法——槍烏賊

槍烏賊に対しては、矢形の竿を作って、これを錘(つむ)とそっくりに
似せるように工夫しておかねばならない。そうしてその周りには
反り返ったかかり(顎)のある鉤をたくさん
上下左右ともびっしりと付けておくこと。これに紅べらの
色模様のある胴体を串刺しにしておいて、青銅の鉤の
反り曲がった歯を見えないようにする。それから紺碧の海の深みへ、
このように仕掛けた罠を紐に結わえて引き下ろすこと。槍烏賊は

(1) 第一巻一八六を参照。

それを一目見ると突進してきて、湿った触腕で絡みつく。(1)
すると青銅の（鉤の）唇にぶら下がったままとなる。
こうなればいくらもがいても、もはや離れられず、心ならずも
引き寄せられる、自分からからだを巻きつけたままで。

そのほかの魚の捕獲法――鰻

波濤に煩わされない海の港湾などで、若者が遊びに
鰻を捕らえようとちょっとした工夫をする。(2)
かれはとても長い羊の腸を手に取ると、引き伸ばして海の中へ
沈める。一見したところ長い紐のようだ。これを見た鰻は、
跳びついて掠め取る。大口を開けてぱくりとするのを察知するや、
かれはすぐさま羊の腸の中へ息を吹き込み、これを膨らませる。
強く息を吹くとみるみる膨脹し、哀れな鰻の口は、
腸で一杯になってぱんぱんに張り詰められる。
人の息で圧迫されて苦しめられての挙句、
捕らえられてしまう、何とか逃げようとしたけれども。
なにしろどんどんと膨れあがり、息苦しくなるばかりで、

水面へ泳ぎ上がったところを漁夫の獲物となるという次第。一杯に詰まった大甕の酒を試し飲みしてみようと、アウロス（竪笛）状の吹管を手に取り、それを口に銜える。息を吸い込んで酒を引き上げ、唇の先端でひとまずこれを押し留める。こうして、人の気息の力で酒がどっと流れ出てくる。これと同じように、鰻は息を吹き込まれて膨れあがり、吹き込むずるがしこい若者の口へと引き寄せられるのだ。

（1）アイリアノス『動物の特性について』第五巻四一を参照。

（2）アリストテレス『動物誌』五九二a六によれば、鰻は鰓が小さいために水が濁っているとすぐに窒息してしまう。それを利用して、鰻を捕らえるにはまず水を掻きまわして濁らせるとよいという。アテナイオス『食卓の賢人たち』第七巻二九八cでは、上のアリストテレスの説がそのまま記述されている。これに対してアイリアノス『動物の特性について』第一四巻八では、オッピアノスの記述するように、実際に漁夫が羊の腸を用いて鰻を捕らえる方法がオッピアノスよりもはるかに詳細に説明されている。ところで、オッピアノスは「若者が遊びに」とわざわざ断っている。したがって、このような捕獲法を、必ずしも本気にしてはいないのかもしれない。かれの記述の仕方は、ここではどこかユーモラスな、というより漫画風な描写が目立つのも、あるいはそのせいではないだろうか。

そのほかの魚の捕獲法——片口鰯

魚族には臆病で弱小の集団があって、
かよわい雑魚の群棲する種族で、片口鰯(1)と
呼ばれる。これはあらゆる種類の魚の絶好の餌なのだ。
その胸中にはいつも逃走という衝動が燃えている。
どんなものにも恐れおののき、肩を寄せ合うように
一塊となって、密集しながら押し合いへし合いの有様は、
さながら逃れようのない鎖に強制されているかのよう。
この広大な群れを切り離したり解散させたりは、あなたにも
おできになりますまい。そのくらいかれらは互いに密着しているのです。
時には船も暗礁に乗り上げるように、これに座礁したり(2)、
また時には座席についている漕ぎ手たちが櫂を
この中に入れてしまい、櫂は二進(にっち)も三進(さっち)も動きがとれず、
まるで岩場にぶち当ててしまったかのような有様になることも。
そんな折、たまさか誰かがまっすぐに深々と切り裂く斧を取りあげ、
片口鰯どもに一撃を加えても、鉄の刃は群れの全体を
真っ二つに断ち切らず、そのほんの一部を切り分けたにすぎない。

その手斧が切り取ったのは頭であったり、尾を切断したり、
胴体の真ん中を切り離したり、あるいはまるごと粉砕したりといったところ。
かれらの残骸を見るのは、哀れな死骸に似て心が傷む。
だが、何があろうともかれらはおさおさ怠りなく、かれらを縛る鎖を
弛めたりしない。それほどの留釘がしっかりとかれらを束ねているのだ。
この手の魚どもに遭遇したら、きっと素手でかれらを掻き集めることも
できるであろう、あたかも深く積もった砂を集めるように。
だが、漁夫たちはかれらがごちゃごちゃと群れているのに気づくと、
喜び勇んで中空になった地引き網で取り囲み、
労せずして大量の獲物を岸辺へもたらす。
そうなれば、あらゆる容器も船も、この雑魚で一杯となる。
広く延びた岸には山積みにされていて、
それこそ数え切れない獲物の洪水だ。
これを喩えれば、女神デメテルの仕事を終えた収穫の労働者たちのようで、

---

(1) 原語は「エングラウリス」。アリストテレス『動物誌』五六九b二六によれば、「エンクラシコロス」といい、沼沢地に棲息する一種の雑魚から生まれるという。

(2) アイリアノス『動物の特性について』第八巻一八を参照。

かれらは風と唐箕(とうみ)[1]に助けられて穀物を
選別して、見事な円形の打穀場の中程に
これを大量に積み上げる。どこもかしこも満ち溢れ、
穀物を収容した周囲は、打穀場の中で白く光っている。
まさにそれと同じように、無数の雑魚で満ち溢れて
海に接する浜の土手は、白く輝いている。

そのほかの魚の捕獲法――めじ鮪

めじ鮪の集団は黒海の産で、
残忍な鮪の末裔[2]たちなのだ。
マイオーティス湖[3]が潮の流れに出会うあたり、
その口もと、水に濡れる葦の原に鮪たちは
集結して、苦しみの多い出産のことを思い起こす。
そして、卵の一部は（産卵後）引き返す途中でかれらが食い尽くすが、
ほかの一部は葦や藺草の間に居残り、
しかるべき時期になると、めじ鮪の群れを出現させる。
これが潮の流れに初めて触れて進路を試すや、

遠い異国の海への旅路を急ぎ、
まだ幼いとはいえ、生まれ在所に留まるつもりはないのだ。
トラキアの海のある区域は、ポセイドン神に割り当てられた領域で
もっとも深いところと、世に語られている。
そのためにそこは、「黒湾」(4)とも呼ばれ、凄まじい、
薙ぎ倒すような風に襲われることがない。
水面下には隠れ処が自然にできていて、
洞穴状のもの、泥状のもの、意想外のものもある。そして、ここでは
小型の魚たちに、食料を供給するようなものがたくさん育っている。
生まれたばかりのめじ鮪の群れの、最初の進路もここを通る。
というのも、かれらはほかのどの海の生き物よりも
冬の嵐の襲来を恐れるからだ。

---

(1) ホメロス『オデュッセイア』第十一歌一二八を参照。

(2) 鮪の生後一年の幼魚をめじという。アリストテレス『動物誌』五七一a一五によれば、鮪は春に黒海で産卵するが、孵化した幼魚は秋に黒海を去り、翌春にめじとなって黒海へやってくる。なお、「残忍な」については第一巻七五六以下を参照。

(3) 現在のアゾフ海のこと。

(4) いわゆるトラキア・ケルソネーソス（現在のゲリボル半島）の西方に拡がるサロス湾のこと。マルマラ海やダーダネルス海峡とはこの半島で隔てられる。ストラボン『地理書』第一巻四七七、第三巻三七二、三七五を参照。

なにしろ冬はかれらの目の光を鈍くするので。
それでこの広々とした海の懐の中に腰を落ち着け、
のんびりと長居しつつ、図体も大きくなっていく。
そうして心地よい春を待つ。春にはかれらにも交尾への欲求が実現される。
だが、かれらは子を孕むと急いでまた引き返し、
生まれ故郷の波間に戻って腹を産みの苦しみから解き放つ。
このめじ鮪をトラキアの人々は、「黒湾」の深海域の上方（北方）で、
冬の悪天候の時節に捕獲するのだが、
それが残忍かつ不愉快な漁法[1]で、死闘の
血なまぐさい掟と、破滅の野蛮な運命とに支配されたもの。
かれらは頑丈な角材、長くはないががっしりと太い、
およそ一腕尺[2]の長さのものを持ち、その先端には
多量の鉛を流し込み、たくさんの鉄で造られた
三叉の穂先を並べて固定してある。
角材には途轍もなく長い、しっかりと編まれた綱が巻いてある。
かれらは、船に乗って湾で一番深いところへ繰り出すと、
下の暗い深海へたくましく頑丈な樅の角材を

力を込めて投げ下ろす。たちまち投げられた勢いと
鉛と鉄の重さに下へ下へと引きずられて、
海の最深の底へ急降下する。そして、かよわい
めじ鮪が泥の中にうずくまっているところへ襲いかかる。
それはこの不運の集団と遭遇する限り、手当たり次第に殺し、刺し貫く。
漁夫たちが迅速に引き揚げると、青銅に突き刺されたもの、
憐れむべし鉄の責め苦にぴちぴちと跳ねているもの、
この有様を見ればいかに冷酷な人でも、
かれらの不運の捕獲と運命に同情を禁じ得まい。
あるものは穂先に横腹を刺し貫かれ、
またあるものは頭を矢で射抜かれたようで、さらに尾の上に
深手を負ったものがあり、またあるものの下腹を、あるものの背を
苛烈な闘いが打ち砕く。ほかには腹部の真ん中を打ち抜かれたものも。
これを喩えれば、乱戦の行方が決した後、

（1）アイリアノス『動物の特性について』第十五巻一〇における漁法の記述は、このオッピアノスのと一致しない。

（2）肱から中指の先までの長さ。

槍で撃たれた戦死者たちを、土埃と血の海から運び出し、
戦友たちは、悲嘆にくれながら、余燼のくすぶる死体置き場に
並べる。死者のからだに被った傷は実におびただしく、
かつさまざまで、およそ戦さによる負傷のすべてが出揃ったという按配。
そのように、めじ鮪どももいたるところに傷を負っているのは、
まさしく戦さの生き写し、漁夫たちには何とも好ましい図柄。
また、これとは別の人たちは、軽い網でかよわいめじ鮪の集団を
一網打尽にしている。というのも、この魚はつねに暗がりを恐れるのだ、
それも海を暗くするものなら何であれ、暗闇には恐怖を感じるので、
夜の暗闇の海を右往左往するところを捕獲されてしまう。
細い亜麻で作られたごく軽い網を拡げると、
漁夫たちは、それをぐるぐると引き回すとともに、海面を櫂で
力いっぱい叩き、竿で荒っぽく騒音を海中へ打ち込む。
暗がりに光る櫂のすばやい動きと騒音に、めじ鮪たちは
跳び上がり、逃げまどいしているうちに網の懐へ突入する。
そこだけは静まりかえっていて、かれらは避難場所と思い込んでしまう。
愚かな奴らだ、騒音に慄えあがって死の運命へ駈け込んでゆく。

かくして漁夫たちは、急いで両側から綱を攫んで、
綱を浜辺へ引き寄せる。魚どもは、綱の動くのを見るにつけ、
いよいよ不安にびくつくばかり、所詮は無益なこと、
ひしめき合いながら竦みあがっているうちに、一塊に巻き込まれてゆく。
この時、漁夫は漁(すなど)りの神々にしきりに祈っていることだろう、
網から一匹たりとも跳ね出ませんように、
何かが動き出して逃げ道を教えることになりませんように、と。万が一にも
めじ鮪たちがそんなものを目にしようものなら、即座にことごとく
その軽い網から深い海へ跳び出ていってしまい、後に残されるのは不漁だけ。
もしも海をさまよう神々のどなたも、漁夫たちにお腹立ちでなければ、
しばしば魚たちは堅い岸へ引き揚げられても、海から離れてしまったのに、
網から出ようとはせず、それにしがみつこうとする始末。
それもただ、ぐるぐると回る綱そのものが恐ろしいばかり。
これと同じように、森の中でもやはり山の狩人は、
臆病な鹿をまんまと策略に乗せて捕らえる折には、
あたりの茂み全体にぐるりと綱を張りめぐらすのだ。
その綱に軽量の鳥どもの敏捷な羽根を結わえる。

すると鹿はそれを見て、いたずらにわけもない恐怖で竦み、
とるにたらない羽根などに惑わされて近づこうとしない。
そこを狩人は躍りかかって捕らえてしまうというわけ。

罠なしで捕獲される魚――サルゴス

それればかりか、海の仕事に腕達者な潜水夫もまた
罠など用いずに、躍りかかって素手で魚を捕らえる、
恐怖に慄えあがっているサルゴスや臆病なスキアイナ(1)を。
なにしろ、かれは陸地同然に潮路を横切っていくのだから。
サルゴスたちは、恐れおののきつつ、海の奥まったところに
固まって竦みあがっているが、斜めに傾きながら密着して
積み重なっているというような状態。だが、かれらの背中にはびっしりと
棘が逆立っている。それはちょうど、農夫たちが耕地をぐるりと囲む
垣根を、どこもかしこもぴったりと隣接する先の尖った杭で保護するようだ。
これは泥棒どもには厄介なもの、侵入するのはちょっとばかり
難しかろう。なにしろ杭が行く手をすっかり阻むのだから。
こんな具合で、サルゴスを安直な獲物だといって、おいそれと近づいたり、

手を出したりはできまい。周りには黒々として突き出た棘が
ぎっしりと並んだ尖った先を上にして、林立するというのだから。
とはいうものの、熟練の者は大海原の秘められた場所へ急いで潜り、
サルゴスたちの様子を矯(た)めつ眇(すが)めつ眺めまわすがよい。
その頭はいずこにあり、尾の有様はいかにと。
それから手をかれらの頭上に翳して、棘を上から下へ
優しく撫で下ろしては、押し撓(たわ)めてしまうがよい。
しかしながら、かれらの方はそのまま、がっちりと固まって動かない。
自分たちの水も洩らさぬ防禦態勢を信じること、鉄石の如しといったところ。
それからおもむろにそのうちの二匹を、それぞれ片手に攫みとったら、
海面に浮かび上がるという寸法、これぞまさしく究極の騙し技。

罠なしで捕獲される魚——スキアイナ

岩場に棲息するスキアイナの心がひとたび恐怖に襲われるや、
大急ぎで岩礁に駈けつけ、何か中空になった、

(1) 第一巻一三一を参照。

円形の洞穴か、あるいは裂け目の中へはいり込む。
さもなくば海草とか、さらには海藻を探し出す。
それというのも、かれらに肝要なのはからだ全体をすっぽりと収めて、
護ってくれるような避難場所ではないのだ。ただ頭のことだけを大事と
ひたすら専心すること、つまり頭と両方の眼を覆い隠せば、
自分が見えないので、見えるものの攻撃は免れると思い込んでいるという次第。
これを喩えれば、森で生肉を食らう獅子に襲われた羚羊の如し。
かれは頭を下に向けることにより、
その無益な防禦に身を委ね、見られていないと
信じ込んでいる、恐ろしい野獣が自分に跳びかかって
ずたずたに裂くまで。それでもかれの心は少しも変わらず、依然として
頭を上げないのだ。わが身を滅ぼしながらも、なお逃れられると思っている。
このようなばかばかしい工夫は、リビアの翼のある、湾曲した首の
動物[1]も思いつくのだが、その手練手管たるやまことに虚しい。
このように、かぼそいスキアイナは虚しい期待を込めて
わが身を隠すのだが、たちまち漁夫の手で攫み取られるや、
海上へ浮かび上がって自らの愚かさをさらけ出すという始末。

かくも多くの漁（すなど）りの手法が漁夫たちの手練手管から生まれ、
かくも多くの魚たちに酷い破滅をもたらしたのを私は知っている。(2)
これらの魚よりほかの魚たちも、すべて似たような運命にめぐりあうのだ、
筌と鉤、目の細かい網や三叉の威力によって、
策略の道具として人間たちの所有するすべてのものによって。
そしてあるものは日中に屈服して攫まり、またあるものは夕方にと。
夜の帷が初めて降りるとともに、漁夫たちは燃える
松明のもとで、中空に刳り貫かれた小船を操り、
すでに動きをやめている魚どもに暗い滅びの運命をもたらす。
その時かれらは、松明の油で輝く炎に歓声をあげて
小船の周りに殺到するが、夕暮れ時に邪悪な火を見ているうちに、
三叉の遠慮会釈のない強打に見舞われるのだ。

---

(1) 駝鳥（「ストルートカメーロス」Struthio camelus）のこと。オッピアノス『猟師訓』第三巻四八二以下「駱駝（カメーロス）と雀（ストルートス）をひとつにしたような驚くべきもの」とあり、アリストテレスもリビアの駝鳥を「リビアの雀（ストルートス）」と呼んでいる（『動物誌』六一六b五）。

(2) 第三巻二〇五から第四巻六四六までの記述部分の結語。

毒物による捕獲法

また、毒物を用いる漁夫たちには、もうひとつの漁りの仕方がある。
命取りになる毒薬を魚たちのために考案して、
海の魚族に即座の死の運命をもたらすことだ。
手始めに漁夫たちは、飛び道具の雨を降らせ、
竿で叩き櫂で攻めたてて、この海の動物たちの
哀れな隊列を一箇所に追い込む。そこは天然の入り江で、
底はたくさんの隠れ穴のため凸凹している。
すると魚たちが中空になった岩礁へ潜りこめば、
漁夫たちは亜麻をしっかりと編んだ網を周りに拡げて、
ぐるりと取り囲む。まるで敵の周囲に、いかにも不釣合いな
石の壁を二重にめぐらせるようなものだ。
さて、それから粘り気のある白粘土と、医師たちが
キュクラミーノス(1)と呼ぶ植物の根を取り出し、
これらを混ぜて両手で捏(こ)ね、団子をふたつ作る。
そうして網を越えて海へ飛び込み、中空になっている岩穴や
魚の隠れる場所の周辺に、この反吐の出そうな軟膏の

悪臭芬々たる毒物をそのまま塗りたくって海を汚す。
恐ろしい毒物を塗り終えたら、また船に戻る。
魚たちには即座に邪悪かつ冷酷な臭気が真っ先に
その隠れ処に到達する。かれらの眼は闇に蔽われ、
頭もからだもずっしりと重くなり、もう隠れ処に
留まってはいられず、岩礁の間から呆然自失の態で
流れ出てくる。だが、海はかれらにいっそう苦しく
なっていて、それほど害毒は海水に混入しているのだ。
かれらは泥酔したように、恐ろしい毒気に当てられて、
そこらあたりをぐるぐると回るが、どこにもその不快から
免れた場所など見つからない。かれらは性急に網へ
向かって殺到する、なんとかして抜け出ようと懸命にあがき求める。

（1）Cyclamen graecum（サクラソウ科シクラメン属の植物）。ただし、種類が多くあるらしく、特定は困難であるが、プリニウスと同様にオッピアノスも毒草としてとりあげている。プリニウス『博物誌』第二十五巻一一六とディオスクリデス『薬物誌』第二巻一六四を参照。なお、テオクリトス『牧歌』第五歌一二三では、媚薬とされているらしい。

しかしながら、残酷な死からの救出も逃亡もあり得ぬ。
苦しみもがいて激しく突進したり、跳ね上がったりしては
動き回っているけれども、死にゆくものの喘ぎはおびただしく、
海上を駈け抜けていく。それこそ魚たちには悲嘆の仕方。
だが、漁夫たちは、かれらの苦しむ有様を傍観しながら喜び、
平然として待ち望むのは、海が静寂を取り戻し、
魚どもがバチャバチャと騒ぐのと不幸な闘争を止めて、
かれらの悲しみの呼吸を吐き終わること。
その折は無数の死んだ魚を引き揚げるのだが、
いずれも破滅の運命を共有し、死をも共にしたものたちばかり。
喩えれば、敵対する人々を戦火に晒し、
その都市を破壊し殲滅せんものと、
敵に災禍を考えめぐらすことをいっこうに止めず、
敵の井戸の水に恐ろしい毒薬を投ずることまでする。都城を守る人たちは、
ひどい飢餓と困苦、そして忌まわしい飲み水に苦しんだ末に、
凄惨かつ屈辱の死の運命に滅び、
城内のいたるところに死体が溢れる。

まさにかくの如き不運の死と酷い運命によって、
魚たちは毒物に心得のある人間に打ち負かされて滅びゆく。

第五巻　海の生き物の捕獲方法――つづき

序　歌

大地を支配するお方よ、引き続きお聞きになりながらご留意なさいませ。
すなわち、人間にはひとつとしてなし得ぬことがないのでありますし、
母なる大地においても、はたまた海の広漠たる懐の中にあっても。
間違いなく、どなたかが神々に似た種族として人類を
作り出したが、ただかれらより劣った力を賦与したのだ。
土と水を混ぜて、われら人間を神々に似せて
こしらえ、その心臓に神々の香油を塗ったのが
智謀に富むプロメテウス、かのイアペトスの息子であれ、
あるいはわれらがティタン神族に発する[1]神々の血脈からも
生まれ出たのであれ、とにかく人間より卓越するものは、神々を除けば
存在しないのであり、ただ不死なる神々にのみわれらは一籌を輸するのだ。

山中で怯むことを知らずに威を揮って圧倒する野獣を、
人間はどれほど消滅させたことか、雲間と空中に
旋回する鳥類をどれほど捕獲したことか、
地上に匍いつくばるその身の矮小さにもかかわらず。
獅子は勇猛な心があっても敗北を防ぎえず、鷲は疾風の如き翼を
はばたいてもわが身を救えない。かのインドの黒々とした皮(2)に
包まれた、途方もない重量の野獣でさえも、
人間は力ずくで頭を下げさせて軛に繋ぎ、
騾馬の骨の折れる牽引仕事をやらせるのだ。
ポセイドン神の住まいに棲息するあらゆる怪物を、
海は大地の生んだ生肉を食らうこどもたちより、
いささかも見劣りさせることなく生む、と私は申し上げよう。
実際、力強さと図体の大きさでは、海の残忍な化け物が抜きん出る。
陸上には亀の種族がいるけれども、およそ勇敢さとか、

(1) ゼウスの雷電で焼き滅ぼされたティタンたちの灰から人類が生まれたという、古代のオルペウス教の教義に基づく。

(2)「不気味な鼻」と解釈する底本に従わず、ノンノス『ディオニューソス譚』第十五巻一五八と同様に「皮」を採る。

災厄とかには無縁の存在。しかるに海亀とは
波間で自信たっぷりに顔を合わせるような人はいないであろう。
堅い陸地には凶暴な犬どももがいるけれども、海の「犬」(1)とは
恥知らずという点で競い合うことのできるものはいなかろう。
陸上の豹に噛まれたら命取りとなるが、海の豹(2)の方が
さらに恐ろしい。堅い大地にはハイエナ（「ヒュアイナ」）が徘徊するが、
波間にいる同じ名前の連中(3)は、それよりはるかにぞっとさせる。
羊飼いの牡羊はおとなしい動物だが、
海の「牡羊」(4)は、近寄るものに友好的な出会いなど断じてしない。
どのような野猪が無敵の鼠鮫ほどの力を揮うというのか。
獅子の心にいかなる力が燃えさかり、
身慄いさせる撞木鮫に匹敵するというのか。
恐ろしい海豹（あざらし）を眼前にすれば、陸上でさえも
毛のもじゃもじゃした熊は慄えあがり、いざ一戦ともなれば
打ち負かされる。このような動物が海には棲息しているのだ。
だが、それでも恐れを知らぬ人類はかれらに対しても、
重苦しい災厄を考案してきた。そのために漁夫たちの手にかかって

かれらは身を滅ぼしたのだが、海の怪物が漁夫たちと一戦を交えるときも同断。
これを捕獲する厄介きわまる骨折りを語りましょう、どうぞご傾聴を、
慈悲深き王たちよ、オリュンポスの神々のための地上の砦よ。

海の怪物の生態

海の怪物[5]は大海原の真中で成長するけれども、
その数はきわめて多く、大きさも桁外れ。めったに海から
浮上しないで、体重のせいでつねに海底近くにいる。
かれらは食い物にありつこうと、絶えず狂おしくなっているのも、
つねに飢えているからであり、自分たちのひどい胃の腑の無節操さを
けっして抑えないからだ。そもそもどのような食い物が
かれらのぽっかりと大口を開けている胃を満たすに十分なのか、

---

(1) 第一巻三七三を参照。
(2) 第一巻三六八の「パルダリス」のこと。後出の海豹（あざらし）のことではない。
(3) これも不明だが、名前だけなら第一巻三七二の「ヒュアイナ」のことになる。
(4) 第一巻三七二を参照。
(5) 第一巻四八を参照。ここでは、おそらく鯨のことであろう。

飽くことを知らぬ顎を満足させ、休止させられるというのか。
しかもかれら自身は、互いに滅ぼしあうのだ。強いものが弱いものを殺し、
めいめいが互いに食い物であり、御馳走という次第。
しばしばかれらは船にも恐怖をもたらすことがある、
夕暮れ時にイベリアの海域(1)で遭遇しようものなら。
そのあたりは、隣接する大西洋の無限の海原を後に残して、かれらが
二十挺櫓の船の如くに、とくにどやどやと押しかけて来るところ。
時には道に迷って、水深が深い岸の近くへ来ることもある。
そのような折はかれらに攻撃を仕掛けるのもよかろう。
海の超大型の動物は、「犬」を除けばすべて
からだが重くて、往き来するのが容易ではない。
かれらは遠方になど見向きもせず、海の拡がる限りを
駈け回りもしないで、その途轍もない図体に齷齪しつつ、
とにかくはなはだのろのろと転がる如くに進む。

海の怪物（鯨）の同伴者

このためにかれらにはすべて一緒に泳ぐ同伴者の魚がいて、

見た目には灰色[2]をして胴体が長く、尾は細いが
抜群に優れた先導者で、かれらに海中の進路を案内するのだ。
それでこれを「案内人」[3]と呼ぶ人もいる。
鯨にとっては、まったく願ったり叶ったりの伴侶であり、
案内人にして護衛なのだ。かれが望むところへ連れて行ってくれる、
いとも易々と。それはかれが後に随うのは、ただこの魚だけだからだ。
信頼を寄せる相手をひたすら信頼するというわけ。かれの近くを
ぐるぐると泳ぎ回り、かれの眼の傍らへ尾を差し延べて、
かれにひとつひとつ伝えるのだ、獲物が
捕らえられるとか、害をなすものが近くに迫っているとか、
潮の流出入の少ないところは避けた方がよいとか、
まるで声を出しているかのように、その尾はあらゆることを
的確に知らせる。こうして海水の重荷は意のままという寸法。

---

(1) 第三巻六二一三を参照。
(2) 底本に従わず、Schneider の読みを採る。
(3) 原語は「ヘーゲーテール」。おそらく「ポンピロス」の別名。第一巻一八六以下の鰤もどきを参照。さらに、アイリアノス『動物の特性について』第二巻一三およびプルタルコス『モラリア』九八〇Fを参照。

この魚は、鯨にとって前衛の戦士であり、かつ耳であり目であり、
これによってかれは聞き、これによってかれは見る。
かくして鯨は、自らの生命を護るための手綱をこの魚に一任する。
これを喩えれば、年老いたる父親を愛情でくるむ息子の如し。
その老年を気遣って自分を養育してくれた謝礼を支払い、
すでに手足も目もめっきりと衰えた父親を
まめまめしく世話をしたり、いたわったりする。外出の折には
手を差し延べ、何をするにも自らさっと手を貸すというように。
——まことに老いた父親には、息子たちは新たな活力なのだ——
まさにこのように、かの魚は海の猛獣を愛情でくるみ、
これを船のように舵を操りながら導いていく。
まぎれもなく、かれは最初にこの世に生まれ出て以来血の繋がりを
持っているか、あるいは自分の方からこれを心の友としているのだ。
このように、男らしさも見た目のよさも、分別ほどには
役に立たない。思慮なき腕力は虚しいもの。
そして腕っ節の強い男を、知恵の働く小男が
挫くことも救うこともある。容易に寄せつけない図体をした

無敵の鯨でさえも、ちっぽけな魚と手を結んでいるのだから。

鯨捕りの方法

それゆえに、まず手始めに偵察役の「案内人」をやっつけること、
鉤の威力とおびき餌（え）で、こいつをうまく計略に乗せて。
なにしろこれが生きている限り、怪物を圧倒して打ち負かすのは
到底できぬ相談。これさえ死ねば闘いはぐっと早く片がつこうというもの。
そうなれば怪物は、もはや菫色をした潮路をしっかりと
弁（わきま）えず、間近の災厄を避けることも分からないまま、
まさしく舵手を失った商船のように、
不用心にさ迷い、いずこへ灰色の水を掻き分けていったらよいのか
当てもなく、暗くそして見当もつかない進路を
たどっていく。とにかく大助かりの馭者を奪われてしまったので。
しばしば、さ迷っているうちに座礁したり、浜辺へ乗り上げたり
するのだ。それほどの暗闇が両の眼に拡がっているというわけ。
そういう時に、素早く考えをめぐらせる漁夫たちは、漁（すなど）りの骨折り仕事に
急いで取り掛かる。そして鯨（いさな）捕（と）りの神々に祈るのは、

海の恐ろしい怪物を仕留めることができますようにと。
喩えれば、敵方の強力な部隊がひそかに相手方に接近する。
あらかじめ夜中になるまでじっくりと見守っていたが、
城門の前には番兵どもが眠りこけているのに遭遇する。
これもアレス神のお引き立て、かれらに襲いかかって制圧する。
それから、自信満々にその都市の山の手と城砦そのものへ
急ぐ、火矢を手にして。これぞ都市にとって災厄、
立派に建てられた家並みを破壊する燃え木を手に手に。
この時と同じように、漁夫たちの一団は自信満々に、
先導者を失って無防備のままの海の猛獣へ殺到する。
真っ先に、かれらは胸中この鯨の重さと大きさを
あれこれと推し測るが、これはかれの全身を示す指標となるべきもの。
かれは大海原の波濤のさなかを転がるように進みながら、
ほんの暫時海面に上昇するような折に、背の隆起と背鰭の
先端を見せると、この獣は途轍もなく大きいのだ。それは海自身が
これを簡単には支えきれず、とても運んでゆくわけにはいかないほど。
だが、たとえかれの背の一部が現われても、その重さがいかほどかは

三〇

教えてくれない。もっと弱い獣たちは浮上しやすい通路を往き来するのだ。
これほどの海の怪物たちには、綱は幾重にも
よく撚った紐をたくさん結び合わせてこしらえる。
大きからず小さからずという程度の船の前檣前支索ほどの太さがあって、
獲物に十分足りる長さに伸ばしておく。
念入りに鍛えられた鉤（引っ掛け）は鋭く尖らされ、
その両側には交互にかかりが突き出ている。
岩をがっしりと攫み、裂け目に食い込むほどで、
海の怪物の大きく開いた口を蔽ってしまうほどの大きさの不気味な曲線。
渦巻状の鎖が身の毛もよだつ鉤の基部の周りを囲んでいる。
青銅を打ち延ばした頑丈な鎖で、かれの歯の恐るべき暴力と
かれの大きく開いた口の中の穂先に持ちこたえるためのもの。
その鎖の中央にびっしりと環状の輪が取りつけてあり、
これは凶暴に捩じり取ろうとするのを食い止め、
凄まじい苦痛に荒れ狂いながら、血みどろになって
ただちに鉄を破壊せんとするのを阻止して、
かれをきりきり舞いさせつつさ迷わせるものなのだ。

漁夫たちが命取りの御馳走として鉤に突き刺すのは、
牡牛の黒々とした肝臓の一部か、あるいは牡牛の
肩肉、これなど御馳走に与るものの口によく適するはず。
漁夫たちに同伴するものは、戦争用と異なるところがなく、
たくさんの強力な銛や頑丈な三叉が鋭く研ぎあげられているし、
鎌や深々と切り裂く斧、そのほか騒々しい
鉄敷で鍛えられた破壊道具といったようなもの。
かれは迅速に立派な備えの船に乗り込むと、
黙々と、必要なことは互いに頷きあいながら、
出発する。静かに櫂を漕げば海は微かに白く
光るけれども、かれらは慎重にいかなる騒音も立てない、
巨大な鯨が気づいて海の深みへ潜って逃げてしまい、
せっかくの骨折りが無駄に終わらないように。
かれらはかれに接近し、まさに一致して戦端を開こうとするや、
大胆にも船首から、その巨大な動物には命取りとなる
罠を投げ下ろす。かれはその重苦しい御馳走を見ると、
無頓着な素振りなど見せずに跳躍して、自分の恥知らずな胃の腑に服従し、

突進してその反り曲がった不幸のもとを奪い取る。
たちまち研ぎあげられた銛は、かれの広い喉へはいりこみ、
銛のかかりで引っ掛かったまま。鯨はその傷に猛りたって
最初は苦し紛れに、破滅をもたらす顎を逆らうように振りまわして、
青銅製の綱を引きちぎろうと躍起になる。
だが、かれの苦労はいたずらに空回りするだけ。
そこでかれは、焼けつく痛みに狂おしくなって、
慌てて海の深い懐の中へ潜ってゆく。
漁夫たちは、すぐさま綱をすべてかれのなすがままに
任せてしまう。なにしろ巨大な怪物をまた引き上げて、
有無を言わせず屈服させるほどの力を、人間は持ち合わせていないのだから。
それだから、かれは楽々とかれらを立派な備えの船もろともに、
深みへ引きずり込んでしまうだろう、かれが立ち去るがままにさせておけば。
そこでかれが潜るや否や、ただちに漁夫たちは大きな皮袋をかれと一緒に
ついて行かせる。これは人の呼気で一杯に満たされて、綱にしっかりと
結わえられてある。鯨の方は、苦痛に苛まれ、
皮袋には注意もしないで、それらも易々と引きずり込んでしまう、

皮袋たちはそれを欲せず、泡立つ海面に恋々としていようとも。
心労とともに海の底へ近づいてくると、
かれは停止して悲嘆にくれつつ猛烈に泡をたたせる。
ちょうど、汗まみれの仕事をようやく最後の目標に到達させた馬が
血の混じった泡を吹きつつ、曲がった馬銜（はみ）を歯でばりばりと
擦り合わせる。その一方で喘ぎながら熱い息を口から吐いている。
そのように、鯨は息遣いこそ荒いが一休みする。ところが皮袋どもは
かれがいくら望もうとも、そのまま沈んでいるのを許さないで、
急いで浮上して海面に跳ね上がるのだ、
内部の空気に浮かされて。鯨にとってまたしても一戦が勃発。
かれが手始めに口を使って空しい攻撃を仕掛けるのも、
自分をふたたび引き上げようとする皮袋からわが身を
防衛するため。皮袋の方は、跳びあがろうとして、かれなど待ってくれない、
まるで身をよけようとする生き物の如くに逃げていくのだ。
すると、かれは憤然としてふたたび一番深いところへ突入するが、
幾度も身をくねらせたり、翻したりする、時にはやむなく、
また時には自ら望んで。そうして引き寄せたり引き戻されたり。

これを喩えれば、鋸を使って共同作業に忙しく動きまわって
働いている樵夫（きこり）たち、船の竜骨とか、ほかに船乗りたちが
必要とするようなものを仕上げようと、せっせと忙しい。
ふたりの男がぐいぐいと食い込む鉄の荒々しい威力を、
かわるがわるに引き寄せる。その歯の列はただ一本道を
けっして逸れたりしない。両側からせきたてられて、
鋸は歌いかつ切り、そしてまた間断なく引かれる。
このような確執が皮袋たちと恐ろしい獣の間にもあって、
引き寄せられたり押し戻されたりという按配。
だが、苦痛の荒れ狂うにつれて、鯨が噴き出す血の泡は
まことにおびただしく、狂うほどに吹き出る息遣いは
海の深みにうなり声をあげる。かれの周りでは水が泡立ち
沸きあがる。嵐をもたらすボレアス（北風）の息はことごとく
波濤の下の住み処にひそんでいるのか、とお思いになられましょう。
それほど激しく猛りながらかれは喘ぐ。周囲には膨れあがる渦潮に
あまたの渦巻きが密集して回っていて、波間には
ぽっかりとくぼみを作り、海は押し分けられてしまう。

イオニア海とざわめくティレニア海の口もとでは、
海峡[1]のふたつに分かれる潮の流れがその中程あたりで、
テュポンの狂暴な喘ぎに掻きまわされては[2]
ひしめきあっている。そのために凄まじい渦巻きが生まれて、
流れの速い波を撓める。すると、不気味なカリュブディス[3]は、
ぐるぐると渦を巻く、逆流する潮の流れに引っ張られて。
これと同様に、鯨の喘ぎにどこもかしこも掻きまわされ、
その海の一帯はぐるぐると渦を巻いている。
さて、この時漁夫のうちのひとりは急いで刳り貫いた舟を漕いで
岸へ行け。そして綱を浜辺の岩に
結びつけたらただちに戻れ。
船尾の太綱で船をしっかりと結わえつけるという段取り。
鯨の方は右往左往するうちに疲労困憊、
苦痛に酔いしれた上に、骨折りにその荒々しい心も
屈(かが)みこんでしまう。そうして忌まわしい運命の天秤は傾く。
すると、最初の皮袋が浮上して　勝利への出口に到達したことを
知らせれば、漁夫たちの心はいやがうえにも高揚する。

これを喩えれば、苦しみに満ちた戦争から帰還した伝令、
白衣[4]を身にまとい顔を輝かしている。かれの仲間たちが
歓呼の声をあげてかれに随うのも、
すぐにも吉報を聞けると期待してのこと。
まさにこのように、漁夫たちは歓呼の声をあげて、うれしい知らせの皮袋が
下から上がってくるのを見るのだ。それにつづいて、たちまち
ほかの皮袋も浮上して、海の深みから姿を現わす、
巨大な怪物を引っ張りながら。こうしてこの恐ろしい獣は、
引き揚げられる、まったく心ならずも、苦しさと負傷に狂わされて。
こうなれば漁夫たちの勇気は奮い立つ。
立派な櫂の船を迅速に漕いで近づいてゆく。

二四〇

(1) メッシーナ海峡はイタリア半島とシチリア島の間にあって、ティレニア海をイオニア海から分ける。怪物のスキュラやカリュブディスとして、ホメロスに登場する(『オデュッセイア』第十二歌一〇四以下)。
(2) テュポンはゼウスに追われてシチリアの海を越えたとき、エトナ山を投げつけられ、ついに押し潰された。
(3) 海の渦巻きの擬人化された女怪。前註(1)を参照。
(4) 古代ギリシアでは、白は喜びを、黒は悲しみを表した。

さまざまな物音と叫び声は高らかに海上に響きわたり、
かれらは急ぎに急ぎ、互いに闘争へ励ましあう。
男たちの辛苦を戦場で見る思いがすると、
おっしゃるかもしれません。それほどかれらの胸中は勇気凛々、
それだけ騒ぎも闘争欲も昂まろうというもの。
その凄まじい騒音を遠くから山羊飼いが聞きつけ、
あるいは山峡で豊かな毛の羊の群れの番をする羊飼いが、
あるいは松の木を倒している樵夫か、野獣を仕留める狩人が耳にすれば、
いずれも肝を潰して海浜の近くまで駈けつけ、
突き出た岩壁の上に立って、じっと見守るのは、深い海での闘争、
男たちの途方もないその苦心惨憺振りと驚くべき漁(すなど)りの
結末なのだ。一方、漁夫たちは海上の戦闘への消しがたい欲望に駆られる。
あるものは、穂先の厳しい三叉をしっかと握って振りまわし、
またあるものは、鋭く研ぎあげられた銛を、さらにあるものは、
反り具合の見事な鎌を手に持ち、もうひとりは諸刃の斧を
振りあげる。誰も彼もが一所懸命、全員が手に手に
鉄の強靭な刃を備え、すぐ間近から獣に一撃を

加えると、とことんまで攻めたてて傷を負わせる。
鯨の方は、持ち前の激しい闘志を忘れていて、
もはやかれの顎をもってしても、押し寄せる船から
身を護ることは、いかに頑張ろうとて不可能。
それで鰭を鈍重に打ち、尾の先端で波を深々と掘り返し、
船を船尾の方向へ押し戻す。すると櫂の働きも
男たちの勇気もまた削がれる。ちょうど、敵意を抱きながら
船首に向かって波をうねらせる風のようだ。
作業にかかっている男たちの叫び声が響き、
あたりの海一面は、汚れた血を噴き出す致命傷で
すっかり濁ってしまう。海の水はことごとく鯨の血で
沸き立ち、紺碧の潮の流れは赤く染まる。
それは冬に川が赤土の峰を頂く丘陵から、
波立つ入り江へ流れ下る時のようだ。
血のような色の泥が突進する水の流れに押しまくられて、
渦巻く潮と混じり合う。すると、水はあたり一面赤っぽい砂で
赤く染まる、さながら海が血で蔽われているが如し。

それと同じように、この時海の水が鯨の流れる血に赤黒く濁るのも、
漁夫たちの繰り出す武器がかれを切り刻むからにほかならない。
それからかれらは、ぴりぴりとする淦水（かんすい）(1)を汲みだして、
鯨の傷口へそれを滴らせる。すると、塩分の濃い水は傷と混じって
火のように燃え、この獣の破滅をさらに早めることとなる。
ゼウスの笞（しもと）の一振りで天の火は、折しも海を
渡っている船に命中し、船を食い尽くそうとする
焔の勢いは、ゼウスの炬火と入り交じった海に
煽られて、いよいよ激しくなっていく。
まさにかくの如くに、かれの酷い傷と苦痛を、悪臭芬々たる
腐りきった船底の残忍な溜まり水はいやがうえにも増してゆく。
深々と切り込まれた傷に屈服したかれを、
とうとう運命が惨めな死の門へ連れてゆけば、
かれらの方は、喜びに浸りつつかれを綱で引っ張って
陸揚げする。心ならずも引きずられながら、かれはあまたの
鋭い切っ先を楔釘（くさびくぎ）のように突き通されて、
まるで酔いどれの如く自らの死の運命の結末に頷いている。

漁夫たちは、高らかに勝利の歌に声を張りあげて、
櫂を漕ぐ手もせわしなく、歌声を海に響かせるが、
そのうるさい歌は、行く手を急ぐ櫂の水掻きに歌ってやるのだ。
これを喩えれば、勝敗の決まった海戦で、
勝者は敗者の船を曳航し、これに乗り組んでいた敵方の
男たちを陸地へ連れて行こうと急ぐのも
うれしい限りだ。櫂を漕ぐ者たちに声高らかに
歌ってやるのも海戦の勝利歌。他方、心ならずにも
打倒された連中は、やむなく敵方の後に随っていく。
このように、漁夫たちは海の恐るべき怪物を引きずって、
岸へ連れてゆくのもうれしい限りだ。しかし、陸地へ近づくや
死が現実となって、もはやこれしか残されていないというこの刹那が
かれを奮い立たせるのだ。その恐ろしい鰭でかれは海を叩き
かつ鞭打つが、立派な造りの祭壇の上で不気味な死の渦に
巻き込まれて、のたうちまわっている鳥のような有様。

（1）船底の湾曲部（ビルジ）に溜められた汚水、あか。

不運の奴め、何とか波間へ到達せんものとあがけども、
かれの勇気は力を失い、からだはもはや意のままにならず、
凄まじい喘ぎと一緒に陸へ引き揚げられる。
それはちょうど広々とした座席の並ぶ商船のようで、
人々はこれを海から曳き上げて、乾いた地面へ運びこむ。
冬の到来とともに航海の苦労から休息をとらせるために。
船乗りたちの仕事は、なにしろきついものなのだ。
まさにそのように、かれらは頑丈な鯨を陸揚げする。
かれが倒れこむと浜辺がすっぽりとその近寄りがたい巨体で
蔽われてしまう。見るも恐ろしく死体が長々と伸びている。
見るからに不気味なかれの死骸には、たとえ死んで
地面に横たわっていても、やはり近寄るのが憚られる。
もはや在らざるもの、死んだものなのに、なお恐れるのは、
何よりもその顎に連なる歯に身慄いしてしまうからにほかならず。
遅れ馳せながらようやく勇気を出して、その周りに一団となって
集まり、[1] 驚嘆しながらこの野獣の斃死体を見つめている。
あるものたちは、顎の恐るべき歯列に驚く、

ものすごい牙、無慈悲な牙、まるで槍のようで、
びっしりと植えつけられた穂先は、三列になって生えている。
またほかのものたちは、幾多の闘いをかいくぐってきた怪物の
青銅に突き刺された傷に触れてみる。さらにあるものは、
鋭く尖った背の稜線に、恐ろしい棘が直立しているのを見つめる。
さらにほかのものたちはその尾を、また別のものたちは、収容力に富む胴体と
測り知られぬ大きさの頭を見ては驚嘆するばかり。
波騒ぐ海の凶暴な獣を見ながら、船の上よりも
はるかに長く陸の上に滞在するというある男が
傍らの仲間たちに囲まれて言うことには[2]
大地よ、母よ、あなたは私を生み、そして堅い大地の食べ物で
養い育ててくださった。いずれ運命の日が来るときには、

(1) アキレウスがヘクトルを倒した後の情景を想起させる。ホメロス『イーリアス』第二十二歌三六九以下を参照。
(2) なにも好んで海へ繰り出すよりも、陸の上に留まっている方がずっと望ましく思う人物（ひょっとしたら作者自身）が海と海神へ寛恕を祈る挿入部分。

あなたの懐の中で死なせてください。とは言うものの、海の仕事が（私にたいして）
親切でありますように。陸の上でポセイドン神を崇めさせたまえ。
そして、小さな船が私を恐るべき波濤へ送り出すことなどありませんように、
風や雲が出ないかびくびくと、空を見張るようなことはさせないでください。
誰しも猛り狂う海を好きでたまらぬわけでも、苦労の絶えない航海を、
そして耐え忍ぶことになる災難を熱望してやまぬわけでもありませんし、
また一方、荒れ狂う嵐に吹かれても、きまって馬に乗って行くこともありましょう。
それに海上の運命は、ただ死ねばよいというわけにいかず、それに加えて
それなりの人数の相客を待って、墓標のないまま水葬されます、
海の野獣の喉もとまで腹いっぱいにさせてやるために。
私が恐れるのは、かかる災禍を育む海なのです。されば、海よ、
陸の上からご挨拶を申し上げる。遠くより、恵み深くあれかし、と。
鯨を退治するには、かくの如き艱難辛苦があり、これはひとえに
かかる法外な巨体、まさに海の重荷のために際立っているのだ。

鯨より小さな海の怪物の捕獲法

さて、これより小さいからだつきのものたちには、すべてそれなりに

小振りの漁法もあり、獲物のそれぞれに適した道具があって、
索綱は小さく、鉤の顎（かかり）も小さい、
餌をわずかで、これは鉤の顎に付けるもの、そして山羊皮のかわりに、
乾燥させた瓢箪の球体の部分、これは
綱に結わえつけて獣のからだを引き上げる。

鼠鮫の場合

鼠鮫のこどもに遭遇したら漁夫たちは、
しばしば櫂をしっかりと留める革紐だけを解いて、
これを波瀾の中へ投げ入れる。これを見ると鼠鮫は突進してきて
顎の力を発揮する。たちまちかれの反り曲がった歯が
革紐に絡まりついて、さながら鎖に縛られたように、
離れられなくなる。こうなれば何の苦労もなく、あっさりと
鉄の三叉を打ち込まれて、かれはあえなく落命というわけ。

「犬」の場合

貪欲な顎を持つ忌まわしい海の怪物の中で、

とりわけて「犬」[1]の圧倒的な族は凶暴なのだ。
図太さと倨傲にかけては抜群で、どんな敵に出会おうとも、
かれらは恐れるということがないであろうし、かれらの胸中には
狂気がつねに澎湃と昂まり、手綱の利かぬ無恥が宿っている。
時折かれらは、漁夫たちの網の中へ押しかけたり、
筌に近寄っては漁夫たちに獲物の魚を台無しにする。
そうして自分たち自身の放埒さを増長させてゆくのだ。
だが、注意を怠らずに目を走らせる漁夫なら、かれらが胃の腑の
貪欲に荒れ狂っているところを銛で刺し貫いて、
漁りの豊かな獲物として魚ともども楽々と引き上げる。

海豹の場合

海豹には銛は作られないし、生け捕りのできるような
いかなる三叉の簎も作られない。というのも、並外れて堅固な
皮が全身を覆い、力強い障壁となっているからだ。
しかるに漁夫たちが立派に編まれた網の中に、
魚どもに混じって海豹を知らずに囲い込むや、

かれらは俄然仕事に熱がはいって、網を
波打ち際に引き寄せる。もっとも、網がいくらたくさん手もとに
あったとしても、荒れ狂う海豹を引きとめられるような網はないのだ。
かれはその馬鹿力と鋭い爪で簡単に網を
引き裂いて跳びだし、押し込められていた魚たちに
命拾いをさせて、漁夫たちの心を大いに傷ましめる。
しかしながら、これに先んじて陸地近くに連れ込めば、
三叉や強力な棍棒や頑丈な槍でもって、
かれのこめかみ(2)を激しく攻めて殺してしまう。
なぜならば、頭を打たれて傷を負えば
もっとも迅速な破滅が海豹を襲うからだ。

(1) 第一巻三七三を参照。なお、アイリアノスはこれとは別の捕獲法を述べる(『動物の特性について』第一巻五五)。
(2) アリストテレス『動物誌』五六七a一〇によれば、からだが肉質であるため、こめかみのあたりを打たない限り、力ずくで殺すことは難しいという。

海亀の場合

ところで海亀もきわめて頻繁に遭遇するものだが、
漁夫たちの獲物を台無しにして、まことに厄介なものになる。
これを捕獲することは、恐れを知らぬ心を持った
大胆不敵の男には、何よりも一番容易な仕事なのだ。(1)
すなわち、水中に潜って堅い甲の海亀を
甲を下に仰向けにすれば、もはや死の運命から
いかにあがきもがこうとも逃れられず、
海面をぷかぷかと漂っては、足をばたばたさせて
海の中へともがけども、漁夫たちを笑わせるばかり。
それからは鉄の道具で撃ち殺すときもあり、
一所懸命になって綱で引っ張っていくときもある。
馬鹿げた悪戯を思いついた男の子が山中の
ざらざらとした亀を捕まえてひっくり返すと、仰向きのまま
亀は何とかして地面に届かせようと躍起になって、
皺だらけの足を揺り動かし、曲がった膝を苦労して
激しくのたくらせるけれども、見る人を笑わせるだけ。

四〇〇

この亀と同族の海の動物の方は、まったくこれと同様に、
海面を仰向きのまま漂っては漁夫たちにいじめられるというわけ。
だが、時々かれは乾いた大地へ上がって、日の光に
甲羅をそこらあたり焼かれる。それから乾ききったからだを
また海へ運ぶが、黒々とした波はかれがどんなに望んでも、
もはや迎え入れてくれないで、かれを海面に漂わせて連れまわす、
かれがひたすら海底を求めてやまないというのに。漁夫たちは、
これを見てまことに手軽にかつ喜んでかれを片づけるという次第。

海豚の場合

海豚の捕獲法はまことに憎むべきもの[2]。あの人はもはや
嘉納される供犠者として神々に近づくことはできまい、清らかな手で
祭壇に触れることも。それどころか、あの人と同じ屋根を分かつ者たちを汚す。

（1）プリニウス『博物誌』第九巻三五以下およびディオドロス・シケロス『世界史』第三巻二〇には、類似した記述が見られる。

（2）アリストテレスには、海豚漁に関して、オッピアノスから読み取れるような、特殊な事情などまったく言及されていない（『動物誌』五三三b九）。

あの人とは、すなわち自らの意志で海豚たちに破滅(1)を工夫する者。
人を殺すのと同じように、神々はこの海の統率者の
悲惨な死の運命を忌み嫌うのだ。
なぜならば、海を轟かす神ゼウス(2)のこの従者たちも、人間と同じように
分別を持つからだ。それゆえに海豚はこどもたちにはまことに
愛情深い態度で接し(3)、互いにはこの上もなく睦みあっている。
さて、このやさしい海豚たちが人間どもに豊漁をもたらすべく、
魚族に対してどのような方法を用意してくれたことか、
エーゲ海の波間に浮かぶ島エウボイアでのこと(4)。
夕暮れ時、漁夫たちはきびきびと漁(すなど)りの仕事に精を出している。
魚たちに脅(おど)し(5)のための火を持参しているが、
これは青銅のランタンのちらちらとまたたく光。海豚たちは
後を追ってきて、一緒に獲物を仕留めようと逸り立っている。
それで魚たちは恐れおののき、そっぽを向いて逃げにかかるが、
海豚の方は、外側から一斉に突入してはかれらを脅かす。
かれらは深みへ向きを変えようとすれば、
かねてから敵意を抱く陸地の方へ追い立てられてしまう。

海豚たちは執拗にかれらに向かって跳躍するのだ。それはちょうど犬どもが
わんわんと吼えあいながら、野獣を狩人たちの方へ駆り立てるときのよう。
漁夫たちは、魚どもが陸地近くに逃げ込むや、
よく研がれた三叉で易々と討ち取る。
かれらには逃げ道がない。海の中をぐるぐると
踊りまわるだけ、火と王者の海豚に追い立てられて。
しかし、捕獲の仕事が好都合に成し遂げられれば、
海豚たちは近寄ってきて自分たちの好意にたいする
報酬を、獲物からの当然の分け前を要求する。
すると、漁夫たちはそれを撥(は)ねつけたりせず、喜んで豊漁の一部を
与えてやる。もしも思い上がってこれに背く者がいれば、
海豚たちはもうふたたび漁りの助力をしないのだから。

---

(1) 第二巻五二三以下を参照。
(2) おそらくポセイドンとあるべきところ。作者の誤謬か。
(3) アイリアノス『動物の特性について』第一巻一八にも同様の記述がある。
(4) 同じ話柄がアイリアノス『動物の特性について』第二巻八で敷衍されている。また、プリニウス『博物誌』第九巻二九以下にも類話が記されている。
(5) オッピアノスは、魚をおびき寄せるための火とは理解していないようである。アイリアノスも同断。

人と海豚の友情

そして、古より著名なかのレスボスの詩人[1]の手柄を聞いた人もあろう。
かれは海豚の背に乗って黒々とした波濤を越えていったが、
もはや不安もなく、終始変わらず歌いながら。
かくして海賊どもに殺されるのを免れて、
ラコニアの人々のいるタイナロン岬[2]へ到着したのだ。
さらにリビアの若者と友愛を交わした海豚の言い伝え[3]を知る人もあろう。
この若者が羊の番をしていたとき、一頭の海豚がかれを熱烈に愛して、
いつも岸辺でかれと遊んでいた。かれの響きのよい牧笛（シューリンクス）が
すっかり好きになり[4]、ぜひとも羊の群れにそのまま交じっていたい、
海を去って森の中へたどり着きたいもの、と切望したという。
アイオリス地方にも若者を慕う話[5]が記憶されている。
それもけっして古い時代ではなく当代のことで、
かつて海豚がある島の少年を愛したのだ。
海豚はその島に棲みつき、自分用に安全な場所をいつも確保していた。
まるでその島の住人のようで、相棒の少年を残して去る気持ちはさらさらなく、
自分がこどもだった時からの家族の一員として留まっていた、

人間の男の子の流儀どおりに、共に育てられた兄弟として成長するまで。
しかしながら、少年と海豚は全身に青春の活力が満ちる頃になり、
一方は若者仲間では傑出し、もう一方の海の中で
一番速い海豚は、他のなによりも卓越してくると、
異国の人たちや住民たちがそれを見て言葉を失うような、
思いもよらないまことに驚くべき椿事が起こったのだ。
そして噂に煽られて、大勢の人々がこの不思議な光景を一目見ようとした。
無二の親友として一緒に育って成長した少年と海豚、
来る日も来る日も浜辺近くには多くの人の群れが集まり、
世にも珍しいこの出来事に目を見張りたいと切望するのだった。

---

(1) 半ば伝説的な詩人アリオンについては、ヘロドトス『歴史』第一巻二三以下によって有名。
(2) ペロポンネソス半島の先端にある岬。ラコニアはスパルタのこと。
(3) 海豚が若者に恋する話は、プリニウス『博物誌』第九巻二四以下にいくつか記述されている。
(4) 海豚が音楽を好むことについては、アイリアノス『動物の特性について』第十一巻一二を参照。
(5) 類話はアイリアノス『動物の特性について』第二巻六およびパウサニアス『ギリシア案内記』第三巻二五にみえる。パウサニアスによれば、ポロセレネ島の出来事で、かれ自身も実見したという。この島は、アイオリス地方の中心的な島レスボスの東方、小アジア半島の沿岸に接するヘカトンネソイ群島のひとつ。

すると少年は小舟に乗って湾入した港の前方へ
漕ぎ出して、名前を大声で言って海豚を呼んだ。
その名前は生まれた時から呼びならわしていたもので、
少年の声を聞きつけるや、海豚は矢の如くに
突進してくる。そして愛する小舟のすぐ近くに寄ってきて、
尾を振り動かし、頭を得意そうに持ち上げて
何とかして少年に触れようとする。少年は両手で
優しく撫でてやり、愛情をこめて相棒に
挨拶する。すると海豚はしきりにそのまま小舟に乗り込み、
少年の傍らへ来たがるのだ。しかし少年がすばしこく
海の中へ潜れば、海豚はかれの近くに泳ぎよると、
自分の脇をかれの脇に押しつけ、
口もとをかれの口もとへ寄せ、さらに頭をかれの頭に
押し当てる。あなたはこうおっしゃったかもしれません、
海豚は少年に接吻し、抱擁したくてたまらないのだ、と。
それほどぴったりと寄り添って泳いでいたのですから。
ところが海豚が岸辺近くにまで来ると、少年はすぐさま

かれの背鰭のあたりに手をかけて、濡れたかれの背中へ登った。
するとかれは喜んで、しかも聞き分けよく少年を乗せ、
その意のままにどこへでも行くのだった。
大海原を遥か越えて行くように命令されても、
あるいはただ港内一帯を横断するとか、
陸地へ接近するとか命令されても、いずれの言いつけにも従った。
乗り手にとってこれほど口もとが柔らかく、
程よく曲がった馬銜（はみ）に従順な仔馬もないし、
狩人の指図の通りに従うこれほど素直な、
その嗾（けしか）ける声に慣れた犬もないし、
主人の命令があれば、その意図するところを忠実に
果たすこれほど従順な召使いもなかろうという按配、
かくの如くに、愛しい海豚は少年の命じることにすべて
従ったのだ、軛に繋がれることも手綱に強いられることもなく。
かれは少年を乗せようとしたばかりか、自分の主人が
そうするように命じたほかの人にも従順で、その人を背中に
乗せもしたが、友愛のための骨折りなら一切拒まないという次第。

その愛は少年がこの世に在る限りかくの如くであったが、
死の運命がかれを奪ったとき、初めは悲しみにくれる人のように、
海豚は愛する少年を捜し求めて岸辺へ来ていた。
その嘆き悲しむ本物の声を聞いたよ、とおっしゃることもできたでしょう。
それほどいかんともなしがたい悲しみにくれていたのです。
それから、住民たちが呼びかけても、かれはもはや聞き従わず、
差し出された食べ物を受け取ろうともしないで、
早々とあの海から姿を消してしまったのだ。
かれを見かける人はなく、かれはもはやそこへ来なかった。
おそらく、逝ける少年への恋慕がかれの命を奪ってしまったのだろう、
死んだ親友と一緒に死のうという思いにせかされたのだ。

トラキア人とビュザンティオン人の残忍な海豚漁

しかしながら、このように海豚というものは友愛で傑出し、
このように人間と一致した心を持っているというのに、
傲慢不遜のトラキア人たちと、ビューザース(1)の都市の住民たちは、
これを捕獲するためにその鉄の心から策略を案出する。

まことに危険極まりない、罰当たりの連中で、自分の子であれ、
父親であれ一切容赦などせず、兄弟だってあっさりと殺すであろう。
この流儀こそがかれらの不愉快な漁（すなど）りのやり方なのだ。
不運のもとに生まれついた一頭の海豚の母親に、双生(2)のこどもの海豚が
ぴったりと寄り添っているのは、うら若い少年たちに似ている。
かくの如きかれらにすら、残忍なトラキア人たちは着々と準備を調え、
邪悪な捕獲の作業のために軽快な小舟を用意する。
一方、海豚たちは、急いでこちらへ向かってくる船を眺めながら、
恐れもせずにその場に留まり、逃げる先へ目を向けてもいない。
人間たちの悪巧みか、何かの災難が襲いかかってくるとは
夢にも思わず、親しい仲間たちにするように、うれしそうに
尾を揺り動かす。自分たちの破滅を喜び迎えているのだ。
トラキア人たちは、たちまち接近するや、投擲用の三叉、

(1) ビュザンティオン（後のコンスタンティノポリス）の建設者。
(2) アリストテレスによれば、海豚はたいていは一頭ずつ産むが、二頭を産むこともあるという（『動物誌』五六六b六）。

かれらの言うところのアキス[1]——もっとも冷酷な漁具、
これを若い海豚の一頭に、思いもよらぬ災厄と一緒に打ち当てる。
かれは激痛の苦悶にからだを折り曲げて、
すぐさま海中深く潜りこむのだが、
凄まじい責め苦とひどい苦痛に怒り狂う。
漁夫たちは力ずくでかれを引き上げない。というのも、そうすれば
本当に意味も目的もなく、無駄な漁りをすることになるだろうから。
突破しようとするかれに長い紐を引かせ、
こちらは櫂を漕いで船を駆り立てる。
逃げ惑う海豚の行く手を追うのだ。
しかし、かれが悲しむべき苦痛と鉄の切っ先で
疲労困憊、いよいよ苦境にさまよいだすと、
弱りはてて、軽やかな波濤に持ち上げられ、
海面へ力なく浮上、その強力なからだは
最後の喘ぎを洩らす。母親の方は、片時もかれから離れず、
苦しみもがくかれにつねに寄り添っている。かれが深みから
浮上する折は、悲しみにくれて嘆いている女人そっくり。

悲しみに沈む母親を見る思いだ、とあなたはおっしゃるかもしれません、
その母親の都市は、敵方によって破壊され、こどもたちは
戦利品として槍に強いられるまま、引きずられてゆくのです。
それと同じように、海豚の母親は嘆き悲しみながら深傷のわが子の周りを、
さながら自分が苦しみを受け、鉄に深く傷つけられたかのように、
ぐるぐると回る。そうしながらも、もう一頭のこどもには同道させずに
襲いかかっては、懸命になってその子を遠くへ追いやるのだ。
「さあ、お前は逃げなさい。人間は敵、もうけっして私たちの
仲間ではない。鉄と捕獲の用意をして、てぐすねを引いている。
かれらはすでに海豚に対しても戦争を構えているのです。
これは神々の休戦の約束に違反し、かつて私たちが相互に
定めた私たちとの協調をないがしろにすること」
このようなことを、言葉を発することができなくとも、わが子たちに
語るのだ。ひとりを遠くへ逃げるようにと追い立てて、
もうひとりにはその無残な苦しみと同じ苦しみを身に受けながら、

（1）銛の一種。

船のすぐ近くまでぴったりとつき添い、断じて見棄てることはない。
この母親を追い払うことは誰にもできまい、たとえそうしたく思ったところで。
打撃を加えようと他の脅しをかけようと、引き上げられるわが子と一緒に、
この不幸な母親は引き上げられ、悪意に満ちた人たちの
掌中に落ちるのだ。この連中こそ不倶戴天の敵、極悪人というもの。
かれらは苦痛に打ちのめされた彼女の姿を見ても、いささかも憐憫の情を感じず、
またかれらの鉄の心が屈服させられるなどさらさらなく、
母親にも青銅のアキスで乱打を加え、
子と母に死の運命を共有させてやるのだ。
殺されるのは彼女にとって不本意ではない。死んだわが子を
念頭に置きながら、わざとわが身を引き裂かせるのだから。
これを喩えれば、燕の雛たちに
たまたま蛇が軒下から近寄り、
かれらを殺して歯の間に引きずりこむと、
かれらの母親は、初めは取り乱してばたばたと飛びまわり、
殺されようとするのを悲しんで凄まじい声で鳴きたてるが、いよいよわが子が
殺されるのを見るや、もう自らの破滅を回避しようなどとは思わず、

蛇のまさにその喉もとあたりへばたばたと押し寄せる。
しかし、それも雛たちを殺した災難が母鳥を攫みとるまでのこと。
このように、これまた若い海豚と一緒に母親は殺されるのだが、
自分から進んで獲物になるために、漁夫たちの手中に赴くという次第。

殻皮類（貝類）の捕獲

海を匍いまわる殻皮類（貝類）について流説によれば、
これらはすべて一定の周期のもとで、月が満ちれば[1]
肉づきがよくなって、その棲み処にたっぷりと収まり、
月が欠けてゆくと、またからだつきが貧弱に縮むのだ、と。
かくの如き必然の力がかれらに宿っているというわけ。
かれらのあるものは、男たちが海中へ潜って
両手で砂の中から集めてくるが、他のものは岩場から
頑固にしがみついているのを引き剝がし、さらに別のものは
波が岸そのものへ直に、あるいは砂に掘られた穴へ吐き出す。

（1）アイリアノス『動物の特性について』第九巻六を参照。

紫貝となると、殻皮類の中で際立って貪欲[1]で、
この点をうまく衝けばかれらの捕獲は本物となる。
籠に似た小型の筌を、細かく編まれた
藺草でこしらえ[2]、その中に栄螺（さざえ）を
集めてきて蛤と一緒に入れておく。
紫貝は近寄ってくると、食道楽の法悦に陶然となり、
長い舌を自分の住まいから差し込む[3]。
この舌は薄くて尖っており、食い物欲しさから藺草の
編み目を通って延びてくるが、とんでもない餌に出会うのだ。
というのは、舌は細かく編まれた藺草の中へぎゅうぎゅうと詰め込まれて
脹れあがってしまい、細枝の編み目に挟まれると、
いくら頑張ってももう引き戻せずに苦痛のあまり延びきったまま。
結局、漁夫たちは舌のことで手がふさがっている紫貝を引き上げ、
紫色の衣装のためのもっとも美しい飾りをもたらすという寸法。

海綿採りの方法と危険

海綿採りの仕事ほど過酷[4]なものは他にないし、

人間の労働でこれほど悲惨なものはない、と私は言いたい。
その骨折りの準備にかかるや、かれらはまず手始めに
飲み食いを控えめに心がけ、(5)
睡眠は漁夫たちに不似合いなほど(6)耽溺する。
それは音楽の競技の準備をする人に似ている。
かれの竪琴の伴奏も美しい歌は、ポイボス・アポロンの自慢の種となっているが、
すべてひとつひとつ入念に点検し、手を抜くようなこともせず、
競技を目指して冴え渡る声の調子に手入れを怠らない。
これと同じように、海綿採りは折にふれて注意深い配慮と手入れを心掛け、
深みへ潜るとき滞りなく息が持続するように、
前回の骨折り仕事から立ち直って元気を取り戻すようにする。

（1）アテナイオス『食卓の賢人たち』第三巻八九aによれば、「紫貝よりも強欲」という諺があったという。
（2）以下の記述は、アイリアノス『動物の特性について』第七巻三四で敷衍されている。
（3）アリストテレス『動物誌』五四七b七によれば、貝殻の蓋の下から出す「舌」は人の指より大きく、これで他の貝類の殻に穴を開けて中味を食べる。
（4）第二巻四三五以下を参照。
（5）息継ぎが円滑にゆくようにするための配慮であるらしい。後の六二二以下を参照。
（6）よき漁夫は睡眠を貪ってはならないが（第三巻四五）、潜水夫は逆に睡眠を第一にしなければ、試練に耐えられない。

さて、道程（みちのり）の半分ほどまで船を進めたところで、仕事に取り掛かるにあたり、
かれらは深い海を支配する神々に祈りを捧げ、
そして祈願する、海の怪物どもの危害から守ってくれるように、
海の中でいかなる不祥な出来事にも逢着しないように、と。それだから
もし「美魚」(1)を見かければ、その時は大変な確信がかれらの心に湧きあがる。
というのも、これが棲息する場所にはどんな近寄りがたい海の怪物も、
恐ろしい獣も、その他の海の有害なものどもも、姿を現わさないのだ。
この魚は、清らかな無害の潮路を喜ぶ。
それゆえに聖なる魚(2)とも呼ばれることがある。
これに喜び勇んでかれらはいよいよ仕事に急ぐ。
潜水する男は、長い綱を腰のくびれるあたりに
巻きつける。それから両方の手を出して、
その一方で重い鉛の錘をがっしりと攫み取り、
右の手で鋭く尖った鎌を差し出す。
口の中の喉もとに白い油(3)（オリーブ油）を含む。
舳先に立つと海の波浪をじっと見つめる、
ずっしりと重い仕事と測り知られぬ海の水をあれこれ思案しつつ。

すると、仲間たちが囃したて、言葉をかけて元気づけ、仕事へと駆りたてる。それはちょうど競争に熟達した男がスタート地点に着いたときのようだ。かれは勇気が湧いてくるや、渦巻く波間へ跳び込むと、重い灰色の鉛の力がかれをぐいぐいと下方へ引き下ろしていく。

海底が目前に迫るや、かれは油を吐き出す。

すると、それはきらきらと輝き、その光は水と混じりあい、さながら夜の闇で目先を照らす炬火(4)の如し。

かれは岩に(5)近づいて海綿を見つける。これは岩礁の底部の岩棚にかじりつくようにして育つのだ。

流説によれば、海綿は体内で呼吸もしている(6)とのことで、波の打ち騒ぐ岩場に育つようなものすべてと同じだ。

六五〇

(1)第一巻一八五を参照。
(2)第一巻一八五の「聖魚」を参照。
(3)プルタルコス『モラリア』九五〇Bを参照。
(4)実際にはありえないだろうが、プルタルコスもこの利用に言及する。前註(3)を参照。
(5)アリストテレス『動物誌』五四八a一二三を参照。
(6)アリストテレスは海綿に一種の感覚があることを認めているが、呼吸には言及しない(『動物誌』四八七b九)。

かれはすぐさまそこへ突進してゆくと、がっちりとした手に
握られている鎌で、刈り取り人夫のように海綿の本体を切り取る。
それから一刻の猶予も待たずに、綱を引いて仲間たちに
速やかに自分を引き上げるよう合図する。なぜならば、嫌らしい
血がたちまち海綿から洩れてきて[1]、その男の周りを漂っては
しばしばこの恐ろしい液体がかれの鼻孔に付着し、
凄まじい臭気でかれを窒息させることがあるからだ。
そのためにかれは即刻引き上げられると、ひとつの想念の如く[2]に、
速やかに浮上する。かれが海から逃れ出たのを見る人は、
喜ばしく思うのと同時に、同情から気が滅入ってしまうのだ。
なにしろそれほどまでに、かれの弱ったからだはぐったりと力が抜け、
手と足は恐怖と苦しい仕事で弛みきってしまっているという按配。
だが、しばしば海綿採りは深い海に跳びこんだものの、
途轍もなく厭わしい、しかも野蛮な獲物に遭遇し、不幸にも
二度と浮上しないことがある。忌まわしい巨大な獣[3]に出会ったのだ。
それでかれは、繰り返し仲間たちに綱を振り動かして、
引き上げてくれるよう命じる。かれのからだは真っ二つに

引き裂かれ、それを強力な怪物と船の仲間たちが引っ張るのだ(4)、
見るも悲惨、それでもなお船と仲間たちを慕っているのは。
かれらは悲痛に打ちのめされながら、急いであの海の水と
不吉な作業の場を離れて陸地へ戻ってゆく、
不運な仲間の残骸を悲しんで泣き喚きどおしの有様。

結語

神に養われた王者よ、以上が海の作業について私の知るところ。
あなたには船がいつも恙無く航行いたしますように。
順風に恵まれて送り出され、海はいずこも
つねに魚たちで満ち溢れていますように。

---

(1) 事実とは異なるが、プルタルコス『モラリア』九八〇Bとアイリアノス『動物の特性について』第八巻一六を参照。

(2) 『ホメロス風讃歌』第三番一八六で、アポロンが天上へ赴くさまを表現する語句を借用したと思われる。

(3) 具体的に何を指すか不明。プリニウス『博物誌』第九巻一五一以下に潜水夫を襲う鮫や鱏が記述されている。

(4) 『ギリシア詞華集』第七巻第五百六番のレオニダスのエピグラムは、ある船乗りが海の怪物にからだをふたつに引き裂かれ、その半身だけが埋葬されたことをテーマにする。

安寧の神ポセイドンは、大地の根を支える土台を守り、
かつまたけっして揺り動かすことがありませぬように。

解説

一　教訓と詩

文学にはもともと人を教え導く役割と使命が期待されていて、その意味から文学は一般的に教訓的であると言えよう。その文学を詩に置き換えても同断とすれば、詩人は人を教え諭し、人倫のあるべき道を説く教師であろう。かれがそのように期待され、かれの言葉に傾聴すべき教訓が求められるのも当然のこととなる。詩人自身もそれを自覚し、その期待に応えるのを自己の天職と信じるのは、おそらく洋の東西を問わず、古今に共通する事柄であろう。つまり、詩は本来的に教訓的であり、この点にこそ、もっとも明快な詩の効用が認められてきたのである。

古代ギリシアでも、必ずしもつねにそうだったとは言えないにしても、そのような詩の効用が問われ、そして求められた。人生の教師としてホメロスが評価の対象になったこともあり、抒情詩人のピンダロスも悲劇詩人のソポクレスもある意味では教訓詩人と言ってよいであろう。前五世紀末に活躍するアリストパネスの喜劇には、子供には教え諭す教師がいるように、大人には詩人がいる、という当時の世情を代弁する言葉が見える（『蛙』一〇五四―一〇五五行）。それならば、ある作品をことさらに「教訓詩」などと銘打って特別扱いする必要はないはずである。しかも、もしその「教訓詩」が散文でも十分に言い尽くされるような教訓や知識を、詩人が教師となって説く韻文の作品のことであるとすれば、アリストテレスならずともそれを「詩」と呼ぶのに躊躇するであろう。「事実、医学あるいは自然学の論文も、韻文で発表されるなら、それらの著者は同じように詩人と呼ばれるならわしである。しかしホメロスとエンペドクレスの間には韻律以外になんの共通点もない。したがってホメロスを詩人と呼ぶのは正しいが、エンペドクレスは詩人と呼ぶよりも自然学者と呼ぶほうが正しい」。エンペドクレスは、前五世紀の哲学者で、自己の思想を叙事詩の形式で表現したいわゆる詩人哲学者のひとりであった。万物の元素の結合と分離を説く宇宙論と、霊魂の転生と神への回帰が現存作品の内容である。そしてかれが活躍したのは、すでに合理精神の発展が自由な散文形式を発達させていた時代である。この「詩人哲学者」を否定したアリストテレスの根拠は、「人々が詩人と呼ぶのは、再現という基準によっているのではなく、無差別に、韻律の使用という基準によっているからである」という主張から明らかのように、ありそうな仕方で、あるいは必然的な仕方でなされる行為のミーメーシス（再現、representation）、つまり現実の虚構化を通じて普遍的なこと、起こる可能性のあることを語るのが詩だからであろう。[1]

現代においても、おそらく事情は変わらないであろう。散文で十分に語られることなら、すべて散文で語

（1）アリストテレス『詩学』一四四七b一五―一九。邦訳は松本仁助・岡道男訳『アリストテレース　詩学』（岩波書店、一九九七年）を使用させていただいた。ただし、表記に多少の変更がある。

るべきだと断言されるだろうから。そもそも同時に教訓的にして詩的でもあるような文学作品は可能なのか、ロジックとポエティックのギャップはけっして架橋されないのだから[1]。知識や教訓を教示するという究極の目的のために、詩の本質的なものがたいていは損なわれてしまい、審美的な見地からすれば、たしかにそのような作品はいかがわしいもののようにみえてくる。それでは「教訓詩」は、やはり詩とは言えないのだろうか。このようなことを問題にする以前に、少なくとも現代ではそのような詩は在りえない、と一蹴されてしまいそうである。しかるに古代ギリシアでは、叙事詩の一種である教訓叙事詩の伝統があった。そこでは詩人の必ずしも熟知しない内容、話題なり題材なり知識なりを教訓するために、その分野の専著である散文作品を手本にしたり、それをそのまま叙事詩の伝統的なヘクサメトロンの韻律に乗せて叙事詩化したりしたものがやがてこの伝統の主流を形成することとなる。本書で扱った四つの教訓叙事詩は、すべてこうした「教訓詩」の代表的な作品である。

二　教訓叙事詩

古代ギリシアの文学の歴史の中で、教訓叙事詩というジャンルは、通説では前八世紀のヘシオドスを起源として、後二世紀ないし三世紀のオッピアノスや偽「マネトン」のあたりまで連綿として発展してきた。そして、そこで扱われる内容は、何が教え諭されるのか、教訓されるのかによって、はなはだ広範囲に及び、神話、道徳ないし人生訓、宇宙論ないし哲学、天文学、料理法、農業経営、医薬学、占星術、漁業、狩猟に至る。文学としての技法は、前八世紀にホメロスやヘシオドスによって完成された叙事詩の様式に忠実で、韻律、語彙、語法、構成・形式、比喩、イメージまで、できるかぎりホメロスなどを規範に仰ぎつつ、なおかつ斬新さを求めようとしている。このような教訓叙事詩の伝統は、三世紀以降の異教文学の衰退と共に勃興するキリスト教文学に継承される。四世紀の三位一体論をめぐる教義論争に活躍するナジアンゾスのグレゴリオスの厖大な詩作品の少なからぬものは、伝統的、規範的な哲学思想のさまざまな解釈と特殊なキリスト教教義とを包摂させるべく、教訓叙事詩をさらに拡大・発展させている。[2] そして、こうした融通無碍とでも名づけたいような特質こそ、かかる多様な文学世界を作り上げていったと言えるかもしれない。

古代オリエントでは、共同体社会の一員として賢く生きていくために必要な実践的な知識、すなわち知恵は、実生活で遭遇するさまざまな問題、日常的な課題を巧みに解決し処理し、適切に行動する能力を養う源泉であった。そして、この知恵を身につけて具体的な問題に適切に対処することのできる人は、賢人と呼ばれて、社会の指導者として尊重された。そのような知恵をいかにして身につけ、賢く生きることができるか、これには教育と修練が必要である。そのための訓練ないし教訓を授ける教師が現われる。その修練と教育は、世代から世代へ受け継がれ、いわば社会の共有の財産と見なされる。それが俚諺、格言、箴言、教訓詩というようにさまざまな形をとって、この世界では教育と教養の基盤を形成する知恵文学または教訓文学として

(1) A. Dalzell, *The Criticism of Didactic Poetry: Essays on Lucretius, Virgil, and Ovid*, Toronto, 1996, pp. 8-9.

(2) C. Moreschini & D. A. Sykes, *St. Gregory of Nazianzus Poemata Arcana*, Oxford, 1997, pp. 57-63.

発達する。たとえば、古代エジプトの教訓文学や古代イスラエルの箴言などにその一端を窺い知ることがで

きよう。(1)

オリエントの知恵文学は、ギリシアの叙事詩の伝統の中へどのように浸透していったのであろうか。もと

より推定の域を出ないけれども、ヘシオドスの作品に何らかの影響を与えていることは間違いなかろう。そ

こには賢人でも教師でもないかもしれないが、ムーサイから霊感を授けられて開眼した詩人が教訓している。誰に、何を教え諭すのか。『仕事と日』は、そもそものタイトルからして英雄叙事詩とはまったく異なった、現実へのまなざしを示唆する。ここに見られる怠惰で能なしの弟ペルセスは、この作品の議論の必要から多少とも創作された一面を持っているとしても、かれに対するヘシオドスの訓戒的な態度と言説は、形式という点に限定すれば、オリエントの知恵文学に極めてよく似ていると言わざるをえない。その内容は、農耕について、ことに農事暦を中心にしながら、信仰や道徳なども含めて広く人生訓に説き及ぶ。ただここでヘシオドスが説いて聞かせる農業に関する知識に、どの程度の実用性があったのか、現実の農民たちの日常的な課題を解決するに資するだけのものがあったのか、と問われれば、事はそう容易にはすまないだろう。しかしながら、あえて逃げ口上の誇りを受けるならば、まさにそこに知恵文学ならざる教訓叙事詩という文学の世界があるのだ、と言えないであろうか。ヘシオドスが教え諭すのは、正確な農業の知識を身につけ、上手に奴隷を使いながら自分も勤勉に汗を流して、はじめて正義にかなった財産を手に入れるという、労働の価値または勤労の精神とでも言えそうなことであるとすれば、農耕という人間の現実のひとつの在り方を描きながら、正義と労働の意味を明らかにしようとする作者の意図は、おそらくすでに知恵文学の域を超え

ているにちがいない。つまり、人間の生の在り方をその根本にまで遡って思索し、それを提示するところにかれのめざすものがあったのではないだろうか。それはすでに現実の日常的な賢人とは異なった、ムーサイによって聖別された詩人であればこそ、よくなしうるところであろう。日常の平凡な営みから、それらを意味あるものにしている原理へ、というヘシオドスの問いかけ方は、叙事詩の持つ荘重なミュートスの力と詩的霊感を温存しながら、やがて次の時代の哲学に受け継がれたのである。

たしかに哲学の勃興は、ロゴスの器として散文の発展を促したが、散文ではいまだよくなしえぬ叙述のダイナミズムを教訓叙事詩の伝統に求める動きも、けっして終息したわけではなかった。世界の生成を説明する神話は、すでにヘシオドスの『神統記』に見られるが、この世界の始原を神話の中から探求しようとする方法を、前六世紀のイオニアの哲学は継承して、やがてロゴスによる学問的、科学的な探求への橋渡し役を果たすこととなる。そして、この新しい宇宙論は、新しい合理精神にふさわしいスタイルとして散文という自由な叙述形式を求めた。その一方では、哲学がさらにいっそう発展したはずの前五世紀には、伝統的な叙事詩の形式にその思想を託するエンペドクレスのような詩人哲学者が輩出する。その荘重な様相のもとに思想が開示されるとき、壮大な神話の語法と隠喩がどうしても必要となったのであろう。そのための教訓叙事詩の伝統であった。そこにはいわば散文の持つ特性さえ秘めている韻文とでも言えそうな教訓叙事詩の持つ多様性、ミュートスの世界とロゴスの領域とを自由に行き来することの可能な文学という特性がすでにでき

（1）並木浩一・勝村弘也訳『ヨブ記　箴言』旧約聖書XII、岩波書店、二〇〇四年、二六〇―二六五頁。

あがっていたのではないだろうか。

ソクラテス以後の哲学は、教訓叙事詩とは無縁のように見える。むしろ散文を最高度に完成させたというべきであろう。散文に完全に復帰した哲学のもとを去った後、この教訓叙事詩は、どこへ行ったのか、活躍の場を散文に奪われたことは確実であろう。その扱う多くの内容と対象は、散文を求めていったと考えられる。前四世紀までには、散文が事実の情報を、つまりかつての教訓を伝える唯一の手段として、韻文に取って代わっていたはずである。教訓叙事詩が文学の歴史にふたたび登場するのは、前三世紀のヘレニズムの時代である。そこに姿を見せた時は、まさしく生まれ変わった、再生された文学となっていた。こればかりではなかった、ほかのどのジャンルの文学も、多かれ少なかれ改革されて、従来の面目を一新されることになる。つまり、この時代を古びたジャンルの「近代化[1]」という風が吹き抜けたのである。そして、その余波は教訓叙事詩にも及び、その結果これが文学の歴史に再登場するきっかけを得たと言ってよいであろう。「近代化」はいわば一種の文学運動である。このヘレニズム文学を生み出すための改革運動の中心にカリマコスがいた。そしてその傍らにはおそらくアラトスがいたであろう。古典の継承と再生のために、古典を学問の対象として研究することから出発して、そこから獲得した広くて深い学問的知識を教養として創作活動の原動力にする。それゆえにこの文学運動についてまわるペダンティックな臭気は避けられないにしても、この時代をリードする文学の変革を決定づける「学者詩人（doctus poeta）」たちがカリマコスを先頭に続々と登場してくる。カリマコスの活動の中心は、ヘレニズム国家のプトレマイオス朝エジプト王国の首都アレクサンドリアの大図書館であり、大学者カリマコスの創作活動を支えるのは、ホメロス以降の古典から民間の伝承と民俗に至るまでの、古代ギリシア文化全般に及ぶ広範囲の厖大なかれの学識であった。そして、風変わりな趣向、誰も知らないような珍奇な素材、斬新な感覚やセンスへの強い偏愛がかれの文学に特色を与える。さらにかれの「大なる書物は大なる禍に等しい」（「断片」四六五 Pf.）というホメロス的な長大な叙事詩への批判、これをめぐって英雄叙事詩『アルゴナウティカ』の作者で好敵手のロドス島のアポロニオスとの確執。これらのことからかれの主張は、重厚さよりも軽快さを、長大よりも小さくコンパクトにまとまった完結性と完璧さを、そして内部が透けて見えるような薄さを尊び、たとえ模造された不自然さが目立つことになろうとも、そこにこそ文学のあるべき姿を求めていくべきだ、と要約されよう。「軽い、薄い、小さい」を意味するギリシア語「レプトス」がかれの唱導する文学運動のスローガンとなっていく。そして、そこから生まれ出る洗練された都会的な感覚、洒落たセンスのいわば感性の文学が古典から自立した、唯一の独創性と言ってもさして見当外れではないであろう。さらに神々や英雄たちの壮大で荘重な世界は、当代の卑近な日常的な人間の世界に置き換えられて、もはやミュートスの世界を扱っても単純な信仰は影をひそめていく。そのかわりに諧謔と優美さを主調とする細密で写実的な風俗絵巻が展開される。こうした学識溢れる好奇心を基盤としながらの日常生活への親近さと人工的な彫琢美の追求は、カリマコスに敵対するはずのアポロニオスの「近代化」された英雄叙事詩の生命でさえあるのだから、まさしくヘレニズムの文学が共有する新境地である。また同時に、文学的技巧であるとともに作為的なまでの技巧偏重の弊に陥る誘因でもあろう。そ

（1）N. Hopkinson, *A Hellenistic Anthology*, Cambridge, 1988, p. 137.

の共通の場に、まずアラトスが教訓叙事詩を「近代化」し、少し遅れてニカンドロスがそれを継承し新たな展開へ導いていく。

教訓叙事詩の分野で、このようなヘレニズム時代の新傾向の先鞭をつけたものとして、前四世紀の中葉に現われたアルケストラトスの『食道楽』をここで取り上げたほうがよいかもしれない。作者アルケストラトスについては、シチリアのゲラの人であるほかは詳しいことはわかっていない。叙事詩『食道楽』は、アテナイオスの『食卓の賢人たち』に引用された三三四行が残存するだけだが、一見して最上の飲食物の入手先を地理的に案内するものの如くである。前四世紀に流行するパロディー風叙事詩の一種とされながら、全体の作風はたしかにヘシオドス的な教訓叙事詩の伝統に追随するものと見て取れることから、シチリアまたは南イタリアの風土に深く根ざした食文化と密接な料理書の韻文化と推定される。(1) ただし、作品の個々の性格が必ずしも明確ではないので、単純に結論づけられないが、ヘレニズム時代の教訓叙事詩の先駆けのひとつであろう。

「近代化」された教訓叙事詩は、かつては自らの縄張り内に抱えていた内容と対象を、いつのまにかそれらをもぎ取っていった散文から奪回する試みであり、換言すれば、叙事詩と教訓との間にいつのまにかできてしまった割れ目にふたたび架橋する試みであった、と言ってもよいであろう。(2) 古いジャンルを新たに組み立てなおすために、きわめて意識的にヘシオドスに回帰するのは当然であった。同時にホメロスの技法を大いに利用するのも同断である。そして、この新しい試みが作為的な模造性と人工性を持つのも、また当然の結果である。さらに教訓の素材を散文の分野から意図的に求め、これを叙事詩化することにより、教訓との架橋を達成し、教え諭す本領を発揮しようとする方向と、むしろその無味乾燥な実用書に類する散文作品を韻文化するところに文学として意表を衝いた面白さ、珍奇な主題、技巧の展開をめざす方向とが互いに牽制しあいながら、あるいは絡み合いつつ展開する内容に変容するのも、新しい教訓叙事詩の既定のルートと言えよう。そこでは、この新型の教訓叙事詩が本当に詩と言えるか、という疑問と同時に、それがどの程度まで本当に教訓的か、という問いかけも生まれてくる。つまり、教訓の内容が本来持っている日常的な実用性は、どこまで目標として維持されているか、という問題である。前四世紀の偉大な天文学者エウドクソスのやや通俗的かつ実用的な天文学書を、古典の学識を利用しつつ「レプトス」に則して叙事詩化することにより、このルートを確立したのがアラトスだった。その流れに沿ってやや時代は下がるが、ニカンドロスは、当時流行した毒物学に関する逸書を叙事詩に書き直す。そして、蛇毒や毒薬のおぞましい解説と解毒のための教訓に、これとはおよそ調和しそうにない古典的な叙事詩言語を混ぜ合わせて特異な混交の人工性で読者を驚かそうとする。もっとも、教訓が本来持っている実用性は二の次で、物珍しさを偏愛する時代風潮に乗ったにしても、日常的な実利に関わるような事柄は、記憶の便から、散文であるよりは韻文化を求める場合があったかもしれない。親しみやすい叙事詩の韻律や語法は、そのような要求に即応できるからである。ア

(1) S. D. Olson & A. Sens, *Archestratos of Gela. Greek Culture and Cuisine in the Fourth Century BCE*, Oxford, 2000, pp. xxx-xliii.

(2) B. Effe, *Dichtung und Lehre. Untersuchungen zur Typologie des antiken Lehrgedichts*, München, 1977, pp. 22-26.

ラトスの平明な文体は、その意味でとくに記憶用にふさわしいものと言えよう。むしろ、遡ってヘシオドスのスタイルがすでに記憶の便に合致していたのかもしれない。

ローマ時代になると、ルクレティウスの科学精神に貫かれた宇宙論的哲学やウェルギリウスの農耕を通じての労働の価値、さらにオウィディウスの多分にソフィスティケートされた恋愛技法、これらをそれぞれ対象とするラテン語の教訓叙事詩が相次ぐけれども、やはり依然としてアラトスを規範として発展してきた。一方、ギリシア語による教訓叙事詩は、帝政期に入ってもポピュラーなジャンルとして余命を保ち続ける。ここでも詩人たちは、ヘレニズム期の先人たちに追随して、必ずしもその道の専門的な知見など持っていない題目の散文作品を韻文化していた。読者の方もおおむねはかれらに教訓ないし知識を期待せず、かれらが腕を揮って高度な専門的技術上の内容を潤色・美化し、趣味のよいものに仕立て上げるエレガントな手法を賞讃する。魚類を中心にした海洋動物の生態と習性を説き、それを利用して捕獲する漁法を教えるオッピアノスの作品は、やはり斯道の専門の散文作品を素材にしながら、この帝政期の教訓叙事詩のもっとも完成した、そしておそらくもっとも魅力的な、つまりエレガントなものとなっている。[1] これと前後して、かれとは別人のもうひとりのオッピアノスの狩猟に関するものと、偽「マネトン」の占星術を教訓する叙事詩が現われるが、古代ギリシアの文学の歴史は異教文化の衰退と共に消滅の運命をたどっていく。

＊

ギリシアの教訓叙事詩は本当に詩と言えるのであろうか。ヤーコプ・ブルクハルトは、その『ギリシア文化史』第七章「詩と音楽」、第二節「叙事詩」、第七項「教訓詩」の結尾でおおよそ次のようなことを述べている。これらの教訓叙事詩に接するとき、そこに自らの美的センスを過剰に使い切る鋭敏な感覚の持ち主ギリシア人を相手にしているのだ、と私たちは思い知らされる。そしてそのような美のひとつひとつの要素をその都度そこに見出すはずだ、と。おそらくは、ヘレニズム期の教訓叙事詩を念頭に置いて述べたものであろう。そして過剰なまでに美的センス（Schönheitssinn）を使い切ろうとするのは、カリマコス以後の文学全般に共通するところとはいえ、ブルクハルトが教訓叙事詩についてかくも明快に言い切るほど、私たちはギリシアの教訓叙事詩を理解しているのであろうか。この段落の冒頭に掲げた問いに答えられるためには、まずこの反省に立ち戻らねばならないであろう。

三　アラトス

この時代の詩人たちに共通してその生歿年は不詳であり、生涯についても異説が多い割には確実なことは、はなはだ少ないけれども、アラトスは前四世紀末から三世紀中葉に生存したはずである。小アジアのキリキア地方のソロイの出身で、アテナイに遊学してゼノンのストア学派に学んだらしい。そして、前二七七年頃、

（1）N. Hopkinson, *Greek Poetry of the Imperial Period*, Cambridge, 1994, p. 185.

マケドニアの王アンティゴノス・ゴナタスに招かれて、ペラのかれの宮廷にあった文学サークルのメンバーとして多年を過ごしたようである。後にはセレウコス朝シリアのアンティオコス王の宮廷に出仕し、そこでホメロスの『オデュッセイア』の校訂本を完成させたという。かれも当時の「学者詩人」たちと同じように、ホメロスのテクスト研究に業績をあげた古典学者でもあったのである。それからまたマケドニアに帰参した後に世を去ったとも言われている。かれが当時の「文学運動」の中心であるプトレマイオス朝エジプトの王都アレクサンドリアといかなる関わりを持っていたのかは、かれの生涯と経歴の情報がこのように微々たるものであれば、一切不明とせざるをえない。やはりカリマコスとの文学的な交流関係も、所詮は状況証拠からの推定によるしかないが、何らかの密接な繋がりがあったのであろう。これについては後述する。

かれの作品はヒュムノス（讃歌）、エピグラム、「レプトス風に」と題された小品集、薬物学と解剖学に関する教訓詩などもあったようだが、『星辰譜』が唯一の現存する作品である。天文学に関する教訓詩は、ヘシオドスが作者とされている『アストロノミア（天文学）』（ヘシオドス「断片」二八八－二九三 M.-W. さらに、アテナイオス『食卓の賢人たち』第十一巻四九一 c を参照）を含めて、何人かの詩人によって作られたことは、『星辰譜』への「古註（スコリア）」などから知られる。しかし、そのいずれも早くに散逸してしまったらしく、内容を窺い知る手がかりはまったく残されていない。

『星辰譜』の原題は『パイノメナ』である。これは「見える、現われる」などを意味する動詞「パイノマイ」から派生する中性名詞複数形で、通常は「出現、外見、現象」を意味するが、天文学関係では惑星の見かけ上の動きを指す場合がある。プラトンはそれがまったく外見（見せかけ）だけのこと（「パイネタイ」）であって、真実から程遠いものであることを示唆する（『法律』八二一A）。アリストテレスも「タ・パイノメナ」を諸惑星の見かけ上の動きの意味に用いている（『天について』二九三a二五－三〇、二九三b二七）。この「見かけ上のこと」の用法を拡張した最初の人がおそらくエウドクソス（前三九〇頃－三四〇年頃）であろう。かれはこの用語に惑星に加えて恒星の見かけ上の位置と動きをも含めたからである。それはアラトスと同名のかれの著書『パイノメナ』の内容から明らかに知られる。エウドクソスのこの天文学書を叙事詩化したアラトスは、さらに用法の範囲を拡大して、天候を予知するために観察された、天空と地上の見かけ上の兆候をもこの用語に含ませる。そのためにエウドクソスの『パイノメナ』では扱われない気象関係の情報を、やはり前四世紀の大学者テオプラストス（前三七〇頃－二八七年頃）の著作とされる『雨と風と嵐と晴天の予兆について』から多くを得て、作品の後半の気象部分（七五八－一一五四行）に充てている。こうすることによって、かれは「パイノメナ」を「見られるもの、眺められるもの」と共に「見られうるもの」という、いっそう意味を特殊化して自らの教訓叙事詩のタイトルに用いたのである。そこにただたんなる韻文化ではない、かれのオリジナリティーを認めてもよいのかもしれない。特定の、つまり必要とする星や星座をどのようにして見分けるか、その予兆はどのような気象を教えるのか。それはいずれも「見られうるもの」、すなわち「パイノメナ」をいかに的確に見分けられるか、見分けられないかにかかっている問題である。そしてこれを解く必須の知識を求めるはずの、農耕に従事する人々や海上を航行する者たちに「パイノメナ」を教え諭すこと、これが教訓叙事詩『星辰譜』のめざすところと言えるからである。

エウドクソスの『パイノメナ』は現存しないが、前二世紀のこれも偉大な天文学者ヒッパルコスがアラトスの『星辰譜』を周到に吟味し、天文学上の誤謬を指摘して訂正を施した『註釈』（*In Arati et Eudoxi Phaenomena commentariorum libri tres*）で、アラトスとの比較のためにエウドクソスから引用しているテクストによって再構と復元が可能で、その内容はほぼ大部分が知られている。[1] これによって明らかなことは、アラトスの『星辰譜』の過半を占める天文上の記述の部分（一九－七五七行）がエウドクソスに依拠しながら、精密な天文学の知識を専門的な言葉や数理的な方法を用いずに記述する工夫が凝らされていることである。それは天球の概要の説明から始まって、北半球に見られる四三の星座の位置と形状を的確に見分けるための工夫として、季節の推移と共に星座と星座とを有機的に連関させてそれぞれを記述・説明することで、これにはとくに配慮がなされている。そして、ひとつひとつがイメージ豊かに視覚にはたらきかけながら、星座全体は組織的に巧妙にまとめられている。そしてさらにこの星座についての理解を基にして、黄道十二星座と同時に昇りまたは沈む星座を簡明に解き明かしつつ、夜間における時刻の計測に役立てられるように意図されている。[2] ここにも作品の全体の構成を緊密に、またコンパクトに完結させようとするアラトスの鏤骨砕心を窺うことができるであろう。

もうひとつアラトスのオリジナルな点を指摘すれば、ストア主義的なアプローチの仕方、取り組み方であろう。かれの時代が生み出したヘレニズム哲学のひとつストア学派の学説がこの作品に与えている影響については、とくにその影響の程度がこれまで頻繁に議論されてきた。その序歌の部分（一－一八行）を除けば、とりたててストア的と呼びうるようなところは少ない、というような見解が最近は目につくこともある。[3] 整然としたストア的宇宙における、恵み豊かな神性の融通無碍の性質を示すことを以って、この作品の一貫した試みであると主張するのは、たしかに根拠がともすれば薄弱になりがちだと言えよう。しかし、全篇に深く浸透するストア的な性格ないし特色は、序歌の部分にけっして引けを取らないのである。アラトスがタイトルに「パイノメナ」を選んだことを再確認しておこう。それは「見られうるもの」、すなわち星辰と予兆であり、それを人間に見られうるように心を配るのはゼウスであった。このゼウスの好意に応えるべく、人間はそれを的確に見てとらねばならない。そのための教訓であるとすれば、まず例証することは天空と気象の神としてのゼウスの厳存であり、次に人類に有用な目印（前兆）を用意するところに現われるゼウスの摂理である。つまり、序歌の部分で高らかに歌われたゼウスを、人間に限りなく好意を与え続けようとする宇宙の主宰者としてのゼウスを、後続の本文部分で実証して見せなければならない。それがストア的であろうとなかろうと、ある種の宗教的な霊感と実利的な鼓吹から、この作品は着想されていると言えよう。これはあのヘシオドス以来の荘重なミュートスの力と詩的霊感に比較できるものかもしれない。

序歌に続くのは、星と星座に関する知識を網羅することである。星空の正確な記述、それこそとりもなお

（1）*Die Fragmente des Eudoxos von Knidos*, herausgegeben, übersetzt und kommentiert von F. Lasserre, Berlin, 1966, pp. 39-67.

（2）この黄道十二宮と共に昇る星辰は、後世の占星術文献ではいわゆる「パラナテロンタ」として重要な役割を負うのだが、エウドクソスにもアラトスにも時刻の計測にしか利用されない。エウドクソスは占星術を断固退けたと言われるが（キケロ『占いについて』第二巻八七）、アラトスはそもそも占星術については何も知らなかったようである。

（3）たとえば、前掲の Hopkinson, *A Hellenistic Anthology*, p. 137 を参照。

さずゼウスの「セーマ（目印）」の記述となる。叙述の方法や構成に存分に努力が傾けられて、星空の記述はかなり完成された体系をなしている。そのためにか、このありのままの記述に妨げになるもの、たとえば星座にまつわる物語には、この時代の文学の通例からすれば驚くほど禁欲的である。この物語志向の放棄は、後世エラトステネスの作と伝えられる『星座由来記（カタステリスモイ）』を初めとして星辰への変身物語群を生み出す遠因のひとつと考えられる。(1) いずれも物語の欠如を惜しむ読者に迎合した結果かもしれない。後述するアラトスのラテン語訳のいずれにも、その傾向が歴然として現われ、そのために翻訳の名にそぐわぬ敷衍・拡大が著しいものもある。アラトスに物語への関心が希薄のように見えるのは、堅固な体系に破綻の生じるのを恐れるばかりでなく、やはりゼウスのすべてを叙述すること、星空そのものであるゼウスをありのままに記述するためであったからであろう。もちろん、星座のカタログ（二六―四五〇行）や黄道十二星座と共に昇沈する星座のカタログ（五六九―七三二行）の避けがたい単調さを読者にいささかでも忘れさせ、気分的な開放感を与えるような短い物語・エピソードはあり、十分にアイロニーを利かせたアレクサンドリア風の遊びが認められるものもある。六三七行以下のオリオンの物語は、まさしくその好例である。古人の語り継いだ物語とわざわざ断っておいて、作者たる自分を埒外に引き離して話し始める手口は、ストーリーテラーの面目躍如と受け取れないだろうか。逆にまた、かれの物語嗜好に対する自制が生半可なものではないことを示唆するかもしれない。これらとは異なって、作品の性格を際立たせるような物語も少数ながら用意されている。星空すなわちゼウスと人間の関わりをとくに印象づけ、その関わり方のプロセスを示すためのものである。そのひとつが乙女座のパルテノス・ディケーのエピソードである（九七―一三六行）。これはゼウスの「セーマ」と人類との結びつきの現在の有様を、遥かに遠い過去の時代に遡ってその発端から説明する。かつて神々と人間に分け隔てのなかった時代、ディケーが人間と自由に往き来していた頃には、ゼウスの「セーマ」は必要とされないし、そもそもありえなかった。しかし、時代の下降とともに人類の堕落は、人間を愛してやまぬディケーのたびたびの警告と叱責にもかかわらず止まるところを知らない。彼女は嫌悪のあまり天空へ翔び去る。そして、今もなお夜ともなれば人間たちにその姿を見せてくれる、と物語は締め括られる。この「いまなお」(一三五行)には万鈞の重みがかかっていると言えよう。いまなお神と人間とのコミュニケーションの道は残されている。天空のパルテノス・ディケーは、ゼウスの「セーマ」となって、人間への不変の好意を示し続けている。夜ともなれば「見られうるもの」となって、人間たちに見られることを期待している。これこそゼウスの「セーマ」と人間との結びつきの現在の有様なのである。祭壇座の「古き世のニュクス」(四〇九行)も、物語こそ欠いているが、いまもなお人間のために生き残ってくれている、という「見られうるもの」の縁起にことよせて、それと人間との関わりのあり方を示している。「見られうるもの」が人間に見られようと見られまいと、それにどのように応答・反応しようと、それはすべて人間側の問題で、痛い目に遭うのも人間次第という、神と人間との関わり方にまで引き延ばすアイロニーは、アラトスのオリジナルなアイディアであろう。

『星辰譜』の後半の部分、つまり地上における天候の前兆(「パイノメナ」)について記述する七五八―一一

---

(1) C. Robert, *Eratosthenis Catasterismorum Reliquiae*, Berlin, 1963, pp. 12-16.

五四行に関しては、『ディオセーメイアイ（気象上の予兆）』という別題を付けて、あたかも前半とは別個の作品であるかのように見なす写本がいくつか存在する。実際、後世ではアラトスの作品が『パイノメナ』と『ディオセーメイアイ』のふたつに区別されていた例もないではないが、現在ではこのような区分はもとよりアラトスの意図するところではなく、『星辰譜』のスコリア（古註）などに登場する後世の註釈家たちの便宜上の方策に帰せられるべきこととされている。[1]「ディオセーメイアイ」の原意は「ゼウスの目印」にほかならず、これも「パイノメナ」として天空の星辰から地上の些細な異変・異常に至るまで、すべて宇宙を統べるゼウスの意思を写す鏡である。この後半部の内容は、前半の天文の知識に加えて、伝テオプラストス『雨と風と嵐と晴天の予兆について』[2]にも多く依存していると考えられる。ただし、この両者の関連については、込み入った、厄介な問題が絡むが、アラトスの方が依拠している点は変更されることがないであろう。そのような専門的な著書からの利用のほかに、当時の民間に伝承されていたはずの天気にまつわる知識と知恵、俚諺、箴言、さらには迷信まで取り込まれている。ヒッパルコスの『註釈』が後半部を註釈の対象からはずしているのは、直接エウドクソスに関係しないからであろうが、たとえ天文学的な内容を含むといっても、全般的にはやはり非科学的な傾向が多分にあるからでもあろう。ところで『星辰譜』は、すでに当時から絶讃を博するのだが、ローマ時代にも盛んにもてはやされ、ラテン語に翻訳ないし翻案される。前一世紀のキケロは断片的な翻訳ながらもかれの著作に残している。[3]皇帝ティベリウスの甥で養子となったが夭折した（後一九年）ゲルマニクス[4]と四世紀中葉のアウィエヌス[5]のものは、翻訳というより敷衍・拡大した翻案にちかいが、ほぼ完全に残されている。ゲルマニクスは、天文関係の部分ではヒッパルコスの『註釈』に従ってアラトスの誤謬を訂正しているが、気象関係の部分ではアラトスに依拠せず、つまり翻訳せず、まったく別のソースに拠っているらしい。[6] アウィエヌスの翻案は、前半部がアラトスの一行に対して一・五行、後半部がアラトスの一行に対して一・三行の割合にそれぞれ敷衍・拡大されているように、明らかに後半の気象部分はかなり簡略化されている。これはアウィエヌスが後半部の非科学的な内容に失望して翻訳の熱意を失い、いくらかでもよりいっそう科学的にパラフレーズすることをもくろんだためらしい。かれはルクレティウスを範としているのである。[7] キケロも含めて、おおむね気象関係の記述部分は軽視されていたように思われる。また、後世のアラトス評価においても、同じような傾向があるのも否定できない。内容のみならず、構成の点でも同断で、たとえば天文部分には網羅的完全性というべき著しい特色が明瞭に作者に意図されているが、

（1）J. Martin, *Histoire du texte des Phénomènes d'Aratos*, Paris, 1956, pp. 9-11.

（2）Theophrastus, *Enquiry into Plants*, vol 2, transl. by A. F. Hort, London, 1980, pp. 390-433.

（3）天文上の記述部分は、『神々の本性について』第二巻第四一章一〇四以下に、気象関係の部分は、『占いについて』第一巻第七章一三以下にそれぞれ訳出されている。キケロのアラトスについては、V. Buescu, *Cicéron. Les Aratea*, Hildesheim, 1966 を参照。

（4）A. Breysig, *Germanici Caesaris Aratea cum scholiis*, Hildesheim, 1967.

（5）A. Holder, *Rufi Festi Avieni Carmina*, Hildesheim, 1965.

（6）D. B. Gain, *The Aratus ascribed to Germanicus Caesar*, London, 1976, pp. 13-16. さらに G. Maurach, *Germanicus und sein Arat. Eine vergleichende Auslegung von V. 1-327 der Phaenomena*, Heidelberg, 1978, pp. 209-210.

（7）J. Soubiran, *Aviénus. Les Phénomènes d'Aratos*, Paris, 1981, pp. 40-42.

後半部ではそのような意思はかなり弛みだしていて、締まりのなさが目立ってくる。一〇三六行以下には、その網羅性そのものへ詩人自身の不平不満のようなものが筆端からこぼれ出ている。もっともこれはアラトスの偽悪趣味か、自虐趣味か、いずれにしてもまともに取るには及ばないのかもしれない。案外、構成上の弛緩も承知の上のことであったのであろう。もとより『星辰譜』を前半と後半とに二分すること自体、アラトスの望むところでなかったはずである。前半と後半の結びつきの緊密さと整合性は、もはや疑いようがないのだから。しかるに、後半部こそこの作品の中で中心的なスポットが当たっていて、前半の部分はそのための土台となっている、という斬新な解釈[1]が登場した。『星辰譜』が事実上ゼウス讃歌となっている、というようにゼウスの役割をそこまで強調すれば[2]、このような解釈が出てくるのも当然かもしれない。

アラトスの言語は、基本的にはホメロスに多く依存しながら、覚めた節度のある文体はヘシオドスに負うところが大きい。この時代の「学者詩人」に共通するペダンティックな難解語や稀語がほとんど使用されていないのも、かれの際立った特徴であろう。それが同時に親しみやすさと暗唱に適したことに繋がっている。ヘシオドス文学の復活ないし「近代化」の試みとして、この農夫や船乗りのための実用的なハンドブックは世に出たわけで、その後何世紀にもわたり日常的な天文知識を供給しつづけた。季節の推移とか、時刻の計測や星による航法、旅行を満月に合わせるように調節した習慣などから、天空は重要な関心事であったのだ。このような事情から『星辰譜』の世評の高かったことは、古代を通じて厖大な註釈が残されていることからも窺えよう。ヒッパルコスは別格にして、確認される註釈者だけで二七名に達する。ローマ時代にはアタクスのウァロやキケロなど知識人に知られ、先述の如きラテン語への翻訳が相次ぐのも、このことを立証するのかもしれない。けれども、アラトスの本当の狙いがこのような実用書を作ることであったとは、到底考えられないのである。意識的にヘシオドスの特徴を準え、アルカイックなスタイルであくまでも当世風に書くところに、かれの表向きの読者（農民と水夫）と実際に意図する読者（当代風にソフィスティケートされた知識階級）との間に対応するコントラストが瞥見されるのではないだろうか。これはいわばかれの「近代人」意識の表出であろう。だからこそ、カリマコスは『星辰譜』に次のようなオマージュを捧げてアラトスに応答したのである（『ギリシア詞華集』第九巻第五〇七番）。

調べと文体はヘシオドスのもの。ソロイ生まれのこの人が真似たのは
一番駄目な詩人などではない、敢えて申せば、叙事詩の中の
最高傑作を真似たのだ。これらの繊細な詩句に
挨拶を送ろう、これこそアラトスの不眠の夜々の証し。

この作品のヘシオドス振りを賞讃しつつ、「レプタイ（繊細な）」と評価するのは、まさにカリマコス的文芸美学のキーワード「レプトス」でアラトスに最大の讃辞を呈することになる。そうしておいて、星空を観察するためではなく、詩句の彫琢に夜通し燈火をともすためなのだ、という機知に溢れた両義的な言い回しが籠められた「不眠」で洒落ているのである。「一番駄目な詩人」がホメロスのことであるとすれば、ホメロ

（1）P. Toohey, *Epic Lessons: An Introduction to Ancient Didactic Poetry*, London, 1996, pp. 53-62.
（2）前掲の Effe, *Dichtung und Lehre*, pp. 40-56 を参照。

ス擁護のアポロニオスに敵対するカリマコスがアラトスを反アポロニオス派のひとりと認めていることになろう。親しい、頼りがいのある同志と思っていたのかもしれない。

星座のひとつひとつに感覚的なイメージを植えつける描写、機知と皮肉、さらには遊びの精神とも言うべき柔軟な心性、つまりヘレニズム文学の特色が『星辰譜』のいたるところに輝いている。清新の息吹が漂っているはずのこの作品も、十六世紀まで生き延びたものの、すでに老残の身をさらけだしていた。

ほとほとうんざりさせられてしもうた、
アラトスの『星辰譜』に
ちと打ち込みすぎたために。

この時代の文学の先頭を疾走するロンサール(『オード』二―二)がこのようにかなり露骨に嫌悪の情を示すのも、明らかに退屈さゆえのことであったはずである。現代の読者の大方にも、おそらく退屈さの度合いはいっそう強まっているであろう。古代の読者の評価したエレガントな叙述を鑑賞することは、もはや望むべくもないのだろうか。

*

『星辰譜』は、北半球で見られる四三星座を組織的に記述する現存最古のものとして、科学史とくに天文学史上に占める意義は大きい。翻訳の作業を通して、それをあらためて痛感もし、関心をさらに高めもしたにもかかわらず、その方面について、本文中の註にも、この解説においてもほとんど言及しないのは、もとより紙幅の都合からにほかならない。そして、この作品を文学として世に問いたい、少なくとも文学史上にその正当な位置を提案したいという私意からでもあった。古代天文学におけるアラトスに関心をお持ちの方々には、とりあえず底本の著者マルタンの詳細な解説、さらにいっそう詳細な註釈でその渇を暫時癒されることをおすすめしたい。また、底本のいわば伝統的な読みにあきたらない方々には、左記の基本的な文献の中のキッドのテクストとの読み比べをおすすめする。キッドの斬新な、また犀利な読みには翻訳の作業中しばしば驚嘆させられた。しかし、同時に不用意な大胆さに辟易させられもした。

参照した基本的な文献

Index verborum in Arati Phaenomena, ed. M. Campbell, Hildesheim, 1988.

Kidd, D., *Aratus Phaenomena*, Cambridge, 1997.

Erren, M., *Aratos Phainomena*, München, 1971.

Martin, J., *Histoire du texte des Phénomènes d'Aratos*, Paris, 1956.

Arati Phaenomena, edidit E. Maass, Berlin, 1964.

Commentariorum in Aratum Reliquiae, edidit E. Maass, Berlin, 1958.

Scholia in Aratum vetera, edidit J. Martin, Stuttgart, 1974.

主な参考文献（解説本文で引用したものは省略）

Allen, R. H., *Star Names, Their Lore and Meaning*, New York, 1963.

Boll, F., *Sphaera*, Hildesheim, 1967.

Dicks, D. R., *Early Greek Astronomy to Aristotle*, London, 1970.

Erren, M., *Die Phainomena des Aratos von Soloi. Untersuchungen zum Sach- und Sinnverständnis*, Wiesbaden, 1967.

Fakas, C., *Der hellenistische Hesiod. Arats Phainomena und die Tradition der antiken Lehrepik*, Wiesbaden, 2001.

Gilbert, O., *Die Meteorologischen Theorien des griechischen Altertums*, Hildesheim, 1967.

Le Boeuffle, A., *Les noms latins d'astres et de constellations*, Paris, 1977.

Solmsen, F., 'Aratus on the Maiden and the Golden Age', *Hermes* 94, pp. 125-128 = *Kleine Schriften I*, Hildesheim, 1968, pp. 199-202.

Taub, L., *Ancient Meteorology*, London, 2003.

Toomer, G. J., *Ptolemy's Almagest*, London, 1984.

Von Wilamowitz-Moellendorff, U., *Hellenistische Dichtung in der Zeit des Kallimachos*, Dublin, 1973.

藪内　清訳『プトレマイオス　アルマゲスト』恒星社、一九八二年。

恒星社編『フラムスチード天球図譜』恒星社、一九八〇年。

四　ニカンドロス

おそらくアラトスと同じように散文で書かれた実用書を教訓叙事詩化したためであろう、たいした理由もないまま、とかくニカンドロスはアラトスと結びつけられる場合が多く、その同時代に活躍し、その友人であったとの伝承が早くからまかり通っていたらしい。しかも前三世紀にはかれと同名の叙事詩人がいたようで、これとの混同もあって、かれの生涯についてはさまざまな異説が錯綜して正確なことは不明である。現在ではニカンドロスは、前二世紀の中頃か、それ以降の人で、牧歌詩人モスコスとほぼ同時代と推定されている。出身地は小アジアのコロポンで、その近傍のクラロスがかれの故郷であることは、『有毒生物誌』九五八行と『毒物誌』一一行から明白である。イオニア地方の中心地コロポンは、古来文運の栄える土地柄で、ホメロスの出身地に擬せられるばかりか、ミムネルモス、クセノパネス、アンティマコスを生み、ヘレニズム時代でもヘルメシアナクス、ポイニクスなどを輩出する。ニカンドロスはかかる故郷に強い誇りと愛着をもっていたことも、上述のかれの作品の言葉の端々から知られよう。

ニカンドロスは多作の人であったらしく、さまざまな作品がかれに帰せられている。しかしながら、『有毒生物誌』と『毒物誌』以外はすべて断片またはタイトルだけしか残っていない。その断片でしか伝わらない作品には、後世のローマ文学に軽視できぬ影響を与えているものがあり、大断片『ゲオールギカ（農耕歌）』は、キケロ『弁論家について』第一巻六九において作者が農事に縁遠くありながら農事に関する見事な作品を残した実例として、アラトスの『星辰譜』と共に特筆されたが、さらに断片『メリッスールギカ（養蜂誌）』と共にウェルギリウスの『農耕詩』第三巻と第四巻に利用されている。また、『ヘテロイウーメナ（変身譚）』も、オウィディウスの『変身物語』に少なくとも材料を提供しているはずである。そのほかには、地誌や地方史に関する叙事詩がわずかながら残存する。

『有毒生物誌』（原題は『テーリアカ』）は、スコリア（古註）によれば、おそらく前三世紀の前半に生存していたアポロドロスの著作『ペリ・テーリオーン（有毒生物について）』を教訓叙事詩に書きなおしたものであるらしい。このアポロドロスなる人物は、その著作がすべて伝わらないけれども、後世の有毒生物に関する著作物の主要な原拠になっていることから、毒物の専門家であったようである。『毒物誌』（原題は『アレクシパルマカ』）も、やはりスコリアからこのアポロドロスの別の著作で、タイトル不明の類書を韻文に焼きなおしたものと考えられている。ヘレニズム時代は、哲学の桎梏から解放された自然学がさまざまに専門的に細分化される一方、純粋科学と並んで経験科学の発達が促されて、医学と薬学、動植物学が飛躍的に発展した。なかでも毒物学がこの時代にとくに流行したのは[1]、王侯貴族と呼ばれる人たちの毒薬と解毒法に対する並々ならぬ偏愛振りと深く関わっている。たんなる好学趣味から残忍な道楽に至るまで、あるいは権力者に付き物の毒殺に結びついて、動機はさまざまであろうし、隠微な側面は否定しようもない。前二世紀のポントス王ミトリダテス六世の有名な故事とその名が冠せられた解毒法、ペルガモンの最後の王アッタロス三世や前一世紀のエジプトのクレオパトラ女王など、政治の舞台で　毒薬や毒物が愛用された例は多い。しかし、ニカンドロスにはこのような目的と手段に関わる毒物は見かけ上は現われていない。毒蛇とその他の有毒生物の種類、その噛み傷の恐ろしさと治療法、植物と動物と鉱物の毒とそれぞれの除毒・解毒法が記述されているだけである。かれの教訓叙事詩は、両方とも毒物の危害の恐ろしさを訴えると共に、被害者の救済のための熱意溢れる発言をするニカンドロスの姿をありありと写しだす。かれの教え諭す態度は、まぎれもなく真率そのものであろう。それゆえに、まさしく教訓叙事詩の名にふさわしい内容と言えよう。しかしながら、これだけではアラトスに始まるヘレニズム的な教訓叙事詩の結実をそこに見出すことはできない。

ニカンドロスのめざす真の狙いは、およそ似つかわしくない素材、つまり叙事詩言語と生物学および臨床医学の専門用語の合成品を、巧妙なプレゼンテーションで試みようとすることであり、それで世の喝采を得ることである。そのためにとくに教訓の部分は、短く気の利いた枝葉の余談が格好の補填の埋め草となり、法と時制がめまぐるしく変化する。万華鏡を覗いているような錯覚を起こすことさえある。混沌としたイメージはただ右から左へ流れていく、と言えばよいのだろうか。アポロドロスの原著では症状についてのおそらく客観的な教科書風の記述も、ここでは隠喩とか直喩とかが目立つ。たとえば、巣穴にこもった毒蛇に咬まれる描写は、気味の悪い、また同時に巧妙な措辞で記述されると、なんとも胸がむかつくような効果を発揮し、抱卵期の危険と恐怖の雰囲気を醸し出す。アラトスと同様に、自然科学と詩のコントラストがこの作品の駆動力となっているように見える。他方、アレクサンドリア文学風の諧謔も適当に配されている。『有毒生物誌』では蠍に刺されると、真夏の真っ盛りでも悪寒の発作にふるえあがり、まるで霰か雹の粒のよう

（1）J. Berendes, *Die Pharmazie bei den alten Kulturvölkern*, Hildesheim, 1989, pp. 264-272.

な水ぶくれに苦しむ（七七八行以下）、あるいは傷の上に半ば食ってしまった御馳走の残りを吐き出して非常時の処置にする（九一九行）などのブラック・ユーモア。『毒物誌』では二八五行以下のスカトロジカルなユーモアは悪趣味であろう。いかにも衒学的な語源学の知識を前提にする言葉遊びも珍しくない。全般的な傾向として、かれの諧謔や機知に見られる趣味のあくどさは、アラトスに似ず、おそらくカリマコスにいっそう似ているのかもしれない。さらにかれは、さまざまな技巧を繰り出すが、いずれもかなり凝っている。それはこの時代の文学に共通するにしても、いささか度が過ぎるのは末流の通弊であろうか。このことは、かれの言語表現にとくに著しいようである。

ニカンドロスもまた『学者詩人』であった。稀用語に関する散文の著作があったらしい。その方面の学識を誇示するかのように、かれの詩的語彙にはホメロスがただ一度だけ用いた語または語句、つまり hapax legomena がきわめて多い。もちろんそのほかの各種の稀用語はもとより、専門用語、かれ自身の新造語、新しく合成した語になると、まさに枚挙に遑なしの有様である。これらの語彙を難解ととるか、深遠ととるかは、判断に苦しむほどで、かれの最大の特徴と言えよう。また、かれの表現方法は、意味論的にも統辞論的にも無理強いが目立ち、これもまたやはり不自然さを際立たせていると言うべきであろう(1)。そこから生じる佶屈とした難解さは、いかなる読者にも苦痛を与えずにはおかないほどである。所詮は合成品のための技巧で、それが無骨に露出した結果だろうか。ここでも、アラトスの平明さとは比べるべくもない。おそらく、ニカンドロスはカリマコスを必要以上に範としたにちがいない。そのためかどうかはしばらく措いて、真に詩的なイマジネーションで無味乾燥な素材に生気を吹き込むという点では、結局ニカンドロスはアラトスに一籌を輸するのもやむをえないのかもしれない。それがまたかれの文学的な評価を引き下げているきらいもなしとしない。ただし、かれのために弁護するならば、かれの一応信頼のできるテクストは、この翻訳の底本のみであり、これがまたすでに古くなっているために、ニカンドロス理解に支障をきたしていることを強調しなければならないだろう。H. White の新しい研究に基づいた修正案に、翻訳のさなかに幾度か目から鱗の落ちる思いをさせてもらった。実際、底本に見られるような写本のいささか恣意的な改変に趨る傾向に対して、写本どおりに読むことで解釈の可能性を探ろうとするかれの態度は、まことに実り豊かな結実をもたらしたのである。そのおかげで多少なりともニカンドロスを救うことができたと確信する。

アウグストゥス時代のローマ詩人アエミリウス・マケルには、『テーリアカ』と『薬草について』という作品があり、ウェルギリウス『農耕詩』の古註によれば、それぞれニカンドロスの両篇を翻案したものである。ただし、いずれもわずかな断片しか残っていないので、比較対照させることができない。このほかにローマ文学に与えたニカンドロスの影響は、アラトスと同様に、部分的ながらもウェルギリウスやオウィディウスの叙事詩に明らかであり、ルカヌスの叙事詩『内乱（パルサーリア）』第九巻の毒蛇に関する長大な余談には、ニカンドロスの『テーリアカ』が濃い影を落としている。ローマ時代以降も、ニカンドロスの両篇は命脈を保ち、近世にまで及んでいる。

ところで、この「テーリアカ」は、教訓叙事詩のタイトル以外に、医・薬学の分野では、ある種の「万能

（1）前掲の Hopkinson, *A Hellenistic Anthology*, pp. 142-143 を参照。

薬」の名称にも使われていたようである。もともとは有毒動物への対処法を意味する「アンティドトス・テーリアケー」の形容詞「テーリアケー」から派生した「テーリアカ」がおもに毒蛇などの解毒法（剤）の意味に転じたものらしい。これがヘレニズム時代にすでに現われていたのはたしかである。これによく似た例として、プリニウス（『博物誌』第十四巻一一七）は、不思議な性質の葡萄のひとつに「テーリアカ」葡萄を挙げている。これから製する葡萄酒には、解毒の効能があるというのだ。そして、ローマのネロ帝の侍医アンドロマコス（父）がかの有名な解毒法ミトリダティウムをベースにして、多数の薬品を調合してさらに効果的な除毒・解毒剤を製した。後世、これが万能薬「アンドロマコスのテーリアカ」として大いに流行し、ヨーロッパではついに十八世紀に至るまで珍重されていた。その余波かどうか、鎖国時代の日本にももたらされた。また、他方これがローマ時代以降には東方世界へ伝わってゆく。そして、いよいよ万能薬として独自に発展しつつ、やがてイスラーム圏からインド、さらに唐の時代の中国にまで達する。ここでは「底也伽」と呼ばれ、これがさらに奈良・平安時代の日本へ船載されたという。東方における「テーリアカ」の輻輳した展開については、前嶋信次氏の雄篇「テリアカ考――東西文化交流史上から見た一薬品の伝播について――」に詳しい(1)。

最後に、ニカンドロスの使用している容積と重さの単位について一言。古代ギリシア世界の度量衡は、時代と地域によって相異するので、基本単位の値は一定しない。一応、アッティカ単位を基にしてメートル法に換算すると、概略次のようになる。

［容積の単位］

オクシュバポン＝〇・〇六八リットル（一・五キュアトス）

キュアトス＝〇・〇四五リットル　　コテュレー＝〇・二七四リットル

クース＝三・二八リットル

[重さの単位]

オボロス＝〇・七二グラム　　ドラクマ＝四・三七グラム

参照した基本的な文献

Scholia in Nicandri Theriaka cum glossis, edidit Annunciata Crugnola, Milano, 1971.

Scholia in Nicandri Alexipharmaca cum glossis, edidit Marius Geymonat, Milano, 1974.

White, H., *Studies in the Poetry of Nicander*, Amsterdam, 1987.

主な参考文献（解説本文で引用したものは省略）

André, J., *Les noms de plantes dans la Rome antique*, Paris, 1985.

Théophraste, Recherches sur les plantes, par Suzanne Amigues, Paris, 1988-.

Aufmesser, M., *Etymologische und wortgeschichtliche Erläuterungen zu* De materia medica *des Pedanius Dioscurides*

（1）同氏の『東西文化交流の諸相』東京、一九七一年の七〇五頁以下に収載されている。

Anazarbeus, Hildesheim, 2000.

Van Brock, N., *Recherches sur le vocabulaire médical du grec ancien*, Paris, 1961.

Edelstein, L., *Ancient Medicine*, edited by O. Temkin, Baltimore, 1987.

Fernandez, L. G., *Nombres de insectos en griego antiguo*, Madrid, 1959.

Hehn, V., *Kulturpflanzen und Haustiere in ihrem Übergang aus Asien nach Griechenland und Italien sowie in das übrige Europa*, Hildesheim, 1963.

Keller, O., *Die antike Tierwelt*, Hildesheim, 1980.

Knoefel, P. K. & M. C. Covi, *A Hellenistic Treatise on Poisonous Animals. The Theriaca of Nicander of Colophon. A Contribution to the History of Toxicology*, Lewiston, 1991.

Leven, K. -H. (Hrsg.), *Antike Medizin. Ein Lexikon*, München, 2005.

Schneider, H., *Vergleichende Untersuchungen zur sprachlichen Struktur der beiden erhaltenen Lehrgedichte des Nikander von Kolophon*, Wiesbaden, 1962.

Susemihl, F., *Geschichte der griechischen Literatur in der Alexandrinerzeit*, Hildesheim, 1965.

Pedanii Dioscuridis Anazarbei De materia medica libri quinque, edidit Max Wellmann, Berlin, 1958.

大塚恭男『東西生薬考』創元社、一九九三年。

大槻真一郎、月川和雄訳『テオプラストス植物誌』八坂書房、一九八八年。

島崎三郎訳『動物誌』上下（アリストテレス全集七、八）岩波書店、一九七六年。

柳沼重剛訳『アテナイオス　食卓の賢人たち』全五巻（西洋古典叢書）、京都大学学術出版会、一九九七―二〇〇四年。

鷲谷いづみ訳『ディオスコリデスの薬物誌』第一巻、エンタプライズ出版部、一九八三年。

五　オッピアノス

作者オッピアノスの名で現存するもうひとつの教訓叙事詩『猟師訓』は時の皇帝カラカラ（在位二一一―二一七年）に献呈されていることから、この作品も『漁夫訓』の作者によるものとされてきた。しかし、現在では前者のオッピアノスは、シリアのアパメア出身で、後者のオッピアノスより一世代若い別人とするのが定説である。このように『漁夫訓』の作者オッピアノスもまた、ニカンドロスと同様にさまざまな人物のエピソードが混交して、その生涯については正確なところは不明としなければならない。出身地は『漁夫訓』第三巻の七行以下及び二〇六行以下の詩人自身の言葉から、小アジアのキリキア地方のアナザルボスか、またはコリュコスであろう。その年代は、この作品の各巻の献辞から時のローマ皇帝「アントニヌス」の在位中となるが、「アントニヌス」に該当する皇帝は少なくとも四人いる。この皇帝と共にその息子に献呈されており、第一巻六八三行と第五巻四五行でこの息子が共同統治者として言及されている。史実では一七七年に皇帝マルクス・アウレリウスは息子コンモドゥスを共同統治者にしていることから、かれがほぼ間違いなく「アントニヌス」に該当するであろう。したがって、『漁夫訓』はこの一七七年からマルクス・アウレリウスの歿年一八〇年までの間に成立したと考えてよいかもしれない。すなわち、この作品は、帝政ローマ期のギリシア文学に最後の輝きをもたらした大作である。

オッピアノスの『漁夫訓』も、魚類または海洋動物に関する散文の専門書を教訓叙事詩の伝統に随って改作したものである。ギリシア語の原題は『ハリエウティカ』で、これは魚類を捕獲する方法、または漁夫の心得を意味する。したがって、海に生きる人たちに教え諭すことをめざすものでありながら、時の権力者に献呈される体裁は従来のものと大いに異なる。教え諭す者とそれを受ける者（すなわち名宛人）という構図は、知恵文学以来のものであろうが、教訓叙事詩では詩人ヘシオドスと弟ペルセスを雛形にして受け継がれてきた。もっとも、アラトスの場合は巧妙に名宛人が消去されている。それがここでは詩人と献呈者の意味しかないのである。だが、それはそれとして、このような漁夫の心得などという主題を同じくする同類の文学作品は、それまでにもけっして少なくなかったし、それがむしろいわばポピュラーな題目だったらしい。しかし、現存するのはオウィディウスに帰せられる叙事詩『ハリエウティカ』のみである。その内容は、まず人の手を逃れるための魚の手練手管の数々が述べられ、次に漁りと狩りの対比から魚とその捕獲法に移る。この一三〇余行の断片は、ギリシア語の散文作品を原拠としているらしく、オッピアノスと類似しているところもあり、あるいは原拠の一部を共有しているかもしれない。オッピアノスの原拠は、魚類の専門家ビュザンティオンのレオニダスの亡失作品、そしてアリストテレスに直接的に、または間接的に結びつく逸名の動物学書である。[1] オッピアノスより後代の散文作家アイリアノス（クラウディウス・アエリアヌス一七〇頃―二四〇年頃）も、おそらく同じ原拠から『動物の特性について』を書いている。これは完全に現存しており、しかも両者に共通し、かつ酷似する部分が多く、ただ原拠を同じくすることだけで説明できないことから、オッピアノスの与えた影響が当然予想される。しかしながら、現在のところ、たんなる推定の域を出ない。『漁夫訓』の内容は海洋生物の生態と習性からその捕獲法を扱っているが、オッピアノスがその道の専門的な知見を持っていなかったことは確実で、ヘレニズム時代以来の教訓叙事詩に忠実に追随していると言えよう。そして、読者の方も事情は同じで、叙事詩の技法が持つ形式的な諸相、つまり優雅な韻文化、優雅な言い回し、表現上のどんな困難な問題でも見事に克服してみせる妙技などを心ゆくまで楽しみ、吟味しているのである。そして、この作品はその意味では大成功であったらしく、後世のビザンツ時代にも大いにもてはやされた。つまり、実用書としてではなく、やはり精巧な工芸品の如き鑑賞の対象として歓迎されたわけである。現存する写本が五八種類にのぼるのも、このことを立証しているであろう。因みに、同名異人のオッピアノスの『猟師訓』の写本数は一七にとどまっている。その後、『漁夫訓』は十六世紀に数種類の刊本が出ていて、十七世紀前半まではそれなりに注目されていた。だが、これ以降はまったく注目も言及もされず、やっと十九世紀の初めになって、十六世紀以来の刊本の最後のものが世に出された。これは本文批判が必ずしも十全とは言いがたいテクストであったが、この翻訳の底本が出版された一九九九年まで、オッピアノスには実に二世紀にわたってこの古びたテクストの「リプリント版」しかなかった。もっとも広く流布してい

---

(1) R. Keydell, 'Oppians Gedicht von der Fischerei und Aelians Tiergeschichte', *Hermes* 72, 1937, pp. 411-434 = *Kleine Schriften zur hellenistischen und spätgriechischen Dichtung*, Leipzig, 1982, pp. 321-344.

る A. W. Mair のロウブ版のテクストもそのひとつであった（ただし、その序論と註解はきわめて貴重）。そのためにオッピアノスの評価は、誤解からはなはだ偏頗なものとなり、たいてい無関心か悪評[1]がついてまわっているのが一般的な現状であろう。そのような状況のもとで、現存写本を徹底的に精査して、ほぼ望みうる最良のテクストに結実したのが底本であり、その校訂作業の記録 *Noten zur handschriftlichen Überlieferung der Halientika des Oppian* は本文批判のために不可欠のものである。あらためて校訂者の労苦に敬意を表したい。これはオッピアノスにとってまことに喜ばしい限りだが、ニカンドロスの場合は一九五三年に刊行された底本は相当に古くなっていることから、一刻も早く最新のテクストの出現を期待するしかない。

帝政ローマ時代の詩人たちは、おしなべてカリマコスを主要な典拠として韻律（ヘクサメトロン）をいっそう洗練させた。オッピアノスもまたこのヘクサメトロンに磨きをかけるべく、カリマコスの精緻さを大いに利用している。[2]事実、かれの韻律は、ほとんど例外なく滑らかで淀みがない。しかし、叙事詩の手法はやはりホメロスに大きく依存する。言葉と表現にもホメロスは、ヘシオドスと共に多くの恩恵を与えている。この点でかれはアラトスやニカンドロスよりもはるかに叙事詩の伝統に密着しているかもしれない。とくに比喩の豊富さと巧妙な用い方は、明らかにホメロスに匹敵する。ひとつの比喩がどんどんと発展して、ほとんど半ば独立した余談と変わらないものも少なくない。かれの叙述の多彩な変化と興趣は多くここに由来するだろう。しかしながら、このような叙事詩の伝統を駆使するところのみに、かれの評価の対象を限定するのは、かれにとって大いに公平を欠くことになる。海の世界を想像力溢れるかれの独得の手法で描きつくそうとするところにこそ、この作品の成功の原因が求められるべきだからである。そのような場合には、すでにホメロス的なフレーズや言い回しなどは影をひそめてしまっている。もうひとつの特徴は、擬人法の多用である。もちろん、同時代の動物学書の多くに見られるアプローチと同じであるけれども、たんなる表現上の、描写上の技法ではなく、かれの思想の表われ、世界観の反映となっているところは、もはやかれの独自の世界を作り出している。オッピアノスは、しばしば見られるように魚族の世界を理想化することには、これを最初から拒否している。暴力と生きるための苦しみは、人間界と異なることなく描かれ、対比させられている。生得の愛欲の力は、海の生き物の生殖とその習性に等しく働いている。人間の持つすべてのパッションと同じように、かれらも愛憎にも嫉妬にも従属する。第一巻五五五行以下では毒蛇と鱓という気味の悪い取り合わせを、精一杯擬人化させて愛の交わりを描くのも、ニカンドロス的な悪趣味というよりむしろ人間世界との対比のための技巧と思われる。人間の狩猟と同じように、力と狡知とでかれらは互いに食いつ食われつする。こうしてオッピアノスは、ふたつの世界を密接に引き合わせる。それによってこの人間的なものと動物的なものとの同化・融合は、捕獲するものと捕獲されるものの同化・融合に繋がる。こうなれば、人間の行動を描きながら比喩は拡大敷衍されて、魚族の生活と生態は見事に説明されてゆく。しかもオッピアノスの強烈なイマジネーションがかかるすべての連繋の要になっているのである。『漁夫訓』の主題のように見える魚族と漁夫の闘争は、表面的な現われにすぎず、その闘争の背後で人間の世界と海の生物界は結合し、

（1）現在もなお定評ある次の標準的なギリシア文学史の記述が好例。A. Lesky, *Geschichte der griechischen Literatur*, Bern/München, 1963, pp. 868–869 を参照。

（2）M. L. West, *Greek Metre*, Oxford, 1982, pp. 177-179.

さらには一体化している。このことを明示するための擬人法であった。そして、そこにオッピアノスとストア主義との関わりも指摘できるのかもしれない。

『漁夫訓』の第五巻は、長大な二つの独立した部分からできている。第一は鯨捕りの壮絶な闘い、第二は海豚と人間の交流、第三は海綿採りの悲惨さがそれぞれ物語られて、全体の七割を占めている。これだけでも第一から第四の巻とは明らかに異なっている。そして、三つの各部分には、物語に関するオッピアノスのまるで生の声を聞くようなコメントが挟み込まれている。おそらく、オッピアノス自身が素顔を見せているのであろう。第一部は海における漁りの危険から海の危険が強調され、海への恐怖から取ってつけたような海への祈りで締め括られる。第二部では海豚漁への禁忌の厳しさが強調され、心温まる海豚と人間の交流が昔も今も変わらないことで禁忌が正当化される。そしてこれを犯すトラキア人への激しい呪詛で終わる。第三部は海綿採りの陰惨極まる死に様が海の復讐であるかのように暗示しておきながら、唐突に全篇の結句に転換してしまう。教訓叙事詩であれば、詩人が教師となって前面に出てきて当然であろう。第五巻に限ったことではない。しかし、それにしても第五巻の特異な点は説明できない。海の恐怖を強調し、同時に海の寛恕を祈りつつ、海豚と少年の友愛を同時代の実話として感動的に語った後のオッピアノスのトラキア人への呪詛の激烈さは、海綿採りの死を海の仕返しとかれ自らが信じている証しではないだろうか。海を掠奪しつづける人間に、あるいはその巧妙さと狡猾さに海は復讐する。かれは漁夫への教訓の意味を見失ってしまったのか、あの唐突な締め括り方で結びの挨拶へ逃げたのであろうか。または、海にたいしてつねに畏敬の念を片時も忘れることのないように、海綿採りの無残な死で漁夫たちを戒めているのであろうか。もしそうであれば、漁夫にははなはだ厳しい現実を突きつけておきながら、天下の支配者に捧げる追従の言葉のあまりの空々しさは、どのように理解したらよいだろうか。ただの献辞のほんのお愛想とすれば、漁夫たちへの教訓は海綿採りの話で頂点に達して完結したことになる。

前述のように、オッピアノスにようやく信頼のできるテクストがもたらされて、その本格的な研究は緒に就いたところである。左記の参考文献に掲げたBartleyとRebuffatがその最新の成果と言えよう。この翻訳には大いに利用させてもらったが、とくに後者の作品分析の手法は、ことのほか明快で説得力がある。また、ニカンドロスがオッピアノスに及ぼした影響に関しては、すでにしばしば言及されているが、これにも検討が加えられている。ただし、この点は十分に論じつくされていないように思われる。いずれにしても、この作品にまつわりついている誤解や無関心は間違いなく克服されるであろう。そして、古代ギリシアの文学史の掉尾を飾る作品と評価されるのも、けっして前途遼遠のことではないだろう。

参照した基本的な文献

Fajen, F., *Noten zur handschriftlichen Überlieferung der Halientika des Oppian*, Mainz, 1995.
Mair, A.W., *Oppian, Colluthus, Tryphiodorus*, Loeb Classical Library No. 219, London, 1963.

主な参考文献（解説本文で引用したもの、およびニカンドロスと重複するものは省略）

Anderson, J. K., *Hunting in the Ancient World*, Berkeley, 1985.

Bartley, A. N., *Stories from the Mountains, Stories from the Sea. The Digressions and Similes of Oppians Halieutica and the Cynegetica*, Göttingen, 2003.

Dihle, A., *Die griechische und lateinische Literarur der Kaiserzeit*, München, 1989.

French, R., *Ancient Natural History*, London, 1994.

Giangrande, G., 'On the Halieutica of Oppian', *Eranos* 68, pp. 76-94 = *Scripta Minora Alexandrina 4*, Amsterdam, 1985, pp. 311-329.

James, A. W., *Studies in the Language of Oppian of Cilicia*, Amsterdam, 1970.

Rebuffat, E., *POIETES EPEON. Tecniche di composizione poetica negli Halieutica di Oppiano*, Firenze, 2001.

Richmond, J., *Chapters on Greek Fish-lore*, Wiesbaden, 1973.

De Saint-Denis, E., *Le vocabulaire des animaux marins en latin classique*, Paris, 1947.

Thompson, D. W., *A Glossary of Greek Fishes*, London, 1947.

六　動植物名の翻訳について

古代ギリシア・ローマの世界に通用していた動物や植物の名前を、近代の学名に倣って属と種によって同定することは、ほとんど不可能に近い。そもそもギリシア人は、動物にせよ、植物にせよ外形と習性の類似点で分類しているのである。また、同じギリシア語名でも、まったく別のものを指す場合がけっして少なくない。しかも、所詮は作者と同じように訳者もその道の素人にすぎない。したがって、とくにニカンドロスとオッピアノスの翻訳では、底本が試みている同定をほぼそのまま踏襲することにした。だが、問題はその後に起こる。つまり、次にそれを標準和名に対応させることである。翻訳上の労力の半ばは、この作業に注ぎこまれたが、結局は不明とせざるをえないものが大半であった。これは凡例に記したように、すべて原音を片仮名表記した。辛うじて推定できたものは、ニカンドロスの参考文献として記載したテオプラストス『植物誌』、アリストテレス『動物誌』、アテナイオス『食卓の賢人たち』、そしてディオスクリデス『薬物誌』の邦訳書のおかげである。それぞれの訳者諸氏に遅ればせながらお礼を申し上げる。

動植物の和名は、片仮名表記が原則であるけれども、あえて漢字表記を優先した。これは和名不明のものを原音どおりに片仮名表記したために、原則どおりにすれば、見苦しいほどの片仮名の羅列となる。この煩雑さを避けるための苦肉の策であった。ただし、漢字で表記されないもの、あるいは漢字が不明のものは、平仮名表記にしたため、この策もあまり意味のあることではなさそうである。

訳者略歴

伊藤照夫（いとう　てるお）

京都産業大学文化学部教授

一九四二年　長野県生まれ

一九七四年　京都大学大学院文学研究科博士課程修了

一九八一年　助教授を経て現職

主な著訳書

『ギリシア悲劇全集２』（共訳、岩波書店）

『ギリシア悲劇全集12』（共訳、岩波書店）

ギリシア教訓叙事詩集　西洋古典叢書　第Ⅳ期第４回配本

二〇〇七年十月十五日　初版第一刷発行

訳　者　伊藤照夫

発行者　加藤重樹

発行所　京都大学学術出版会

606-8305 京都市左京区吉田河原町一五-九 京大会館内

電　話　〇七五-七六一-六一八二

FAX　〇七五-七六一-六一九〇

http://www.kyoto-up.or.jp/

印刷・土山印刷／製本・兼文堂

ISBN978-4-87698-170-0

定価はカバーに表示してあります

西洋古典叢書 ［第Ⅰ・Ⅱ・Ⅲ期］既刊全63冊

【ギリシア古典篇】

アテナイオス　食卓の賢人たち　1　柳沼重剛訳　3990円
アテナイオス　食卓の賢人たち　2　柳沼重剛訳　3990円
アテナイオス　食卓の賢人たち　3　柳沼重剛訳　4200円
アテナイオス　食卓の賢人たち　4　柳沼重剛訳　3990円
アテナイオス　食卓の賢人たち　5　柳沼重剛訳　4200円
アリストテレス　天について　池田康男訳　3150円
アリストテレス　魂について　中畑正志訳　3360円
アリストテレス　動物部分論他　坂下浩司訳　4725円
アリストテレス　ニコマコス倫理学　朴　一功訳　4935円
アリストテレス　政治学　牛田徳子訳　4410円
アルクマン他　ギリシア合唱抒情詩集　丹下和彦訳　4725円
アンティポン／アンドキデス　弁論集　高畠純夫訳　3885円

イソクラテス　弁論集１　小池澄夫訳　３３６０円
イソクラテス　弁論集２　小池澄夫訳　３７８０円
エウセビオス　コンスタンティヌスの生涯　秦　剛平訳　３８８５円
ガレノス　ヒッポクラテスとプラトンの学説１　内山勝利・木原志乃訳　３３６０円
ガレノス　自然の機能について　種山恭子訳　３１５０円
クセノポン　ギリシア史１　根本英世訳　２９４０円
クセノポン　ギリシア史２　根本英世訳　３１５０円
クセノポン　小品集　松本仁助訳　３３６０円
クセノポン　キュロスの教育　松本仁助訳　３７８０円
セクストス・エンペイリコス　ピュロン主義哲学の概要　金山弥平・金山万里子訳　３９９０円
セクストス・エンペイリコス　学者たちへの論駁１　金山弥平・金山万里子訳　３７８０円
セクストス・エンペイリコス　学者たちへの論駁２　金山弥平・金山万里子訳　４６２０円
ゼノン他　初期ストア派断片集１　中川純男訳　３７８０円
クリュシッポス　初期ストア派断片集２　水落健治・山口義久訳　５０４０円
クリュシッポス　初期ストア派断片集３　山口義久訳　４４１０円

クリュシッポス　初期ストア派断片集　4　中川純男・山口義久訳　3675円
クリュシッポス他　初期ストア派断片集　5　中川純男・山口義久訳　3675円
テオクリトス　牧歌　古澤ゆう子訳　3150円
ディオニュシオス／デメトリオス　修辞学論集　木曽明子・戸高和弘・渡辺浩司訳　4830円
デモステネス　弁論集　1　加来彰俊・北嶋美雪・杉山晃太郎・田中美知太郎・北野雅弘訳　5250円
デモステネス　弁論集　3　北嶋美雪・木曽明子・杉山晃太郎訳　3780円
デモステネス　弁論集　4　木曽明子・杉山晃太郎訳　3780円
トゥキュディデス　歴史　1　藤縄謙三訳　4410円
トゥキュディデス　歴史　2　城江良和訳　4620円
ピロストラトス／エウナピオス　哲学者・ソフィスト列伝　戸塚七郎・金子佳司訳　3885円
ピンダロス　祝勝歌集／断片選　内田次信訳　4620円
フィロン　フラックスへの反論／ガイウスへの使節　秦　剛平訳　3360円
プラトン　ピレボス　山田道夫訳　3360円
プルタルコス　モラリア　2　瀬口昌久訳　3465円
プルタルコス　モラリア　6　戸塚七郎訳　3570円

プルタルコス　モラリア 11　三浦　要訳　2940円
プルタルコス　モラリア 13　戸塚七郎訳　3570円
プルタルコス　モラリア 14　戸塚七郎訳　3150円
ポリュビオス　歴史 1　城江良和訳　3885円
マルクス・アウレリウス　自省録　水地宗明訳　3360円
リュシアス　弁論集　細井敦子・桜井万里子・安部素子訳　4410円

【ローマ古典篇】

ウェルギリウス　アエネーイス　岡　道男・高橋宏幸訳　5145円
ウェルギリウス　牧歌／農耕詩　小川正廣訳　2940円
オウィディウス　悲しみの歌／黒海からの手紙　木村健治訳　3990円
クインティリアヌス　弁論家の教育 1　森谷宇一・戸高和弘・渡辺浩司・伊達立晶訳　2940円
クルティウス・ルフス　アレクサンドロス大王伝　谷栄一郎・上村健二訳　4410円
スパルティアヌス他　ローマ皇帝群像 1　南川高志訳　3150円
スパルティアヌス他　ローマ皇帝群像 2　桑山由文・井上文則・南川高志訳　3570円
セネカ　悲劇集 1　小川正廣・高橋宏幸・大西英文・小林　標訳　3990円

セネカ　悲劇集 2　岩崎　務・大西英文・宮城徳也・竹中康雄・木村健治訳　4200円

トログス／ユスティヌス抄録　地中海世界史　合阪　學訳　4200円

プラウトゥス　ローマ喜劇集 1　木村健治・宮城徳也・五之治昌比呂・小川正廣・竹中康雄訳　4725円

プラウトゥス　ローマ喜劇集 2　山下太郎・岩谷　智・小川正廣・五之治昌比呂・岩崎　務訳　4410円

プラウトゥス　ローマ喜劇集 3　木村健治・岩谷　智・竹中康雄・山澤孝至訳　4935円

プラウトゥス　ローマ喜劇集 4　高橋宏幸・小林　標・上村健二・宮城徳也・藤谷道夫訳　4935円

テレンティウス　ローマ喜劇集 5　木村健治・城江良和・谷栄一郎・高橋宏幸・上村健二・山下太郎訳　5145円